猫

万燕——著

江苏凤凰文艺出版社

图书在版编目（CIP）数据

猫 / 万燕著. — 南京：江苏凤凰文艺出版社，2018.11
　ISBN 978-7-5594-2662-8

Ⅰ.①猫… Ⅱ.①万… Ⅲ.①长篇小说－中国－当代 Ⅳ.①I247.5

中国版本图书馆CIP数据核字(2018)第176136号

书　　名	猫
著　　者	万　燕
责任编辑	曹　波　刘洲原
出版发行	江苏凤凰文艺出版社
出版社地址	南京市中央路165号，邮编：210009
出版社网址	http://www.jswenyi.com
印　　刷	南京捷迅印务有限公司
开　　本	880×1230毫米　1/32
印　　张	11.875
字　　数	310千字
版　　次	2018年11月第1版　2018年11月第1次印刷
标准书号	ISBN 978-7-5594-2662-8
定　　价	39.50元

（江苏文艺版图书凡印刷、装订错误可随时向承印厂调换）

目 录

上 篇

第一章
"我厌倦着人,我喜欢着人,我厌倦着喜欢着人。" …… 001

第二章
文学和开会,一对互相厮磨又互相欺骗的恋人 …… 035

第三章
师兄师弟们,这个世界的异类;师姐们,令人有点心虚 …… 075

第四章
你是高山我是丘陵,你是大海我是小溪,啊,伟大的编辑! … 113

第五章
"猫是很奇怪的。"电影中的夫人说 …… 151

下 篇

第六章
"散文，prose。玫瑰，rose。散文就是玫瑰花前放个p" ……… 193

第七章
"后半身"和"口水诗"，差那么点一网打尽诗人们的上下肢 … 233

第八章
故事在梦的左边：小说老公小说老婆 ………………… 279

第九章
天生九条命：化一切悲痛为力量，化一切语言为情色 ……… 325

慢慢飞过悬崖（代后记）………………………………… 338

附：众生看猫 …………………………………………… 343

某夜，某猫潜入吾舍，曰近年常遇文坛美人，或单身或离异或独自将雏，既非鬼狐亦非田舍娘子，某猫颇想知其面目，嘱吾为其杜撰精妙身世。吾言：虽心在文学之中，却身在文坛之外，天马行空之怪异妄言恐难合君意。某猫曰：无妨无妨。遂以成篇，命笔1999~2003年文坛之事。

——题记

《瑯環记》卷下引《志奇》至谓掘得猫尸：身已化，惟得二睛，坚滑如珠，中间一道白，横搭转侧分明，验十二时不误……

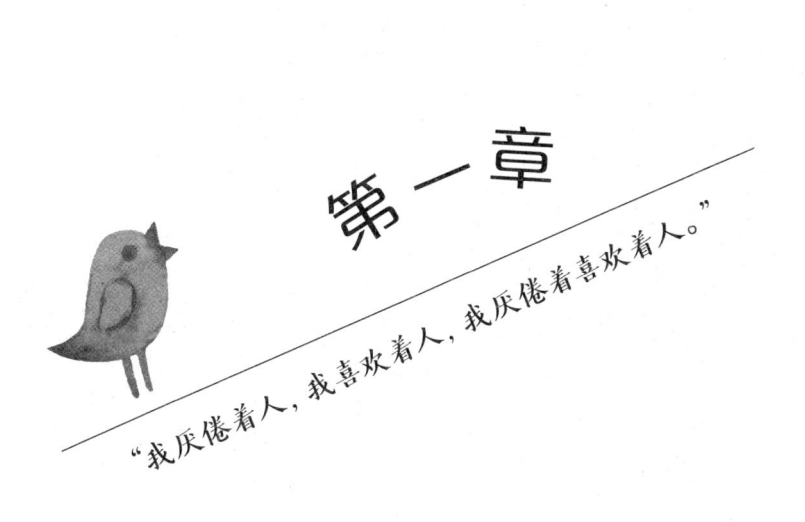

上 篇

第一章

"我厌倦着人,我喜欢着人,我厌倦着喜欢着人。"

中国真他妈的大

1

中国真他妈的大。

站在澳氹跨海大桥的岸沿上,风娘悠悠地吸了一口 Lights 烟,艳异的脸上放射出一团光辉,嘴里痛快地咕嘟出这么一句话。声音厚厚沙沙的,有种酷似挪威爵士女歌手西莉亚·娜嘉的性感。

她心里明白:她的话和脸上的光辉,都立即被老登正儿八经的瞳孔吞没了。

升任主编半年了,虽然编辑部的人闲话一直影影绰绰的,大意是除了社长赵骆明外,她好歹算个本质上的"女头",说话应当庄重点。她还是最爱说这句口头禅。《ELLE》杂志上说有个歌星"烟不离手,曲不离口",风娘看了,把人家的结构借来一用,自诩"烟不离手,他妈的不离口"。

这三个字最早是跟着三位师姐学会的。那时她还没有男朋友,三位或离婚,或失恋,或明珠暗投的师姐,就经常在寝室里喝得酩酊大醉,然后为一口一个"真他妈的臭男人"干杯。

起初,她听见师姐们破口大骂时,耳垂总会抽筋,因为自称"书香门第"出身并自傲为上海人的父亲,从来不准她说任何脏话(其实他是浙江宁波人,祖辈不过是算账先生而已。自从下放到安徽,娶了一个落魄南下干部的女儿,口口声声就喜欢这么说)。

后来风娘的脏话听力像英语听力一样慢慢提高,直到有一天自己也脱口而出,把"他妈的"甩给了正花着另一个女孩的男友罗勒,才发现这三个字之所以成为"国骂"的精粹所在。比如说那个阿Q挂在辛亥革命前后的"妈妈的",在风娘看来,虽然发音挺意味深长的,可毕竟主语扩大,把全世界连同自己的妈妈都提溜在内,实在"拎勿清";再比如说那些火爆的女性主义者们大发其想的"狗日的足球""狗日的选美"什么的,的确极富创意,可总觉得不够气派;而男人们经常挂在嘴边的"傻A傻B""我铐你你铐我"这些说法又太露骨太歧视女性太没档次了;还有那什么北京爷们的"抄抄写写你大爷"则明摆着有同性恋之嫌;至于年轻人从老美那泊来的"Fuck you"和"Shit",除了时髦,没有一点民族性和大众性,可谓对牛弹琴。当然啰,各地瞎三闹四的村话就更上不了台面。

"国骂"三字,可是被风娘做了发散性思维的。当她说"他妈的"时,意思就是"他妈的小男人"或"他妈的小女人","他妈的"变成了定语,和"我的""你的"属同一性质,具体指向就根据具体情况临时决定了。从这个角度来说,带着北方母亲热血与豪气的风娘其实很淑女,有她自己男女平等的尺寸,也有她自己的创造——这可是她杂种语言中唯一的创造。

在上海念书的时候,她被同学说成是"北方人",后来到北京工作,又被同事说成是"南方人"。父母的血缘使她逐渐意识到,像她这种人(爱吃面食,也爱吃精细小菜,身材是北方的,高挑丰满,脸却是南方的,薄面媚眼),说得好听点,是属于南北杂交水稻那一类的,说得不好听点,其实就是杂种。所以她的语言注定是杂种语言,她的情感也注定是杂种情感,她开始明白她无法认定什么纯粹的情与爱,生活就是土豆炖茄子、猪肉炖粉条的东北大杂烩。所以"他妈的"

归"他妈的",男友罗勒还是顺理成章成了丈夫罗勒,并且有了女儿小房子。

不过,今晚她找不到定语对象了,情不自禁地,还是说了出来,话一出口,就知道老登虽然风闻过她的"国骂"声名,肯定还是会吃惊不小。果然,刚见过她没几天的老登愣了愣,呆呆地附和了一句:

"是,中国真他妈的大。"

一张米兰足球队教练扎切罗尼的脸模子,青蛙似的大嘴,下巴上也窝着个小坑,抿着一头枯黄的短发,不同的是眼睛没有扎切罗尼的狡黠,而且是个少有的讲究衣着的东北男人,这就是老登。这次从哈尔滨到澳门,单位报销不了飞机票,衣服在火车上一路扒拉过来,那么漫长的行程,到了三月末的亚热带,他竟然丝毫没有北方人南下的失态,短袖衬衫、夹鞋、单裤一应俱全,还搭配成了自然浅棕色系列,走在澳门的石子路上,颇像一匹神气的棕马,得儿得儿的。

来之前听人说澳门潮热,可是从北京的暖气里脱身才半个月,想象力整个超不过马甲、线外套什么的,老登你怎么就路程比我远,眼光也比我远呢?风娘边说边用手提了提白色T恤的领口。这白T恤是来澳门后临时在街头买的,澳门女人瘦小,大号对她而言都是小号,不得已买了件男式的,穿起来总觉得自己的身子有点错误。

老登却觉得她穿这件男式白T恤好看,三十多岁的成熟女人,配上天然的鬈短发,露出高高白白的后颈脖,那种潜藏的诱惑力,只有男人最意会。真正漂亮的女人,衣服越是普通,越能显出天然美的实力。红唇烈焰,名曰锦上添花,骨子里却了无情趣,现代女人,尤其如此。这就像一个化妆师,最大的成就感是将一个丑女勾画成美女,遇到真正的美女,他的化妆术就失灵了,那美女一经化妆,也失灵了。

所以老登对女人一直有个私下的审美观:什么样的女人经得起平常衣服的挑战,什么样的女人才是真正漂亮的女人。

他已经很久没遇到这样的女人了。

两人从前的通信都是小心翼翼的,因为老登不会发电子邮件,这

"写信"的史前行为就在他们之间保存了下来。通信最早起因于凤娘从一个小诗歌编辑一跃成为主编后的四处出击——策划与组稿。杂志半死不活的时候，她和其他编辑一样混混过，两张可怜的诗歌页，当然容不下成千上万个号称"诗人"或"准诗人"的心血。每天，桌上堆成山的来稿拆都不用拆，她就已经把诗歌版编好了。这年头还有比做纯文学杂志的诗歌编辑更轻松的事吗？光熟人转来的诗稿就够她排到三年后了。一大堆剩余的时间，她就用来看书和陪小房子玩。

她喜欢和孩子玩，越小的孩子越喜欢，常常希望他们永远不要长大，因为她不喜欢所有长大了的成年人，当然也不喜欢自己——除非自己变成一个孩子。生小房子就是一种变成孩子的行为。丈夫罗勒说她生小房子根本就不是为了做母亲，纯粹是自产自销一个活玩伴，自己家的孩子不够，别人家的孩子她也要借来"玩一玩"，六岁以下的孩子在她屁股后面随随便便就能粘成一个连。叫人没话可说的是，那些后现代小皇帝、小公主们还挺亲她，三岁半的小女孩会乖乖地窝在她膝边帮她掐豆芽，一岁零两个月嘴笨的小男孩见了陌生的她会叫"啊——咦啊——咦——"，就连上次隔壁老原家来做客的老外，带了一对五岁的美国双胞胎洋女娃，看见凤娘准备出门，竟然也都刷刷刷奔了过来，一边撅了一个屁股，同时"嗤拉"一声，帮凤娘拉上了长筒靴的拉链。

凤娘从来不对孩子用定语国骂。见到孩子，她的嘴里蹦出的是另一句口头禅——"这孩子真好玩"。她觉得孩子好坏的天性比例不同，关键在于大人怎么使用。"使用"说难也不难，说到底就是把自己变成孩子，混到他们当中去，明明暗暗地引个道儿，肯定能把坏的"使用"好，好的"使用"得更好，只不过大人们都忘记怎么做孩子了。凤娘有时候能从孩子乌亮亮的瞳孔中看到知音般的心领神会，这时候，她吃惊地发现，这个孩子眼中的世界是什么样的，她眼中的世界就是什么样的，那是一个真实的世界，真实得可怕，连微细的绒毛都巨大地俊挺着，如果所有孩子都能准确表达出这个真实的世界，大人们会无地自容的，可惜那个真实的世界对她而言，往往只是过眼烟云，转瞬即逝。

仿佛知心知肺似的，小房子自打发音比较独立以来就不叫风娘"妈妈"，她叫风娘"师父"。罗勒说这太没规矩了，小房子听了这话就接着管罗勒叫"师娘"，令罗勒哭笑不得。风娘却喜从中来，她的灌输成功了：小房子很懂师父的苦心耶。两人击掌一笑，像一对密谋好了的刺客闪闪眼。

想到长了一双大大对眼的小房子，风娘常常像想起自己最亲密的小伙伴那样，愉快地眯起眼。

她在给老登最初的几封组稿信中，也是这样眯缝着眼聊小房子。她说，好了，信就先写到这，我要给小房子打扫卫生了（注：小房子是我的女儿），期盼着您的大作，散文、评论都行，这两样都是您的强项。然后老登在回信中就说，寄上拙作一篇，是散文，还是用老登这个笔名吧。最近没写评论，因为没什么打动俺的作品。另，为什么给女儿取名叫"小房子"？俺儿子叫"书空"，小学生跟着老师在空中书写某字笔画，名曰"书空"，很喜欢那种感觉，俺没用上，就强加给儿子了。

不久风娘回信说，您的大作已经排在第十一期了，写得非常棒，希望能再给一组类似的，想在明年第三期上给您做个专辑。另：给女儿取名"小房子"是因为吃够了没房子的苦头，读高中时，父亲嫌安徽的教学质量差，让我回到上海，寄宿在闸北区的娘娘家。哎呀，闷了三年阁楼，不是人过的，一直到参加工作，房子都是紧巴巴的，没有大的企图，只想拥有一个自己的小房子。我的这个"小房子"可是古怪的精灵，两岁的时候她就知道不乱撕纸乱撕书，一张空白稿纸飘在地上，她会拾起来，努着小嘴递给我，这个"小房子"给我带来了好运气，生下她不久我就有了大房子。

老登接着在回信中说，承蒙美意，居然要给俺做专辑，折煞俺也，只好寄上一组献丑了。另，上海那地方俺去过一次，虽然和哈尔滨一样有洋人的遗物，却找不着感觉，走在路上，街很窄，人很多，鼻子很湿，心里空茫茫的，只知道和北方完全不同，还想再去几次，想去读懂它。那里的人说话像顽皮猴子跳房子，又像捏着鼻子的尖嘴鹦鹉，不像咱们哈尔滨人说话平坡滑雪，悠悠荡荡。您在那儿从高中读到研究生，一定深谙其味。您的小房子如此"古怪"，真让人羡慕。俺的儿子就没这么可爱了，对俺充满了"弑父情结"，前两天俺开玩笑说要和他妈妈离婚，他听罢劈着玩具枪冲过来照俺腿上就猛敲一记，别看他只有五岁，还敲得生疼，真是个小兔崽子。

两人的信你来我往，三个回合不到，那"另"字背后附的"小房子""书空"的内容倒比正文要长出十几倍了。

两个月后，凤娘写信时的眼睛开始睁得像勤奋的耗子——她再没工夫谈小房子了。

确实，她在信中跟老登说过，既然竞争上了《文坛》的主编，就不怕干个天翻地覆。上任半年来，她几乎一直都在为扩大杂志的影响奔波各地，北京差不多连旅馆都算不上了，老登总能从圈内的这个人或那个人嘴里听到："明天中午我们要和凤娘在衡山路'云庭'吃饭。"或者，"凤娘昨天刚开完广州一个笔会，现在到云南去了。"

这个女人，一天到晚，变得有点神出鬼没。这次的哈尔滨—北京—澳门三地文学大串联就是她的鬼主意，她来回撺掇着说，趁着澳门要回归了，以北京为中轴，贯穿南北两大基地，搞一次"走世纪"纯文学行动，造出点杂志的气势和纯文学的反叩来。恰好老登所在的《文苑》杂志社也想蹦跶点新花样，澳门的《文汇日报》也想挺进内地，三地就一拍即合了。

来澳门前，老登和凤娘并没见过面。从哈尔滨到北京的机会非常多，从北京到哈尔滨的机会也不少，两人就是碰不上，彼此的电话号码和BP机号码倒是有，却从没打过。似乎存心躲着似的。有时在外地参加同一个笔会，一个先来先走，一个后到后离，似乎谁也不想主动捅破那层保持距离的纸——当然不会有什么亏心事，各种各样的借口倒让会面越来越尴尬。谁让作家们都流言风娘是"文坛"美人，老登是"文苑"才子，两人堪称绝配，坏了流言的印象怎么办？彼此在杂志的封二、封三也看过编辑部同仁的合影，可是杂志没钱，印刷质量不好，人头人腿挤在一起，那个不清爽，还不如不看呢！

这么半年过去，直到这次无意，才会上了面，而且一会就会在了天涯海角的澳门。

本来还会不上的——要不是《文苑》主编胡本选的老婆好不容易中年得子，早产一个月，主编抽不开身，才不得不临时派来了副主编老登。

这来就来了，却不知《文汇日报》的老总林马斯先生葫芦里卖的什么药，三天的时间，把客人招待得人仰马翻，可就三件事不提，一不提"走世纪"纯文学行动的事，二不提让他们去赌场玩玩的事，三不提让他们去看巴黎艳舞的事。

"一不谈二不赌三不看，那我们大老远跑澳门来做什么？就因为吃他的住他的，他负责策划方案就该被他耗着？这活动明明是我发起的嘛，怎么他掌握主动权了？"风娘说完就自嘲地笑了，谁让人家有钱呢？她和老登不就指望着能从人家那里化点缘吗？哪怕一点也好，所以她只是私下嘀咕，嘀咕的时候总是斜着黛青的眼帘点起一支烟，因为是女士烟，她也没想着要和老登谦让，何况老登说他已经戒了烟。

澳门就一粒打不下来的肾结石那么大。回想三天的日程当中，《文汇日报》的白色小面包车一直跟着跑，大三巴、大炮台、妈祖阁一类的常规景点，呼啦啦只用一天就全跑完了。（这天倒有点小插曲，一个北京《新城报》报社的女记者也跟着车，这是个直不愣登的女孩，非常迷恋风娘的美貌，合影的时候，总爱用手插住风娘白腻的胳膊，风娘很瞧不上她第一次见面这种亲热劲，常常借故绕出来站到老登旁边，或者干脆走开去，那女记者竟也不生气。）剩下的两天，虔诚的基督徒兼音乐爱好者林马斯先生就和助手欧路士带着客人跑教堂。

别看澳门地方小，教堂从北拉到南，大小倒有十多个，从西望洋山圣母堂到凯撒教堂，从嘉谟模教堂到圣玫瑰堂，林马斯先生不光把教堂的建筑、历史、典故做了详细的解说，而且整晚整晚带他们去市政厅附近的教堂听音乐会。

三月底正是澳门室内乐团在教堂举行重奏音乐会的时间。晚餐后，S发型的林马斯先生兴致勃勃地建议去散散步，随即领着客人绕过流光溢彩的市政厅喷泉，踩在色彩华丽的釉质地饰线上，看看夜景，或者露天演出。年轻瘦弱的欧路士总是安静地陪着他们，然后八点准时踏进圣玫瑰堂或别的什么教堂，从门口领取了节目单，跟随听众纷纷落座在教堂的长条靠背椅上，此时包凯利尼的双低音提琴回旋曲，或者韩德尔的巴沙加牙舞曲，仿佛悬崖春风，呼呼响起。林马斯先生也被风吹得换了一个人，转眼间遗弃了客人，深凹的眼眶全神贯注地盯着教堂的茶色廊柱，欧路士在一旁悄悄解释，"你们别介意，林社长听到音乐就丢了魂。"风娘和老登于是相视而笑，开始礼貌地陪听，虽然不甚了了，也还觉得是种享受，碰到门德尔松降E大调中热烈的快板，竟然能跟着哼哼旋律。

跑教堂，在教堂里听音乐，这都不算什么，最难受的是其中一天夹着安息日，林马斯先生带着风娘、老登坐在拥挤肃静的教堂里做礼拜、听唱诗班唱诗，做完礼拜牧师又接着当天讲的《圣经》故事，继续给两人布道，让他们想起托尔斯泰小说中冗长乏味的宗教灌输。

牧师这一天讲的是非常拗口的《约伯记》。

"不虔诚者终遭绝灭。"牧师说。然后他抑扬顿挫地念着原文：

　　……蒲草没有泥，岂能发长。芦荻没有水，岂能生发。尚青的时候，还没有割下，比百样的草先枯槁。凡忘记上帝的人，景况也是这样。不虔诚人的指望要灭没。他所仰赖的必折断，他所倚靠的是蜘蛛网。他要倚靠房屋，房屋却站立不住。他要抓住房屋，房屋却不能存留。他在日光之下发青，蔓子爬满了园子。他的根盘绕石堆，扎入石地。他若从本地被拔出，那地就不认识他,说,我没有见过你。看哪,这就是他道中之乐。以后必另有人从地而生。

……

……许多人咕嘟咕嘟从地里长了出来……风娘和老登的眼皮也渐渐睡着了……林马斯先生又顽强地吵醒了它们:"呃,说得多好啊,我接着给你们讲第十章吧,《旧约全书》比《新约全书》古老,讲起来有点生涩,不过呢,《旧约全书》离上帝的爱更近。"

他讲的是约伯对上帝的质问,约伯心里苦恼,一下子问了上帝很多问题,可这些问题是由林马斯先生表述的,所以目前看上去,就好像是林马斯先生问了上帝很多问题,这使风娘和老登抓住了一个具体形象争论,瞌睡没有了。

争论的焦点是他如何能感到上帝的存在,如果真有上帝,为什么还有那么多不公平的人和事,上帝难道瞎了眼吗?老登说上帝只不过是一个概念而已,风娘说这个世界好人并没有好报,倒是坏人活得如意,哪一天好人都有好报了,我就会相信上帝。他们的这些话大大地刺激了林马斯先生,林马斯先生更加着急,苦口婆心地用"爱的教义"拯救这两只迷途的羔羊,他说主耶稣认为,一个浪子回头抵得上十个虔诚信教的教徒,他说你们俩这么聪明的人,如果在这一点上不开窍就是蠢驴!和我的合作就一钱不值!他还说没有上帝的爱是无所附丽的爱,好人如果不信上帝,上帝就很难听到他们的声音,而坏人的恶可能在人间得逞,却必定会在地狱得到惩罚。他说了许多许多,说得风娘和老登几乎没有一点计划外行动的精力和自由,每天疲惫不堪。

"这林马斯林社长不会想把咱们整入基督教吧?要加入也轮不到澳门啊,咱们哈尔滨有的是大把的教堂!"第三天半夜十二点,也就是第四天开始的凌晨,在富华酒店电梯前握别了讲经的林马斯先生,老登准备回客房睡觉时忍不住冒了一句。

"那怎么行,我可是坚定的无神论者。"风娘笑着说。

"咱也没说咱不是啊。"

"可也真是的，你说怕我们大陆来的掉进资本主义的染缸，不看艳舞这看看赌场总可以吧？你说这看赌场也有错，这'走世纪'总可以谈谈吧？非要等到最后的午餐来摊牌？眼看着我们明天下午（应该是今天下午，这都过了十二点了。老登插了一句）——眼看着我们今天下午就要去香港了，什么事还没个谱，要不是吃人家的嘴软，拿人家的手短，还要捏着礼貌尊重这根筋儿，早就他——"风娘的定语国骂刚要放炮，想到憋了这么几天，就是惟恐老登误解她在说脏话，一哑巴舌尖，把"妈的"两个字胡噜下去了——"早就对他不客气了！"

老登没有留心她说话的破绽，靠在两人客房之间的黄色斜纹贴纸墙壁上，耸着眉在胸口夸张地划了一个十字，那张青蛙似的大嘴很有趣地被拉长了，弹出一句怪腔怪调的话，"主啊，俄蒸不知你葫芦里卖的什么药？"

风娘见状放声大笑，翘着嘴哈着眼，笑声在过道里骨碌骨碌乱滚，老登急忙压低了嗓子朝她摇晃着粗大的食指，"嘘——小点声！这都半夜了！"笑声戛然而止，他很喜欢她这种迅速的自控力，朝过道两侧的猩红绒地毯看了看，没什么动静，就继续用探子般的语调说了下去："这样吧，你瞧都凌晨十二点多了，已经二十九号了，咱们连澳门赌场啥模样还不知道，干脆今晚少睡点，咱们现在杀过去，看一看再杀回来，林社长也发现不了，你说咋样？"

"这可是你的馊点子啊，到时候编辑部找我的茬，我就说是被你拖下水的。"

"走吧走吧，不就当一回资本主义的调查员，体验体验生活嘛！"

两人果真各自回客房带点钱，上个洗手间，乘电梯，下楼，打车，连夜直奔著名的葡京娱乐场。

葡京娱乐场俗称葡京赌场，位置好得没法说，就在澳门的市中心。从某种意义上看，它是葡京酒店一条性感的大腿，自然也和葡京酒店一样成了澳门的"象征"。这是一个没有昼夜之分的极地，你可以说它永远是白天，也可以说它永远是黑夜，它以自己为圆心，以诱惑为半径，将所有来澳门的人圈成一朵奇大无比的罂粟花。这朵花骄横无比又娇艳欲滴地盛开着，刚刚摘去一瓣，又会生出一瓣。一瓣一瓣的人群为它提供腐烂的呼吸，也从它身上吮吸兴奋的毒汁，吸的时间长了，人会悬浮得像水中的鱼，浑身浸透了液体的感觉，欲仙欲死。

　　灯火辉煌的赌场大厅至少有六七层，迷宫似的勾来连去，巨大的弧线翻卷而成的花瓣饰纹，像一只只巨大的蝙蝠落在壁上。四处都是灯的火种，蝙蝠却被牢牢地钉住，再也飞不走了，只得任凭灯火无穷尽地燃烧着。人们的脸正好被燃烧的色彩辉映起来，涌动在蝙蝠巨大的包围中，这种包围像符咒一般紧密有力，又像当年保护努尔哈赤一样厚实[①]。人们以为自己也有努尔哈赤的福气和好运，常常忘了自己的身份，在此孤注一掷。于是有人赌中大彩了——从大厅某处传来轰的一片惊呼；有人被保安架出去了——他已倾家荡产，当场昏厥；有人面无表情地输掉百万美金然后离开——迈着贵族的弧度离开……

　　命运中一个特殊的地方。唯其特殊，所以不准拍照，似乎以此来强调每个身临其境的人看到的都是"在场"，不是影像，而因为没有影像赖以佐证，所有的"在场"又都变成子虚乌有。

　　两人走进葡京赌场，这个电影中似曾相识的地方，神经瞬间亢奋起来，里面到处都是人，没有丝毫半夜三更的迹象，夜晚让人飘升，赌场辉煌的夜晚更让人如痴如醉，时间的分割被空间的热烈淡化了。他们哪里都想走走，都想看看，想把自己扎进电影中的镜头——比电影还神秘刺激的镜头，做一回故事的主角。这里最奇怪的是声音，那么多人的现场，竟然杳无人声，以至于各处开盘的铃声和筹码的投掷声清晰可闻，空气像浸满酒液的海洋，他们悬浮如鱼，在赌场

[①] 传说太祖皇帝努尔哈赤因有蝙蝠的掩护使之逃过追兵。从此以后，努尔哈赤将蝙蝠视为神兽供奉，代代相传。

里游游荡荡。

风娘抽着烟在人堆里游了半天，实在看不懂"21点"、牌九之类的花样，也不喜欢那些叠码仔收取赌客佣金的腔调，心想还是去玩最弱智的老虎机吧。于是买了价值总共一百元的筹码，和入了迷的老登打了声招呼，左荡右荡，就荡到了外厅的老虎机跟前。

运气似乎特别好。

尽管她夹着烟的右手常常只是机械地扳动老虎机的把手，并无特别的力度可言，却总能听到筹码清脆地落在托盘里的声音。"大珠小珠落玉盘"——这句诗马上和筹码一样当当当响起来。她笑了，将筹码尽数赶进左手环着的红色筐篮里，她喜欢听这种"当当当"的声音，有穿透身体的微痛感，每个毛孔都会暧昧地张开，散发出被侵略的气味。声音对人是有侵略性的，钱这个东西最懂得用侵略的声音唤起人的欲望。从前的银元能吹出声音，今天的纸币在点钞机里能发出哗哗哗的声音，罗勒就是有一年夏天听见钱的声音开了窍的。

当时他俩站在银行柜台前，等着存单位里那点可怜的工资，一个打货模样的雀斑女人，正从银行取出厚厚的几摞百元钞票，银行的点钞机点了一叠又一叠，把罗勒和风娘都看傻了。那声音不停地哗哗哗，哗哗哗，响得他俩脑袋直发晕，风娘走出银行的时候，站在魔鬼般的酷热阳光下，好半天睁不开眼，身后忽然传来罗勒梦游似的呓语："你说她哪来这么多钱，一个女人都这么有钱，难道我一个男人就不如她？要挣钱啊挣钱啊……"

一个女人。她的细长五指停在老虎机上一动不动了，夹着的烟孤独地烧着。听说他身边已经有不少女人了，闹不清究竟哪些和他有暧昧关系。生意场上嘛，这种事肯定干净不了，她实在没心情去打探，打探的结果只会更加败坏情绪。也不是没想过离婚，但是每次提出，罗勒就以"永远不准见小房子"要挟她。"永远不准见小房子"？这可能吗？她苦笑了一下，右手开始嘎嘎嘎地扳动老虎机的把手，脑子也嘎嘎嘎转着。

没错。罗勒以前说话，十句有九句是真的。自从开了广告公司，十句有九句是假的，而"永远不准见小房子"一定是真的那句，在这一点上他说得到做得到。他要把风娘吊住，因为他的生意场需要有这么一个研究生老婆撑门面，这是那些女人都给不了的。而且他也没把那些女人当真到要结婚的地步，与文学有关的老婆才是他做生意的招牌，就像文坛上的人都隐约得知风娘有一个做生意的老公，比别人更神秘一点似的。生意场和文坛，这是两个互相卖弄的地方吧。在商人面前谈文化，在文人面前掏钱买单，那样左右逢源的感觉肯定不赖吧。

"你咋赢了这么多！"老登突如其来的声音让胡思乱想的风娘清醒了，旁边的人也都聚拢来看："有好几百块钱吧？靠老虎机赢这么多的可真是少有。""听说老虎机一天就放这么一次，谁碰到谁有福气。"

风娘和老登兴奋极了，踞在人堆里一五二十地数起来。风娘边数边问老登："你赢没？"

"没呢，三百块钱全赔进去了，哪有你这么好福气……三——百，三百一、三百二、三百三！哎呀，赢了三百三呢！你把我的本钱赚回来还有余！"

"真的？"风娘的脸，耀如红日，大跳起来，"那我再去玩！"

"别！千万别干这种傻事！"老登一把扯住她，"再玩就全输进去了，你当赌场会送钱给你呐，那不亏死！它要的就是你这贪劲！"

"那，咱去喝一杯庆祝庆祝？"她学着他的哈尔滨口音。

他摇摇头，"不得劲。"

"不得劲？那就……用这钱看巴黎艳舞去！我请客！这总得劲了吧？"

他拧着头想了想，"行啊，咱没意见。资本主义的魅力是够邪门的，把人的欲望都勾出来了，还得赶紧着，说不定再晚就没了。"老登边说边代风娘将筹码在兑换处换了整张的百元港币，然后和风娘兴冲冲走出不昼不夜的葡京赌场，坐上门口一辆乌黑贼亮的澳门出租：

"给咱们找个看艳舞的地方。"

乌黑贼亮的出租车迅速拐了几条街，在一个闪闪发光的酒店模样的门口，无声停了下来。"到了。"司机说。"是这吗？"风娘有点疑惑，这大门看上去很安静，似乎容不下想象中的巴黎艳舞演出，她设想那应该是一个台下人头攒动，台上裙裾飞扬，云蒸霞蔚一团锦绣的地方。"是。"澳门出租车司机的口语好像被常年闷热榨得十分金贵，决不肯多说一个字。风娘刚准备继续质疑下去，老登对风娘使了个眼色：先下车再说吧。

两人进了大门，发现这是一个酒店格局的娱乐城，所有娱乐场所都深藏在楼层里。电梯刚把他们带到四楼，老登就隐隐触到一缕冷媚肉感之气，它像黑缎子一般慢慢滑动着，沿着墙角柔软而行，有着原始丛林中的不寒而栗或毛骨悚然，和风娘的脸有点相似，但又完全不同。

他兀自呆呆地往前走着，跟在后面的风娘倒是兴高采烈地东张西望："咦，这观赏厅怎么像放大了的酒吧，来看艳舞的人并不多嘛，怎么大部分都是男的？女的只有一——二——三——四，才四个，还全都跟了男伴……哎，老登！别坐那么前，我喜欢坐后面一点，开会开出的远视眼毛病连带着看演出也喜欢坐靠后一点。"发着呆往前走的老登赶紧折了回来，和风娘挑了一处酒吧式的高台高凳斜对着舞台坐下，一眼瞅见舞台侧翼笔直直站着一个澳门青衣警员——是穿着青灰色制服的警员，或者保安吧，再抬眼看舞台那一侧，也同样有个直杆人。

怎么澳门看巴黎艳舞还有警员站岗？又不是北京的疯狂摇滚音乐会要维持秩序？风娘和老登交换了一下疑惑的眼神，再往舞台方向看去，发现舞台更奇怪。没有幕布，没有后景，像剥了壳的光溜溜的熟鸡蛋，台中央竖着三根亮闪闪的金属柱子，两人刚要互相嘀咕几句，午夜演出宣布开始了，是一个不露面的男人从强劲伴奏的音响中发出来的温和声音，并且在温和地用中文和英文宣布了一系列的"不准"

之后（这些"不准"让风娘和老登听起来觉得非常不明白，所以一个也没记住），温和地宣布第一个出场的表演者叫诺玛·琼，来自美国，胸围40D腰围26臀围36……话音未落，烧灼的音乐节奏卷出了一个旋风般的红球，是个红裙红帽的短发美国丰胸女郎。她在声光相乱的柱子间，用情欲翻滚的舞蹈动作荡来荡去，每荡一次，衣服就少了一件，荡到最后，脱得精光，将私处直直送在了看客眼中，黄蓬蓬的像涂了一团难看的油彩。

这个结果可猝不及防，她和他几乎同时尴尬起来：和自己心仪而不熟稔的人来看这种节目，真如自己脱光了裤子一般无地自容。他们开始后悔来看这个什么劳什子巴黎艳舞，但是门票很贵，立即退场反而显得矫情，为了消解尴尬，脑袋几乎同时转向对方找话说：幸亏我们坐在后边，原来"马照跑，舞照跳"的舞是这个舞啊。

他们开始故意调侃，斜侧偏后的角度方便了他们对舞女和看客们品头论足，以表明自己并没有专注观看，不像前边那些睁大鲨鱼眼的看客。

接着换了一个身材窈窕的英国舞女，后台依然报过她的三围，她穿着很纯情的白色罗裙，白蝴蝶般飘在亮闪闪的柱子间，而且舞蹈功底相当扎实，翻腿下腰，游若无骨。风娘想这个应该没什么色情意味吧，此时灯光变得十分粘稠，像阴性的汁液洇濡了空气，舞台混沌不明，那个窈窕的舞女，忽然不见了，再次出现，是叉胳膊叉腿全裸着的——在暗伸到看客中间的T形舞台水箱里，当众沐浴，然后湿漉漉地走出透明水箱，要一个观看的男人为她擦干裸体上的水，一边露出狗一样的表情向他乞讨，随他任意猥亵——她的脸本来长得像一朵惊艳的英伦红百合，却因为乞讨而伸出来的舌苔大煞风景，那舌苔一直耷拉着，仿佛红百合上一绺开败的淤紫色的尖角瓣，随时都会脱落。从这个舞女开始，后来上场的各国舞女都开始乞讨。有一个俄罗斯舞女过于高大丰满，年纪也不轻了，表演笨拙，基本上做不了什么高难度动作，唯一的倒立也是颤颤巍巍的，迅速地脱光讨到几纸零钱就下去了。

舞台下凤娘已经忘记了老登，也忘记了难堪，只剩下震惊了。她在想如果让师姐那样的女性主义者来到这个地方，会不会对女人的前途完全失去信心，对男人更失去信心呢？她想如果台上色情表演兼乞讨的全是男人，台下坐着的全是女人，女人们能否坐得下去呢？

那三对有女伴的看客早就躲到凤娘他们附近了，他们被舞女和那些看客交易的阵势吓怕了。舞女们蹲跨在T形台附近乞讨，男人们硬戳戳的手指乘机伸进她们蹲跨的私处，他们的嘴和手像野狗一样慌急，在名叫"妮可"或"朱莉娅"的舞女身上做出各种不堪入目的动作，其中尤以一个美国男人和陪着他的台湾男人最为惹眼，嘴里还含糊地嚷着："Good！Very good！"妮可们捧着翘挺得刺眼的乳房向这些男人乞讨着港币或美元，一些男人将钱币塞进她们的乳沟或私处，一些男人眼神贪婪身体畏缩地回避着……

作为男人，老登第一次发现女人的肉体这么丑陋，她们骇人地缠在金属柱子上，黏糊糊的，濡湿而腻滑，淤塞了他的呼吸。每个肉体的缠绕过程结束，都有一个服务生轻走出来，擦去舞台柱子和地板上的汗液，舞台两侧的青衣警员也都正色鼓掌。在这种男人欲横流的地方，也许会有男人被挑逗得兽性大发，警员的符号大概是作为警示之用吧。唉，白杨树白桦树一般直立的澳门警员啊，白杨树白桦树一般直立的金属柱子，生长在眼前，繁殖在眼前，越来越多，仿佛走进了东北的原始密林，满眼挤挤匝匝都是直立着的白杨树白桦树，走着走着，那树渐渐地长出分叉，变成粗粗细细的柞树，接着枝杈更加牵蔓了，那是一人多高的爆马子树，然后是夜晚黑魆魆的不知名的丛林以及藏在丛林里的阴冷腻滑的蛇……

老登呼地一下站起来，倏地往后冲了出去，凤娘诧异地转头回望，已经没有人影了，赶紧跟着跑了出来，见一个浅棕色的人体虾弯在墙廊转角的不锈钢垃圾筒上方，和垃圾筒构成一个变形的问号。

——你怎么了？

——我想吐。

——你不喜欢？

——非常不喜欢。

——为什么？男人不是都喜欢这个吗？

老登还在恶心着，却吐不出来，喉咙里的痰总咽不干，心里面也糙糙碴碴的。是啊，男人不是都喜欢这个吗？平常编辑部那些男人扎堆，不论最先从什么话题聊起——政治、足球、股票，或者电影、读书……最后的话题，永远是落到"性色"上面，各种各样的性色，不聊到露骨肉麻的程度必不罢休，虽然自己总会找借口离开或保持沉默。

他恍惚记起法国电影《蓝》当中那个妓女说的话：人们都喜欢"这个"。

这个人们喜欢尤其是男人喜欢的"这个"，和那个让他恶心的"这个"，到底是不是同一个呢？他有些昏忽了，因为他的呕吐没有成功，也就没有呕吐之后的清醒和空畅。

我们出去走走吧。凤娘见他那张扎切罗尼的脸已经泪水婆娑，知道他吐不清爽憋得难受，不再追问他了，从随身的墨绿小坤包里寻了张纸巾给他。

两人于是离开娱乐城，在澳门的街上慢慢走着，彼此都默默无语。街上人迹稀少，人们都在各种场所里通宵达旦，这一白一棕的身影就变成了澳门夜晚两条醒目的笔划，从澳门的上空看下去，两条笔划毫无规律地在街道与街道之间延伸着，画出歪歪扭扭的痕迹。它们若即若离，形影相吊，仿佛五线谱上两个不确定的音符，不断被修改着位置。渐渐地，在音符前端慢慢铺出一大片广阔的黑，在那片广阔的黑上，澳氹跨海大桥简洁得像一道彩虹，轻轻悬着，再往前不远处，正是那个著名的葡京大酒店，主楼和裙楼上，两个一模一样的璀璨的皇冠饰顶中，各自插着一把剑形，据说是风水镇邪，招财进宝之物。

瞧，又兜回来了。就在这吹吹海风吧，也许你会更舒服些。凤娘走到岸沿，自己也深深吸了口气，感觉并不怎么畅快。老登说，没有用的,我知道,咱们俩的胃口都给倒了,回去可千万别跟人说我们看过巴黎艳舞,够丢脸的。

丢脸的是我,不是你,男人嘛,看看这种舞倒也罢了,我看算什么名堂,不过你也没沾着啥便宜,差点还吐一场。嗨!天知道,也不知怎么就犯恶心。我就不信你没看过毛片?什么毛片?噢,老天爷,看样子,你还真是个有药可救的男人。

对话开始松弛下来,由于受了刚才的感官刺激,又在路上默默地走了一段时间,两人无形中竟然有了一种同病相怜的默契,好像是病友,又好像是战友,从此多了一个共同的疾患,或者一个共同的秘密,这是非情人的男女两性间的互相妥协,谁都没忘了谁的把柄,谁都走进了对方的隐私处,却又无能为力。他们唏嘘感叹了一番,回想刚刚那些场景,简直像做梦,再想想怎么就从遥远的北方来到澳门的海边,穿着初夏的衣服,孵着粘稠的空气,吹着南湾的海风,看着澳氹跨海大桥的来往车流,映着身边葡京大酒店的灯彩,竟也恍如梦境一般。中国实在太大了,怪不得清朝政府那么大方就把香港和澳门当零食分给了英国和葡萄牙,家当太大,落到不成器的管家身上可就遭了殃,女人太美,落到不争气的男人手里也算倒了霉。

此后,风娘吸了一口 Lights 烟,终于冒出了那句没有定语对象的口头禅。

中国真他妈的大。

是,中国真他妈的大。老登也说。

2

早晨八点。这个房间的褚红落地窗帘正静静铺垂着,仿佛一个完整的梦境,天衣无缝的螺绣窗饰掩盖了它们的裂痕,疏落有致、缺乏家常情趣的咖啡色圆茶几和高背凳浮现出自己的本质:一个非大陆高级酒店的迷你客房。席梦思的被衾里沉淀着某个庞大的人体,被衾表层的阴影随着人体粗糙地散落，被衾里的老登不情愿地醒了，林马斯先生和欧路士正在二楼餐厅等着他们去吃早茶。他又用座机唤醒了隔壁客房的风娘。风娘在被窝里嘟囔着说："嗯……困着呢……我请假行吗？今早五点才睡，你委屈一下做代表吧……"

"不行，这可不是大陆，这样太不礼貌了，我也和你一样五点才睡，克服一下，起来吧，啊？今晚到香港就可以好好睡一觉啦，啊？今天温度降低了，要多穿点，啊？"老登哄小孩似地说着，话筒含在右肩和右脸颊之间，使身体半勾了起来，正在忙碌穿衣的四肢就显得格外扭曲。

那边风娘痛苦了两分钟，终于呈仰角上升，发出歌唱的声音："起来，饥寒交迫的奴隶！起来，全世界受苦的人！满腔的热血已经沸腾，要为真理而斗争！"

八点二十分，老登和风娘急匆匆走进二楼餐厅，忙乱不迭地落座道歉："对不起，林社长，让您久等了，昨晚我们睡得太沉，所以起晚了。"

"睡得沉好啊，睡得沉说明睡眠质量高，我现在就不行哦，老是失眠，早上四点就醒了，再也睡不着啰。呃，没办法，工作压力大，不像你们在大陆节奏慢。呃……来来来，吃虾饺，这个肠粉也不错，多吃点，慢慢吃，吃完了我给你们安排一个特殊节目，然后我们再谈合作的事情。呃……策划方案欧路士这两天已经拟好了，你们看看，没什么意见就定下来，有什么问题就让欧路士改一改，很简单的，下午你们去香港就可以带走啦，四点钟的船票，时间绰绰有余，呃，你们说怎么样？"

林马斯先生讲普通话总是比讲白话费劲，一下子讲了这么多，用了很多"呃"才缓冲过来。也不知是他粗心，还是老登和风娘出门前互相过关的结果。他并没有发现座边这两个人一个换了米色西装，一个换了绣亮片的白外套，却藏着异样之处：脸色有点发黄，眼睛其实是肿的。

出门前，风娘甚至抹了点自己的胭脂在老登脸上，让他的脸看上去像睡得不错的样子。

喝着小碗皮蛋瘦肉粥，老登顺口问究竟是什么特殊节目，这么神秘兮兮的。林马斯先生笑咪咪地说你们知道了肯定会大吃一惊的，这可是大陆没有的特殊节目：看巴黎艳舞！

"什么！"老登和风娘几乎同时被皮蛋粥呛住，震惊的眼瞳里映着林马斯先生绽开的瘦脸，那张脸因为获得了预期的效果正充满了快乐，并且转向欧路士说："幸亏你提醒我，要不然真的让他们错过好节目了。"

"咳——咳——，不行不行，咳——咳——！这绝对不行！我们换个节目吧。"老登急着咳急着说。

"是啊是啊，换个节目吧，再带我们去教堂，或者赌场也行啊。"风娘边说边恐惧着，和林马斯先生在一起看那样的巴黎艳舞不等于要她的命吗？

"不要急不要急，赌场肯定要去转转的，我已经安排好了，就在巴黎艳舞团旁边，不过赌就不用赌啰，你们肯定会输的，但是巴黎艳舞一定要看，难得来一次，绝对要看。呃……也不用怕回大陆交不了差，我知道你们的顾虑，一开始也觉得不方便安排你们去这些场所，昨晚欧路士告诉我，他最近去过大陆，说大陆现在已经很开放了，凡是组织来澳门旅游的，都要安排观看巴黎艳舞。呃，你们就把这次出差当旅游啰，我就不陪你们去啦，让欧路士做导游吧。"林马斯先生说了一长串不标准的普通话，又曲里拐弯拖泥带水地"呃"了几口气，和他的S发型一样磨蹭。

欧路士接着补充说，你们运气挺好的，平常上午还看不到，今天正好有包场演出，林社长用报社的名义才允许进去，刚刚全都安排好了。

这下彻底完了，逃不掉了，再逃就是对东道主不敬了，两人只得硬着头皮答应下来。风娘想，豁出去了，他们都不怕难堪，我难堪什么,反正林马斯先生也不去,欧路士这个小助手用不着在乎什么。于是继续吃着各种点心,却搞不清楚都吃了些什么。她斜转头看老登,发现他也在朝自己这边看,两人的眼睛撞到一起,空花花的,彼此都看到对方眼中的心虚和难堪,这比昨晚一点心理准备都没有更加难堪。

吃完早茶,报社的小车正等在富华酒店门口,林马斯先生打算步行去不远处的报社,凤娘一行人和他道了别,上了车,大概只用了四五分钟的时间,就到达了目的地。透过茶色挡风玻璃绿暗的色调,依稀辨出车窗外的建筑好像是葡京娱乐场,他们从车后座勾身出来一看,果然是它,心想这两天看样子是和这地方打死结了,不敢说已经来过,和司机摆手告别后,装模作样地跟在欧路士旁边东张西望。

白天的葡京娱乐场和夜晚确实不太一样,门口聚集着一大堆苍蝇般的人力车,建筑的葡式结构和咖啡底色也过于明朗,没有了夜晚五彩斑斓的气势,赌场大厅也失去了神秘热烈的气氛,更多地充斥着浑浊与喧闹,在折射自然光的通道口,微屑的烟尘如蜉蝣一般飘动着。更重要的是,白天在大厅里亮起的灯盏,反倒使此刻的人和物显得极不真实,似梦非梦,而夜晚的一切却清透逼人。

欧路士正介绍赌王何鸿燊"从来不赌,舞技惊人"的传奇故事,又说到1981年有几个美国职业赌徒在这里玩"21点",几天赢了几十万港币,后来甚至赢到近百万,靠打官司才把他们解决掉。"不过,"欧路士从大厅绕到外厅的时候说,"也只有职业赌徒才可能这样,我们是不可能对付这些赌场机关的,所以看看就行了。噢,快到演出时间了,去看巴黎艳舞吧。"说罢,他在前面引路,插过磕磕绊绊的人流,从外厅拐向一溜台阶,绕过一条弧形走道,来到一个红色幕帘勾起的门厅,门厅前竖着一块花花绿绿的演出海报牌。

穿过人流,紧跟着欧路士走,凤娘和老登边走边张嘴互相使着眼色,此刻他们有太多的话需要交流,却不好开口——其实他们想说的话几乎都是一致的:没想到巴黎艳舞就在葡京娱乐场里,我们昨晚被那个的士司机耍了。他们还想说:没准我们看的根本就不是巴黎艳舞，要不然欧路士怎么愿意陪我们来看呢。最后他们暗自回味一些忽略了的细节，又同时想说：没错没错，我们看的连脱衣舞都算不上，我们上当了，摸错门了，没有比我们更傻的，真是土老帽啊！仅仅几分钟的时间，他们想说的话淤积了四五倍，等他们顺着台阶走进铺着红地毯的演出大厅时，这些话很快被证实了。

富丽堂皇天高地远的大厅，自然不是昨晚别处的私密气象，温文尔雅的引座员，辽阔的缀金幕布，先进的投射屏幕，熙熙攘攘的观众。然后，激情荡漾的，也是正宗的巴黎艳舞终于上演了。

看呐！金发碧眼的舞女们。

一群群、一排排地上场。

她们窈窕性感，美貌绝伦。

她们莺莺燕燕，眩目撩人。

她们！全都是上帝宠爱的尤物！

她们玉乳袒露，美腿舒展，浑身洋溢着灵肉的美感。当她们戴着冷傲的爵士黑礼帽，穿着妩媚的内裤，迈着七寸跟的高跟鞋在台上表演时，老登和风娘都不得不打心底里叹服，西方女郎的性感实在是东方女子无法望其项背的。

可是，在身心愉悦的同时，他们总好像少了点什么，也许是昨晚被怵目惊心的浪荡场景刺激过了，反倒觉得眼前的艳裸只能算小儿科——舞台上的舞女们从不展示下身，偶尔一两个在大幕拉上的黑色远景中彻底脱光，也只剩下造型的剪影，倏然即逝。老登甚至发现，和今天的美轮美奂相比，倒是昨晚的肮脏丑陋印象更深，更激起冲动，那是明知其丑陋却欲罢不能的冲动，如果不是生理上的恶心，他也许还会一直坐下去，当然风娘如果提出要走那是另一回事，但她没有。他不知道她和男人看到的感觉是不一样的，她没有这种冲动，只是糟在跟错了伴，从此她在丈夫之外，和另一个男人多了点暧昧的注脚，这点注脚一不小心就会成为基数，翻倍上涨，正如此刻的巴黎艳舞，她就再也不可能如其他观众一样纯粹地欣赏，她留下了那个糟糕的东西：昨晚的经历。而且是和一个没有肌肤之亲的男人。她必须和这个男人互相守口如瓶,直到永远,除非有一天他们彼此出卖,两败俱伤。

一个小时的艳舞表演,因为穿插了杂耍和魔术,节奏又处理得天衣无缝,似乎很快就结束了,人群汇成云风往门厅外涌着。欧路士问两人感觉怎么样,答曰真不错真不错,很有美感。欧路士说他也很久没看了,确实赏心悦目,可惜林社长不方便,要不然真应该来看看。他们边议论边往外走着,风娘第一个看到那辆白面包车候在了葡京娱乐场的大门口。

3

怎么样?还有什么意见吗?

非常好非常好,没想到欧路士策划报刊合作这么有经验,"三文鱼",这栏目名字有意思。坐在林马斯先生办公室的黑色沙发上,风娘来回翻着手中三张"走世纪"策划方案,边点头边说。他们刚刚在富华酒店吃完中饭,就被接来报社了。林马斯先生今天特别忙,没有陪他们吃饭。

是啊,文汇,文坛,文苑,全嵌在里面了,的确很妙。老登坐在风娘身边也赞不绝口。他还想补充一些重要作者,就问欧路士讨了支签字笔,在策划方案的第三页勾画着。

"怎么没有诗歌的栏目啊?"捏着打印稿,风娘突然发现了一个问题。坐在单人沙发上的欧路士解释说:"《文汇日报》广告太多,发诗歌很占版面,而且没什么人看,考虑到大陆看诗的读者也少,杂志登几个页码的诗也很不划算,就一并取消了。"风娘说:"这不行,报纸不登诗可以,我们杂志不能不登,要不然怎么叫文学杂志?难道诗歌不是文学吗?"

正在勾勾画画的老登抬起头:你看你那个诗歌编辑情结又犯了,要登你登,我不登,诗坛本来就鱼龙混杂,区区那几张诗歌页码到底给谁，麻烦着呢，既得罪人又不赚钱，还是不登的省心。

当着澳门人的面不好发火，风娘心想，老登老登，不登不登，你也有耍滑头的时候。她憋着气，端起茶几上的水杯喝了一口，"好吧，那就我一家登。"

老登吃惊地瞄了她一眼，他第一次发现这女人脾气还挺犟的。

别的分歧都没有了，唯一需要《文汇日报》出资的就是一年一度的"走世纪·三文鱼"大奖，奖金全部金额由《文汇日报》负责，其他杂志费用依然是《文坛》和《文苑》自己的事。老登和风娘都清楚，《文汇日报》不愁钱，借此合作的目的只是想要大陆的好作品，而自己的杂志是否有起色，还要看半年后的折腾，但不管怎么说，有《文汇日报》负责每年的"走世纪·三文鱼"奖金，毕竟是件好事。

三方欣然签了两年的协议。

一切办妥，才下午两点半，离开船还有一个半小时的时间。林马斯先生想陪客人去收拾行李，两人忙说："不用了，林社长你去忙你的吧，让欧路士送我们就行。"林马斯先生说："不行，再忙也要送送你们，还有重要的事想和你们谈呢。你们明天在香港只有一天，建议你们无论如何去一下赤柱，那个地方和香港的其他地方很不一样，很多电影都在那里拍的呃，你们肯定会喜欢的呃。"

林马斯先生还有什么重要的事？

真的被老登昨晚不幸言中了，他想劝说他们加入基督教，希望这两人早点获得主的拯救。

他说今天刚刚得到消息，最新的某某科学杂志上郑重宣布，接收到了天外有规律的电信波，并且证明，那是上帝发给人类的，这说明上帝确实存在，主时时刻刻都在我们心中……

两人不想在临走前扫他的兴，没有用什么"那是外星人的信息"之类的话挤兑他，而是说我们回去考虑一下行吗？我们得想一想才能做决定。林马斯先生很高兴，可以可以，对主的认识肯定都是有过程的，达尔文不是到晚年才承认了上帝的存在吗？当时他还为自己提出的进化论向主忏悔说,主啊,我真不应该说人是由猴子变来的,我到现在才知道人明明是由上帝您创造的啊……

"啊?真有这事儿啊?"老登和风娘都笑了起来。

将近四点,澳门的温度莫名其妙又升高了,海顶的太阳有点焦躁不安,星星点点地碎落在水里,往上刺着人眼,老登和风娘将热得穿不住的米色外套和白外套各搭在肘上,告别了岸上戴着墨镜的林马斯先生和同样戴着墨镜的欧路士,仿佛告别电影中两个神秘的人物。

香港海洋公园的意外

1

香港的海洋公园。它俏皮地窝在香港的山与海怀里，浪漫新奇，远远望去，长长的半封闭登山电梯，像切得齐齐整整的长条面包，一段一段不衔接地斜搁在山坡上，悠悠地在海平面和山顶之间，来回递送着游客。如果把角度调换到乘电梯上山的地方，感觉会很奇妙，电梯右边，一朵一朵的游客慢慢往上浮着，逐渐隐没在扶梯消失的顶端，好像掉进了无边的悬崖深处；电梯左边，一朵一朵的游客慢慢往下坠着，仿佛在扶梯顶端隐藏着一个繁衍游客的源头，一直源源不断地往外喷涌。再抬眼往山腰上看，又是同样的景象，只是形状更加微小，线条更加模糊而已。

两人兴奋地站在山脚缓缓斜升的电梯台阶上，容光焕发。老登的右脚还踏着高一级台阶，弓起的腿撑着右手，一副气宇轩昂的模样。今天上午他们饱饱地睡了一个懒觉，一直睡到中午，彻底补回了在澳门的疲倦，填饱肚子后，才不紧不慢地出门，决定把这仅有的小半天，交给海洋公园和林马斯先生说的赤柱那地方。

昨夜他们刚到香港，就跑去沙田、铜锣湾的夜市购物。

老登没买什么，就给老婆买了一瓶 AD 香水，给书空买了一个日本玩具车，给自己买了一双"无印良品"的袜子，他的钱不多了，如果不是在澳门赌输了三百，又买了低级脱衣舞的门票（当时风娘虽然说请客，他还是坚持了AA制），手头应该会松一点。

风娘可就疯狂采购了一番，光CHANEL19号和5号的香水她就各买了五瓶，"要知道，这里两百港币一瓶，北京要卖一千呢，多便宜啊。"风娘好像两百港币一瓶就不要钱似的，买完单后看着"sasa"店里的小姐帮她把十瓶香水装好，白底黑框的CHANEL香水盒从柜台上前赴后继地消失了，消失在风娘手中精巧的包装袋里。这时老登觉得她不像什么文学主编，倒像个被人包下的二奶，他大略听说过她的丈夫是做生意的，却没想到她的财政底气这么足。心想这个女人如果少点富贵气会更可爱。就像今天来海洋公园，她没穿那件绣亮片的白外套，而是单穿着里面的黑红拼色紧身裙，在有点歪斜的阳光下，妩媚而朗朗干脆，散发出那种最适合她的简单的美。

"看，妈咪，过山车！"随着身后一个男孩的喊声，两人在即将被扶梯顶端吞没的同时（当然他们并没有被吞没，而是踩在了凝固的山路上），看见了右侧一个扭麻花状的巨大机器轨道，盘踞在山海之上，一列古铜绿敞天小火车发出"哐镗哐镗"的轰响，惊心动魄地在上面跌宕起伏，扔出一浪又一浪的惨叫。

身后的小男孩朝过山车的入口处跑去，他的母亲紧跟在后面喊着慢点慢点别摔了。风娘提议他们也去玩一玩，老登说你的心脏好不好？你怕不怕？风娘说我的心脏好得很，不怕。老登说还是别坐了吧，万一出事怎么办？风娘说你看人家小朋友都能坐，会出什么事？老登说小朋友有家长带着啊。风娘说那你就当一回我的家长吧。

没办法，他只好依着她的性子上了过山车，挑了中间的座位，系好腰间的安全带，抓住前面的扶手。

当过山车发动时，老登看见她右眉心的那颗美人痣都快跳出来了。她紧紧闭上了风情流转的双眼，只感觉到耳边"哐镗哐镗"大转弯了……"哐镗哐镗"往上升了……"哐镗哐镗"往下坠了……她张着嘴，露出古怪的笑容,似乎那是减少恐惧的本能,老登根本听不到她有什么类似别人的惨叫声。等到过山车"咕哒咕哒"喘气似的停在过道上歇息的时候,车上的人都发出一片后怕的唏嘘声,他看到她睁开双眼,仍是明静的神情。

哟,还真是不怕。

我说过不怕嘛。嘿!真好玩!我还想再坐一次。刚刚是闭着眼的,这次想看看睁开眼是什么感觉。

还坐啊?俺都觉着怕了。

好吧,你不坐我一人去坐。

他知道她的犟脾气又上来了,"等等,等等,算你赢了,家长再奉陪一次。"

接着又去排队,又坐在了比较保险的中间位置,这回她从一开始就睁着眼睛,紧张地盯着前方,老登说别那么严肃,像就义似的,放松点,实在不行,就闭上眼睛。

古铜绿的过山车又启动了,风娘睁着眼睛看到世界失控了,风娘睁着眼睛看到天崩地裂了……啊,那是什么?!一个女人,从舞台上飞落了出去……那是少女时看过的小说,阮朗的小说,是《爱情的俯冲》,那个女人,为了绝望的爱情,从高空表演绳索上荡了出去……没有安全扣!没有一线转机!没有退缩的余地!没有所谓代价!没有任何希望!俯冲的,是鳗鱼一般光滑的身体!身体上,嵌着风娘自己的脸!和脸上放大的瞳孔!瞳孔里,刺满了彻底的粉碎和绝望!

啊————!!!啊————!!!风娘在过山车上发出了极其凄冽的惨叫声,落入了一股惨叫的巨浪……

2

你不是不怕的吗?

我本来是不怕的,可我睁开了眼睛……

这是一场意外。老登心想。

他挨着她并排坐在双层巴士的高层,脑海里却不断浮现着她在海洋公园恐怖的神情。此刻,这个女人倚前窗而靠,右肘紧张地支着窗沿,兀自心有余悸的样子。他很希望她能靠在自己的肩上,但是他刚刚询问过,遭到了拒绝,这使他有点意兴阑珊,只好顺着她的视线看窗外森绿的景致。这是去赤柱的6线双层巴士,车上没有多少乘客。她在过山车上受了惊吓之后,他们就没有玩海洋公园别的地方,只是随便在山上走了走,让她抽了两根烟定定神,就离开了海洋公园,乘大巴到金钟地铁站,穿过地铁站的后街口,换乘了6线双层巴士。

这么折腾几下,天已不早,黄昏的港岛一点点暗了下来,心情也跟着一点点落到不设防的边缘,仿佛一触即飞的夜蝴蝶,脆弱得充满了诱惑。

巴士在港岛宽敞流畅的山路上起伏延绵,迂回辗转,摇出像华尔兹一样销魂荡魄的弧线,他们坐在高处,又是最前面,起初还能看见线条飘荡的山路在眼前越来越舒展,变成了光滑柔顺的面料,永远没有尽头地飘洒着。渐渐地,就看不到公路与树与山与海的红绿蓝色,只看到熠熠发光的点和线,最后,点点线线全都泅成了一蓬一蓬的光芒。

那,就是香港的万家灯火了。

夜色已经侵袭,身体也和初来乍到的夜晚一样,变得柔软慵懒,此时风娘倒想找个肩膀靠靠了,她开始后悔刚刚拒绝了老登。如果现在他再次询问,她肯定不会拒绝,可这个男人问了一次就没有下文,她想他肯定是不高兴了,越想就越觉得他确实是不高兴了,于是心里捂着莫名的难受,越捂心里越难受。窗外的灯火又是那么璀璨,脸上渐渐就潮湿起来,他看见她侧脸上滑落的晶莹,终于情不自禁地将手环在了她的肩上。这个动作让她突然意识到澳门那一夜的基数又上涨了,抽泣得更加厉害,分不清是懊恼还是委屈,却什么话也没说,脸一直半侧向窗外,不知过了多久,才平静下来。

两人像一对真正的情侣，无言地俯眺着山路下灿烂和幽暗的纠缠。

巴士在终点站赤柱镇停下，两人坐在原位上都没有起身，车上的其他乘客全走光了，他们才下了车。这一下车，老登的手就不好再环在风娘肩上，两人突然有点羞怯，在小镇仅有的几条巷街上没头苍蝇似地乱走着，也没走出个名堂来。倒是觉得肚子饿得紧，赶忙找了一家西餐厅胡乱吃了点东西，又回到了巷街口，和孤零零的英式酒吧小楼一起斜站在坡上，东张西望。

林马斯先生推荐的这个赤柱没有什么惊人之处，只是迥异于灯红酒绿人声鼎沸的香港城，安静、古朴得很，确实很适合拍古装戏，听说从赤柱再往下走就是关押香港犯人的地方，可见其偏僻。

也许来得太晚了，也许林先生的欣赏眼光带着基督和音乐的特殊，也许在香港找一块净土太不容易，安静的地方就变成了稀罕，总之对老登和风娘来说，赤柱镇实在看不出什么风景。

他们绕过纷纷关门的小店，那些小店像天堂的门一扇扇地关闭，呼哧哧泯灭了光明，黑暗渐渐覆盖了一切，他们无所事事地走着，走到同样黑暗的海边，眼里只有远处的零星灯火，剩下的就是无边的空洞。越来越浓的空洞将他们抛在了世界深处，某个塌陷的角落，无论说什么做什么都不会有人在乎，无论想什么看什么都失去意义，人在这里是无足轻重的，被忘却的，是上不着天，下不着地的，只有语言可以勉强代替绳索的力量，用一个字一个字串起来，串成飘摇的绳索状，把他们一点点从深处往上拎提。

他们都想找到这种可以串成语言的字，费力地沉默着，大海和黑暗使他们比任何时候都弱智。后来老登终于找到了话头，他问风娘听过老鼠沉海的故事吗？风娘迅速地回答说："没听过，也不想听，我不喜欢老鼠，喜欢猫。"话头被踢掉了，语言的感觉却拨开了空洞的沉淤，老登开始迷上了她的这种犟脾气，也觉得她是喜欢自己的，壮着胆子吻了一下她的脸颊，果然她没有生他的气，只是抬脸望着他，问的话却令他难堪："你不是不喜欢"这个"吗？"

黑暗中，能感觉到老登脸的轮廓，那轮廓认真地想了想，说："不管婚姻内外，我喜欢美丽的'这个'，你是第二个给我这种感觉的女人，第一个是我妻子。"

这样诚实的语言和态度，对风娘来说是有诱惑力的，说话的这个男人真的有点与众不同，她仿佛沦落在黑暗的海底，被他的话慢慢捞起。忽然她故意倾斜了身体，让自己又掉了下去，她还是用有克制的理性否定了自己的感觉。多少年来，她一直在用这种演算方程的办法，推翻自己对文人的感觉，筑牢心中的防线。她说："'这个'没有美丽的。"

"有，我们之间会有的。""不会有的，你不了解我，我根本就不会给你开始。""我们已经开始了。""没有，是你已经开始了，而我没有。""你干嘛要欺骗别人，也欺骗自己？我看得出来，你是喜欢我的。"

"我是喜欢你的，可我也是厌倦你的，我厌倦着人，我喜欢着人，我厌倦着喜欢着人，所以我没有欺骗自己。"

"我能改变你的厌倦。"

"你不能，我太知道你和他们是一类的，你们写东西的男人情感都太无序，和生意场上的男人一样无序，我已经嫁了一个情感无序的男人，不想再……"她停住不说了。

"什么叫我们写东西的男人情感太无序？"老登有点生气了，"你们女人就爱犯以偏概全的错误。"话一出口，他就后悔，可是已经晚了。

"什么叫我们女人就爱犯以偏概全的错误？他妈的你这个男人不爱听，那我这个女人就什么都不说好了。"风娘也生起气来。

去赤柱的结果竟是这样不欢而散，这是两人都没想到的。

瞬间的崩离和瞬间的迷恋一样没有理由，那个夜晚，他们从罗湖海关转到深圳，看见天上的轻风寂然，有一道风拐来拐去，突然像彗星一样消陨了。

附录：风娘的画外音

　　一个嘴巴、一个鼻子、两只眼睛、两只耳朵……这是娘娘家的猫。一个嘴巴、一个鼻子、两只眼睛、两只耳朵……这是我。我和娘娘家的猫对视着，不知道为什么，同样数量的器官造就了不同性质的我和它，但我们之间比人还亲密。在娘娘家，它是对我最有情义的，其次是我的姑父。

　　也许就是从姑父身上，我看到了我喜欢人的那一半，有情有义有温暖。但我知道姑父有顾忌，他从来不敢上我的阁楼就是一个明显的例子。再比方他会偷偷地买些零食给我，一旦被娘娘发现，就谎说是买给猫吃的。是的，他顾忌娘娘，他的日子并不好过，对我来说，寄"人"篱下的日子更不好过，哪怕这"人"是自己的娘娘。娘娘故意在饭桌脚边扔一张五十元人民币，准备等我去捡的时候说我贪钱，然后揍我一顿，但我没捡，我太明白娘娘的德性，也太明白自己的德性，我身上有娘娘的影子，所以我清楚她想什么（天哪，当时我才十五岁！），娘娘是我厌倦人的另一半。

　　姑父的情义打了折扣，娘娘家的猫却不会，哪怕娘娘把它往死里打，它仍然要窜上我的阁楼，和我一样四脚朝天，从被窝里露出寂寞的小脑袋，呆呆地望着老虎窗，或者天花板上糊的泛黄报纸，它的肚皮毫不设防，仿佛正准备接受我所有的孤独。

　　我十八岁那年，它被送走了，是被娘娘送走的，送到了另一个城市。后来不知怎样了。

我的寄居生活也宣告结束。

开始彻底进入人的世界。

校园、火车站、街道、超市、机场……满眼都是"人",密密麻麻蠕动着,像集体宿舍永远打不完的蟑螂,顽强得令人惊悚。我知道他们当中有很多爱我的人,我也想爱他们,但很难。一旦接近人,就会发生快乐和肮脏的关系,我只想要快乐,不想要肮脏,可这是不可能的。

是的,肮脏,就像西方人说的蛇阱,恶毒的汁液疯狂滋生,令人毛骨悚然。那么去一个无人的地方?不!我在四川的山上迷过路,尝过那种见不到人的恐惧,在山里迷路的时候,没有人的时间只能支撑二十四小时,二十四小时后会开始渴望人,渴望看到人,喜欢人,被人喜欢,被人爱……当然也就开始讨厌人,被人讨厌,被人恨……这是一个娘娘和姑父的怪圈:我厌倦着人,我喜欢着人,我厌倦着喜欢着人。

第二章

文学和开会,一对互相厮磨又互相欺骗的恋人

"昨天"就是"过去"

1

从澳门回到北京后,凤娘不管到哪都跑神,今天坐在书房,又是这样。

"师父,你在干什么呀?"小房子踩着凳子爬到凤娘的桌上一屁股坐下,明显是寂寞了,想找凤娘说话。这两天她肠胃有些吃坏了,没上幼儿园,只要不上幼儿园她就闷得慌——她可是很愿意上幼儿园的。凤娘从她一岁起就灌输幼儿园是好孩子才有资格去的地方,等到真上幼儿园了,小房子就没有其他独生子女的心理障碍,欢天喜地跑去了。她是个喜欢凑热闹的孩子,现在呢,离了那地方还不行。

"师父在……工作。"凤娘说完,顺手拿起桌边放了老半天的审稿单。

小房子不吭声了,两只胖嘟嘟的小手抱起竖在凤娘跟前的紫边立框圆镜子,依着立框的镜子是活动的,像一张纸的两面,一面是圆的,一面是方的,小房子把镜子翻过来翻过去,圆圆方方地照着自己红朵朵的小脸,又照着嘴里的牙齿,她左照右照,然后长长地叹了口气。凤娘被她的叹气声唤起了注意:"怎么,小房子有心事了?"

"师父，我不想长大。"

"好，那就不长大。"

"可我今天长出最后一颗大牙了，我们刘老师说，大牙全部长齐就是长大了。"

因为缺钙，小房子的大牙整整比别人晚了一年。风娘顿住了，说实话，小房子已经快四岁了，她也不希望小房子长大，又不想骗小房子长大了有多好，但是"长大"这件事，就像小房子嘴里的大牙一天天出现，怎么也逃避不了。是的，逃避不了，迟早会来，正如窗外四月底的槐树枝，干枯了一个冬天，经历了一场天地玄黄的沙尘暴，依然把绿色一点点固执地滴到风娘的眼中，风娘的眼波也跟着那绿色一点点往外流，不知流到何处去了。

小房子毕竟是孩子，马上就转移了注意力，她把镜子放回先前的位置，镜面却由先前的圆变成了方，她从桌上爬到了风娘怀中，蜷起小身子，镜子的高度正好浮出她一双大大的对眼和风娘的整张脸，大大的对眼遇到方镜子里大大的对眼，小房子产生了联想：师父，昨天我在干什么？

"啊，昨天，我们去了桂林。"风娘回答，眼波也跟着落在了镜面上，小房子问的"昨天"其实就是"过去"。对风娘来说，"昨天"也变成了"过去"，她能想起"过去"的某一幕清清爽爽的细节，比如她挺着八个月的大肚子骑在马上，被人牵着下香山，山上山下的人那吃惊的眼神，都说这女人胆子忒大，也不怕把肚里的小孩给摔坏了。还有那漫山遍野的红叶，仿佛就晃在眼前，却想不起"昨天"干了些什么，必须让脑子整个沉下来，沉下来……像沉在水里，才想起，哦，昨天，上午带小房子去了医院，无比繁琐的排队、付款、再排队、再付款，最后是取药；下午去编辑部打扫卫生，和社长赵骆明商量筹办新闻发布会的事……这些事一点一点顺下来，然后想起吴衣奴送来了信，想起了看信后无法表露的心痛。

想起了她不能形于声色，还要陪着小房子玩，和罗勒同眠。

想起了她为什么照镜子。

……

风娘：

自从回到哈尔滨，我一直在煎熬中！你知道吗？

这些天我一直渴望着！渴望你被车撞了，撞成了残疾，或者大病一场，失去了生活能力，那样我就有机会得到你，让你知道世间真正的爱情究竟是什么！让你不再厌倦人！让你知道"写东西的男人"也有痴情种！当然你会说，我已经有妻子了，还有什么资格谈痴情，你错了！我觉得痴情不是仅仅针对一个人而言，那是古典式的，不现代了！我是一个对钗黛都痴情的男人，妻子是我的宝钗，你，就是我的黛玉！我不会因为你的出现去做不忠实于妻子的事，我必须让她知道有你的存在！她以前也时常说，如果我有情人了她能理解我，所以这次回来我告诉她，我在她之外又爱上了一个女人。万没想到的是，她一改往日的宽容和温柔，起初对着我歇斯底里，破口大骂，然后对着我又哭又闹，寻死觅活，我吓呆了！真弄不明白一个女人嫉妒的时候会如此疯狂，哪怕她是大学老师！她决绝地要和我离婚，理由是我已经不爱她了，我反反复复地解释我依然是爱她的，只是同时又爱上了别人，但她怎么也不肯相信，她的理由是"真正的爱一定是唯一的"。我们吵了半个月，她带着书空回娘家了，坚决不理我了……唉！为什么知识女性在情感方面会和没文化的女人一样失态？一样固执？

我现在既得不到你的爱，又因为你伤害了我和她之间多年的爱。这几天我一直失眠，好不容易戒掉的烟又抽了起来，而且抽得更凶。当然我还喝酒，喝得酩酊大醉！只有这样才能睡着。什么都不想！是的，我在故意糟践自己！因为我不知道该怎么办？不知道一切怎么会变成这样？你难道忍心看着我糟践自己吗？你这个狠心的美丽的女人！你难道对一个男人为你影响了家庭而无动于衷吗？你这个美丽的狠心的女人！《诗经》里说："行迈靡靡，中心如噎。知我者，谓我心忧；不知我者，谓我何求。悠悠苍天，此何人哉？"以前对它泛泛而读，现在终于深切体会到了其中每字每句的痛。悠悠苍天，此何人哉？你就是那个让我"中心如噎""中心如愁"的人啊！也许你会说我是个大傻瓜，是啊，我就是这样一个无药可救的大傻瓜！求求你给这个大傻瓜继续写信吧，从香港回来后你就再没有给我写过信，我承认我在赤柱的话说错了，我承认错了还不行吗？我不会逼你，我会给你时间让你慢慢相信我的感情，这种感情可能有点不可思议，可的的确确是真心的！求求你给我写信吧！没有你的信我活不下去……

痛苦的老登
1999年4月某日

天底下竟真有这么傻的男人，快四十的人了，怎么还像少年一样激情泛滥，少年的激情好歹是真的，他有多少激情是真的？

写信？写什么信？火辣辣的信？安慰的信？装作什么事都没有发生的信？或者冷若冰霜的信？少女的时候，她收到过很多写东西的男孩或男人写的信。那时父亲托上海的熟人帮她找了一个暑期文学讲习班工作人员的活，名为工作人员，实际上享受了多种优惠，可以和学员们一起听课，不用交学费，还有额外的工资。

她兴奋极了，觉得自己和高高在上的文学突然拉近了距离。每晚早早从闸北区的娘娘家跑到徐汇区讲习班的教室里，和另一个同样兴奋的工作人员——名叫百部的小伙子收拾讲台，搬来音箱，然后理所当然地坐在第一排，怀着神圣的心情等待着作家们的到来。

那都是一些在诗歌小说散文领域极有成就的作家啊，风娘以前只在《新民晚报》或《收获》《萌芽》之类的杂志上看到过他们的名字，而此刻这些名字从门口走成活生生的人，就坐到了她对面！他们撑着脑门，眼睛盯着话筒，非常忧郁地说："我的写作没有任何经验，是生活教会了我写作，生活是最伟大的艺术……"她真是迷死了他们那副样子，觉得他们才是真的人，真的痛苦着，真的生活着，真的感觉着。尽管后面坐满了学员，空气里淤满了汗气，但她觉得这些话就只是对她一人说的，她一字不漏地记下来，在各种各样的着重点上画好各种各样的红线、绿线、黄线……笔记本就像小朋友花花绿绿的衬衫。

每次听完课，她都激动得心潮澎湃，主动让白天还要上班的百部早点回家，然后独自一人担负起打扫教室的任务。天热极了，她扫得浑身是汗，当她的笤帚伸向一块高出地面的长方形时，她知道那就是刚刚还散发着文学原生气息的讲台。她小心翼翼地踏上去，走到讲台的话筒前，左手在话筒上摸了又摸，很想对着话筒唱几句歌或大声说几句话，却什么声音也发不出来，更不敢坐在作家们坐过的椅子上，只是站在那儿，傻傻地幸福地笑着。右手垂着笤帚，灰尘在灯光里静静飞舞。

暑期文学讲习班结束的时候，学员们把习作整合成了一本油印刊物，风娘交了一首题为《话筒》的诗，那首诗被讲习班的主办人看中了，推荐到一个诗歌刊物发表，还附了她的相片和通讯地址。短短一个月的时间，风娘收到了三百多封信，除了个别是女孩，其他全是男孩，而且大都附着相片，一个个文采斐然。先是自我介绍，然后把她的诗百般夸颂，接着说要和她结为青春诗友，并企盼她的回信，等等。这些男孩中，有的寄了一大摞的手稿诗希望她推荐发表，有的说如果她不回信就要上门来找她，严重点的则说不回信就要自杀云云，和现在老登的口气如出一辙。少女风娘看着这三百多封信真的发了愁，不回信吧,肯定伤害了别人;回信吧,她根本别想做其他功课了。唉!她第一次感受到了文学带给她的烦恼,就问娘娘怎么办,娘娘斩钉截铁地说别理这些人,都没安好心,姑父拿过几封信读了读,说我看这样吧……

风娘采纳了姑父的意见,先挑了一些要自杀的回了信,叫他们千万不要自杀,告诉他们人生如何美好;再挑了一些想要上门的回了信,叫他们千万不要上门,她寄宿在娘娘家,很不方便;然后她把一摞一摞的手稿诗挂号退回去,说这么珍贵的手稿要好好保存在本人手上,而且她不认识编辑,实在无力推荐;最后,那些太多的剩下的信,她实在是无力理睬了。

后来,风娘就被邀请参加上海市的"文学新人"笔会,百部也去了。笔会包了一辆大客车把他们拉到杭州去搞活动,她坐在车上发现不少"文学新人"皱纹纵横,甚至还有谢了顶的。百部很老道地告诉她(他似乎比读讲习班的时候练达多了,大概已经参加了好几次笔会),这里面有的人出道晚,所以年龄大些也叫"文学新人",有的已经在文坛混了好些年,就是打着参加笔会的名义来骗骗女孩子的。"文学新人"笔会嘛,年轻女孩肯定多一些,你最小,长得又这么漂亮,可要当心啊。

百部一点没说错,少女风娘是笔会上唯一的高中生,正是唇红齿白的豆蔻年华,犹如杭州的三月天那般春意盎然,桃花开了,杏花也开了,那些写东西的男人就像春雨一样笼着她。走在白堤上,虽然打着伞,可是雨丝见机会就有意无意蹭着她毛茸茸的小脸,她眨着眼觉得很不习惯很不舒服,不停地用手拭去脸上的雨痕,雨中的西湖似乎不着边际,她太想找个地方去躲雨,同行的女孩却不知跑哪去了。她忽然发觉自己被隔在了一空春雨和一群男人中,这种发觉使她感到白堤实在是太长太长,她想回招待所去了。可男人们说,小姑娘,这么美的雨景你怎么舍得回去啊,和我们一起玩玩嘛。他们几乎把她挤到了无遮无拦的白堤边缘,她害怕自己掉进西湖,赶紧往白堤的拱桥上面走,踩在青白石砖上,靠着拱桥的石栏,冰凉坚硬的石头让她心里踏实了许多,前面就是"平湖秋月"了。

那天她被雨气渗坏了,回到招待所浑身不舒服,吃完晚饭就上床睡了。半夜起来上吐下泻,回到床边才发现同屋的两个女孩都不在,去哪了呢?这么晚都没有回来睡?后半夜她不停地上吐下泻,几乎就没睡着。凌晨时分,两个女孩穿着睡衣偷偷摸摸溜回来了,她假装正酣睡,没问她们去哪了。奇怪的是两个女孩起床后,不停地在她面前说话,好像都是成心说给她听的:"阿南,你昨晚睡觉磨牙磨得厉害,吵死了,我都没法睡。""是吗?不会吧?我还会磨牙?小风娘你听见没有?"风娘摇了摇头,"没有。""你看小风娘都没听见。""哎呀,她那么小,正是好睡的辰光,肯定听不见啦。"风娘轻声说:"我睡觉很死的,被卖了都不知道。"阿南她们听了,开心地大笑起来。风娘想,她们明明没回来睡,干吗要骗她呢?

她看不明白他们和她们,这些比她大的人做的事。

写东西的男人们也给风娘写来耳热心跳的情书,他们说她是他们创作的源泉,生命的天使,所见过的最最美丽的软体动物。写完文字语言,每次在笔会上遇见她,又用肢体语言狂追不舍。

风娘起初总有些心动,但她知道自己不是那种跟着男人走也不会乱的女孩,所以格外小心。等到自己的女伴先栽了跟头,做了流产没人管的时候,渐渐知道这都是些擅长逢场作戏的假情种。风娘身上没有切实的伤痕,所以没对他们有太大失望,也没对他们有太大希望,只是明白了写东西的男人说的情话不能当真,就当听赞美诗好了,左耳朵进右耳朵出。

有一次,在笔会上她又碰见了百部,两人好久不见,非常高兴。百部混得很像模像样,是会议的主持人之一,住着高级的单人房,电视的声音开得很响。风娘穿着牛仔裤坐在百部的床上,百部递了杯茶给她,顺势坐在她身边大声说,哎呀,风娘你长大了,我真高兴你长大了,你知道你读高中的时候有多小吗?小得让人都不敢碰你!现在好了，你终于长大了，长大了真好啊。百部说着说着就把手放到了她浑圆的大腿上，风娘吃惊极了，她不明白百部这个动作是什么意思，她弄不清这仅仅是他言语忘情时一个即兴的动作，还是可能继续发展的前兆。如果仅仅只是即兴的动作，她把他的手挪开，就会显得很做作，这毕竟是她的旧友啊。百部的声音和电视的台词仍在房间跳荡着，她迟疑了，这种迟疑被百部理解为不想拒绝，那只手继续往大腿根摸去，像一只爬动的大螃蟹，她开始困惑地看着他，那困惑的眼神令他感到恐惧。

风娘当时只说了一句话："你也变得跟他们一样了？"百部听了转过脸去，和电视里的男主角一起叹了口气。

风娘这次大大地得罪了百部，百部利用手中的权力和文坛的关系，暗地里中伤排挤风娘，甚至给风娘的大学班主任写了一封匿名信。班主任拿着这封匿名信来找风娘的时候，风娘一看就知道那是百部左手的笔迹，鸡脚叉似的拙劣。她见过百部左手的笔迹，读讲习班时他们曾经用左手练字练着玩儿……风娘还没把鸡脚叉似的信看完，就已经气得浑身发抖——因为鸡脚叉说风娘在外面如何利用写诗勾引男人，作风不正派，不具备一个八十年代女大学生最起码的资格。班主任说不管这事是真是假，总之无风不起浪，你的学习委员最好别做了，这一年的"三好学生"也最好不要参加评选。

大概就是从那时候起，风娘厌倦人的倾向从娘娘家发展到了外界，她懒得再写什么诗了，并且发誓以后绝对不找写东西的男人做丈夫，她对寝室女友说，真的爱情根本不在文学中。但是，自己的中文专业摆在那，没有别的混饭本事。大学毕业后她想继续逃避社会，又接着读了研究生，后来分到《文坛》做诗歌编辑。因为杂志很穷，死气沉沉的，她和文人的关系始终是若即若离的，有时候她会跟着玩玩小情调，也永远有动情的男人。但是对方一动真格，她的反应就变得很冷淡，这就很扫别人的兴，再说文坛永远不缺热闹、绯闻和鲜活的女人，她不起劲折腾，自然会有别的油彩一抹抹覆上去。文坛渐渐远离了她的美貌，她也渐渐写不出任何东西，如果不是杂志竞争主编，她几乎快被文坛遗忘了。

现在，"过去"和"昨天"接踵而至。

给不给老登写信呢？

她看着镜子，镜子一面圆一面方，方的这面有点变形，脸被稍稍拉长了一点，脸一长人就有点死板，但那不是她的本相，本相在这一面。她把镜子翻过来，圆的这面一点不走形，买镜子的那天她就发现了，她看着圆镜子里的脸，有点不敢相信自己还能美到让男人如此颠醉的地步。她已经三十三岁了，生过孩子，笑起来眼角有一线飘飘的柳丝。北京又是个专养爷们不养女人的北方大农庄，干燥的气候和无情的风沙像榨果汁机，不断榨去女人身体的水分，不用两年，水灵灵的女人就会被北京活生生榨成干核桃。风娘的面容当然也逃不过北京的侵蚀，不过她的杂种血统支撑了她，使她看上去比别的女人润泽，再描上薄如蝉翼的淡妆，三十三岁了，她依旧灿烂逼人。

而且这个叫老登的男人的确让她有点心痛，只是这种心痛太危险，她不敢痛下去，到晚上哄小房子睡觉的时候，她仍然什么答案也没有。后来罗勒打电话和她说不回家睡了，她接完电话，决定还是先筹备新闻发布会的事吧，不想那么多了。

夜里她不断起身，像一丛芦苇在风中起伏不定，罗勒不回家，她把小房子带在身边睡，小家伙酣睡得像一块小秤砣，自己却离困意越来越远。她悄悄拧亮床头灯，去书房的书架上翻找了一下，忽然很想看情爱小说类的，手指在一排排书的脊梁间滑过，停在了紫式部《源氏物语》的下册。这个日本女人写的小说是法国女人尤瑟纳尔最推崇的，也是风娘最欣赏的，以前看过上册，后来一忙就搁下了。

她拿着书轻轻回到床上，书太重，只能歪在床头看，万籁俱静的深夜，看书是一种变相的自渎，充满了快意和迷惘。她眯着眼，看那个到处留情的源氏公子怎么处理紫夫人和三公主的关系，看到源氏公子对初次做产的三公主非常冷淡，风娘忽然觉得很心寒，不想再看下去了,把书一合,躺在了床上。此时一大片蓝色的液体猛然倾倒下来,她的眼惊住了——窗外是一个梦幻般的纯蓝世界,这个世界犹如昙花一现,让她无法安卧。她再次起身,轻轻走到窗前,痴迷地凝眸深望,纯净的透明蓝正被白色无情地稀释,她看着由蓝而白的天,看着对面楼道下出现的一个孤独男人,突然恍然大悟。原来,她失眠了。

2

五一假期过后,《文坛》"走世纪"新闻发布会如期召开。

谁都知道,名为新闻发布会,实际上就是"吹捧"会。小而言之,是吹捧《文坛》和《文苑》《文汇日报》的合作,大而言之,是吹捧纯文学杂志的又一次新高潮。既然是"吹捧",当然要把有关部门各级领导和权威的批评家、有名的作家都请来撑撑场,反正京城的领导、作家、批评家多如牛毛,不请白不请。领导请得越多越大,场面也就越气派,批评家请得越资深越权威,人气也就越旺火,作家请得越神秘越有名气,焦点也就越夺目。

这是一项花钱收好话的买卖,光派给每人的车马费就要两百,说穿了也就是红包,要不然大家都忙得前胸贴后背的,谁来理你这个茬。在出门像出趟差似的北京,这是老天爷掉下的规矩。

社长赵骆明筹了不多的一笔钱,在党校包了一个准豪华会议厅。为了省钱,风娘头一天亲自带着编辑部的副主编若木、主编助理贡龙、美编太阳花吴衣奴和编辑懒广东去布置会场。一开始还没遇到什么麻烦,会标挂好了,桌椅摆好了,台布铺好了,几个小编辑在回形会议桌上拿领导们的座位牌寻开心,大叫着"给我把'吴茱萸'扔过来!他不应该坐那,应该坐这!"或者"快给我把'徐长卿'扔过来!"

"吴茱萸"是一个领导的名字,"徐长卿"是另一个领导的名字。这些尊贵的领导在他们手上扔来扔去,使他们感觉特别兴奋,不断发出恶作剧的笑声,风娘喝斥不要装疯,他们也不听。空气里的分子旋转成了蒲公英的小伞，这些小伞到处乱飞，越飞越远，大概领导们从空气的小伞中获知了对他们的大不敬，报应很快来了。

"刘半夏"、"徐长卿"和"丁山奈"是同一级别不同部门的主任，不论把谁排在前，都会得罪另外两个。年轻气盛的贡龙说，干脆抓阄得了。其他人强烈反对，认为这样极不负责任，也没有解决实质性的问题。贡龙又说那就按姓氏笔画排，太阳花吴衣奴冷笑着说你倒是天真，这可不是印在纸上的名字，可以加个说明"以姓氏笔画为序"，这是只可意会不可言传的现实关系。

方案一个个被否掉，大家越来越犯愁，先前的兴奋劲全没了。懒广东说早知如此，当初只请一个不就行了吗？若木说你懂个屁，少请一个我们都不会有好果子吃，以后的关系更难处。万般无奈之下，风娘说这样吧，把主席台上的大领导位置拉松一点，三个主任自然而然就被顺在主席台旁的转角处，一个坐转角位置，两边各坐一个，三人像抱成团的一家人，没有并排坐的顺序那么明显。同时三个主任内部又采取姓氏笔画的原则，到时候他们自己脑袋随便一拧弯，也能悟出个中门道。如此排下来，"丁山奈"在主席台最边上，"刘半夏"坐转角处，"徐长卿"坐转弯后的第一个位置，主席台的另一侧转角处坐赵骆明主持会场，这种暧昧的座次安排实在是没有办法的办法，算是得到了大家凑合的认同。

筹办会议，就像猴子半夜偷苞米，偷一个往腋下夹一个，忙乎了一夜，自以为偷了几大箩，其实就只偷了一个。这个半天连带午餐的会议，竟把《文坛》编辑部的几个人忙得猫抓耗子似的上窜下跳。等到正式上了场面，却又一个个较劲似的不争气，真没把风娘气死。不过她也不好拿谁出气，因为自己就先犯了错。

那时好几个银丝满头的前辈到得早一点，像银闪闪的连环套连坐在席位上，贡龙为他们添斟热茶，风娘躲在门口的接待处过烟瘾，吊着媚眼远远望着他们，嘴里悄悄地对太阳花吴衣奴说，"哎，我说，怎么男人老了全都一个样啊。"吴衣奴听了抿嘴窃笑。风娘继续吊着眼琢磨他们，一个短发翻卷着雪花的"中老年组"的女人出现在风娘跟前，热情地向风娘伸出手："风娘，好久不见啊，你真是越来越漂亮了。"

风娘一看，像是老姐们胡桃，赶紧把烟掐灭，手迎了上去："啊哈，姐们，是你啊，真的好久不见，快请快请，到小吴这签个名。"

胡桃百般推辞，"哎呀，我的毛笔字不好，就不要让我现丑了吧。"风娘见她怎么也不肯签，就说好好好，那就不为难你了。张罗着让懒广东把包着车马费的资料袋递给胡桃，一边寒暄着，越寒暄话就越多："最近写了些什么好诗呢？也不给我几首？"

"唉，忙得要死，哪还有时间写诗？！"

"忙是忙，不过听说你这一年参加了'行走写作'的活动，哪能没有好作品啊，听老登说上月在新疆开会还碰到过你呢。"

"上月我没去新疆啊？这一年我也没参加'行走写作'啊？你说的那是胡桃吧？"

说到这，两人同时怔了怔，风娘一想，糟了，认错人了，她把好久不见的差不多年龄的夹子认作好久不见的差不多年龄的胡桃了，这在文坛是最犯忌讳的事。

见鬼的是，她又把这话原样说了出来，夹子听了一脸尴尬："没关系没关系，认错人是正常的，你太忙了，你先忙……"然后挤着笑容进了会场，风娘看着她的背影百思不解地坐了下来："瞧我这死眼神，怎么女人老了也全都一个样啊。"

吴衣奴在一旁耸耸肩说："但愿我们老了可别这样。"

这时懒广东捅了捅风娘的胳膊肘，用广东鸟音的普通话低声说："头，你看怎么办啦，我们把该给胡桃的那份车马费给了夹子啦，等一会儿胡桃来了怎么办啦？"

"怎么办啦怎么办啦！他妈的你不会自己先掏两百元垫进去，开完会补给你就是啦！"风娘没好气地低吼道。她心里明白，其实夹子和胡桃的名气相差不了多少，不过夹子的诗没胡桃写得好，人品也不如胡桃，文坛上的人都更敬重后者。风娘和赵骆明拟名单的时候，手头那点车马费算来算去，实在把他们算得好苦，就把夹子连同一些二流作家都砍掉了，没想到，夹子不请自到了，这场以《胡桃夹子》开幕的芭蕾表演有得热闹好看了。

《胡桃夹子》1：胖乎乎的副主编若木站在门口指挥这指挥那，看见某家电视台的摄像机对着自己，腿就迈不动了，一个男记者拿着话筒递到他跟前："请问您是《文坛》的主编吗？"

"我是乎（副）……主编……"

"哦，那么，能不能请您谈谈为什么会想到把大陆的纯文学杂志和澳门的报纸联合运作？这种合作的前景如何？对纯文学是好事还是坏事？您认为纯文学的出路在哪里？"记者还要赶着去别的地方跑场领红包，于是问了一连串问题。若木的脸有点醉了，他想应该看看风娘在哪里，但是一抬眼看见了摄像机的镜头，嘴里不知怎么就说开了："是这样的，关于合作的问题，我们多方努力……"手也跟着动了起来，风娘躲得远远的，心想，天可怜见，这人还没上过电视呢，就让他去跳男子芭蕾独舞吧，人家拍了也不会播啊。

《胡桃夹子》2：社长赵骆明正握着一个年轻女记者的手，仿佛芭蕾中的男女双人舞动作，舞蹈语汇是男方向女方倾诉。哎，那女记者不就是风娘在澳门遇到的《新城报》社的吗？叫什么来着，对，叫艾紫苏。社长赵骆明正握着她的手，语言铿锵悦耳，富有激情："小艾啊，你知道吗？对我们这种杂志来说，筹办这个会议很不容易啊，方方面面都要靠自己打点，光这笔经费来源就差点没把我心脏病折腾出来，跑断了腿，找了十来家企业，才在天津弄到这笔赞助，很不容易啊！北京的企业对这种事都不肯掏钱，觉得没有好处可捞，搞文学怎么能够老想到好处呢？这是一项精神投资嘛，你说是不是？你们报纸影响大，要多对我们《文坛》杂志进行报道，鼓励鼓励文学事业，支持支持《文坛》这棵小苗啊……"

他的大手在艾紫苏的嫩手上握了足足有五分钟，把艾紫苏的手握成了湿漉漉的小鱼，艾紫苏想把自己的小鱼抽出来揩揩汗，根本动弹不了，只好任其握着。

这时懒广东走过来对着他耳语，问有没有票面干净点的一百元钱，刚刚懒广东和吴衣奴、若木都凑了凑，只有一张票面干净的百元钞，其他不是脏的就是破的，补给著名女诗人胡桃的车马费，当然不能像讨饭钱那么破旧，偏偏此时贡龙像牛皮糖一样粘在领导身边，风娘又母老虎似的在气头上，懒广东不敢找他们，就来找好脾气的社长。

懒广东吭哧吭哧解释了半天，好脾气的社长赵骆明根本没用心听，只大概明白需要钱，就用左手在口袋里掏，右手紧紧握牢艾紫苏的手，生怕这条湿漉漉的小鱼滑走。掏出来懒广东摇头不满意，他又换了左手继续握牢艾紫苏的手，腾出右手在口袋里乱掏。好不容易掏出一张懒广东满意的新票子，把懒广东打发走了，他又接着说："小艾啊……"直到风娘催他上台主持会议，这段单向倾诉双人舞才暂告结束。

《胡桃夹子》3：贡龙开会前已经跟领导们黏糊很久了，胆子越来越大，趁领导在主席台上发言的时候，竟然大摇大摆走到主席台中央，凑在领导身边，让一个记者给他拍了和难得谋面的领导所谓的"合影"，众目睽睽之下他摆的是芭蕾舞中的亮相造型，脸颊两点绯红，双目炯炯有神，略含激动的泪光，风娘又气又急又不好当着众人的面把他拉下台。

《胡桃夹子》4：吴衣奴不愧外号为"太阳花"，她无拘无束地开放在后排，被五色晶莹的果实簇拥着，像她设计的封面一样自由灿烂。她正享受着供给会议代表的水果，一边吃，一边劝旁边的作家，"吃呀，你们也吃呀，吃不完就浪费了。"某男作家很有绅士风度，见状干脆把水果盘递到吴衣奴面前，吴衣奴的兰花指在那些香喷喷的葡萄、橙子、苹果上跳跃着……吃到后面她就失态了，水果汁浸湿了十个指头，唇际的口红也给染乱了，整个就是芭蕾中的小丑角色，只不过芭蕾小丑一般都是男的扮演，这回太阳花吴衣奴是反串。

《胡桃夹子》5：懒广东开会时倒没惹事，到最后和党校结账，一口在北京呆了五六年还没有被驯化的广东鸟音，竟和人家拿腔拿调起来："你鸡道喔们戏什么夹记吗？喔们夹记叫《文坛》，很有名气的啦，现在都上电视啦。你们还收喔们介么多场地费，也不给点面记，欺负我们社长好说话，太厉害啦……"气得对方要在原先和赵骆明谈好的价钱基础上，加收百分之二十的服务费，一直到把凤娘找来，好说歹说，才没加钱。

凤娘离开结账的地方，踩着高跟鞋急急赶到党校正门，理都没理跟在身后的懒广东，她还要叫辆出租车去送那个难打发的老头，哪里顾得上"修理"手下人。心想他妈的今天这几个家伙真是有点寒碜疯了，大概常年窝在穷杂志社里，忘了怎么上台面，可让她闹不明白的是，那个颤颤巍巍的"双撒兰"老头又是怎么回事呢？

凤娘起先没注意到那老头，后来发现他在会上很不安分，总是对着身边的作家批评家窃窃私语，会间休息又四处颤颤巍巍找人签名留地址，而且必定递上一本薄薄的书："你看过这本书吗？这是我夫人羊毛脂写的。"并拖过身边一个痴呆模样的老妇人，介绍说这就是我夫人。如果回答说对不起没看过，他就说你太孤陋寡闻了，你一定要看，这是一本空前绝后的书，美国和新加坡报纸都做了报道。说着拿出好几张英文报纸复印件，上面都是他和痴呆夫人的合影，旁边几行扭秧歌的蚯蚓字母，认得的说是假不认得的说是真。

他说话没轻没重，脑袋一会儿清楚一会儿糊涂，却很会逢人行事，会议上都是响当当的人物，他竟然分得清名气的高下，极有选择地赠送痴呆夫人的大作——毕竟他手头的书并不多。后来他就递到凤娘这来了，凤娘看这老头长得挤眉耸眼的，头上总共只有六根头发，每三根构成绘画中的"撒兰"技法，就是两根交凤眼，一根从中间破凤眼的"撒兰"，想想那模样吧，非常奇怪滑稽。

凤娘以为这个"双撒兰"老头是跟着谁来蹭会的，问谁谁都不知道这老头何许人也。作家批评家们还以为他是《文坛》请来的呢，起先对他都很尊敬，虽然觉得他信口雌黄，看在尊老的份上，也都客客气气地应答他。

后来有个作家知道他不是会上请来的,就开始骂骂咧咧了,因为"双撇兰"老头把签名送给他的书强行要了回去,改送给了一个领导。"那书是本破书,我一点不稀罕,却可见这老头是个老势利眼,不是什么好东西。"作家义愤填膺地说。"双撇兰"老头牢牢记住了这个作家对他的中伤,抓住用餐时机开始了猛烈反击。

"他的小说写得就像又细又臭的猫屎。""双撇兰"老头对同桌诸人说。

"他是个变态的黄肠子,只喜欢年纪大的女人。""双撇兰"老头又说。

"瞧他那睁不开的农民眼神,还以为自己是个大作家呢。""双撇兰"老头的反击已进入对人物的观察,平日里和那作家暗暗竞争的对手们开始意味深长地笑了。

有人把"双撇兰"老头的话悄悄递到风娘耳边来了,风娘皱紧眉头,她决定劝劝这个作家,"老头在那边把你说得很难听呢,你去那桌给他敬敬酒吧,犯不着这样得罪他,把自己的名声作践了,毕竟他只是个老人而已,大家都没把他当真。北京这地方深深浅浅,难说他有什么来头什么后台呀。"

"有什么后台!不就是有几个小臭钱嘛。骗谁呢,傻子看了都明白,那破书破报道都是花钱买的。我才不在乎他怎么说我,傻子才信他那些屁话!要不是看在他一把老骨头的份上,我早灭了他!"

火药味有点浓了,风娘想,得尽快把导火线引走。

风娘来门口叫车,就是准备把"双撇兰"老头和痴呆老太送走,这两个老人哪怕不是会议上请来的,她也还是有责任把他们送回去,要不然一个跌跌倒倒,一个神智不清,出了事怎么办。

可是上车后,"双撇兰"老头开始犯糊涂了,风娘问他家在哪儿,他一会儿说在美国,一会儿说在新加坡。最后风娘急了,说你想清楚,到底在哪儿,要不然我把你们俩送收容所去!"双撇兰"老头一激灵,说好像是在雍和宫附近。风娘就让司机往雍和宫方向开,谁知快到雍和宫,老头又说,记错了,是在亚运村旁。这一个城东,一个城西,来来回回地折腾,真让风娘火大,恨不得把这两个连自己家都不认识的老活宝扔下车去。

到了亚运村旁,"双撇兰"老头似乎活过来了,眼睛叽里咕噜乱转,突然,他指着前面的紫源山庄,叫道:"那就是我们家!"风娘一看,敢情,还真有钱,住的是别墅呢。出租车按照老头的指点停在一栋别墅门前,老头刚钻出车,一个体面的阿姨就从别墅里急急慌慌走了出来,"哎呀,曹先生,你又带着太太溜去哪了,这大半天的,真没把我急疯了……"她嘴里念叨着,和护送的风娘招呼都没打,也不问什么原由,就一手揪着老头一手揪着老太进屋去了。

风娘被当作废品晾在了原地,出租车司机摇下窗户问她走不走,她有气无力地点了点头,"走吧。"

"双撇兰"老头和他的痴呆夫人究竟是从哪知道会议消息的,又究竟是怎么来到会上的,都是个谜。每次开完会,这种奇怪的谜就会像春天发了霉的绿毛,长在风娘沉甸甸的脑门上,因为——它们十有八九都与文学有关。

3

疲倦。崩溃的疲倦。棉质的黑暗中,看见一只五色辉焕的贝壳在跳奇异非常的舞,那种舞她从未见过,舞蹈的线条和贝壳的花纹一样色彩绚烂,在地上发出轻明的响声。贝壳所到之处,周围都熠熠闪光,后来它一蹦就蹦到了桌上,一个高大的男人眼疾手快"啪"地按住了它,抓起它往地上重重一扔,贝壳"轰"地一声炸开了,露出里面大理石的轮廓,大理石很大很宽,洁白如玉,形状是凹下去的,往里一望,一片茫茫白雪世界中,躺着一男一女两个赤身裸体的人。他们都死了。女的手上握着刀,周围看不见一滴鲜红的血,只有黑与白,安静的对比，如一种古调的音乐，她想一定是那个女的杀死了那个男的，因此她迈动双脚去告诉别人，然而没有一个人愿意相信她的话，她不停地说着，他们不停地摇头……于是她开始奔跑，想去别的地方寻找相信她的人，可是，在棉质的黑暗中，奔跑是那样柔软无力，她徒然地黏附在空气上，总是跑不动、跑不动……

她挣扎着醒了，发现自己的两条腿死死地交叉压迫着，她费力地挪开了压在上面的右腿，虚脱似的躺着，感觉肚子很坠，心里一惊，赶紧起身察看床单，上面已经渗了几点红。心想，糟糕，还是弄到了床上，这才多少号，倒霉就来了，整整提前了一个礼拜，看来确实是累过头了。

她缩着腰下床把自己收拾了一下，又换了床单，看看时间还早，刚准备重新躺回去，电话铃响了。

"喂！单位的事忙乎完了吧？晚上出来吃个饭，有个很重要的老板想见见你，他请客！还是在我们上回吃过的白玉烤鸭店红牙包厢，六点钟。小房子让老原家的保姆领回来，放在他们家和贝贝玩。"

"罗勒，我很累，今天就不去了行吗？"

"你不想给我面子？"

"不是这个意思，我真的很累，中午刚折腾完会议，例假又提前来了，人不舒服，实在是不想动了。"

"不行，你必须来，就这么定了。"咔嚓。电话里的声音不容置辩，就像是对他的公司员属发命令。风娘叹了口气，慢慢放下电话，别看她如今在单位发号施令，碰上罗勒她还是只有服从的份，没别的，小房子就是罗勒对付她的紧箍咒。

她去隔壁老原家叮嘱了一下小房子的事。每次她和罗勒脱不开身，都是老原家的保姆帮着照看小房子。罗勒一直坚持不肯请保姆，说孩子的长相会跟着带孩子的人变，他可不想让小房子的脸蛋变成保姆的脸蛋。好几次风娘累得顶不住了，他都告诫风娘一定要守住小房子脸蛋的纯粹性。这半年风娘出差多了，才找了老原家这么个折中办法，好在老原家的贝贝也没人玩，两个孩子同在一所幼儿园，接送、吃饭倒是挺省事。

天挺热，风娘从衣柜里选了一套秋望月柞蚕半丝墨绿裙，硬撑着精神把自己打扮好，捂着肚子出门了。

六点差五分，她赶到了红牙包厢，一进门，就注意到坐在里侧的罗勒满意地咧了咧嘴，还注意到包厢里的女人特别多。

照例又是寒暄介绍，照例又是老板半酸不文地夸赞风娘的气质和美貌，照例又是罗勒对自己的艳福摆出不屑一顾的姿态。只不过风娘落座在罗勒身边后，发现那个老板的躯体有点奇怪。他仿佛一个庞大的湿泥人，往什么形状上放，就会依着那个形状塌下肢体，可以想象得出来，在写字楼的沙发里是如此，在奔驰车里是如此，在红牙包厢的靠背椅上还是如此。不过这个湿泥人至少有两个意识控制点，那就是左手的"熊猫"香烟和右手的"诺基亚"手机。他几乎不动杯箸。

风娘坐了一会儿，渐渐弄清了在座几个女人和他的关系，那个被他叫做"我女朋友"的年轻女人，是他老婆之外的情人，肤白，比丰满略瘦，不事修饰的丽质，坐着比站着好看，发黑亮，光溜溜地自前梳到后，长至臀部，据说留了八年，和风娘奇短的鬈发正好是两个极端。

另一个新疆女子，出生年头离1970年差三个月，却像三十七八的人，很招人眼，两眉之间一点痣，眼睑总垂着，眼波却斜着，风情全都被下巴接住了，她和那个打扮如白衣女侠的女孩，是"我女朋友"的女朋友。剩下的三个女子，本来长得算好看的，和刚刚三个相比，就显得相貌平平了，她们则是"我女朋友"的女朋友的女朋友。女朋友们下午正巧凑在一起，中年老板打电话来叫吃饭的时候，"我女朋友"说身边有好几个朋友和朋友的朋友，中年老板就大包大揽地说，没关系，你们都来吧。就这么扯红薯藤似的全扯来了。

席间的女人，还属风娘年龄最大。

尽管陪着罗勒也出入过这种生意人的场合，但同时与这么多青春逼人的女郎共饮，还是第一次。这样也好，本来她是被别人盯着的主角，现在可以跟着女郎们的七嘴八舌逃逸自己了。风娘暗自庆幸着，默默地抽着烟。

谁知女郎们把气氛全搅乱了，由"我女朋友"带头，以敬酒的名义，蜂拥到了中年老板左右，争相捉弄着他。包厢里变得闹哄哄的，中年老板似乎也格外纵容她们的放肆，泥人似的躯体任她们捏来掐去，风娘本来就无精打采，听着她们卖弄风骚的阵阵浪笑声，更觉得头晕脑涨，她甚至疑心她们是故意的，因为刚刚中年老板强调她是研究生，而且是主编的时候，她们是用打量外星人的眼神打量她的。

罗勒没有参与，他故作正经地望着眼前的闹剧。风娘突然发觉，他其实后悔让她来了。

罗勒故作正经的时候特别像中年人，面孔似笑非笑，头发从左往右顺出一个微秃的前额点，右耳边几绺发兀自垂了下来，把嘴角仅有的那点少壮精神也耷拉了下去，看上去不像三十多倒像四十岁的人。风娘想如果她今天不在场，那个中年老板不就是罗勒的翻版吗？那些"组员们班员们"肯定也就是如此背着她，和罗勒打情骂俏甚至颠鸾倒凤的吧？

"这种丈夫难道真的就是我的一生？"触景生情的联想让风娘的情绪坏到了极点，她如坐针毡，"走"的欲望像万有引力吞噬着她，她知道罗勒也巴不得她走，就低声和他商量："我肚子痛极了，先回去行吗？"

果然，罗勒很爽快地答应了，他让风娘和中年老板打个招呼，中年老板正在兴头上，风娘此时的告辞无疑是识趣之举。要知道他们后半夜还有许多节目呢，这仅仅是开始。

回家后她把小房子接回来，又写了封短信给老登，很公事公办的措辞，把当天"走世纪"新闻发布会的情况大略说了一下，尽可能使自己的笔迹不带任何感情色彩，就好像没看见他的那番疯言疯语似的。写完之后她有点心虚，不知道自己为什么要写给他，本来这封通报信应该是写给他们《文苑》主编胡本选的。

后来她给自己找了个理由：毕竟一起去澳门商谈的是老登嘛。

和上海有关的剧情

1

邀请函

风娘女士：

素仰阁下对当代文学有卓越贡献，现特函邀请阁下出席1999年5月10-14日在浦江大学举行之学术研讨会"民众与当代文学"，详情见随函附上之会议通知，敬希垂注发言日期、时间及其他安排，届时务必请前来参加。请于4月20日之前将回执寄还，以便办理会务手续。报到时间：1999年5月10日。报到地点：浦江大学学术交流中心。联系电话：021-66368378。联系人：石未然。

风娘看了看落款日期，他妈的，4月2号的信怎么5月11号才到，会议已经开始了，她问拿信的太阳花吴衣奴。吴衣奴说："这种情况从搬迁后已经发生好多次了，我们和那些五花八门的杂志社都租在一栋大楼里，邮局嫌我们大楼的邮件太多，把邮件累积到一车才拉过来，所以有时信到得很快，有时到得很慢，如果再碰到信件被大楼收发室误分到其他杂志社，就更耽搁得久了，甚至弄丢了，不少作者来稿就是这么弄丢的，有的连底稿都没有呢，您大概还属于不幸中的万幸。"

这是大师兄石DVD主办的会议，肯定是费用全包，借机让小师妹回母校见见面叙叙旧，顺便组组稿。风娘的确挺想师姐师兄弟们的，毕业后，就她一人执意北上，什么都不后悔，只有和他们的聚少离多令她有点遗憾。"狂沙猎猎的春日黄昏，是我最想你们的脆弱广场"，风娘曾经这样对石DVD说。

"石DVD"的外号，来源于他近年对盗版影碟的中毒，是个不折不扣的"碟党"，如果打电话去他房间，经常会听到女人的大呼小叫，不是他床上发出的，是他影碟里的床上发出的。石DVD以前叫"石VCD"，叫"石VCD"以前就叫石未然，后来DVD一出现，他的硬件和外号都立即更新换代了。

但是这次风娘实在不想动弹，"倒霉"还没走，编辑部要发稿了，几个月前又刚去过上海，再说那边的会也已经开始了，还有小房子，小房子最近似乎春情萌动，突然很害羞，不肯见贝贝了……想到这她忍不住笑了起来，这么小的孩子怎么能感受到儿女情事，可真奇怪，现在的孩子也太早熟了。笑着笑着，她想到了老登，他是搞当代文学评论的，又最关注民众问题，而且说过很想再去上海，随便用哪一条理由，他都有去的必要……

她决定去了。

这一次罗勒激烈地反对："你们杂志，评论稿顶多用两篇，叫他们寄过来就行了，犯得着这么专门跑一趟吗？开会开会，要搞文学就好好地搞，一天到晚跑来跑去开什么会，你们搞文学的开会我还不知道，会开一天，玩要玩三天，男男女女的腻在一起，非要搞出点才子佳人的风流韵事才罢休……"

"你也太会用夸张手法了吧？我们是这么开会的吗？我们就是玩一玩见见朋友，又怎么了？谁还真正为开会专门跑一趟？告诉你吧，我这次去定了！"

　　凤娘虽然脾气挺犟，生小房子后还很少和罗勒这样公开蛮拧。罗勒在电话里开始大叫大嚷了："你自己说说你做主编这半年来还有没有家的概念？小房子一直缺钙胖得路都走不动而且越长越像老原他们家保姆，你这个做母亲的难道看不见？你把孩子弄出问题了你是要负责任的！"

　　"弄出什么问题了？她不是好好的吗？缺钙又不是这半年才缺的，再说即使出了问题又凭什么要我负责任，你做父亲的难道就一点责任没有吗？你先反省反省自己在外面都做了些什么再来教训我吧！"凤娘今天不知怎么嘴刹不住车，越顶越起劲了。

　　"好！……好！算你嘴硬，告诉你，我非找你们赵社长撤了你的主编不可！"

　　"他妈的你敢！"

　　"他妈的我怎么不敢？你是空中飞人，我管不了你！但我可以让你们社长管你！"罗勒在那边"啪"地挂了公司电话。

　　凤娘也"啪"地一声摔落电话，心想，真没劲，怎么夫妻一吵架，就像演电视。

2

　　凤娘是从虹桥机场直接赶到下午会场的。

　　一下飞机就被雨浸润了脸庞，北京多月没有这样的雨了，她几乎忘了下雨的感觉，整个人突然黏糊在上海雨丝的雾数中，竟有点不知所措——上海最丑陋的时候就是下雨的时候，满地的污水像流言暗行，特别败兴。

　　这个拥挤的城市，喜欢在下雨的白天亮着橙黄的路灯，凤娘坐在"强生"出租车上，透过雨水流泻的玻璃窗，看见水津津的路面两侧也映现了一笼一笼的橙黄，细细的雨忙乱地在地上弹动着，地面的景致变得隐隐晦晦，鳞次栉比的高楼，法国梧桐的枝条，骑着自行车的黄红紫雨衣人影，斑斑驳驳地从水门汀路面一闪而过。

天被雨往下拖着，压得低低的，地上的颜色也沉着起来，似乎想要接住下坠的天，天地之间洇着薄薄的雾气，扑朔迷离地散溢在空中，行走的人和车都跟着地面深沉的底色放慢了速度。风娘被这速度弄得很不愉快，它破坏了她的心率节奏，好像一支被人绷紧的箭弦，自己也做好了迅疾射出的准备，那人却迟迟不肯发弓，弓始终力张着，箭始终没发出去，渐渐地就泄了气力。

经过一段灰败的高架桥，好不容易下车了，些微湿冷让风娘穿着钉珠渐变双色春秋裙的肩膀缩了起来，她拎着行李悄悄溜进会场的后门，迎面涌来一团温暖的人气，她微微颤栗了一下。

会场并不特别热闹，像一幅东倒西歪的拙劣书法，某个"点"在发言，某些"竖"托着下巴在打瞌睡，某些"勾"躲在红台布下翻看杂志，某些"横"趴在桌上似听非听地发呆，某些"弯"在记笔记，某些"撇"和某些"捺"在交头接耳，这种乱七八糟的情形无疑很适合迟到的风娘。她挑了后排一处不惹眼的角落坐下，瞳仁在场内迅速地扫视了一圈，看见了"民众与当代文学研讨会"条幅"文学"下的大师兄石DVD，以及"研讨"下的二师兄蒲牢，没有见到师弟衣服不败——见到就奇怪了，他是从不参加会议的……也没有见到三个师姐，也没有见到那张扎切罗尼的脸。

难道他没来？或者提前走了？不可能啊！应该在的呀！可是，没有他，确确实实没有，全场都看遍了，她有点失望，眼神像后半夜的灰烬逐渐黯淡下来……不过，她不承认自己特别扫兴，怎么说她也不愿意为一个男人掉到那种叫"失落"的地步，更何况能见到师兄们也是件高兴的事。对她来说，见他们多少次都不算多的。她燃起香烟，眼神带着笑意，投向大师兄石DVD和二师兄蒲牢，希望他们能够发现自己，或者感应到自己，然后……众目睽睽之下起身，快步走过来，一本正经地对着风娘的胸捶上一拳——当然，那拳头只在胸前一厘米处点到为止。但是，他们的眼神此时是鄙夷的，她顺着他们鄙夷的眼神荡开去，迅速找到了被鄙夷的对象：那个发言的"点"，一个叫"何高俅"的当红年轻批评家，正坐在红色会标的"民众"两字下，右手手指娴熟地玩着灰色签字笔，嘴里叨叨有词。

严格地说，他不能叫批评家，因为他是专为作家擦鞋的，也就是说好话的，是"吹鼓手"。当然，许多批评家也都说作家的好话，但人家至少还有"批评"的时候，他是一点没有，和《水浒传》里的高俅属同一系列，姓何，所以大家背地里都叫他"何高俅"。有一次，他去河南郑州约见男作家5号，男作家5号来机场接他，他立刻受宠若惊，他受宠若惊的模样成为文坛一个著名的画面，"我看见他走出夕阳亲自来接我，不由得热泪盈眶，仿佛看见神明向我走来，这个平常的举动令我看到了大师身上朴素的光芒。"文坛上的人听说这事都笑掉了大牙，那哪是大师呀，充其量也就男作家5号吧，就算真的是大师，也用不着这么感激涕零吧。

何高俅其实并不轻易封人为大师，只不过被他封为"大师"的那几个人都不是真的，是伪的。"伪大师"本来东西写得挺棒，又有许多批评家的数次赞赏与何高俅的多次擦鞋，感觉就好到了极点，东西写不上去了，就开始在做派上大师起来，偶尔到机场接人也成了平民情怀。

眼下何高俅正在讲"民工与作家"的问题：

"……然后，上百个湖南民工，拿着棍棒，就那么团团围住了作家们的大客车，什么叫'秀才碰到兵，有理说不清'？这就是。如果不是司机打了报警电话，肯定会出人命，而且损失的肯定是作家这些优秀分子，可见这种来自底层的暴虐是很可怕的，随时都有可能演变为暴民运动。中国人完全不可能像有教养的俄罗斯人那样，饿着肚子，还穿戴整齐，牵着哈巴狗井然有序排队领救济面包，中国人没有自己的宗教信仰，所以中国人是野蛮的、虚无的，甚至无药可救的。中国的底层民众尤其令人寒心，像我刚刚说到的那些湖南民工，根本就没有存在的必要……"

（封闭的车窗外人头棍棒攒动，作家们纷纷张望着，司机则对着手机声嘶力竭："对！……就在你们县的东南方向，对！"）

何高俅说到这里，全场一片哗然，东倒西歪的"书法们"毛发耸立，发出了清晰可辨的反驳声。

"太偏激了！""哗众取宠！""怎么可以这么说！"

一个声音跳在了所有的声音上面，是二师兄蒲牢的，"对不起，我有必要打断你一下，我觉得你有强烈的恐惧民众甚至仇视民众的倾向，这种倾向严重地影响了你的言说真相。据我所知，那次作家与民工的争执起因，恰恰是作家一方不对，把骑自行车的民工撞了还不肯道歉，还让司机赶快把车开走，这才激起民工们的义愤……"

（一个单卷迷彩裤腿的黑瘦民工被客车撞倒在地，车内的作家们催促着司机：快走快走，要不麻烦大了……）

"……你的言说真相恐怕也在受你自己美化民众的倾向影响吧，别忘了当时是那个湖南民工骑着没刹的破自行车自己冲上来的，是他先不遵守交通规则，是他先错了……"何高俅的声音又压在了蒲牢的声音上面，他的灰色签字笔不再花样旋转，开始在桌面上笃笃有声地敲着。

（单卷迷彩裤腿的民工，骑着没刹的车在肮脏的县城马路上蛇行，突然他横穿马路，闯过红灯，客车猝不及防……）

"不管民工是不是先错，这是人命关天的大事，应该先救他再说，而不是脚底抹油，一走了之……"大师兄石DVD显然在帮师弟的忙了。

"……一走了之怎么啦？开笔会经过这么一个人生地不熟的乡野之地，遇到这种情况，当然是三十六计走为上计。而且作家们的做法是有道理的，他们是看见民工安然无恙才催促司机走的，那个民工跳车跳得极快，自行车是轧烂了，赔都不用赔，谁让他是偷来的呢？"

"……万一他有个什么内伤当场没发现呢？"蒲牢不依不饶。

"问题是没有啊。"何高俅两手一摊，一根灰色笔横在右手心，脸也灰了下来,很明显不高兴这种二对一的斗法。

"你们新前派不是喜欢讲程序公正吗,怎么现在又不讲了?程序上应该先下车看看湖南民工有没有内伤,再谈走的事,这才叫合情合理!"石DVD开始与何高俅较真了。

"你们新后派不是喜欢讲实质公正吗?现在实质上没有内伤,那就行了,那就是这个湖南民工不对,啊?怎么了?就是他不对!"何高俅显然被激怒了。

半场主持人急忙插话,声音忙忙地抖落在空中:"鉴于现在还没有到提问的时间,能不能先让发言人把话题说完……""没关系!我不说!让他们说!"何高俅的脸转向主持人,又转向石DVD和蒲牢,"还有什么,你们说吧。你们说!说呀!"何高俅露出猖披无赖的表情,把手中的签字笔往桌上狠狠一扔,气氛被彻底扔砸了。

三个人干起仗来——开会有吵架看,这是最刺激荷尔蒙分泌的事,横撇竖捺们都丢下各自的事情,抖擞精神,瞳孔放大,莫名兴奋地看着眼前的论战。

"新前派"和"新后派"是在这一年各具规模的两个思想派别,要说雏形,前几年就已经初露端倪了,波及到整个社会人文领域,敏感的文学圈自然也逃不了。在场的人随手抓一把,就能抖出各自的忠实拥趸,此时眼看着论战从单打发展到团体对抗,当然纷纷卷入。有些新前派本来很讨厌何高俅,但因为现在牵涉到新前派和新后派两派之间的矛盾,对立面新后派那有更讨厌的石DVD和蒲牢,就把自家的个人恩怨暂时抛弃,投身到一致对外的个人恩怨当中。论战由观点立场的分歧演变为刻薄的人身攻击,诸如"何高俅的在职研究生论文答辩没有通过""石DVD是告了黑状才把别人挤掉确立了自己的留校地位"这样的丑事全都兜了老底,会场完全失控了。

群情沸腾中,一只手轻轻搁在了凤娘动态的肩上。凤娘吃了一惊,扭头看见抓着一头枯发的老登坐在后面,上身往前倾斜着。仅这回头一眼,她就已经注意到了他一个多月不见的消瘦和落拓,衣着还是那么讲究,右手夹着一根烟,出人意料地透着古峻之气。"正吵架呢……"风娘本能地向老登指点着,似乎老登刚来,她要急着介绍似的,话才说到一半,两人都莫名其妙地笑了,犹如一对傻傻的幼儿园伙伴。

一切都在莫名其妙的笑意中闪烁……

她想他的妻子是不是还没回家……

他想她笑了对我到底是什么含义……

"我溜号了,去附近的街上逛了逛,比第一次来上海更找不着感觉了,又下雨,怕迷路,只好回来了,回来不久发现了你,全场女的本来就少,而且只有你抽烟,很醒目。""嗨,还说呢,我今天才收到会议通知,所以来晚了,可能会上都没法安排我的住宿。""甭担心,你们大师兄已经帮你预留了床位,和艾紫苏住,还记得不?我们在澳门遇见的那个没心眼的女记者。"

"哎,这个新后派昏头了吧,连'村镇可以乱,县市可以乱,甚至省一级乱了也没关系,只要中央少数人没乱就行了'这样的话也说了出来,真是昏够了头。"风娘说。

提到澳门,"巴黎艳舞"的记忆也孪生复现,风娘的眼帘唪地落下,话题也噌地跳开了。老登知道自己又说错了话。男女之间的暧昧情感,总是把对话弄成极其困难的艺术,双方都变成最敏感最狡猾的语言艺术家,你说茄子是青色,她偏要说是深色。你说我发了疯似的喜欢看足球,其实心里想说我发了疯似的喜欢看你,她知道你并不是真想说发了疯似的喜欢看足球,却笑里藏刀地说,足球和我,谁更好看?说都好看,她说你中庸,说足球更好看,你自己都会劈了自己,说她更好看,你就中了她的计。这种艺术状态下,她说那个新后派昏够了头,其实就是你老登昏够了头。

这段日子老登一直"中心如噎""中心如愁",现在终于提心吊胆盼来了和风娘见面的机会,本以为会吃冷脸,没想到风娘挺给面子,他不敢再造次,赶紧趁着风娘的话柄走:"这个新后派跟你师兄不一样,新后派其实也和新前派一样分老多种,身份都复杂着呢,俺比较赞同你师兄这一类的。"

"那你算不算新后派？"

"哪派都不算，新后派嫌咱不够'后'，新前派嫌咱不够'前'，没法子。"

"这么说你没人要啦。"

"没人要没关系。最可怜的是何高俅那种人，虽然自称新前派，却把新前派和新后派的缺点都占全了，既有新前派精英意识的缺点，又有新后派不宽容的缺点，问题大着呢。"

"我师兄也不对，二对一不是本事。"

"嚯，批评起自己的师兄来了。"

"这有什么不可以，当他们面我还是这么说。"

"真的吗？"一个共鸣极好的声音挤了进来。这回轮到风娘把拳头捅过去，着着实实捶在了石DVD的胸口上，"嘿，哥们！你什么时候从台上跑下来了？"

"你不是说我们二对一不是本事吗？我就让蒲牢一人在台上顶着，下来细端详小师妹了，反正蒲牢爱争论，我爱师妹。"

"胡说，你肯定是准备溜会，无意中发现我的吧。"

"厉害，厉害，幸亏你不是我老婆。走走走，一起溜会何如？老登，你也跟我们一道走，这劳什子吵架有什么好听的，一点意思也没有。"

"万一蒲牢一人招架不住怎么办？"老登青蛙似的大嘴冲着台上努一努。

"他那个认真劲儿还会招架不住？不——可——能！你不知道他是一等一的好辩手吗？'舌战群儒'是他的天赋！再说还有那么多新后派呢！"石DVD笑嘻嘻地摆摆手，趁乱把两人领了出去。

石DVD先把风娘带去安排住宿，他请服务台小姐打开411的房门，服务小姐开门前礼貌性地敲了敲门，没有反应，她的钥匙串摇出一挂脆响后，门开了，"请进。"声音刚丢下，身姿已走远。石DVD领头走了进去："你就住——"他的嘴突然撸住了，一只手本能地想挡住风娘和跟在后面拎皮箱的老登,被挡的人却已经看见了石DVD看见的景象:一个年轻女子白润如荼的左大腿沉沉地压在拥挤的被褥外,衬着被褥的是贴着半瓣臀部曲线走的粉红蕾丝三角裤。

也就在这一刻,三人的眼前仿佛闪过一道白光,那条腿猛然从沉沉的空间弹起,随之发出一声惊恐的喊叫:"啊——!"夸张的嘴型上,是艾紫苏缺夜少睡的眼睛和蓬乱的头发,她正下意识地双手抓起被角挡住只穿内衣的胸部,肩膀晃悠悠摇着透明的光。

"对不起,对不起!"两个惶惑的男人迅速往门外退去,风娘却兀自留在客房里,打量着床上的人。"嗬,还有比我们溜会溜得更彻底的,哎我说,你怎么睡觉连睡衣都不穿?""哎呀,亲爱的风娘,是你们呀,吓死我了,还以为是流氓呢,还以为你不来了呢,糟糕我的鞋呢,真不好意思,最近跑采访赶稿子太累了,一直缺觉,没事没事,我睡觉喜欢裸睡,今天还算穿得多呢,糟糕我的鞋呢?"艾紫苏语无伦次,东跳一句,西跳一句,没有因为被男人看到半裸的睡态而尴尬,反倒为风娘的到来激动不已。

"喏,在这呢。"风娘从床角将艾紫苏的鞋踢了出来。

3

这一晚好些人喝完酒聚在风娘、艾紫苏的411房。外面的雨已经停了,411房失去了雨声的背景,犹如舞台突兀的一隅,两盏围扇形桌灯打着柔黄的角光,窗帘拢起一段剧情,无声的地毯,反射全屋的四方镜,客房的一切都变得四四方方,平整中收敛着一年四季八方来客的纷乱。若即若离的两张席梦思,永远沉默并行,不同的体温和秘密在它们的深层压出一道道紫色滚褶。

411房其实就是无数个开会的人在外面改写的那种家。客厅和卧室并用,厨房暂时可以省略,卫生间十有八九比家里的更撑门面,线条简洁,功能高效,人物可多可少——当然舞台的此刻有点热闹,有冲着艾紫苏来的，比如挤坐在艾紫苏床沿那几个生猛的小批评家，因为艾紫苏的床贴着墙，小批评家们就好像贴在墙上的纸人。也有冲着风娘来的，比如老登和石DVD。蒲牢吃晚饭的时候就不见踪影，据说是跟一帮新后派去东方明珠了。石DVD拨通手机和风娘聊了一会儿，约定明天上午不去开会了，举行师门聚会。石DVD又通知了窝在家中写小说的衣服不败，和正在上海另一个大学开女权主义研讨会的三个师妹，风娘这才知道师姐们的去向。

　　冲着风娘来的没有冲着艾紫苏来的多，但都挺有身份，潇洒倜傥地靠在仅有的两张单人沙发上，屁股下压着大碗大碗的牡丹花纹。几个小批评家在这种情势下没法生猛，就暗暗企望艾紫苏能一起出去玩。他们用最大的耐心熬着，心不在焉地搭着腔，哪知艾紫苏一点走的意思也没有。大概下午恶补了一觉，又见到自己迷恋的风娘，精神头出奇的好，聊兴大发。她已不再是床上的没遮挡模样，头发盘了起来，有点高贵的意思，和短发的风娘一起露着高高的后颈，斜坐在风娘的床沿。但她的笑声太没节制，蓬蓬勃勃疯长着，好不容易高贵一点的味道就遗失了。有两个小批评家对她的笑声挺失望，借故先走了，剩下一个小批评家不死心，左等右等，等到后来大家谈兴渐浓，他不好意思提"走"字了，索性彻底陷进这种沙龙似的氛围里，坐到艾紫苏身边来。

　　三男两女，这是文学开会族最好的沙龙搭配比例：一个男人对一个女人已经情不能拔；一个年轻男子和一个年轻女子，正模拟着"有女怀春，吉士诱之"的诗句；一个看多了影碟看不懂生活的男人，不知就里略知就里地融于其中……

　　风娘的兴致也很高，但那种兴致很玲珑，有摆给老登的些许矜持和傲气——这是不自觉的，被人爱着的人不知不觉总会带出这种傲气；也有抛给老登的些许兴奋和风情——这是自觉的，她想试一试老登抵御诱惑的能力，看他是不是真的不解风情。笼罩这玲珑兴致的，是在石DVD跟前装师妹的狡猾。今晚她的Lights抽得特别快，简直在烧烟，三个男人的烟速都抵不上她，语速也很快，不亚于艾紫苏采访式的语速。说话的时候，她一直没正眼瞧过老登，却时不时挑几点秋波往老登眼里迷，心倒是悬得高高的，活像一个躲在油绿荷叶中的仙子，没事就出来招惹爱她的人，等到那人心旌摇摇，她又将荷叶作为幌子，把自己藏得滴水不漏。

411房的人起初尽在瞎聊文坛轶事，哪个作家的猫生了，一口气生了十只小猫，一口气送了十个作家，这些作家怎么都爱养猫呢；哪个作家的养女出走了，说要去寻找生身父母，唉，当作家难啊，有孩子不行没孩子不行有个养女还是不行；哪个作家的第三任小妻子又一脚把他蹬了，四十多岁的男人真经不起蹬几蹬啊……聊着聊着，文坛最近的新鲜事都聊得差不多了，渐渐就玩起了文学开会族的游戏，五个人的脑门缀成了一个闪亮的花环。

要说文学游戏的追本溯源，当然得死追活撑到古代文人的行酒令、吃花酒。要说文学游戏的集大成者，当然非《红楼梦》中的大观园诸君莫属。有酒有诗有女人，自然就有风月，风月是古典的，与现代文人无关，现代文人玩游戏已经很不文学了，"诗"更被彻底淘汰了，现在谁还玩座中吟诗那种可笑的史前行为？酒也可有可无，但一定要有女人，否则就游戏不了，就游戏得没劲，就看不到游戏的陷阱。因为它不是别的，就是纯粹意义上的文人男女游戏，像段子成为我们这个时代的民间文学一样，玩过说过笑过就忘，没人当真，没什么定规，由在场的见多识广的参与者提供游戏方式，片刻的欢娱，片刻的放纵，就是我们时代的借口。

> 八百里秦川尘土飞扬
> 三千万愣娃高吼秦腔
> 端一老碗 biangbiang 面蹲在地上
> 嫌没有辣子嘴里嘟嘟囔囔

石 DVD 的游戏都是老套的，他实在想不出什么新鲜招数，就给大家表演了一段老家的陕西歌谣。然后老登出了一个男人过河结婚求助四个女人的心理测试题，众人神神秘秘地把题目做完，测出风娘和小批评家是把"性"放在第一位的，石 DVD 是把"家庭"放在第一位的，艾紫苏则是把"爱情"放在第一位的。

哟，没想到小艾大大咧咧的还是个情种呐！老登把众人的答案纸放在手中翻检着，一边调侃一边偷偷藏起了风娘的那张答案纸。"那老登你自己呢？"艾紫苏追问道。"是我出的题目我咋测试啊？""不对吧，你第一次做这题目的时候也没测试过？""还真没有，当时我题目还没看完就先看了答案。""你这是在耍滑头吧。""我才不耍滑头呢，心理测试有什么好怕的，有本事你出个题目，我肯定做，不怕你测试出我的真实心理来。""真的？""什么蒸的煮的，就怕你没题目。""谁说我没题目，不过你得保证你必须如实回答。""记者小姐，你就请吧。""OK，那我开始了。"艾紫苏笑滋滋走到自己床头，从提包里摸出采访本和圆珠笔，一本正经要问的架势，老登抽着没名没牌的杂烟，对着风娘做了个鬼脸，意思是你就看看我的真实心理吧。风娘和其他人一样，饶有兴致地等待着，房间里烟圈袅袅。

你叫什么名字？老登。（"这还用问吗？"老登笑着摇摇头。"问你什么你就答什么，别影响做题。"风娘说。）

有一个人吃饭的时候吗？有。（老登开始认真起来。）

你最喜欢的女编辑是谁？（老登迟疑了一下，看了一眼风娘笑咪咪的脸）

风娘。（喔——大家哄笑了一下。风娘大度地耸耸肩。）

1 至 100 你最喜欢哪个数？89。

你一个人的时候最想去哪？书店。

你父母对你好不好？好。

酸甜苦辣你最喜欢哪一种？辣的，辣的。

你想不想赚很多钱？想。
衣服最爱放在什么地方？床上。

（哎，我说你这是什么心理测试啊？咋这么多问题？）
（别急别急，马上就完。你照实回答就行了。）

说出你最喜爱的情歌或一句话？人鬼情未了。
你有没有和父母顶过嘴？有。
说出你最喜欢的电影女明星的名字？朱莉娅·罗伯茨。
你最爱说的脏话是什么？他妈的。
想不想有个知心朋友？想。
你最讨厌的人是谁？慈禧太后。
说出1至100你最讨厌的数？44。
你像不像你外婆？不像。
（好，下面是最后一个问题——）
说出你最讨厌的动物？蛇！绝对是蛇！

好了。艾紫苏把圆珠笔芯往上一撤，露出判官的模样：诸位，现在我们来看看老登的真实心理。她拿着采访本大声念起来：

你叫什么名字？老登。
你有没有打过kiss？有
和谁？风娘。
多少次？89次。
在哪里？书店。
感觉好不好？好。
还想不想？想。
下次会在什么地方？床上。

她对你说什么？人鬼情未了。
有没有人看见？有。
谁？朱莉娅·罗伯茨。
她说什么？他妈的。

念到这里，众人笑得前栽后仰，艾紫苏自己也笑得快念不下去了。她鼓起腮帮子，极力忍住笑，叫道：听着，听着，后面还有精彩的——

想不想结婚？想。
和谁？慈禧太后。
想要几个孩子？44个。
孩子会不会像你？不像。
像谁？蛇！绝对是蛇！

众人至此已经笑成一锅粥了，风娘深深地埋在膝上捂着肚子直叫疼；小批评家笑得抽筋似的上身一顿一顿；被捉弄的老登花着眼咧着青蛙嘴嘿嘿傻笑；石DVD的烟被笑呛住了，根本抽不下去，咳咳，这哪是什么心理测试呀？是小男生小女生玩的骗人把戏吧。咳咳，老登你半世英名算毁啰……

捉弄老登大获成功的艾紫苏，仰天倒在床上如火如荼地大笑着……

闹腾了半天，气氛总算消停，轮到小批评家出游戏题目了，他说他的游戏是有关身体的亲密接触。女士们陡然紧张了，说不玩不玩。小批评家说，没关系，这游戏一点不色，分寸尺度都摆着呢，顶多不会超过"吻脸颊"这类重量级的水平，重在培养中国人的身体意识，你看人家外国人，见了面不论男女都蹭蹭脸什么的，多有人情味啊。男士们迫不及待地说行行行，没问题，玩吧玩吧。女士们只好半推半就。

小批评家裁了许多张小纸条，把在场五人的名字重复写了好些个，捏成小团归为第一组，第二组汇集的是每人私下写就的一些有关身体的动作词汇，第三组又是五人的名字或身体的部位（不包括嘴唇等重要地段），第四组是各人随意写的一些量词或时间段，由此从各组抽签，变成一些组合的句子。例如，"石DVD拥抱老登的肩膀两次"，两人就要照着组合的句子去做。这时候两个拥抱的男人感觉就特别像同性恋，苦鼻子苦脸的，哪有什么人情味呀。老登说有言在先，拥抱也就算了，如果抽到吻石DVD的脸颊我死也不干，大家听了一阵哄笑。正好第二次组合是"老登拧石DVD的腮帮子八秒"，老登就趁机发泄了一下刚才的尴尬劲，石DVD不愿意了，怎么老抽着我们俩，作弊吧。

第三次组合没他们的事了，是艾紫苏亲吻小批评家的眼睛三分之一秒，老登说谁这么缺德，给这么点时间。小批评家说没关系，我已经很满足了。话音刚落，艾紫苏"叭"的一下已经完成了任务，小批评家说你怎么连个招呼也不打，我还没来得及品味呢。艾紫苏笑说三分之一秒你还想怎么品味？已经艳福不浅了，知足点。男士们听了连说厉害厉害，七十年代的小姐就是厉害。

第四次组合大家都发出了怪叫声——"老登背风娘绕十圈"！因为刚刚老登回答问题时泄露了喜欢风娘的意思，现在正好是考验行动又让大家瞧热闹的好时候——就那么巧，动作和量词竟然组合得天衣无缝。老登抓耳挠腮地看着风娘十分犯难，风娘也尴尬地想往角落躲。艾紫苏不愿意看着自己崇拜的风娘不争气，一手揪住躲躲藏藏的她，一手抢过她的烟，然后把她推到老登跟前："背就背，怕什么？老登，上！"接着艾紫苏又把老登转了个一百八十度大弯，使劲把他往下一摁，老登傻傻地伏下了身，风娘望着他僵直的后背，跟其他人一起捂着嘴直乐。

艾紫苏着急地指指踞着的老登，又捅捅风娘的腰，风娘想了想，算了，背就背，反正是游戏嘛，真的，怕什么。于是趴在了老登背上，双手环住老登的颈脖，她的个子高挑丰满，魁梧的东北汉子老登用了挺大气力才把她背起来，背得磕磕碜碜的，风娘的钉珠渐变双色裙全往上挤着，老登背上一下子晃出无数道踉踉跄跄的色彩，艾紫苏他们忍不住轰笑了。

风娘趴在老登的背上，刹那间落进了老登气味的海洋里，杂牌的烟味，淡淡的汗味，油油的头发味，整洁的衣服味，粗糙的体味，特殊的男人味……她在这气味的海洋里一圈一圈地旋转，身体的旋涡也翻涌出一种幽昧的气味。

她特别沉醉于这种欢娱的酒气，虽然有些颓废，但是比罗勒老板桌上的酒好喝，有味，像老登的后脑勺一样有味，令人心醉……天旋地转，她被老登摔在了床上，老登也摔在了她的怀里……哈哈哈……她听见头顶艾紫苏蓬蓬勃勃的笑声：还差两圈……

颓废的气味诱使夜色如潮，他们身体的游戏也越来越暧昧……小批评家似是而非地摸着艾紫苏的胸口，石DVD醉兴大发地将艾紫苏和风娘同时揽在怀里，老登饥渴地亲着风娘的脸……风娘傻笑着任他亲吻，那一刻她看着老登浮在角光中的脸，非常陌生，像自己的脸一样陌生。她不愿意深究下去，夜色如潮更如酒，五个人谁都认不清自己夜半三更的醉脸……

附录：风娘的画外音——

都说衣服不败是个从来不开会的怪人。其实他还是开过一次的。读研究生时我们跟导爷（按照社会上称呼生意人为"倒爷"的谐音，我们背地里管导师叫"导爷"）去南京参加学术年会。那是我们同门七个第一次结伴出去，像过节似的，尤其几个女生一路上叽叽喳喳疯疯颠颠，弄得导爷的关门弟子衣服不败看不惯了，说你们到底是开会来了，还是春游来了。结果导爷说开会不就是春游嘛，衣服不败当时不吱声了，我想他是不高兴了。是啊，对我们来说，能够参加这么一次神圣的学术会议真不容易，连会议的名额都不算，是借着导爷的面子，作为研讨班交学费的学员搭配上的，像搭配猪头肉似的。

那次学术年会令我们挺失望，那些学者不知怎么跑了题，为曾国藩的皮肤病争吵了一上午，下午又接着纠缠这个问题，我们七个听得不耐烦，全溜会了，去南京的车站，捡准备回去报销的公共汽车票，因为捡得越多，报销的钱就越多。上午刚下过雨，许多乘客扔在路边的票根还粘着泥点，我们沿着马路一边拍拍打打，尽量把票根拾掇干净，免得回去被会计发现是捡来的，一边提出"搞文学干嘛要开会"这个问题。这个说开会是为了交流文坛信息，那个说开会是在通往文坛的路上推销自己。这个说开会是为了会会文友，那个说开会是为了多结识名人。这个说开会是假，那个说文学不真。衣服不败当时说了一句非常经典的话：文学和开会，就像一对互相厮磨又互相欺骗的恋人。我们都说，神了，小师弟，你这比喻打得好，可以写小说了。后来，衣服不败果真写起小说，不做学问，更不开会了。

第三章

师兄师弟们，这个世界的异类；师姐们，令人有点心虚

一群正常生病的人

1

黎明的清白从刀劈斧削似的大厦边缘闪现,弯曲的巷道夹在崇山峻岭的楼房高度中,河床一般静谧,夜泊的小汽车如水中的鹅卵石粼粼发光……

突然,双方的人疯狂对射着。

子弹穿过她的视线,她看见她认识的一个女人,站在来往的子弹中叫她:"凤娘……凤娘……快醒醒……你要迟到了!你们不是约好十点聚会的吗?都九点五十了……九点五十了……""九点五十"这个词终于摇摇晃晃跌落在她的意识中,视线里没有了疯狂对射的子弹,只剩下一张认识的小杏脸。

她的瞳孔突然一阵抽搐,在彻底清醒的那刻,前梦境正逃难似的溃退:双方都是团伙,一排男,一排女,平行横趴在巷道两边向对方射击,一个画家站在子弹中间将他们描绘下来,后来女人那方开始逃窜,巷道是两条壕堑似的纵道,追者跳跃着追过去,女人们却是有身份的,掩饰成贵族混在人群中逃走了,追者被两个坑绊了几跤,没追上,画家扫兴地叹了口气……

后来,站在子弹中的画家彻底变成了风娘认识的女人,艾紫苏——她叫醒了她的梦魇,让她不再为两个团伙之间的战争所累。

真见鬼,又睡过头了。风娘倏地跳起身,隔夜的口红还没卸去,残在唇边,淡成了自然的玫瑰红,昨夜和老登们的游戏,连着身上的"倒霉",造成比往常熬夜更憔悴的恶果:黑眼圈惊人地扩大,半盲半呆的神情,恶纹隐现。她已经记不起做主编以来,有多少次这样昼夜颠倒的日子,似乎比她的前三十几年还要长。晚睡晚起本是文人作家的赖习,也被她染上了,没办法,跟这些人耗,就要把"生活规律""语言规矩""行为规范""条文规定"等种种完全扔掉,往疯狂放纵的空气里跳。

年初在广州,她和外地的那帮作家疯玩到凌晨三点,然后去吃所谓的夜宵,也许该叫早餐吧。吃完了在城里瞎走,起初沿着珠江,后来为了甩掉那些缠人的卖花小女孩,不知拐进了什么小三家巷,走着走着,眼看着巷子的前方露出惨白的光点,才知道该去睡觉了。谁知一大早他们又被广东的作协领导请吃早茶,挨着房号来叫人,不能不去,一个个头发竖翘衣衫不整眼睛迷糊着往外晃,活像一伙流窜犯,哎呀真是滑稽透了。风娘一边麻利地收拾脸上的妆底,一边和艾紫苏讲起熬夜的狼狈。艾紫苏又躺回到床上去了,在回笼觉里有一声没一声地应着,风娘也并不介意。经过昨晚的游戏,她对艾紫苏不像以前那么排斥了,更何况今天是她叫醒了她,对艾紫苏这么缺觉的人来说,绝对算难得的事。

风娘讲着讲着,忽然听众艾紫苏睁了一下迷糊眼:你迟到这么久,要被师兄师姐们罚请客了吧。

没事,他们和我一个德性,要早也不会早到哪去,至少石DVD不会准时吧,和我们疯了一夜呢,要不早该打电话来催了。

果然,远远地,当风娘能看见褚红校门的时候,她就知道自己不是到得最晚的。校门口那棵五月的法国梧桐,斑驳的身体傲然不动,兀自拨弄着满头夸张的绿发,师姐们的身影一个也没有,师兄弟们体态轻松,站在梧桐树下互递着香烟,等待仅仅是开始。他们互递香烟的姿态——确切地说,是互扔香烟的姿态,非常武力,仿佛在互扔战争的武器,像电影里把冲锋枪扔到对方手中。"嘿,接着。"她想象得出他们在说什么,"抽我的吧。""不,抽我的。"看来,男人给烟抽烟的姿态都没有女人情色。

抽烟的女人是食指和中指夹着烟往外一斜,柔腕低落,纤指翻翘,眼神笑而勾:"怎么样,来一支?"这种妩媚暧昧的邀请,和性的诱惑一样难以抗拒,所以通常男人把烟当枪女人把烟当午夜吹箫。爱抽烟的男人应该是好战的,爱抽烟的女人应该是渴望性欲的。如果一个男人想知道一个抽烟的女人做爱时的表情,看她抽烟时的表情就知道了。贪婪的,陶醉的,无所顾忌的,凄迷的,温婉的,艳异的,挑逗的,神经质的,或者霸道的。抽烟的女人身上永远有夜的氛围,躲在无人的角落站在繁华的街口,只要她手中的烟燃起,她就进入了浓浓的夜,她兴奋而缅想烟雾和她一起袅袅上行,世界被踩在夜的脚下……风娘的烟瘾渐渐被那个想象中的女人的烟勾起了,她停住脚步,从咖啡色的 LV 包里掏出烟,自己点了起来,很不过瘾地吸了一口。唉,为了小房子,她不得不放弃"三五",Lights 哪叫烟啊,只能说嘴里过过形式而已。

她继续朝他们伫足的校门口走去。"校门口"这个位置对他们来说,有如古怪的地道出口。地道外,是灿亮喧嚣的车水马龙;地道内,是爱然幽雅的鸟语花香,他们站在这个门槛,仿佛进出两难似的,被守门的灰衣保安用茫然的眼神盯着。

那个一袭玉色长袍的修长身形,不用说就是师弟衣服不败。衣服不败是师门乃至全校公认的怪胎,三年研究生读完,他交给导爷答辩的东西不是论文,是一部四十万字的武侠小说。导爷当时大怒,没给他答辩通过,他也不改邪归正,索性就什么毕业什么分配都不要,做了一个"自由坐家"。自由坐在家中以后,他反倒不写武侠小说了,写的全是不赚钱的纯小说。至于他吃饭的钱从哪来,谁也不知道,反正也没见他饿死,最近更出格,居然在网上认识了一个写言情小说的深圳女朋友。

衣服不败最怪的当然是他的衣服,春夏秋冬,一共八套长袍,是专门按照二十年代样式订做的。或长袍马褂或长袍坎肩,每季各两套,换洗着穿,最好的一件是白色镶倭缎,漳绒边的,除此之外绝不沾染其他任何外衣。他总是穿着长袍面对校园唯一的那棵樱花树吃饭,是浦江大学经典的一景,风娘和师姐们路过的时候都会和他打声招呼:"衣服不败,吃饭呐?"

"哎。"衣服不败总是大声地应着。他的那件蛋青色长袍最近被学校剧社借去排练《孔乙己》,身上穿的这件油绿色,已经好几天不见换了。这天半夜,他又穿着油绿色长袍和石DVD、蒲牢去浦江大学的石头湖,做他发起的例行功课:把环绕湖边的大花盆逐一推倒。

每逢此时,他就把长袍的前后襟扎起,弓起腿,和两个师兄同时用力,直到湖边的花盆一个一个全倒了,他们才安心回宿舍睡觉。

他们来到夜色中的石头湖边。

很奇怪,往常远远就能瞧到的黑魆魆的花盆,总是像卫士一样忠实等待他们的花盆,不见了。再仔细一瞧,不知是谁,已经先他们一步,把花盆全都推倒了。衣服不败们很泄气,心想谁抢了他们的活干,害得他们空落落的。他们围着石头湖失落地荡了一圈,最后决定把花盆一一扶起来,再重新一一推倒,做完了这件事,才心满意足地走了。

"这几个家伙有破坏欲。"第二天风娘和师姐们逛街的时候对他们下了结论。抢先推倒花盆是风娘和师姐们找人干的,她们想,既然这几个家伙天天这么辛苦,索性先帮他们推倒了,哪知人家要的就是这破坏的过程。

"整个浦江大学,有谁能管得了我,有谁?"衣服不败常常高悬着头这么嚷道,突然,他脑袋一耷拉,嘴里轻轻一咕噜,"不就是我导爷嘛。"

师门中都知道,衣服不败和导爷的关系不太好,导爷嫌他野性难驯，而且不会拍马屁。有一回导爷摆出低姿态，把自己的一篇论文交给衣服不败提意见，结果衣服不败一点不给导爷面子，提了一大堆意见，一二三四五地写在导爷的论文后面，导爷当然不好发作，却对衣服不败先坏了印象。

后来导爷要他去广州找一个教授，想办法讨到台湾作家陈映真的创作年表，这个教授是导爷的宿敌，而陈映真的创作年表大陆独他手上这份最完备。导爷出书要用，衣服不败只得以访学的名义硬着头皮去了，按照导爷的嘱咐没说自己是谁的学生，聊了半天，那个教授很欣赏衣服不败的才气，竟然把年表复印给了他，同时叮嘱他千万不要被某某某知晓（即衣服不败的导爷），衣服不败在火车硬座上斗争了挺久——如果把年表交给导爷，肯定欺骗了那个教授；如果不把年表交给导爷，肯定又欺骗了导爷。最后他想，反正已经欺骗了一次教授，索性再欺骗一次导爷，按照哲学否定之否定原理，上升的结果就是更高的肯定，这个更高的肯定就是他对得起自己的良心。

回校后，他对导爷谎称年表没弄到，背地里却把年表偷偷地烧了。导爷总觉得他有鬼，又抓不到把柄，自然对这个学生横竖看得不顺气，总是借口衣服不败的哲学出身教训他："我跟你说过多少遍了，不要用你的绕来绕去的哲学思维处理文学，不要把简单问题复杂化，具象问题概念化，文学是生动的，哲学是抽象的，你这样研究文学是很糟糕的！"

衣服不败的确不是学中文出身，为什么从哲学系到中文系，其间瓜葛已经成了浦江大学流传甚广的爱情故事名段。

当初，衣服不败从南开大学哲学系毕业后，和自己的好朋友、好朋友的女朋友，一起考上了浦江大学哲学系的研究生。同一个专业，同一个导师，天底下，这种巧事，哪里去寻，他们因此格外珍惜这种难得的巧合，如一家人似的形影相随。

浦江大学的研究生宿舍本来很紧张，但是衣服不败去研究生院送了点糖衣炮弹，就和好朋友共占了一个本应住四人的宿舍，好朋友的女朋友来了，三人就一起吃饭（那时，偷电做饭成了两个男生最主要的业余爱好），看电影，上课，跳舞，争论哲学问题。好朋友的女朋友很娇气，长相也是娇美的娃娃脸，每天来到他们宿舍，就往好朋友的床上一躺，等着两个男生把饭做好，她才起来吃。好朋友对这个娃娃脸宠得没了边，绝对属于"放在手里怕飞了，含在嘴里怕化了"的那种，有时干脆让娃娃脸躺在床上，帮她把饭菜端到手中，这让衣服不败看着实在不习惯。不过，久而久之，他什么都习惯了，就连娃娃脸当着衣服不败的面夜宿好朋友怀里，衣服不败也从不习惯到习惯了。

三人睡在一屋的气息，最初野草那样一根根直立着，风吹草动敏感得很，渐渐地气息变得像蜂群一般混乱，有点陌生有点熟稔，不久气息烧成热烈的火焰，滚烫刺眼。后来，气息温成了冬天的一壶暖酒，醇厚诱人，再后来就干脆白开水化了，不可或缺的简单。

事后，衣服不败一直对风娘说，就是这要命的气息熏了他的心。好朋友要回湖南乡下探望重病的母亲了，临走前把自己的宝贝娃娃脸托给衣服不败照顾。站台上，好朋友和娃娃脸亲了又亲，只恨不得有一身魔法把她缩小了，装在口袋里带走，看得衣服不败也凄凄惶惶的，赶紧说，放心吧，有我呢。

好朋友一走就是大半个月。给回的消息是，因为母亲去世了，作为长子，他不得不守孝。这大半个月中，衣服不败一直勤勉地履行着自己照顾的职责，直到那晚娃娃脸送来好朋友的电报。

娃娃脸把电报放在桌上，说："明天他就要回来了。"然后躺在衣服不败的床上，衣服不败觉得她躺的位置好像不对，但是周围的气息是对的，他就没在意。随口应道："是吗？太好了，早该回来了。"

"好什么好，我可不希望他回来。"娃娃脸直直地说，随即起身把脸靠在了衣服不败的肩上，衣服不败觉得这个动作更不对了，但是身边的气息还是对的，他没有什么不适应，就让她靠着。娃娃脸发出荡秋千一般的悠悠声音："衣服不败，你知道吗？我喜欢你的个性，喜欢你的才气，喜欢你的玄想，连你这身长袍也喜欢，很有中国男人味……"说着说着,她就把衣服不败搂住,嘴凑近到他的嘴,衣服不败发觉这个行为彻底不对了,奇怪的是大部分气息还是对的,另一些不对的气息长着芳菲菲的翅膀,是从未接触过的,他深深地吸了口气,仿佛要把它们全部吸进肺里,娃娃脸喜出望外,顺势坐进了衣服不败怀里。

"我被她芳菲菲的气息完全淹没的刹那,还想到了一个哲学问题。"衣服不败对风娘回忆起这段隐私的时候,感叹地说。

当时他们的哲学导爷正讲到英国曾经关注的"情感与理智"的问题。究竟有没有情感和理智之分,导爷说那个叫休谟的哲学家说没有区别,那个叫休谟的哲学家说,情感和理智的冲突,其实还是情感和情感的冲突,是两种情感之间的争夺。导爷说后来的海德格尔是反休谟主义的,但在这一点上也赞同休谟。到底是情感和理智的冲突,还是情感和情感的冲突?导爷问弟子们怎么理解,让弟子们讨论。讨论课上,男弟子衣服不败和女弟子娃娃脸争得不可开交……

压在娃娃脸的上空地带,衣服不败在亲自体验着这个哲学问题。他发现,什么哲学问题,都不用讨论,把身体和大脑同时碰撞就知道了。此刻,从理智上说(用娃娃脸和休谟的意见,是从平静的常存的情感上说),他知道这是好朋友的女朋友,不能动,动了是小人。从情感上说(用娃娃脸和休谟的意见,是从更激烈的情感上说),他抗拒不了那种芳菲菲的气息,芳菲菲的气息唤醒了他的激情神经,将他带入一片腻滑的腹地,身上的剑陷落了,落在沼泽地里不可自拔,剑刺穿了沼泽,淹没了。

不是情感的问题,也不是理智的问题,是欲望的问题。后来他对风娘说。

当他将欲望的问题一泻到底之后,他想的是"我怎么向好朋友交代"的问题。

他的确无法向好朋友交代。好朋友回来后,狠着眼对他大吼:"你就是这样照顾我女朋友的吗!""衣服不败,我就是太没防着你!你其实早就开始了!"是啊,早就开始了,那撩人的气息……像现在这样渗透着,衣服不败只能低着头。娃娃脸则千娇百媚地靠着他,像没事人似的看着杂志,或者躺在床上抓住他的长袍叉摆,眼珠溜溜地不吭声。接下来好朋友不吼了,紧绷着下巴雕塑似的坐在床上,这么不吃不喝坐了几天,他突然不辞而别了。四处去找他,才知道他已经退学回家。

这个结果让衣服不败深感震惊,他陷入了深深的自责,用哲学也无法为自己开脱。"纯洁的本性聚在一起形成黑暗与邪恶",他想到哲学课上的这句话。哲学的逻辑还使他幡然悔悟:娃娃脸既然可以这样蹬掉好朋友,也可以这样蹬掉他,所以还不如现在就蹬掉娃娃脸。于是,娃娃脸来找他,他闭门不见。娃娃脸狠命敲门,大哭大闹,他就干脆躲到教室去看书,通宵不回宿舍。也就是在那里,他认识了中文系的研究生风娘。

寒冬的后半夜,熬夜写论文的风娘,为这个趴在后排睡着的孤独长袍男生,盖上了自己的军大衣。那个时候的风娘,虽然有厌倦人的脾气,骨子里的另一半并没有安静。这件温暖的军大衣,覆盖了衣服不败的孤独,也惊醒了衣服不败的瞌睡虫。醒来后,他发现文学的风娘比哲学的娃娃脸人性得多,温情得多。哲学的娃娃脸是性,文学的风娘是姐姐。性是短暂的,姐姐是长久的,比寒夜还要冷的心底,更需要姐姐的血气。而且,这的确是他想象中的姐姐:高挑,漂亮,能干,爽气。他突然醍醐灌顶,一声不吭地退了学。那段时间,风娘不知道这个奇怪的男生去哪了。

第二年,他出现在风娘导爷的研究生名单里,做了风娘第一个,也是最后一个师弟。

2

"嘿,是不是想衣服不败想得发呆了,这不在跟前了吗?"光头蒲牢笑嘻嘻地凑到她发直的视线中来。

"哪呀，她想老登想得发呆呢。"石DVD挤挤眼说，瞧那坏神情，他肯定把昨晚的游戏告诉他们了。

"他妈的你们这两张乌鸦嘴，昨天下午和何高佚还没吵够是不是，拿我来开涮。"她嘴角翘翘的，眼睛却笑笑地看着衣服不败，像看自己的亲弟弟一样，充满了溺爱。手中的烟却被衣服不败一把夺了过去。

"抽什么Lights，来，给你一支三五，反正小房子不在身边，装什么正经！"

"干什么干什么，"她将烟夺了回来，"你想害我啊。我要是抽了三五，就前功尽弃，还能在小房子跟前当娘吗？你又不是不知道，一旦我抽了三五，就再也回不到Lights了！"

"我不管，反正你今天非得抽三五！"烟又被夺了过去。

"哎，他妈的你这个哲学疯子，怎么这么不讲道理？你抢你抢，我再拿一支就是了……"她低头在LV包里摸烟盒，衣服不败耍赖地一把揪住她的包，两人斗气地僵在那。石DVD看惯了这种场面，做壁上观，还是蒲牢上前把衣服不败扯开："好了，好了，你们这两个活宝，撞在一起就闹腾。衣服不败，你饶了凤娘行不行，她要抽Lights就让她抽，不要毁了她最后的一点淑女形象。"

听到"淑女"两个字，衣服不败和凤娘同时露出了讥嘲的笑容，"蒲牢，你的林徽因病又犯了吧。"

"犯了就犯了，你们别逮着机会就攻击他。"石DVD最护着蒲牢，发现两个活宝有转移火药的倾向，赶紧摆出大师兄的架势告诫道，衣服不败和凤娘本来想借机刻薄一下蒲牢，也不敢放肆了。

蒲牢的"林徽因病"是怎么得的，说不清楚，据说是查资料查出来的。这病其实也不是病，无非是迷恋林徽因，迷恋到看不中身边远远近近的任何一个女孩子而已。但是林徽因不可能死而复生，就算死而复生，也还有死而复生的徐志摩、梁思成、金岳霖团团围着，怎么也轮不到蒲牢啊。但蒲牢就迷上她了，迷得欲仙欲死。他的宿舍里贴满了林徽因的相片,全是放大复印的:林徽因和父亲林长民一起望着他;林徽因趴在北平家中的书桌边歪脑袋望着他;林徽因抱着梁思成的儿子望着他;林徽因骑马归来望着他;林徽因手抵廊柱望着他。没错,就是门口这张手抵廊柱的少女林徽因,当初打动了查资料的蒲牢。

蒲牢做导爷布置的近代文献研究,他去黄得发毛的图书馆找黄得发毛的旧报刊,泡了一整天,眼酸头痛,扔下横鼻子竖眼的繁体字,到新文学史料阅览室胡乱翻书,无意中看见了1920年手抵廊柱的黄毛丫头林徽因,他震撼了!——天底下竟然有如此聪慧美丽的女作家!不是聪慧美丽的"女明星",不是聪慧美丽的"交际花",而是聪慧美丽的"女作家"!女作家呀,女作家如果有这么超凡美丽的气质和才华,那就肯定不是人,是尤物,是天使!她既能用英语和徐志摩谈诗,又能和梁思成一起到野外去考察建筑,还能和哲学家金岳霖讨论哲学。

全才呀全才。蒲牢开始对师妹们感叹了,年少无毛的光头闪闪发亮,身边的这四个师妹也算环肥燕瘦了,竟觉得没一个及得上林徽因的一半。

林徽因是真正的贵族。他说,像什么张爱玲,那都不算,"窈窕淑女"中的淑女,就是林徽因这样的,只有君子才可以配她,"窈——窕——淑——女",这四个字用得多妙啊,像钱钟书《管锥编》说的,如果仅仅用"窈窕"二字,就过于轻佻,如果仅仅用"淑"字,就过于腐气,只有窈窕淑女的丫叉句法,才能做到抑扬相得,依我说,也才真正传达了林徽因通体的美妙——蒲牢的口才之所以好,和他善于引经据典不是没有关系的。

"那么蒲牢,你是不是君子呢?"师姐们和凤娘坐在校园的石凳上磕着瓜子问道。

"我?我当然是君子,我听高贵的古典音乐,我对人彬彬有礼,只辩论,不动手,我有良好的艺术素养,能做诗为文赏画,我懂得各种场合的分寸……就说我这个名字,蒲牢,龙的第十个儿子,能不是君子？"蒲牢站在石凳旁掰着指头乱数。

呸！师姐们和风娘把瓜子壳使劲一啐："算了吧，你就差"帝高阳之苗裔兮，朕皇考曰伯庸"了，什么龙的儿子呀，那是你自封的笔名呀，你到农民地里去偷青菜，也算君子啊？"

"那……那是生活所迫，不是我故意的。哪像你们，又抽烟又喝酒，还一口一个国骂，一点女孩样都没有！更别谈淑女了！"

"哈哈哈，行行行，去找你的林徽因淑女吧……"蒲牢在师妹们的浪笑声中气走了。她们的调侃着实捅到了他的痛处，他不想和她们辩下去了。

偷农民地里的青菜实有其事。因为蒲牢的精神和生活脱节得厉害。精神上，他每天吻着手抵廊柱的十六岁林徽因肖像出门（连带着同屋的石DVD和衣服不败也开门闭门见到的都是林徽因），听廉价录音机里的勃拉姆斯（他发誓要像勃拉姆斯爱克拉拉那样爱林徽因并且终生不娶）。生活上，他穷得去不起食堂，在学校小卖部整月整月赊帐，抱回整箱的白方便面，用电炉偷电煮着吃。吃到后来，他像李逵似的，嘴里淡出鸟味来，就去浦江大学后门的农民菜地偷青菜，放到白方便面里一起煮。

饥饿的肚子在冬天像欲望之神，伸出千百条触角，紧勾勾抓着人不放。夜晚蒲牢溜到泥津津的菜地里，冷得眼睛发绿，菜地周围长满了植物，植物的阴气把他的阳气往死里吸。风像一把锐利的尖刀，在他的手上一刀一刀地剜着，他颤抖着两手，把冰冷的打了霜的青菜大棵大棵揪起来，带回去抚慰自己的侠骨柔肠。

不是风娘她们自私，不肯用抽烟喝酒的钱帮他，没有人能帮得了他，帮得了一时也帮不了长远。因为蒲牢背后窝着三个哥哥三个弟弟两个姐姐的湖南农家。姐姐们倒是出嫁了，没文化的哥哥弟弟们吊在了他这棵有文化的苦楝树上，结的都是苦籽。蒲牢自尊心又很强，不愿接受别人的帮助，觉得那是施舍。

石DVD最关照他，但也自身难保，毕竟都是穷书生。他给蒲牢介绍过许多家教,但是孩子们的母亲每每要对轮廓硬朗的光头蒲牢动情,这让蒲牢不胜烦恼。他的心思全在已故的林徽因身上,又不想占女主人的便宜,最后总是保不住家教的饭碗。

石DVD某天兴冲冲回到宿舍,给了蒲牢一个印刷厂负责人的电话。他帮蒲牢联系了一份赚钱的活,而且没有女主人的骚扰问题。这份活能赚二百块钱,相当于蒲牢三个月的伙食费,任务是给印刷厂的电视宣传片写解说词。

后来风娘总说蒲牢傻,赚钱就赚钱,跟人家工人较什么真?

蒲牢去印刷厂熟悉情况。起初还挺上路,参观车间,了解工序,顺便带点轶事回来讲给低两届的风娘听。例如,印刷厂那个高薪请来的蓝眼德国工程师,在车间里公然围了一圈铁皮屏风,大部分时间都躲在屏风里呼呼大睡。中国技术员站在屏风外,唯唯诺诺地等着,听见里面有动静了,知道他醒了,赶紧隔着屏风请教一二,像垂帘听政似的,见他呀,可比见后宫的哪个妃子都难。

印刷厂挂历印的都是电影明星,粉粉漾漾地从机器里吐出来。有天下午,蒲牢站在机器旁边看得发呆,印刷工以为他想要那些挂历,就说这些是散的,我另送你几大本装订好的吧。他摇头,询问工人为什么不印一些林徽因的挂历。工人随口答道,啥十三点的人,听都勿听过。蒲牢忍受不了工人这样侮辱自己的偶像,一气之下撂手不干了,解说词写了一大半,钱一分没拿到。

后来,蒲牢参加工作,分配在一个教育出版社,靠编教材赚了不少钱,日子没那么紧巴了,"林徽因病"却一直治不好,至今光杆一人。

和两个师弟相比,大师兄石DVD的毛病轻得多,也就是喜欢看影碟喜欢得过分而已。不仅没有耽误学术研究和婚姻大事,还学了一口正宗的台词腔和朗诵腔,逮着机会就卖弄卖弄。他常常用字正腔圆抑扬顿挫的朗诵腔对着食堂师傅说:"请——打——四两米饭!"共鸣惊人,食堂师傅为了损他,也学着用字稍正腔稍圆的朗诵腔抑扬顿挫地回敬:"四两米饭打——好——了!"

他还喜欢在家关掉电视音量,给电视人物配音,喜欢坐在餐馆里望着窗外迎送的主客为他们配音,明明是客气的告辞,他给人家配成吵架:

主:您慢走啊,本来应该多玩一玩的。
(石DVD配音:你这个讨饭的,别跟我闹个没完。)
客:实在抱歉,下次一定奉陪到底。
(石DVD配音:我是讨饭的?你再说我灭了你!)
主拍拍客的肩:就这么说定了,下次一定痛痛快快喝个够!
(石DVD配音:有种的你来灭啊,你丫挺的是不是欠揍?!)
客:好!好!下次绝对一醉方休!您留步!
(石DVD配音:好!好!我这就去拿家伙看谁欠揍!你信不?)

碰到师门聚餐,石DVD当场表演这种绝活,总能把众人逗得直乐。但是在家里自言自语地折腾电视人物,石DVD的老婆就要说石DVD发神经病了。电视中的人物千姿百态,忽男忽女,忽老忽少,可把石DVD忙坏了,他尽情发挥自己的艺术想象力对口型,说他自己想说的话,包括老婆平时的数落他不敢回敬,也借着配音指桑骂槐地发泄出来。不过,无论他如何扮男扮女,的确都像是一个自言自语的神经病。

石DVD对老婆说,自言自语不是病,你看那夜里,走着一个自言自语的人,声音大老远传来,以为他有病,走近了才知道是一个老板在打手机,现在打手机的大老板都像有病似的在自言自语,你就当我在打手机好了。

解释得挺哲理,可石DVD的老婆还是认为他有病,每每对着风娘发牢骚,风娘听了只是笑笑,不置一词。她想,师兄弟们是有病,要不然为什么每次站在他们当中,她就觉得自己太健康,健康得乏味——扔到人堆里,没人嗅得出她和别人有什么两样。师兄弟们就不同了,他们身上有真菌的味道,会腐蚀空气,腐蚀物质,他们把豆腐变成臭豆腐,把咸蛋变成臭咸蛋,说正常又不正常,说不正常又吃不死人,反正,没有他们这种气味,世界会寂寞死。

现在,她混在他们的气味中,有点昏熏熏的。忽然听见石DVD说,瞧,娘子军来了,还不快迎上去。

几人抬眼一看,乖乖,老大老三还抱着猫呢,身姿摇摆有如桑林之舞,和老二一起柔步走来。衣服不败他们笑嘻嘻往前迎,风娘故意落后了几步——见师兄弟和见师姐可不一样——当她朝师兄弟们走去时,她觉得他们都是这个世界的异类,是抛在地上的陌生种子,不知道会开什么花结什么果,她童性地讥嘲他们,也母性地爱他们。当她朝师姐们走去时,就有一点心虚……

养猫的女性主义者

1

凤娘的三个师姐是石DVD和蒲牢的师妹，衣服不败的师姐。因为姐妹原来同住一个寝室，老大、老二、老三、小师妹依次叫过来，石DVD们也就跟着这么叫。这三个姐们可都是女性主义者，所谓"女性主义者"，其实也就是盗版的女权主义者。基本特征有：嗓音性感悦耳，脚步款曼平适，眼神蓝澈如苍，秀发层叠漫卷，抽烟也是美丽时尚的姿势，很容易让男性丧失警惕，并且触发非分之想，但是绝对不要用CT检查她们的大脑，因为那里面装的女权思想和最激进的女权主义者没有丝毫两样。

所以身体这东西，常常不欺骗自己却欺骗外人。当然啰，这只是相对的共性，女性主义者并不是一个模子里刻出来的，有萝卜类，青菜类，也有排骨类，个性千姿百态，就看你在生活中碰到的是谁了。如果你碰到老大，会发现她失恋后至今单身，是萝卜类的，自己浑然一体。如果你碰到老三，会发现她已是第二春，而且生了孩子，是青菜类的，几片菜叶就是几片生活。

如果你碰到老二呢，就有点复杂，目前好像无法单项归类，之所以这么说，是因为她生孩子的时候，把自己丈夫的性功能给废了。

这话说起来事出有因。有一次，老二老三共携夫去看一场什么劳什子电影，镜头里出现女人生孩子的脸部特写，女人蓬头散发满脸是汗歇斯底里地嚎叫着。老二丈夫看了鄙夷地说，太夸张了吧，生孩子有这么严重吗？老三丈夫不屑地附和：就是。老二老三没有吭声，却把这事牢牢记在心里，合计了一个整治丈夫的办法。

她们双双怀孕，先把俩丈夫乐得要死，然后双双临产，去医院找了熟人，把俩丈夫带去看她们生小孩时大呼小叫的模样，结果老三是无痛分娩，一万人中才碰到一例，老三丈夫算是躲过了一劫。老二丈夫可就惨了，尽管只允许看几分钟，可就这几分钟，也足以构成惊心动魄的恐怖，老二丈夫回来得了心理障碍，每次上床的时候都无法雄壮，无法理直气壮，生怕雄壮的结果再怀上孩子，脑子里回肠荡气的全是那撕心裂肺的几分钟，结果活生生就给废了。

风娘没有师姐们的能耐，一个花心的罗勒她都蹬不掉，在师姐们眼中，是很没志气的。她们教会了她抽烟喝酒，教会了她国骂，却教不会她怎么对付罗勒，只恨不得把她从北京拎回来，天天给她洗脑。见了面，总要教训她一番，训完了又怜惜地摩挲她的头，恨铁不成钢的样子。

这回师姐们很奇怪，快乐动人，不训风娘，也不怜风娘，递完烟碰完杯就和风娘、石DVD们大谈猫的可爱。原来老二养的母猫生了四只小猫，送了老大老三各一只，养了一段日子，都喜欢得不得了，聚餐也抱来了。饭桌上忙着给小猫喂鱼喂肝，自己都顾不上吃一口饭。老二看着老大老三，笑着说："看样子，我把你们俩害得快玩物丧志了。"

"姐儿们，八成你们这两天开女性文学会也是抱着猫上台发言的吧？"衣服不败恶作剧地问。"那倒没有，我们干脆就拒绝发言，坐在台下，让猫咪睡在腿上，结果你们猜怎么着，居然没有人发现我们带了猫去会场！"老大得意地乐着。

"是啊，这两只猫可真有意思，吃饱了就呼噜呼噜睡，像瞌睡虫似的。"老三边说边爱抚着腿上的小猫，那只猫白底黄纹，像只小豹子。

刚满月的猫都这样，睡不够。风娘说完，把转盘那头的风味鹅肝转到自己跟前，夹了一块到嘴里——每次聚餐，时间好像都被说和听占去了，如果不抓紧吃菜，不知不觉地，那菜就没影了。因为有人忙着说，就有人忙着听，忙着听的人往往可以同时忙着吃，说的人就得自己留个神了。

"哎，小师妹你还挺懂的，你也养过猫吗？"老二问。

"当然养过。读中学的时候。"风娘边说，边微笑地看着老大怀里的小猫，这只小猫底色纯白，四只脚爪却是黄色的，像穿了四只金黄靴子，非常可爱。

"是的呀，看你那眼神就知道你爱猫，我家里还有两只小的，干脆送你一只算了，这样我们姐妹四个不就人手一猫了吗？"老二笑着说。

"老二，你有没有搞错？"石 DVD 插话了，"小师妹在北京，她怎么把猫带到北京去呀？"

"这还不简单，坐火车呀，丢掉她那副飞来飞去的臭德性。"蒲牢在一旁早就听得不耐烦了，筷子在光头上空挥挥，"哎呀，哎呀，拜托，别再谈猫了行不行，能不能说说你们女性文学会上好玩的事，我们这边的会可是好玩得很！"

"你们会上的事我们昨晚就听说了，蒲牢你真是风光了一把！哪像我们女性文学，他妈的尽是一帮弱智女人，在开苦大仇深的妇女申诉会，没劲得很，他妈的辩都懒得和她们辩。"

听听老二的国骂，就知道风娘的定语国骂绝对是小巫见大巫了。

"那个什么什么叫文竹的自由撰稿人，一上台就尖着嗓门颤巍巍地说，姐……姐妹们！同……同胞们！我好苦……啊！"老大尖着嗓门学样。

哈哈哈，饭桌上的人听了都笑。蒲牢问："她苦什么？"

"她说她离婚后一个人拖儿带女又要写作又没固定工资甚至去垃圾箱找吃的所以很苦。"老三插话。

"还有那个叫野云的女作家,哭诉她如何被男人抛弃的隐私,什么内衣内裤性冷淡的事全抖出来了,本来只让她发言十分钟,结果她讲了整整两小时,会场全乱了,她在台上哭得一把鼻涕一把眼泪,我们在台下笑得前仰后合。"老二接着说。

"你们也真够损的,人家是很苦啊。"蒲牢说。

"苦是苦,可被她们丢丑都丢滑稽了。"老大不屑地扁了扁嘴。

"都是些什么阿猫阿狗的去参加会,怎么这些文竹野云听都没听说过?"石DVD问。

"哎呀,我跟你说,有名的女作家都清高得很,自恋得很,耍大牌耍得不知天高地厚呢,这样的会她们是不屑于参加的,小师妹你最清楚她们是不是?"老二说。

"那也不是,很多女作家是真的没时间或者不想把时间花在开会上。"凤娘辩解道。

"可男作家怎么就愿意把时间花在开会上呢?"石DVD又问。

"谁说的,我们这个男作家不就没把时间花在开会上?"老大指着衣服不败说,衣服不败嘴里正嚼着鸡翅。

蒲牢听了又挥挥筷子,"算了算了,他是例外,他什么都例外。"

衣服不败高深莫测地用纸巾擦擦手说:"这你们就不懂了吧,男作家和女作家大都有欲望,什么欲望呢?性的欲望和功名的欲望,带着这两种欲望到会议上,露露脸调调情,何乐而不为?可女性文学会就不同了,年轻男人大都怕女权主义者,不愿来开这种会,剩下女人围着女人转,围着老男人转,那有什么劲。女作家写东西本来就累得要死,到这种会上想找个像样的男人飞飞眼风都找不着,当然不屑于去了。你说,你,石DVD,你,蒲牢,我,衣服不败,像我们这样的男人愿意去开这种会吗?"

"那倒是,前年我去大连参加一个女性文学会,连舞会都办不起来,因为没有男伴。当时我就调侃她们说,这都是你们闹女权闹的。"风娘笑着说。

三个师姐白了风娘一眼,又白了衣服不败一眼。衣服不败赶紧牵转话头:"哎,你们是姐们,你们另当别论,我们哥儿几个当然愿意和你们在一起,再说你们是谁呀,是聪明漂亮的女性主义者,那些弱智的丑女人哪能和你们比!"

"是呀。"石DVD说,"要是女权主义者都变成你们这样的,我们拎鞋也心甘情愿了。"

"别油嘴滑舌的,我们有什么能耐,连一个小师妹都改造不了。"老大说。

"小师妹嘛,我们对她的要求就别那么高了,"石DVD对着风娘挤挤眼,"允许个别同志落后几步吧。"

风娘苦笑了笑。她想自己是挺落后的,抽着烟说着国骂,外表上学了不少师姐的架势,骨子里却传统得很。不过,师姐们拐弯抹角闹了半天的女权,也好不到哪去。几千年的男权社会,女人连骨髓里都吸满了男权意识,到哪去找真正的女权呀!以为这根骨头是女权的,敲开一看,是男权的,以为那根骨头是女权的,敲开一看,又是男权的——这样的假女权不闹也罢。女性主义就更是这样,连"权"字都不敢说,和男人争什么争。

风娘倒是很佩服师姐们的烈性,她深知自己的烈性充其量只有她们的一半。从前老三和第一个丈夫闹离婚,闹得惊天动地,就因为那个男人有外遇又不肯离婚,老三拿着菜刀逼着男人脱光衣服,把他赶出家门。大冷天男人光着膀子,穿着短裤,不好意思去外面,只得敲开了邻居家的门,问能不能去帮忙劝说一下,让老婆放他进屋。邻居去叫门,老三拿着菜刀气汹汹开了门,说要进屋可以,让邻居做证,必须当场在离婚协议上签字,男人冻得受不了,只好乖乖签字,第二天被老三押着去民政局办离婚……事后那邻居说:"这女人哪像读书的,简直就是泼妇!"

老三听了说:"泼妇就泼妇,男人就是贱骨头,对他太好,他不识趣!"

老大呢,从小就是长春有名的才女,但是男朋友受不了她的才气,要她结婚后辞职待在家里做全职太太,老大问为什么我们就不能比翼双飞,或者我比你先飞一步。男朋友说,因为男人都喜欢女人比自己落后至少半步。老大说,不是也有男人比女人落后很多,还自豪地宣称我娶到了全世界最优秀的女人吗?不是也有爱德华八世不要江山要美人吗?男朋友说,那样的男人毕竟是少数,大多数男人的内心是霸道自私的。老大说,那我宁愿独身也不愿嫁给你这样霸道自私的男人。

独身啊!就为和男朋友赌这口气!风娘可真是做不到,她觉得不管这男人是好是坏,嫁鸡随鸡,嫁狗随狗,她是认命的——谁让她离开男人就活不了呢。

老二最牛气,好端端一个丈夫,就这么给废了,既不能离婚,也不能同房,她心里后悔,嘴里还要说丈夫是活该。活该归活该,自己却要把一个家顶着——男人一旦在那方面不行,就好像什么方面都不行似的。老二不得不像个男人一样,把家顶得结结实实的,情感也全线转移,倾注到了儿子身上,儿子既是她的儿子,也是她的丈夫和情人,她看儿子的眼神是母狼的眼神,儿子要什么她就给什么,儿子要猫她就把猫给弄来了。

2

架不住师姐们的撺掇,风娘终于抽空去老二家认领了一只小猫。本来她很想要那只个头最小的,比老大的那只还要漂亮,除了四个小黄靴子,脖子上还有一圈项链似的黄毛,浑然天成,简直尤物一般,可它是老二儿子的宝贝,说什么也不会给她的。风娘只好要了那只黄背白肚的小猫。四只小猫中数它长得最差,单独看还是很妩媚的。

为了带走这只小猫,风娘订了十四号的硬卧,准备和艾紫苏一道坐火车回北京。同住三天，她对这个没心没肺的杏脸女记者已经颇有好感了。老登借故要去北京组稿，也让会务组订了这天的票——此时的老登，像个三岁孩子，得了点甜头就忘了刚刚的疼。风娘得知后，有种莫名的喜悦，又怕招架不住老登的傻气，心想，反正有艾紫苏在，他不能怎么样吧。

自从身体游戏后，风娘和老登之间那暧昧的基数自顾自往上攀升了，但是风娘绝对不承诺什么，也不解释什么，只是每天和老登、艾紫苏混在一起玩。因为老登总嚷着找不到上海的感觉，她就常常逃会，带老登去逛上海，顺便扯上了艾紫苏。上海不是澳门，不会遇上艳舞，但是孤男寡女本身就是尴尬的关系，这个时候，艾紫苏并不多余。

"你知道吗？有一天，在凤阳路。"风娘对老登说，好像身边没有艾紫苏这个人。"你知道吗？"她说，"上海，它不是个让人一见钟情的城市，你要用脱胎换骨的挣扎才能爱上它，爱上它以后又要用脱胎换骨的挣扎才能忘记它。它是个千面之城，忧郁的人只看到它的阴霾，肤浅的人只看到它的虚荣，算计的人只看到它的市侩，粗糙的人只看到它的委屈，浪漫的人只看到它的情调，富贵的人只看到它的浮华，寂寞的人只看到它的虚无，时髦的人只看到它的招摇……"还没等风娘说完，老登咧开青蛙大嘴笑了，大概是笑风娘在说排比句。艾紫苏追问道："那我们三个属于什么人？"

"首先要问，看到了上海的什么，才能说属于什么人。因为上海一直像传说，当你从传说踏入真实的上海，肯定是有距离的，那时候最直接的感受就是你内心最微妙的实质。比如说我最初来上海，看到了它的嘈杂拥挤，我想我属于尘俗的人。老登最初来上海，看到了它的空茫，我想他属于失落的人。你呢？你到上海，看到了什么？"

"我看到了肮脏和破烂。"艾紫苏指着凤阳路上满地的垃圾说，"你们看，上海多脏啊，很难相信这旁边就是有名的南京路，说老实话，我对上海可真没好印象。"

"可北京比上海还要脏啊。"老登说。

"北京的脏是应该的，它本来就是个大农庄嘛，上海的脏就不应该了，十里洋场哪能这么埋汰？"

"不懂了吧，十里洋场就只干净十里，十里之外它就不管啰。按风娘的话说，这就是上海，一个天堂和人间并存的城市。"

"天堂和人间？没有地狱吗？"

"没有。"风娘说，"上海再苦，都是人间的苦，是人间的挣扎，不像纽约，纽约就有地狱的那一面，不是有句话吗？"

说到这，三个人几乎异口同声地背诵起那句著名的台词：如果你爱一个人……你就……因为它是天堂；如果你恨一个人……你就……因为它是地狱。

说完大家都笑了起来。

……

这样看着，聊着，他们去了宋庆龄故居、巴金故居、白先勇故居以及一大堆名人的故居，去了"1931"咖啡厅，去了衡山路、武康路、思南路、兴国路和泰安路，老登有点明白了上海真正的"好"。不知怎的，这些地方总令他想起哈尔滨的俄罗斯建筑。然后又去了闸北区的太阳山路，那些逼仄颓圮的破房子，破得没把老登和艾紫苏吓死。风娘在徐家宅路住过的房子已经拆掉了，老登看不到她的"故居"，比什么都遗憾。风娘告诉他俩，和太阳山路的房子差不多，他俩都吃惊得发愣，想象不出高大明艳的风娘住在里面是什么样子。

白天跑得远，夜晚他们就在浦江大学附近的街上散步。

学校的后门新造了一条市民文化休闲街，东一堆人西一堆人的，是他们喜欢看热闹的地方。这几天没下雨，天渐渐暖和起来，一些民间书法家自带小水桶、大毛笔，在休闲街的方砖青地上沾着水练毛笔字，灰黑的水印虚虚实实的，不小心看，以为是名胜古迹斑驳的旧匾落在了地上。

据说这主意是个老头想出来的，人人效仿，风行一时。有的全家上阵，丈夫在前面写，妻儿在后面跟着练。有的家长自己不会写，就带着孩子来这里现场拜师。老登在旁边看得啧啧称奇,很佩服上海人享受生活的聪明,并且调侃自己像鲁迅笔下的看客,伸着脖子东转转西望望,很闲赖的模样。

唱戏的那一堆老登也爱看,咿咿呀呀的越剧他听不懂,越听不懂他就越好奇。艾紫苏不喜欢听,嫌慢得慌,总是蹭到交谊舞那一堆去观望,这时往往剩了风娘陪着老登,替他简单翻译唱词和剧情。

此刻,伴奏的二胡换了调,两个男人上了场。所谓场,就是人堆围出的中间那块空地。"现在唱的是什么?"老登问。"《山河恋》。""好大气的戏名。"刚说完老登就愣神了,因为那个手拎运动茶杯的白衬衣男人串的是女角,扭腰、掩面、兰花指、抛媚眼,宽肩熊腰的身板演起一招一式比女人还女人。他尖着嗓门兜兜转转地唱,很明显唱的是打情骂俏的词,周围的观众只是暧昧地发出吃吃的笑声,风娘一句都不肯翻译,老登其实也明白个大致。

不一会儿,那唱小生的男人下去了,上来个瘦高的中年女人,穿着淡青长裤,淡青上衣,手里捏着个蓝花帕子做道具,这个白衬衣男人又串演小生,和这个女人配戏。老登轻声说:"这男的能男能女,挺厉害啊!"

风娘歪了他一眼,"你看你这话说的,什么叫能男能女?"

"哎,这女人唱女人到底是正宗些,你看这瘦女人唱得更好啊。"老登又说。似乎要赞同他的看法一般,周围的观众叫起好来,此后就喝彩声不断。两人把这段看完刚要走,忽然围观的人嚷嚷起来,非要那个瘦高的女人再唱一段,然而那女人却死活不肯再唱,说今天嗓子不好,要走了,大家就拥着她不放,显见得是熟悉她的。

旁边一个妇女说,伊唱女人唱得老好的。另一个妇女说,真嘎?我还以为伊是女人呢。老登风娘听了,吃惊得不行,就又挤回人堆中去看,心想怎么走眼至此,竟然没发现他是男的呢?那瘦高男人正被大家好奇地围着,总是用手翘着兰花指去拢右耳边散落的头发。他留着齐肩发,右侧的头发拢在耳后,左侧的头发半遮着脸颊,很像女人羞答答的样子。

仔细看他,眉眼还算周正,因为已经见老,更显出男人的粗糙来,声音细听也还有男声。他虽然死活不肯唱了,却被大家撺掇着,从小挎包里拿了一叠相片出来,都是他扮女角的业余剧照,深粉浓绿的戏妆,有一种碧澄高亮的美。

大家乱传乱看,男人着急地说,勿要落塌了呀。一个妇女拿着其中一张问这是谁,只见相片上一个年轻英俊的男子,色彩是用早期的着色法描出来的。男人说:"咯是我年轻的辰光呀。"妇女说:"哟,侬年轻的辰光老英俊的,做啥喜欢扮女的呢?"男人拿回相片,不耐烦地说:"调调胃口呀。"

男人且说且行,人群就跟着他动。如果有一个天神从上往下俯瞰,会觉得像一堆蚂蚁伏在一块骨头上,看上去是蚂蚁在动,其实是骨头引诱着蚂蚁动。风娘和老登像两只落伍的蚂蚁,被人堆淘汰了出来,他们站在原地,看着人堆渐渐远去,意犹未尽地叹了口气。

"我在北方从没碰到过这样的男人。"老登不可思议地摇了摇头。

"就像我在上海从没碰到过北方那种像男人的女人。"风娘笑着说。

"你觉得这个男人变态吗?"老登问。

"不觉得,很奇怪,我觉得很有味,好像比我们这种纯粹的男女有味。"风娘说。

老登摇了摇头:"你够开放,我好像不能接受,觉得他变态,这能叫男人吗?"

"也许人类本来就不分男女吧。"风娘说完,看见艾紫苏跑了过来,咋咋呼呼地嚷道:"你们俩怎么像在说情话似的,好投入啊。"风娘莞尔一笑:胡说八道。

"那边有对跳探戈的跳得可好了,快去看看吧。"艾紫苏拉着风娘就走,老登当然也急忙跟上——上海的夜晚本来没什么好玩的,对他们来说,却总有一场热闹接着一场热闹,没完没了。

十四号那天中午,风娘带老登和艾紫苏去溧阳路的花园洋房,无意中推开了 1269 号虚掩的门，两只硕大的胖猫用受惊的速度从木门边窜开。一只逃到院子里荒芜的杂草顶端，一只逃到洋房的门口，同时蓦然回首，乌溜溜的圆眼定格般瞪着凤娘三人，那神情绝对有八百年没见过外人了。胖猫在警惕的姿态里痛苦地思索着，弄得三个人都不敢迈步了。艾紫苏简直对它们充满了怜惜，轻声说，别怕，别怕。她想靠近它们，抚摸它们，可那完全就是妄想，胖猫的眼神充满了拒绝。

他们只好缓缓地退出木门，两只罕见的胖猫一直盯着他们，浑身的毛圆润光滑，在五月的红黄太阳下，宛如令人疼爱的粉嫩娃娃。

他们在 1269 号门口照了相，说是为了这两只稀世胖猫，其实猫根本没入镜头，只有暗红色的洋房高过花园的围墙。照完相，他们招手迎面而来的一辆"大众"出租车，准备去凤娘的师姐家拿猫。

上车后，老登就和司机搭起腔来，司机友好地问了句："刚刚去郭沫若故居参观了？"

"什么郭沫若故居？"

"哎，你们刚刚拍照的地方不就是郭沫若故居吗？"

"什么？"凤娘三人大跌眼镜，"1269 号？"

"对呀，你们还不知道？"

"那上面没有挂牌子啊？"

"上海没挂牌子的名人故居多着呢。"

凤娘对老登做了个鬼脸："看来我对上海自以为看透了，结果也没看透。"

"上海能看透吗？看不透的。比如说'上只角'在哪里？"司机一本正经地问。

"这我们都知道。"老登说，"不就是徐汇区吗？"

"错！是杨浦区！"

"怎么会是杨浦区？最好的花园洋房不都在徐汇区吗？"凤娘吃惊地问。

"错！最好的花园洋房在杨浦区，杨浦区的洋房是用整根橡木做的，你徐汇区有吗？你徐汇区连点橡木屑都找不到。最早的洋房也是在杨浦区建的，你徐汇区有吗？你徐汇区都是二三十年代的房子，你说太阳最早升起的地方不叫"上只角"，哪里叫"上只角"？"

这个奇怪的司机好像在参加辩论赛，不停地"错！错！错！"不停地"吗？吗？吗？"，风娘他们觉得很有意思，虽然时间仓促，还是决定让司机带着去杨浦区遛一圈。

出租车沿着杨浦区的许昌路开了一个来回。司机指着375号、227号那些坚固高贵的英国老洋房给他们看。远远地，黄浦江边有一片褐底红格的洋房，司机说那就是上海最早的洋房，1893年由英国人建的，现在是上海自来水厂。风娘等人听了大为惊叹。

司机又顺便拐到许昌路旁的龙江路上，介绍日本人留下的房子。这种房子比不得西欧洋房，由于建筑材料差，已经很陈旧了。两三层的矮房子，木梁灰扑扑地往下坠，犹如女人苍老的眼袋。接着车经过提蓝桥监狱，司机说这是从前的犹太人留下的。

直到出租车停在风娘的师姐——老二的家门口，风娘等人都没回过神来，这个司机和那两只胖猫，太像上海的一场短暂艳遇。

老二家的白母猫也极具艳遇之感。

风娘等人一进门，它就仙狐一般闪进客房，那惊鸿一瞥实在美丽。前两天风娘来选猫的时候，压根就看不到它，这次她不依不饶地追了进去，艾紫苏把老登晾在客厅里，也跟了进去——先前那两只胖猫无法逼近，已经勾起了她的猫瘾。两人冲进客房，发现母猫躲在被子里，艾紫苏掀开被子的一角，风娘用最快的速度抱住了它。母猫惊恐之极，不停地把脑袋往下藏，圆眼里盛满了怯弱，那种表情在这个年代的人类脸上已经很少见到。风娘心疼地说："宝贝，别藏嘛，宝贝，别藏嘛。"

抱着这只胖乎乎的纯种白猫，她恨不得再生一个孩子，也这样白得纯粹，白得耀眼，白得纵逸。艾紫苏在旁边喜滋滋地不说话，光知道两只手揉搓着猫的脑袋，几乎有施虐的倾向。

好了，好了，别吓着它了，它从来不见生人的，你们没看见它浑身都抖得不行了。老二半夺半抱地接过了风娘怀里的猫，刚一松手，白母猫就不知逃哪去了。风娘的眼睛终于有了空，这才瞥见老二的丈夫窝在单人沙发里看电视。"二姐夫，您今天休息啊？"哎哎。从前意气风发的二姐夫现在像个腼腆的大姑娘，脸团团的，红红的，声音低得失去了分贝。

空气突然沉寂下来，风娘赶忙扯扯艾紫苏的手，一同走到客厅去了，老二跟出来顺手带上了客房的门。到了客厅，老二责怪风娘："你看你，还是那么不懂事，一进门就让人家老登站着，自己跑去玩猫，像什么样！老登，你坐，你坐。""啊不用了不用了，我们还要赶火车呢。""急什么，赶火车也来得及喝杯茶嘛，还有三个小时呢，现在上海有地铁，到火车站很快的，要不然到时候说大名鼎鼎的老登在风娘的师姐家连杯茶都没喝上，怎么像风娘一样没礼貌！"老二是宁波人，说话频率飞快，唧唧呱呱地又把风娘说了一通。她的嘴忙，手也没闲着，说着话，茶泡好了，水果也洗好削好了，各人手上都被她递了个水亮亮的苹果。

老登饶有意味地看着风娘挨训的模样，心想，真邪门，从外表上看，风娘的二师姐把长发绾在脸颊边，比短发的风娘淑女，体态也娇小柔弱多了，怎么风娘的那点傲气牛气就被她治得服服帖帖呢。早就听说风娘的二师姐是很厉害的女性主义者，他总是把她想象成北方那些高大的女权主义者，见了面才知长相如此秀美婉娩，造物主真是冷不丁出了个怪招。

客厅的装修，有许多独特的创意，见老登感兴趣，老二开始炫耀地诉苦，以前没房子苦，现在装修还是苦，这里里外外全是我一个人打理，你看——说着说着，她坐不住了，从茶几边站起来，走到古玩墙边——这两面墙中间挖空的地方都是我逼他们敲掉的，他们当时说是承重墙，不能敲，我说没事，敲！又不是全部敲掉，无非中间挖空一块而已，再说还有这么多层木架撑着，里面又垫了这么多文化石，绝对没事的。你们看，这灯光效果怎么样？说着她把木架上的装饰灯揿亮。古玩在灯光下发出掩饰的光泽。

"这些古玩都是真的吗？"三个人几乎同时发问，问完都笑了。老二说："古玩嘛，真真假假都有。喏，这个斗笠碗是假的，这个明代的青花釉里红象棋盘就是真的。你们看看这个"帅"字的红色，是嵌在釉中的。"

真的？三人听了都凑到跟前去看。但是老二的兴致显然不在古玩上，她像所有刚忙完装修的人一样，把装修像情人似的挂在嘴边。这堵墙，那扇门……客厅的灯都被她揿亮了，晕红洇黄的，配着麻绿的复合亚克力台面，很有点凤阁龙楼的气氛。渐渐地，她就从客厅推门走进主卧室去了，三个听众自然也都跟了进去。她眉飞色舞地介绍着主卧室的布局，室内有好几个暗门，老登开玩笑说，怎么像国民党特务的机关。墙上挂着老二和二姐夫以前的结婚照，凤娘看了，不由有点心酸，那时老二还娇小地靠着二姐夫的肩，而这些年来，他们俩一直是同家分居的。

这个没有男人撑起的家，看上去很有品位，却处处渗着冷清，如果没有九岁的儿子和猫，简直要算得上凄凉了。但是猫怕见生人，儿子也怕见生人，老二的儿子明显地孤僻，他平日和母亲一起睡在主卧室，现在突然有这么多人推门进来，简直羞红了脖根，眼睛快要垂到地上去了。老二要他叫人，他麻花似的扭着手，扭了半天也没发音。老二却并不训斥他，反倒心疼地抚了抚他的脸，用母狼似的眼光在儿子全身舔过了一遍，悄悄带上房门，把三个人带进了敞开的书房。

书房本来应该是最没有性别的，老二的书房却极有女性味，挂满了琳琅满目的小饰品，还有许多她的玉照。似乎在这个角落，保留了和她的体态、长发比较一致的东西。她的书远比凤娘多几十倍，凤娘毕业后基本就不学无术了，老二却在女性文学领域成了一个响当当的人物，还从国外弄了点基金搞项目，所以有点钱折腾房子。她找到了自己的性别，却失去了真正的丈夫，这样的性别到底有什么意义，凤娘很困惑。

老二处处是柔弱的，又处处掖着好强，凤娘想到躲在客房里的老二丈夫，又想到躲在主卧室的老二儿子，那两扇朱褐的关着的门，两重稠厚的空气的阻隔，畸形的母子之爱与畸形的夫妻关系……她忽然发现，自己嫁给罗勒，未尝不是件好事。这次出门和他吵了架，回去还是好好待他吧——她正胡思乱想着，突然感受到了某种目光，不用抬眼，她也知道那是老登的，不过，这目光不是某种情愫，而是狐疑的味道。凤娘顿时反应过来，糟糕，说傻不傻的老登已经琢磨出了老二家的蹊跷，她不想让老登、艾紫苏知道自己师姐的隐私，深悔今天带他们同来的冒昧，心想还是早走为妙。

她岔开老二的话题，说要赶火车了，得把猫带走，回去收拾一下。老二看看表，时间是有点紧了，就去厨房拎了一只小笼子出来，这是特意为凤娘装猫准备的。

笼子是蓝色的，底下铺了一层蓝色的硬纸壳，小猫静静地趴在里面，呼呼大睡。它身上的黄白两色清楚地说明，它那纯种白的害羞的母亲，和一只黄色的公猫交欢过。

艾紫苏看见这只小猫，简直像看见心肝宝贝一样欢呼起来，她咋咋呼呼地把笼子搂在怀里，吵醒了小猫。喵，小猫咪咪地发出抗议的叫声。喵，艾紫苏和它对着叫唤。喵来喵去，凤娘有点烦了，小姐，快走吧。

3

凤娘三人进火车站的时候挺狼狈的。

小猫被艾紫苏吵醒后，就一直在笼子里喵个不停，从老二家喵到酒店，又从酒店一直喵到火车站。凤娘刚把它拎到进口，工作人员就拦住了：不准带猫上火车。凤娘傻了眼，这一发愣就被其他旅客挤了出来，老登和艾紫苏也被挤了出来。"怎么办？不让带，总不能把猫扔掉吧？"老登着急地问。

"他妈的，不让带我偏要带！"风娘的犟脾气又上来了。

"可是带不了啊，就算过了这道关口，里面还有输送带检查，肯定会查出来的。"艾紫苏说。

风娘一时僵住了，怎么带进站，这的确是个问题，上海站和北京站一样，一贯查得很严，想要做点什么出轨的事，难得很，更何况这只小猫不知怎么回事，没完没了地叫，目标太大了。她的眼瞳茫然地看着不远处，老登和艾紫苏也顺着她的视线看去，好像那里有什么办法似的，三个人都有点发呆的样子。

开始下淡灰色的毛毛雨了，上海一下雨就特别雾数阴沉，三个人还是呆呆地站着。一个瘦长的男人在人群中蹭来蹭去，嘴里忙忙叨叨的，向他们走了过来。"要送进站吧？可以提前把你们送进站的。"他兀自忙忙叨叨着，看风娘他们没有理睬的意思，就继续往前走。"多少钱？"老登顺着他的背影问了一句。"二十块。""能把猫带进去吗？""猫？"他好奇地看了看风娘手中的蓝笼子，"那要试试看了。"

"能不能让这只猫不叫，不叫就好办多了。"男人接着说。

"没办法，它一直叫个不停。"艾紫苏很内疚地说，她想如果自己不吵醒它就好了。

"是不是饿了？你们给它吃过东西没有？"男人问道。风娘这才想起来，小猫肯定是饿了，以前在娘娘家养的那只猫，只要饿了就叫个不停，很久没养猫，她把这些细节都给忘了。

老登听了拔腿就去旁边的小店买了些火腿肠，掰碎了几根扔在蓝色的硬纸壳上，小猫果然不叫了，如狼似虎地舔食起来。风娘和艾紫苏笑了，哎呀，这下总算安静了，我们的耳朵都快被它叫晕了。

男人想了想，去小店讨了个折叠方纸袋，把小蓝笼子装进去——这样猫就看不见了，只要它一路上安静地吃东西，不会有什么问题的。男人说完，把纸袋拎在自己手里，让风娘他们若即若离跟着他走。

进口处，男人和工作人员打了声招呼："哟，侬蛮忙嘛。"显然他经常带客,已经和他们混熟了。经过输送带,他若无其事地从放包拿包的旅客中间插了过去,似乎手里的纸袋不值一提,工作人员也没在意。

风娘等人拎着检查完的旅行包,跟着男人上了自动扶梯,小小地兴奋起来:"哇,混进来了混进来了!"男人谨慎地白了他们一眼:"还有一道检票口呢,绿色通道也有检票人员的,如果那时猫叫我就没办法了。"

偏偏这时纸袋里传出小猫的叫声,虽然人声喧闹,一般的人根本注意不到,还是把风娘他们吓了个心惊肉跳。"怎么办?"风娘问。"快,我这还有几根火腿肠,赶紧堵住它的嘴。"老登边说边急急地掏出火腿肠,掰碎了往笼子里猛扔,小猫果然又不叫了。

绿色通道的检票口,男人又和工作人员打了个招呼,还是那句话:哟,侬蛮忙嘛。工作人员熟稔地对他笑了笑。

剪票,放行,往前走!风娘三人心里都暗自念叨着:"阿弥陀佛——不要叫不要叫不要叫!"就这么憋着口气直到男人把他们送上卧铺车厢才松下来。老登接过纸袋,掏出三十元钱递给男人:"太谢谢了,全亏了你,多给你十元吧。"男人难得地笑了笑,领了钞票,下车时扔下一句上海普通话:"你们蛮有福气的。"

三个偷渡成功的文人,被这次小小的冒险唤起了浪漫情绪,嘻嘻哈哈地说笑起来。风娘对老登说:"你们不是老争论民间和知识分子或者作家的问题吗?你看,民间能把一只猫带上火车,知识分子和作家就不能。"老登咧了咧青蛙嘴:"不要冲着我说这些,我既不是新前派,也不是新后派。"

车厢里的旅客来来往往。铺位、边座上渐渐坐满了人,行李架、茶几上渐渐填满了物。没多久,火车开了,没多久,列车员来换了票。小猫竟一直都没有声音,艾紫苏很奇怪,把纸袋从铺位底下拿出来,偷偷往里张望了一下,赶紧扯扯风娘的手,嘿,快来瞧,它睡着了。探头去看,果然,小猫把脑袋埋在小爪子里,呼噜呼噜睡得可香了。

大概刚刚吃饱了，拎在男人手中晃悠晃悠的，火车也是晃悠晃悠的，它就睡过去了。

"啊哈，它睡了，我们也可以睡了，这么睡一夜，"艾紫苏打了一个大大的哈欠，"就可以回到亲爱的北京大睡特睡了，在外面开会可真是累呀。"她把纸袋丢掉，说是让小猫透透气，然后把小猫连笼子放回到铺位底下，解下高盘的头发，鞋也不脱就歪倒在下铺铺位上，一声不吭了。风娘经她的哈欠一传染，被火车一摇，"倒霉"刚走的身子也有点倦意了，但是老登坐在她的下铺一角，她不便躺下来，就脱了鞋，抱腿坐靠在窗边，眼睛眯眯的，像养神的模样。老登一看，这明摆着赶自己上中铺呢，顿觉无趣。本可以借这次坐火车多亲近亲近风娘，打打牌聊聊天什么的，不说有一夜风流，至少有一宵浪漫吧，带猫之旅刚刚有点新鲜感，就这么要睡觉了。

他发了几分钟的呆，看看风娘没有动静，只好无聊地爬上中铺。躺在铺上，高大的身体格外憋屈得慌，只好又翻了个身，这一翻身，就更加无聊起来，因为他的铺在风娘之上，看到的却是艾紫苏的睡姿。对面的中铺不知怎么是空的，但那不是他的位置，不便睡过去。心想她们俩换个位置多好，这样他就能欣赏到风娘的睡姿。艾紫苏睡着的身体是斜着的，两只没脱鞋的脚吊在外面，老登想风娘应该不是这样的。艾紫苏的两臂往上扬着，被子搭在腹部，胸脯往上翘着，老登想风娘应该不是这样的。艾紫苏的唇微微翕着，像期盼着什么，老登想风娘应该不是这样的。想着想着，他偷偷探了探身，想看看风娘睡下来是什么样子，发现风娘保持的还是刚刚的姿势。

那种抱腿坐靠的姿势有着很无助很自卫的线条，长长的手臂雨丝般流动，就像他的妻子黛诺，常常把书放在屈起的膝盖上，两臂也是这么环弯着。那时老登就想变成那本书，被黛诺弯在手臂里，黛诺肯定笑咪咪的，因为黛诺从来不生他的气，但是这次她生他的气了，而且这么久，他都不知道怎么办才好。为什么男人总是不能同时拥有两个好女人呢？贾宝玉同时爱这个爱那个都是真心的爱呀，我老登也是呀!

卖报刊杂志的推了车过来,叫卖着,老登叹了口气,买了本杂志,趴在铺上看,不知看了多久,忽然眼前一黑,熄灯了,过道上只剩了一溜浅黄的脚灯。

他翻身刚要睡觉,小猫叫了,他听了一会儿,看下铺的风娘和艾紫苏都没反应,想必是睡着了,怕小猫的叫声被列车员发觉,赶紧爬了下来,将最后一根火腿肠喂给它吃,可是小猫闻了闻,显然不感兴趣,继续叫了起来。

我的小祖宗,你到底要怎么着?别叫了行不行?老登蹲在地上轻声嘀咕着,将小猫从笼子里拎出来,笨手笨脚地抱在怀里,小猫立即不叫了,老登刚要把它放进笼子里,它又叫了。老登明白它是不高兴呆在笼子里了,就只好抱着它,扭头看看下铺的风娘,她不知什么时候已经钻进被子里去睡了,连头也一起钻在里面,他没想到她是这样睡觉的,想起有本书上说,把头躲在被子里睡觉的人,不是对外界怀着很深的恐惧,就是对外界怀着很深的戒备。这是他喜欢的女人,现在睡得离他这么近,他却什么也看不到。

老登几乎屏住了呼吸,抱着猫蹲在地上,费了很大的劲缓缓站起来,小心翼翼地不碰到艾紫苏吊在外面的脚。他把猫放在自己的铺上,自己也爬了上去,拘束地躺下,腾出脚边的空隙给小猫。小猫先在他的脚边安静地趴着,没多久就放肆起来,沿着他的腿走到胸口,看老登没有反对的意思,又再往上走,整个身体都横在老登的颈脖里,弄得老登哭笑不得,哭笑不得之外又有点感动。

猫的身体有女人般的温柔,老登已经好些日子没有这种温柔的感觉了,小猫一动不动地趴着,他也一动不动地躺着,享受着这种温柔的肌肤之亲,好似黛诺柔软的手臂环在颈脖间,这时候,睡意总是紫朦朦袭来,火车晃得像个摇篮……

就在他最想睡的时刻,小猫来舔他的胡子、脸和唇,粘粘湿湿的,他迷糊着眼睛把它拨开,它又舔上来了,左舔右舔,没完没了。他欠了好些天的睡意不断被小猫骚扰，开始不耐烦了，迷糊着眼睛下了中铺，把猫又放回了笼子里，自己继续睡回原位。不久小猫叫了起来，老登已经困得失去了耐心，迷迷糊糊想，随它怎么叫吧，实在伺候不起，反正不是我的猫，风娘她们总该管管的……

喵——喵——喵——火车晃嘟晃嘟，小猫的叫声在晃荡的车厢里摇摇曳曳，是睡着的人听不见，将睡的人听得烦的微声，老登被折腾得简直要发躁了，刚要下床，夜班列车员已经循声而来，他赶紧侧身装睡。

列车员边走边听，停在了艾紫苏的铺位边，俯身去看笼子，轻轻地说，啊，原来你在这呢！

小猫听见有人和它说话，很委屈地喵了一声。"小可怜，是谁这么狠心把你关在里面的？"小猫又委屈地喵了一声。列车员打开笼子，将小猫抱在怀里，它立即安静了。

老登的睡意被吓跑了，糟糕，不知要罚多少款呢，可能要被没收了……

列车员推醒艾紫苏："请问，是你的猫吗？"艾紫苏紧张呆呆地说："不是。"列车员又推醒风娘："请问，是你的猫吗？""不是。"问声和答声都是轻轻的，为了不打扰其他铺位睡觉的人。

她们俩不知要承担什么责任，都把重担推到老登肩上了。老登不由得苦挤着脸。

列车员抱着猫又来推老登："请问，是你的猫吗？"老登装作刚被叫醒的样子，翻过身来，嗡声嗡气地说："是啊……"

"这猫不准带上车的，你知道吗？""不知道，车站上没人管我，我就这么带上来了。""既然你已经带上来了，那要罚钱的。""罚多少？""两百块。""两百块！有这钱我还不如去北京买几只呢！反正要罚两百块。"

老登低声惊呼，这猫是风娘的，怎么处理他要看风娘的意思。

"罚这么多钱啊，我看你这猫不要算了，送给他们吧。"风娘在下铺说话了。

"就是。罚这么多钱，这猫我不要了，送给你们吧。"老登鹦鹉学舌——既然风娘宁愿不要，他就心里有数了。

"这么可爱的小猫不要了多可惜，这样吧，我去请示一下列车长。"列车员把猫递到老登手里，跑开了，过了挺长一会儿，她回来了，问老登："你这只猫多重？"

"多重？两斤不到吧。"

列车员又跑开了，过了挺长一会儿，回来了，喜笑颜开地说："列车长说了，你就给猫补张十八块钱的票吧。这样，你去补票，我帮你看着猫。"

"十八块钱，这还差不多。"风娘在下铺说。听得出她和艾紫苏一起偷笑了。

老登是甭管恶人好人都得做到底。他下了中铺，按照列车员说的车厢去补票。这一路过去，才知道刚刚列车员跑两趟有多麻烦，原来他们的车厢和列车长补票处隔了七节车厢。火车在绛红的半夜开得特别快，老登被曲里扭弯的车厢晃得东倒西歪，想着刚刚那个列车员的腰肢肯定被扭得像大风中的柳树，不由心生愧疚。想着自己这帮文人吃饱了没事干，带着猫上火车，折腾人家好心的姑娘跑来跑去干嘛呀。

补完票，回到车厢，老登看见列车员坐在边座上，正逗小猫玩。风娘和艾紫苏要把假戏唱下去，只得像陌路人一般躺着。艾紫苏见没出什么事，神经松弛下来，躺着躺着就睡着了。风娘这回脑袋露外面了，眼睛闭着，耳朵却是醒着的。只听列车员对老登说："你看它现在多开心啊，一点也不叫了，它就是要人陪它玩呢。"

"唉，做动物也真可怜，不会说话只能叫，饿了也是叫，闷了也是叫，想玩也是叫，谁知道它每次叫都有不同的含义呢？"老登轻声说着，在另一个边座上坐了下来，这才注意到列车员是个相当年轻的女孩，顶多只有十八岁吧。光洁的额头，稚气的笑容，那玩猫的神情简直还就是个童心未泯的孩子。她变着各种法子逗小猫玩，夸奖小猫的反应迅速,不认生,并且看出小猫将来是要做妈妈的。风娘一听就知道这列车员是个养猫爱猫的主。果然列车员和老登谈起她童年养的那只猫如何可爱,后来因为猫抓破了她的手,被她爸爸送人了,为此她哭了好几天呢。她和老登轻声聊着,嘱咐老登,呆会儿睡觉的时候,就把猫放在那张空余的中铺上,被子弄脏了她会洗。

"别再把它关笼子里了。"她说。

不用睁眼,风娘也想象得出他和她说话的样子。因为要压着嗓子说话,脑袋肯定靠得很近。应该像一对私话绵绵的情侣吧,她有点醋意地想,忍不住偷偷睁开眼,却看不到他们的脑袋,只看到对面铺位下空空如也的蓝笼子,在幽昧的车厢里反射出死蓝死蓝的光。

附录:风娘的画外音——

火车上的后半夜我失眠了。记得上车前是下雨的,然后睡着了,等到醒来,火车已经奔驰在北方的土地上,师兄、师弟、师姐,那些迢遥的影子已经无处可寻,我不过是他们影子中掸落的一点灰尘,独自消失在幽咽的空中。还有娘娘和姑父,这次没有去见他们,可能永远也不会去见他们,他们搬了新家,不需要我去原宥他们的旧梦……

翻了几个身,还是睡不着,为什么会失眠呢?应该一觉醒来,就看到北京朗朗干脆的天,男性的天,而不是现在对上海的一点点寂寥遗想,像男人对一个不应该的女人的邪念。男人……女人……唉,那天的师门聚餐,最后就是因为争论男人和女人不欢而散的。不知怎么,当时我们从女性主义跳到男人犯错误的话题。衣服不败说，女人应该容许男人经常犯错误，从感情生活的错误到性生活的错误。师姐们听了强烈反对。衣服不败又退一步：当然啰，男人应该把犯错误的几率尽量减少。师姐们还是不满意，说要女人容许男人犯错误可以，那男人也应该容许女人犯错误。这回轮到石DVD们强烈反对了，说女人绝对不允许犯错误。师姐们于是指责男人自私，石DVD们于是指责女人小心眼。师姐们又说，要说女人小心眼，那也是男人的自私造成的，双方吵得面红耳赤，几乎伤了同门和气。

唉，吵什么吵呢，永远也吵不明白的。人在什么空气什么城市什么性别里住惯了，就觉得那是对的，其他都是不对的。就像现在我住惯了北京，再也不能忍受住在上海了，我甚至奇怪自己原来在上海是怎么生活的。

火车真漫长啊，它扭来扭去地往前奔，像一场永无结果的争论，看不到边际地响闹。列车员还在和老登聊着，但我已经不在乎他们聊什么，就像我和老登聊了那么多上海，自己又何尝在乎呢？感觉，都是些沉不下去的泡沫。从前的根不在那里，现在的根也不在那里，上海在我心中，已经死了。我要回我住惯的北京。

第四章

你是高山我是丘陵,你是大海我是小溪,啊,伟大的编辑!

无往不胜地组稿

1

编辑部永远是这么一挑烂摊子。

一踏进杂乱的有如群居部落的办公室,看见细绿团红的阳光密密地缝在荒废的窗台上,那种贴身的气味就围上来了。纸张,信封,杂志,校对,懒广东,太阳花,贡龙,若木,素淡混茫的气味,胡乱地叠在风娘的鼻孔里。她蓦地想起那句不知哪看的谜语:妓院开张。打一编辑用语。谜底就是"欢迎来稿"。

妓院的气味肯定比这里恣纵得多吧。

出差几天,编辑部就群龙无首,社长赵骆明病了,副主编若木根本管不了事,什么都要等着她来处理,今天是礼拜六,也只好来加班了。

下期用哪些稿子要最后敲定;这期的二校赶着下厂,有些版式还要动一下;有个美国公司派了洋买办来谈合作的事;澳门林马斯先生发来传真,问著名作家木通的稿件能不能组到,这次的"三文鱼"栏目想同时发他的小说、散文和创作谈;这两天台湾作家代表团来北京了,要不要去碰碰运气;当代文学研究会给文学期刊评奖,到底参不参加,参加的话要交六百元评审费;哦对了,还有这个月的水电费该交了……

胖胖的若木就像胖胖的金鱼，站在风娘的办公桌旁吐完一串串银白的气泡，如释重负地嘘了口气。都说副主编才是杂志真正的顶梁柱，若木却是个例外。他老家在陕西农村，考到北京读书后，就留在了京城。别人留京城很难，他留下来却特容易，没有别的原因，就因为笃实和笨。后来辗转多年，到了《文坛》编辑部。升任副主编，也没有别的原因，还是因为笃实和笨。

若木转身去忙别的了，风娘看了一眼他的灰T恤背影，觉得他越发胖了，屁股在哪腰在哪都已经无法分辨，只看见肉胳膊肉腿伸出来，像齿轮零件上伸出的部分。手中的稿件不小心落了一页，他蹲下去的姿势像孕妇。

若木原来没这么胖的——农村出来的人，很少有肥胖的体形。这些年他因为生病，吃了含激素的西药，就内分泌失调，刹不住车了。好在若木胖得不蠢，浑身是肉的他，衬着憨厚的大脑勺，反倒给人温柔的感觉。

胖胖的若木更像胖胖的算盘珠子，风娘想怎么拨就怎么拨——她喜欢若木的笨，这样就不用成天担心有个副手觊觎着自己的地位。像贡龙那种滑头滑脑的家伙，她是绝对不会重用的。再说若木除了笨以外，有的几乎都是优点：踏实、认真、肯干。这样的副主编上哪找去？

坐在老旧的松木椅上，大致翻了翻若木递上来的校样和文件，风娘觉得发稿谈判什么事都好办，就是问木通组稿难。但凡吃过编辑这碗饭的，没有人不知道木通是块难啃的骨头，就是和他交情很深的编辑，也不见得能组到他的稿。

木通是一个傲慢、刻薄、贪婪、吝啬的作家，如果他赏脸接受你的邀请来开会，你一定要早早派轿车等在机场，否则他会掉头换架飞机返回北京，你还得老老实实替他报销机票。他的汉字价位高得惊人，想知道吗？告诉你吧，没这个数啥也别谈。圈内人竖起的指头常常根据木通的行情发生变化，当然也有以讹传讹的成分。没办法，谁让他的名气如日中天呢？谁让他的销售册数一路飙升呢？谁让他才华横溢小说散文都写得着实好呢？

《文坛》这种穷杂志当然没钱给木通开出如此可观的稿费，但是风娘极不愿意在林马斯先生那儿跌面子，没准将来还能攀着澳门这棵榆钱树摇出点榆钱铜钱什么的呢。

她点起烟，端详着木通的相片，皱起了眉头，眉心里一丝一丝的美术线条：他妈的，这个男人长得实在不怎么样，尤其那个鼻子，很紧张地斜在脸幕上——难怪相书上说男人一旦鼻子长得不正，就特别败相。

看着看着，她心神动了，因为这个男人的眼窝浅——相书上说眼窝浅的男人好色，也许这次要"出卖色相"做顿勾魂宴才行了。没听作家们都私下传言嘛，只要被风娘请到家里吃饭，没有风娘组不到的稿。秀色可餐再加风娘的好厨艺，不是"勾魂宴"是什么？

电话铃响了，是罗勒，为小猫的事大发脾气。

风娘把小猫带回家后，不用说最兴奋的就是小房子了。

小猫刚到的头两天，老爱趴在客厅的水果篮里睡觉。小房子总是拨弄它，吵醒它，小猫被弄得不高兴了，就会瞪起两只还没长开的眯细眼。小房子看见小猫生气就开心得不得了，对风娘说："师父，给它取个名字吧。"

"嗯，猫嘛，有叫什么花花儿的，兜兜儿的，我们给她取个愤世嫉俗点的名字，看她一只眼白多，一只眼白少，很像阮籍叔叔，就叫阮籍，简称籍籍，不过这两个字你写不来，就叫记记吧。"

风娘对小房子说了一通天书，出门前就把她们寄存在隔壁老原家，没想到记记闯祸了。

记记本来很乖的，像月子里的婴儿，一直在贝贝家睡觉。睡得小房子和贝贝都烦了的时候，它醒了。

喵。记记对小房子说。

"你想吃鱼是吗？"小房子把贝贝家冰箱里的鱼摸出来放进盘子，

"喏，吃吧。"

记记闻了闻，不感兴趣地走开了。喵，它继续对小房子说。

"你想吃猪肝是吗？"小房子又问，从冰箱里摸出猪肝。

喵。

"你想喝水是吗？"贝贝也问，给记记的小碗倒上水，把记记揪到盘子跟前闻。可是记记都不感兴趣。

喵！喵！喵喵！喵喵喵！记记越叫越急了，小房子不知道记记到底想说什么。"你想上厕所是吗？这不是铺好沙子了吗？师父不是教过你怎么上厕所吗？"小房子把记记放到纸盒子里趴着。记记趴了一会儿，想解手的样子，可是不久它又用爪子在盒子里猛刨，然后跑了出来，只管喵喵叫着，越叫越急，最后它就只能在盒子与小房子之间狂奔，有如丧母般的大嚎。小房子和贝贝怎么也弄不明白它到底想说什么，想干什么，老原家的保姆也不明白，就索性不管它了。忽然记记坐到客厅门口的毡垫上不吭声了，坐了一会儿，它像个害羞的小姑娘，又到小房子跟前轻声地叫着。

还是没人懂它的意思。

原来记记在毡垫上拉屎了。

被下班的老原踩个正着。

老原打了个电话给罗勒，罗勒知道后气急败坏。从风娘去上海开会那天，他就窝着一肚子火，刚刚气平了，没想到风娘又从上海折腾了一只猫回来。他一贯嫌恶猫，如果不是小房子喜欢，再加上风娘当晚很放肆地尽了妻道（他当然不知道风娘在二师姐家的感触，那天晚上真被风娘少有的热烈慑住了，他是那种性欲极强的男人，尽管风娘体力充沛，一般也经不住他的折腾，那晚竟然一直配合了他两次，这已经是风娘的极限了），他早就把记记一脚踢出去了。这两天他只好拧鼻子耸眼躲着记记，心里横竖不舒坦。记记闯了祸，总算让他找到了驱逐记记的理由，无奈小房子坚决不干，在电话里和罗勒哭闹个没完。罗勒拗不过女儿，就把气撒到风娘头上了。

听着罗勒在电话里发脾气，风娘也不和他吵。吵啥呢，吵架的婚姻是伤肾的婚姻，肾伤了，想做雄性动物或者雌性动物都做不彻底，人类血性的式微未尝不是吵架害的。于是她说："你忙你的生意吧，等我回家看看再说，保证不让记记再犯同样的错误就是了。"话里明摆着不把记记送走的意思，但是她的性感沙嗓是低低的姿态，倒让罗勒不好说什么了。

一直到风娘回来之前，小房子都想不明白很乖很干净的记记，为什么会在贝贝家的客厅毡垫上拉屎。

"师父，我们给记记铺好了沙子，可它还是不在盒子里拉。"

"让我来看看，昨天不是都挺乖的吗？"风娘摸了摸记记的脑袋，又看看纸盒子，"噢，小房子，你们今天铺的沙子太薄了，不够记记拉屎，所以它要另找个地方了。"

后来小房子把记记骂了一顿。"记记，跟你说了在纸盒子里拉屎，你为什么不听话呢？沙子太薄了，你可以说嘛，在别人家的垫子上拉屎，多丢脸啊！你要是不听话，师娘就要把你赶走，师父和我就会伤心死的，记记，你知道吗？"

其实记记跟小房子说了，只是小房子听不懂而已，它也想在薄沙子上拉，可就是拉不出来。

好像是惩罚自己，又好像是赌气，记记在纸盒子里不吃不喝趴了一天，叫它出来它不出来，把它拎出来它又自己跑回去趴着，很可怜的小黄毛团绒绒地软在空气里。

这个细节被风娘描述给木通听，产生了意想不到的效果。原来木通竟然是个爱猫如命的猫同志。他说，冲着灵慧的记记，他也要来吃风娘的饭。

"再说，风娘的勾魂宴那么有名，我怎么能拒绝呢？"他在电话里刻薄地笑道。

文坛很少有人知道木通是猫同志。作家当中不少人爱猫，也有不少人憎猫，猫是个人主义者的宠物，宠它独来独往我行我素。也是启蒙主义者的仇物，仇它不忠不诚无情无义。木通骨子里属于个人主义者，但他不想让别人知道他爱猫，那样就像有个把柄被人捏着，不自由了。而且他家不养猫，所以秘密无迹可寻。

木通是个遍访民间好猫而不据为己有的人，他说这叫"博爱"。对于本性幽独的猫，只有用"博爱"才能平衡自己的心态，否则等你把它养出了感情，难舍难分了，它却弃你而去。

木通把记记亲过抱过之后，在凤娘家的晚餐上，就着凤娘亲手做的兴国红烧肉，丝丝响地讲着"博爱"的猫故事。兴国红烧肉太辣了，爱吃辣的木通发出丝丝响的愉快声音，他刚知道做这种红烧肉的辣椒酱很特殊，是一个江西兴国的作者给凤娘寄来的，北京根本就吃不着。

凤娘还做了过桥豆腐（豆腐上面铺肉饼，肉饼上面铺元宝蛋），和尚肉（和尚想吃肉又不能吃，就把冬瓜切成肉块状，上面划多个十字形，浇上菇末红烧），随便（辣椒炒蒜籽炒豆豉），蜡烛油（香菇、豆干、笋丁、榨菜、肉丁调水，拌粑谷粉或米粉，加红烧肉汤汁）……都是她去外地组稿学来的土特产，菜谱上找不着大酒店看不见的招数。

木通辣红着脸继续讲他访得的民间奇猫。他的脸红了以后眼窝就更浅了。那猫实在无情无义，他说，除了上厕所知道回家，就没有一次是因为别的理由回家，就是你这个主人死了它也不会回，它在外面吃饭在外面交友在外面纵欲在外面睡觉，像一个任性寡情的儿子。有一次它失踪了好几天，突然急吼吼地跑回来，主人以为它终于想家了，谁知它冲进猫砂就用力地拉屎，可见它是在外面憋得慌了，嗯——木通故意模仿大解的声音。小房子在吊灯下听着这夸张的声音咯咯直笑，一双大大的对眼像一对互相撞击的铃铛，黄的、红的、紫的光彩落下来。记记也快乐地用小爪子在地毯上拨来拨去。显然，有男客人没男主人的晚餐是怡悦的。

木通浅着红眼窝说："凤娘，你们家的猫和人都太可爱了。"

凤娘不置可否地笑了笑，微笑使她像一只妩媚的猫。

木通从凤娘妩媚的猫脸上，又联想到了一则笔记体猫故事。

好像是郑孝胥日记里的吧。木通把和尚肉也就是冬瓜块塞进嘴里吃着，说那个叫蒯若木的大名鼎鼎的佛学家，请朋友们吃饭吃得好好的，突然惊叫一声跃出屋去，把门关得紧紧的，好半天了才敢进屋来。大家不知怎么回事，他兀自惊恐地说道："女猫！女猫！"原来刚才有只女猫从楼梯上向外窥风情，被他看见了，他平生怕猫，当然吓得半死。

"你怎么知道是女猫？"风娘妩媚着猫脸问。

"佛学家嘛，肯定是戒女色的。"

"什么乱七八糟的，算了吧，别仗着你有点学问就可以糊弄我，你当你在写小说呢，某虽不才，这则郑孝胥的日记我还正好看过，原文是，'问之，曰：猫！猫！'根本没说女猫。"

木通的眼珠差点没从浅眼窝里掉出来：郑孝胥的日记你也看过？

"没那么严重，没那么严重，刚巧这故事掉我眼里了。"

这个晚上，木通和风娘谈猫谈得很尽兴，木通要风娘帮他严守爱猫的秘密，否则编辑们就会找他的弱处下药了。告别的时候，风娘说，木通你一点都不像传说中的那么傲慢。木通说我的傲慢是对人的，不是对猫的，我看到猫比看到人还要亲切。

"可你对我也并不傲慢啊。"

"因为你就是猫嘛。"

啐。风娘的嗔怪里含着无法掩饰的得意。

2

风娘组到了木通的稿，社长赵骆明却病得更重了，贡龙说赵骆明已经住进了协和医院，风娘只得忙里偷空买了礼品去看望他。

出了地铁，沿着建国门内大街拐进东单北大街，马路正正的，直直的，是清贞坚绝的风格，很符合风娘十脆利落的走动节奏。眼前的空气是宽阔的，她应该看到更多别的东西，却被一丁点白白的柳絮扰了视线。真奇怪,可观不可触的柳絮,通常五月上旬就看不到了,这丁点柳絮是从哪里冒出来的呢？它在空中无谓地飘着,既撩人心意,又即将消失,那种轻佻而危险的模样,和初春霏霏霭霭的柳絮景象真是截然不同。初春的北京,满城的柳絮总是迎面摇来,一涌一涌的,像白白的轻轻的心事,那时她常常禁不住用手去撩,好像抓在手里了,张开一看,又什么都没有。

这丁点的柳絮搅乱了风娘的心情,她似乎想起什么,深想下去,又一片淡然,就这么不知不觉进了协和医院。

协和医院的走廊特别多,拐进住院部更像九曲回廊,只可惜徒有回廊的曲折,却无回廊的诗意。风娘走着走着,想到了一个笑话,是有关这走廊的。说一个山东病人来协和看病,拐了很多走廊见到了门诊科医生。医生问:哪儿不舒服？病人答:屁股疼。医生问:哪边屁股疼？病人答:东边屁股疼。

哎呀,转了那么多走廊,一般人早就懵了方向,这山东病人居然还分得清哪是东边！

暗自想得发笑的风娘踏进赵骆明的单人病房,脚却收不回去了。一个女人正伏在赵骆明的身上哭泣,那茄色收腰褛的流线告诉她,这并不是赵骆明的老婆。赵骆明愁苦的眼神和风娘撞了个正着,风娘只好对他笑笑,赵骆明也对她笑笑,什么都心照不宣似的。好脾气的社长色而不淫,这是编辑部公认的。赵骆明推推趴在自己身上的女人,嘴里嘀咕了几句,女人立即站起身,低眉垂眼从风娘身边蹭了出去,刘海蓬得像打翻的墨,想必哭了挺久了。

风娘瞥着这女人眉眼有点熟,好像也是个作家,没什么名的。"你应该见过她的,"赵骆明说,"杂志开笔会时她来过,我的病都是给她闹的。"风娘没有吭声,雪白的床单角停在她的眼瞳里,她不知该怎么表态,但能感觉到赵骆明不讨厌甚至很高兴她的出现,大约是被那女作家哭烦了。

原来女作家曾是赵骆明的私密情人,写了大半辈子东西没写出什么名堂，丈夫也离了，含辛茹苦带大了一个女儿，结果女儿又迷上了写作，并且发誓不出名毋宁死。这可让女作家着了急，在文坛上蹭蹬几十年，她深知不是一流的作家没有关系，只有本事是出不了名的。一旦出不了名，女儿去寻死了，她还活什么劲？于是缠上了旧情人赵骆明，"你一定要让我女儿出名，不然我就把你和我的事捅出去！让你和老婆离婚！"赵骆明被她逼得很苦："我一个杂志社的社长，哪有那么大能耐？不要说偌大的中国文坛，就是这北京文坛我也搞不定啊！"

搞不定就等着身败名裂吧！反正女作家是打赤脚的德性，也不用和穿鞋子的比。

难怪赵骆明要急火攻心，大病不起呢。

"他妈的这女人也够狠的，这不是把你往死里逼吗？别急，这事就交给我吧。"凤娘说。

回家的地铁上，凤娘没有座位，抓着横杠下晃来晃去的黄拉手，心思也晃来晃去：若想让女作家的女儿莫寒雨出名，首先作品不能太次，然后再找一帮枪手替她吹捧，在《文坛》和其他杂志上多倒腾几回，大名出不了，小名应该是不成问题的。只要出了点小名，社长去搪塞旧情人就好办了。

她连夜读了莫寒雨写的几篇东西，觉得这女孩虽然东抄西抄的名言多了点，语言还是很华耀的，至少比文坛上那些幽晦的文字有活气。再多调教几回，想必上得了台面。凤娘决定给她在《文坛》上发一组专辑，作为新人重磅推出。

剩下的事就是找枪手了，找枪手说起来容易做起来难：一般的枪手不行，得找有名的；名声太臭的不行，得找口碑好的；太正直的不行，得找会和稀泥的。而且，北京的枪手不能太多，免得像策划好的。

真是头痛的事。

眼皮涩涩地往下沉，她把莫寒雨的文稿放在斜躺的沙发上，准备趿上拖鞋去睡觉，右脚先落下，却碰到了一团软乎乎的东西，赶紧把脚收住。记记正趴在她的拖鞋里打呼噜呢。她的拖鞋是记记最爱呆的地方，记记喜欢脑袋钻在拖鞋洞里的感觉，也许拖鞋前面的出口让它很好奇，它总是努力往前钻着，往往嘴钻进去了脑袋却进不去，钻累了就坐在拖鞋上发呆，今天干脆睡在上面了。

记记睡着的时候，小身子团团地拢着，肚皮上的白毛几乎看不见了，背上的黄毛却特别局促，像谁的头发呢？对，像老登枯黄的短发，看来，该给记记多吃点动物肝脏了，等全身的毛长得浓密光滑就好看了。

风娘踮着光脚回卧室睡觉去了。罗勒今天在外面没有应酬，比她睡得早。他在睡梦中几乎把被子全裹在了身上，风娘轻轻扯着被头往里钻，想不惊动他，罗勒还是被惊动了。翻了个身，嘴里嘟囔着：你怎么才睡啊？嗯。她含含糊糊地应着，刚躺下去，他的手臂就迷迷糊糊环了过来。那一刻，她的眼泪差点没掉下来，有丈夫的感觉真好啊，哪怕这丈夫对她三心二意，和她吵架甚至训斥她，他还是她的，大部分的夜晚会睡在她身边，与她厮守两个人的体温。就像现在这样，环着她的颈项，继续沉沉睡去，那么温暖有力的手臂，唤起她所有的倦意。真困啊！她慵懒地闭上眼，把自己缩小到对幸福没有企求的原点，心满意足地入睡了。

记记也在她的拖鞋上幸福地睡着。

3

第二天，风娘在编辑部接到了老登的电话，他还在北京组稿，遇到为难之处了，想请风娘帮忙。

"什么忙啊？我帮得了吗？可能没那么大能耐呢！"风娘冷冷地回道。五六天没有老登的音信了，听到他的声音好像隔了漫长的时空，她不知道为什么就不愿意用喜悦的语气去回应。

老登在电话那端呛得有点气短，不明白惹了她哪根筋，赶紧调侃：

"哎……不是，是这样的，不管怎么说，您都算是北京东城一地主，我一东北长工，在这块地盘上没您有底气，就想借您当尊菩萨，壮壮胆，顺便化化缘。"

风娘被他紧眉紧眼的口气逗得有点好笑，也不想再刁难他了："说吧，什么事？"

老登就把自己的难处说了一遍。这难处和他的双重身份有关，你说他是评论家吧，他又得巴巴地追着作家讨稿子，你说他是副主编吧，他又得指点江山似的评判作家的作品。位置一摆不好，就出问题。现在的问题呢，就出在他和北京作家黑苏子的关系上。从前黑苏子独身闯北京，没什么大名的时候，他写过文章批评黑苏子，用的词很贬损。黑苏子认为老登侵犯了他的名誉权，闹着要起诉，折腾来折腾去总算以老登的公开道歉庭外和解了。黑苏子见着老登也就"今天天气哈哈哈……"了，老登被弄得垂头丧气，黑苏子却因为这场官司，动静越来越大，俨然成了著名的北京作家，许多杂志都抢着向他约稿，老登的《文苑》自然没有份。

可恼的是《文苑》刚搞了一次读者评奖活动，要发一组获奖作家感言，主编胡本选通知出差在外的老登：黑苏子也是获奖作家之一，总不能独缺他那份吧，这块难啃的骨头是你剔下的，编辑部没人敢碰，还是你自己去啃吧。

老登一听两腿就发软，从那次庭外和解黑苏子对他"今天天气哈哈哈……"之后，他就没和黑苏子打过交道，这回不光要见黑苏子，还要问黑苏子讨稿子，这不等于抽自己的耳光吗？

约上风娘一起去见黑苏子，黑苏子总能给点面子吧，至少约不到稿，大家在场面上不会那么一对一的难堪吧？与事无关的女人永远是两个敌对男人之间的润滑剂，更何况这个女人是漂亮精明的风娘呢。

都说救场如救火，老登有这样的难处，风娘当然不会袖手。都是吃编辑这碗饭的，个中滋味风娘一听就懂。这种时候，什么暧昧的感情都会扔开，救场是最重要的，更何况风娘心底的水草，总也牵着绊着，被老登的影子缠绕不清呢。

约见黑苏子的餐馆，就在北大西门的"老李焖鸭店"，这里离凤娘的杂志社和黑苏子家都很近。凤娘黄昏下了班步行就过来了，远远地看见老登站在鸭店门口的槐树下，一身体面干净的斜纹西装，说明了一个貌似收敛内心游荡的中年男人，在北京昏暗的人流中必定醒目。他一看见凤娘的身影就咧着青蛙嘴激动地招手。

"哟，你站在鸭店门口，我怎么觉着你就像接客的鸭子呢？"凤娘走近了撇着嘴说，眼睛也不和老登的眼睛打个照面，径直就往店里走。

"我有多闹心呐，你还开我的玩笑！"老登苦笑着也往里走，凤娘时冷时热的脾气他领教不少了，听了这话他也不生气。几天不见，他注意到她好像瘦了，天气渐热，她穿了一件花影图腾薄洋装，衣襟敞着，里面是件白色的东方薄绉，又是那种逼人的华贵之气，丰满的身姿勾出苗条的迹象。他想，她最近一定忙坏了，自己还把她折腾出来，脸皮也真够厚的。

黑苏子还没来，两人在小包厢里坐下来，忽然像面对陌生人似的，不知从何说起。凤娘点了根Lights，问老登要不要，老登说有，就点了根自己的白鲨，凤娘闻出他的烟味很重，想必戒烟已经彻底失败了。

有了浮浮冉冉的烟雾，两人还是没话说，默默地抽着烟，各想各的心思。老登盼着黑苏子晚点来，让他和凤娘多坐一会儿。凤娘盼着黑苏子早点来，让她尽快结束这种半生不熟的局面。她清楚自己，男人越多，她越如鱼得水，最怕的，就是和一个爱自己而自己又不敢承诺的男人对坐。她不知道老登这五天在北京是怎么过的，就问老登住哪，组稿的收获如何。老登说，组稿还算顺利，是艾紫苏安排了他的住处，在《新城报》的地下室招待所，一个铺位二十块钱，很便宜的。每天走到地面上来，都有耗子出洞的感觉。

凤娘被逗笑了："有你这么干净的耗子吗？也亏你这么讲究的男人在那么脏的地方睡。"

"不埋汰，那儿挺干净的，就是公共洗澡的条件差了点。"

说到耗子，两人不约而同地想到了上海带回的小猫，神情欢跃起来。风娘告诉老登，小猫有名字了，叫记记。记记实在太好玩了，小房子有了它都不想上幼儿园了……

"而且，你知道吗？它会坐在沙发上和小房子一起看电视呢。"魁梧的黑苏子进门的时候，风娘正说到这一句。

"谁不会坐在沙发上看电视啊？"黑苏子笑着接腔，老登和风娘赶紧站了起来，看见黑苏子旁边也带着一个人，一个陌生的身材干瘦的寸头书商。

看来，黑苏子不仅不想和老登一对一干坐，而且不想给老登稿子。他知道当着外人的面，老登是不好贸然开口的。这不符合"组稿"之道。这情形一看就明白了：黑苏子也在找菩萨替自己解围呢，只不过找的是尊男菩萨。

这种场合，酒是少不了的。老登虽然喝惯了啤酒，却撑面子要了瓶斤装红星二锅头，各人面前依次斟满一小杯，斟到风娘这，风娘用手挡开了："我不会喝酒，还是喝茶吧。"就给自己倒了杯茶。

老登拿着酒瓶看了看风娘："喝茶多没劲啊，难得和黑苏子一起吃顿饭，好歹喝点酒嘛，实在不行我帮你要瓶啤酒。"

"是啊，要不喝点啤酒吧，那都不算酒了，别让人家老登干站着。"黑苏子和寸头书商也劝风娘。

风娘面带难色："我真的不会喝，哥们几个别为难我了行吗？"

"那喝点可乐总成吧。"老登又退了一步。

风娘想了想。成，那就可乐吧。说罢，顺手把花影洋装脱了，被东方薄绡裹着的身子宛如一只长长的酒瓶。

老登这才举杯。来来来，今晚我老登有幸能请到京城的才子和京城的佳人，别提有多高兴了，我提议，为了这个才子佳人的夜晚，大家干了！

四人举杯相碰，算是相识的不相识的都把脸面胡撸了一遍。接着就斟酒吃菜寒暄。老登想把气氛抖落得轻松点,黑苏子想王顾左右而言他。双方都打着太极,于是,有些话要暗暗掖着,有些话就不得不像黑石盘下的白豆浆,磨来磨去。

没过多久老登举起杯,对着黑苏子说:"哥们,我先喝一杯,再敬你一杯,算是为从前的事道个歉。我老登有个缺点,就是脾气愣,从前对不住的地方还望哥们海涵。"风娘听了,和寸头书商都私心窃笑,觉得这老登可真够愣的。

黑苏子连连摆手:"哎哎哎,过去的事就不提它了,你也不是存心要跟我过不去,对不对?"说罢,也回敬了一杯。

他们用的小酒杯有着胖胖的杯肚,金属般的光泽闪在灯下,像不伤人的暗器。毕竟,也就是个能装一两四的小酒杯罢了。

老登又和寸头书商、风娘一一碰杯,说了些敬酒和回敬的热乎话。寸头书商问老登究竟能喝多少量。老登说:"没个准数,心情好的话,喝七八两都没事,心情不好的话,喝四两就有点摇摇晃晃了。"寸头书商说:"那倒也是,喝酒其实就是喝心情喝身体喝气氛。"他又说到某年某朋友请喝人头马,千把块钱的酒,一点也没觉着好喝,后来才听说,人头马要加柠檬才好喝,唉,那回算是白糟蹋了好酒。老登笑了:"我也干过这傻事。"问黑苏子有没有同样遭遇,黑苏子说:"我喝人头马的时候,但凡喝酒的人都知道这常识了,加了柠檬的确不一样。"

三个男人就这么有一搭没一搭地聊着,风娘的粉艳雪腴似乎也调和不了什么。眼看着酒快喝到五分了,桌上的氛围还是像没泡成功的藕粉,稠不起来。老登心里着急,接着就想再敬黑苏子,刚端起斟满的酒,寸头书商却先来敬他了,老登只得回敬了一杯。这时他的脸已经红到眼眶了。

风娘眼瞅黑苏子和寸头书商存心要堵着老登,老登必定是招架不住的。也难怪,一上来就喝这么猛,五六杯下肚了,对方还悠悠的,只怕被人扛回去了事还没办成。

风娘这就站了起来,用目挑心招的风姿看着黑苏子:"早就仰慕你的大名,今天总算有机会得见,来,我也来敬你一杯!"

黑苏子狎邪地看着风娘。喔嘿,你的可乐就不要来凑热闹了吧,用这个敷衍老登还可以,敷衍我可没那么容易!有本事就换白酒来敬我,这么着吧,如果你能喝掉半杯白酒呢,我就喝一杯。

真的?说话算数?

当然算数!黑苏子还是狎邪的表情。

老登三分醉意地拉住风娘:"算了吧,你又不会喝酒,瞎掺乎啥,等我来敬吧!"

"没关系,不就半杯白酒嘛。"风娘轻而坚定地拂去了老登的手,斟了半杯白酒一饮而尽,黑苏子笑了:"行,好样的,你要真有能耐呢,你就再喝,如果你能喝掉一杯,我就喝两杯!"

"喝就喝,有什么了不起的。"风娘果然又一杯白酒下肚。

"哟嚯,还说不会喝酒,喝下去一点也不含糊啊。"

有女人陪酒,男人总是容易上钩的,酒色并行嘛,自古都是妙不可言的事情。黑苏子见风娘真能喝一点,就来了劲,不断地和风娘碰杯,碰了几圈,黑苏子已经有点喝高了,风娘还像没事人似的,寸头书商见状也来助阵,不久也顶不住了。

这时候,三个男人不明白也得明白了:风娘能喝着呢,瞧她那捏杯紧入口深的模样,喝个两三斤都没有问题。女人一旦会喝酒,那就什么样的男人都得趴下,没法比,不能比,不敢比。

风娘又把酒敬到了黑苏子跟前,两人摩睛相觑,对视了几秒钟,黑苏子急流勇退,红着酒脸笑摆手说:"嘿嘿,不喝了不喝了。"风娘也笑着说:"不喝可以,你得答应我一桩事,这事儿其实不用我点破,你也明白,不过为了慎重起见,我还是得让你立个字据,免得日后撒赖,这字据上的字不用多,就写你答应给老登写篇获奖感言。"

黑苏子爽快地应诺:"行,就依你说的办。"

黑苏子答应给稿了,老登却神情怪异地笑着,这种怪异的笑容一直持续到饭局结束,黑苏子和寸头书商都坐出租走了。

后来老登也觉得自己太过分了,躺在招待所地下室的铺位上,为刚才和风娘的对话懊悔不已。这段对话整晚都悬在他的梦中,入了邪祟似的。

老登(幽幽地):我怎么从来不知道你这么会喝酒呢。

风娘(无所谓地):我的事儿你不知道的多着呢,

老登(酸溜溜地):你这么费心帮我组到了稿,我也应该为你做点什么吧?

风娘(嘲讽地):别这样搞的像做交易似的。

老登(有点气恼地):你今天不就在做交易吗?对着别的男人眉来眼去的,我看着心里就不舒服。

风娘(挑战似的):你又不是我老公,你吃什么醋?

老登(非常气恼地):我当然吃醋!你明明知道我对你的感情,为什么要这样刺激我?

风娘(恼羞成怒地):刺激你?如果不是为了帮你组稿,说实话,我还从来没和别的男人这么眉来眼去过!

风娘气乎乎地走了,她的背影在夜里如白狐一般渐行渐远,侧面间或甩着花影的图纹,那是搭在她肘上的图腾薄洋装。这缕图纹在暗夜里固执地甩着,老登拼命地抓啊,抓啊,全都徒劳。

懒广东，莫寒雨，或者锁阳……

1

回到家里，风娘气得彻夜都没有睡着。天亮的时候她像虚脱了一般，脚底心发冷，头脑里乱走着斑斑点点的黑白胶片，胶片走着走着就断了截，一段一段地被抽空，在很低很低的山谷里，散落开去……

整整一个白天，风娘昏眠着。罗勒闻到她身上浓郁的酒味，不知她到底应酬了什么人。按她的酒量，她几乎没醉过，今天睡得这么沉，真是邪门了。他想她一时半会儿是醒不了的，就把小房子送到幼儿园去了。记记大部分的时间也睡着，屋里静悄悄的。若不是木通打电话来，风娘恐怕要睡到天黑才醒。

木通的电话是用手机打的，信号不太好："你的手下怎么搞的？怎么这么没规没矩慵慵懂懂？竟然跑到这种场合组稿来了？"

风娘忙问怎么回事。木通说，作协今晚在北京饭店设宴招待台湾作家代表团，参加宴会的人数是严格规定的，因为在北京饭店订的宴席要按人头算账，每人一千元的价位。为了筹备这个宴席，作协拉赞助花血本，谁知有两个声称是《义坛》杂志社的人跑到宴席上组稿来了，占了两个席位，其中那个男的广东口音，那个女的似乎还和台湾作家密斯特陈很熟，作协碍着台湾作家的面，又不好把他们赶走，气得正咬牙切齿呢。

风娘一听，就知道这两人是懒广东和太阳花吴衣奴，很奇怪他们怎么会跑到北京饭店去：谁让他们去的？

"不知道啊，我们还纳闷呢，以为是你指派来的。都想风娘真够糊涂的。"

风娘嘴里嘀咕了一句定语国骂，木通惊问一声："你说什么？"

"没什么，记记脏着爪子跳到我床上了，我在骂它呢。这样吧，你跟作协的人偷偷递个话，就说明天我会补给他们两千块钱，那两个编辑的人头费今天就麻烦他们代付了。"

风娘这夜气得又没睡着，头痛欲裂，身体像熬干的枯果，瑟瑟作响。晨光熹微的时候，她没有化妆随随便便洗了个脸就往编辑部赶。今天路上特别堵，公交车呼哧呼哧地光顾着喘气，焦躁而痛苦，冗长的形体在拥挤的城市里落入了阴谋的陷阱，所有的车都像与它有仇似的，把它围成了困兽，无法缩小的向前的欲望，变成它的宿命……两个小时后，风娘终于被这头困兽艰难地卸下了。

她脸色苍白喉咙嘶哑的模样，被懒广东在大楼过道上看见了，懒广东忙问："头，你细不细病啦？脸色怎么这么难看啦？昨天你没来上班，喔们也没敢吵你，想让你多休息一下，喔来帮你沏杯茶吧……"他口齿不清地跟着风娘往办公室走，根本没注意到风娘的愠怒。风娘见若木和贡龙都在办公室，就是没有吴衣奴，就问吴衣奴人呢，懒广东说："她昨晚吃坏了肚子，今天请假了。"

"吃坏了肚子？北京饭店的山珍海味还会吃坏肚子？"

"头，你怎么鸡道喔们去了北京饭店？本来喔们想给你一个惊喜的，你鸡道吗？喔和太阳花……"

"哎哎哎，别'你鸡道喔鸡道'的了，我说哥们，别人请客，你们俩跑那去出什么洋相？那种名作家才有资格去的场合也是你们去的吗？作协告状都告到我这来了！"

"告状？他们告什么状啦，怎么就去不得啦，编辑就不细人啦，没有喔们编辑他们那些作家能有出头鸡日吗？怪不得用那么冷淡的表情看喔们。哼，中国的名作家都给宠坏了，人家台湾的密斯特陈那么有名，对喔们还都客客气气的。而且密斯特陈还介绍喔们认识了不少台湾作家，昨天喔们组到了很多稿，收获很大哎。"

"组稿！组稿！你们去哪里组稿不好，非要去北京饭店的宴席上组稿？你们知道自己昨晚的餐费要多少吗？"

"不细大家混在一起吃的吗？"

"蠢猪！那里是按人头收费的！每人一千元的价位！光你们俩就去掉了两千！呆会儿咱还得乖乖地给作协送钱去！"

"两千？有没有搞错？那细吃饭吗？细宰猪啊！要细喔们鸡道这顿饭这么贵，打死喔们也不去啊！说老席话，要不细看在密斯特陈的份上，喔们还不稀罕吃那顿鬼饭呢。当时喔们一伙人正好在东长安街上，密斯特陈叫喔们一同去吃饭，喔们就跟着去了，大家不细经常这样蹭饭的吗？谁真稀罕吃那顿饭呐，太阳花都吃得拉肚子了，他们的海鲜一点也不新鲜……"

"你怎么就没拉肚子呢？我看不是北京饭店的海鲜不新鲜，是吴衣奴自己贪吃吧！"

"那也细啰，你又不细不鸡道太阳花贪吃。别人都在聊天，没几个像她那样拼命动筷子的，再说密斯特陈很能侃，太阳花要听他说话，当然只好往嘴里塞东西啰。"

"吴衣奴怎么好好地会认识密斯特陈的？"

"也细别的作家介绍的啰，为了多组稿，她就把喔带去了，也还细为了杂志好嘛。因为密斯特陈很喜欢太阳花，觉得她天真烂漫，没有心计，想认她做干女儿，当然就有求必应啰。"

"啐，美得她！少废话了，你赶紧去给作协送钱吧，对他们客气点，别再给我丢脸了！"

懒广东垂头丧气地走了。若木一声不吭地看着稿。贡龙不知什么时候溜了。风娘沙哑着喉咙,闷坐在椅子上喝茶。她的脾气大,但是定语国骂出现的频率如此之高,今天还是第一次——编辑部亏钱是小事,编辑不争气是大事,她觉得非常有必要带他们出去走走,见见世面了。都说读万卷书行万里路,即使不组稿哪怕外出逛逛也比死坐在北京活泛呐!可是钱从哪来呢?自己出差都是从罗勒的公司报销,罗勒已经一百个不愿意,想筹编辑们的旅费就更难了。凭良心说,这年头,当穷刊物的编辑还真苦命,不知道什么是自己的事情什么是别人的事情,看的是别人的稿子,改的是别人的稿子,还没啥功劳,真个叫为他人做嫁衣裳。

她默默地喝着懒广东沏的茶,看着墙角笃诚的若木,像面壁念佛似的,又想到自己的疲于奔命,觉得做编辑的人,有时就是凯鲁亚克的"在路上",有时就是《简·爱》疯女人的"在幽室"。既有旅途上的风尘,又有字面上的孤寂。

记得刚和老登通信时,他写的一首打油诗,就记录着"在路上"的心情,"满怀凄清离西安,凭票候车上马先,暮色四合独自去,何时再见杨玉环?"颇有深切之感,然而另一首马上就调侃起来,"杨玉环,赵飞燕,可有公司在西安?明日整个办事处,和她办事算美元!"两首诗几乎同时写出,风格却截然不同,真不明白他的情绪变化怎么如此起伏,像个孩子似的。

前晚她生了气,他想必是不敢来招惹了,道歉的电话都没有,其实也还是孩子气。她不爱他,然而似乎就不想对他放手,从前没有哪个追她的男人让她如此牵挂,一旦他无声无息,她就害怕起来,怕他从此消失,怕他不再爱她追她了,她想还是主动呼他吧,于是拨通了呼台:"你好,请呼……"

老登收到传呼简直受宠若惊,没多久就用公用电话打了过来,告知刚到哈尔滨,快到家了。说完最后一句,他征了征,又改口说,已经快到站了,中途跑下车来回电。她没在意,轻描淡写地说:"我手上有个女孩的作品,需要有人提携提携,你不怕别人说你做枪手的话就写一篇吧，以你老登在文坛上的名望，应该是有号召力的。"

老登当然是连口应诺，他说他回哈尔滨办些手续，不久就要回北京来的，让凤娘把莫寒雨的作品寄给他，他写完了评论就带来北京面交凤娘。凤娘敏感地追问办什么手续，老登支吾着没接茬，然后借口有人等电话就挂了。

凤娘有些担心起来，她想他不是去办离婚手续吧？他若办了离婚，纠缠自己就更一往无前了，被缠得脱不了身，可就不好办了。于是就后悔起自己刚才的主动，转念一想，又觉得不太可能，老登不是说过很爱他的妻子吗？哪里会这么快就离婚呢？还有他的儿子书空呢？他也不会舍得吧，他若真办了离婚，也可见他是个移情太快的人，靠不住的。

正想着，贡龙用行李拖车拖了一大堆信函进来，左手还抱了一大摞，下巴颔都快顶偏了，连连叫若木帮忙。凤娘问怎么这么多，贡龙叹道："没办法，都提过很多次意见了，邮局就是不听，说我们大楼信件太多，伺候不起，三天两头的懒得跑，非得和攒钱似的，攒足了才往我们这送。"凤娘想起出差前太阳花吴衣奴也提到过这种情况，恨恨地说："真是欺人太甚，不就是看我们这些杂志社穷吗？如果是银行的话，他们就不嫌多了。"

贡龙把有凤娘名字的信函捡出来，放在凤娘桌上，其余的分发完毕，也和若木一样，埋头坐在自己的桌边看稿了。平时他可没这么老实，不管凤娘在不在，他都很少呆在编辑部，也不知成天在捣鼓什么。反正自有若木会把他没干完的活干完。今天凤娘刚发过脾气，他显然不敢造次了。

凤娘随手拿起最上面的一封信，是J省农村一个叫锁阳的文学青年寄来的。凤娘很久没收到过他的信了，还以为这人从此销声匿迹了呢。她编诗歌版的时候，锁阳给她写过很多信，每次都要附上自己的一叠诗稿请她指导。那时凤娘闲得无聊，也给他回过几封短信。锁阳大概从来没有收到过编辑的回信，把凤娘看得像救世主似的，不管凤娘回不回信，他都不厌其烦坚持不懈地写信来。信中说他们家的小猪崽断奶了，每只才卖三十块钱。信中又说他有首诗在县报上发表了，拿了三块钱稿费，把他高兴坏了。信中还说他父母逼他结婚，叫他不要再写什么劳什子湿啊干的，他觉得跟父母说话完全就是对牛弹琴。两年前的最后一封信很短，只说他在村里办了一个养鱼塘，非常忙，就没有下文了。

现在不知又有什么事。

锁阳在这封信里说，他要来北京找她，要带一部长篇来请她指导。

这可把凤娘吓了一跳，她想她得赶紧回封信，叫他千万别来。当编辑的最怕这种外省热血文学青年，比本地文学青年还难对付，他们一般水准不高且虔诚朴实，既不能伤他的自尊，又没时间跟他耗。最怕最怕的还是他千里迢迢跑来说出那句话：您看看能帮我推荐到哪里发表不？

他如果上北京来了，那真叫吃不了兜着走。

凤娘匆匆回了封短信，让贡龙寄走了。又打了个电话给莫寒雨的母亲，让她通知女儿到编辑部来一趟，她想，别找了半天枪手，连莫寒雨是啥样都不知道。刚搁下电话，又想，编辑部有旁人，有些话不方便说，还是换个地方吧。换哪里呢？想来想去，想到了北大东门的"雕刻时光"，这个酒吧离编辑部不算远，又有酒香书香灯影人影的小资情调，和年轻的发誓要出名的文学女孩聊天是最合适的地方。自己这张憔悴失眠的脸补补妆，在不清不楚的灯下也看不出痕迹。

2

沿着护城河拐进偏僻的北门，又从北门拐进四通八达的小胡同，雕刻时光和万圣书园就在这些胡同里藏着。即使藏得很深，也被淘金似的淘了出来，听任追求精神生活的人喜滋滋地把玩。人们通常先去万圣书园买书，再到雕刻时光看书。雕刻时光仿佛是胡同的归宿。

走进雕刻时光，就从白天走进了夜晚，这里永远都是夜晚的氛围，灯影犹如众芳摇落，把枯涩的心情一扫而空。风娘坐了下来，要了一个扎啤，眼瞳懒懒地从书架上游过，也没有想看书的意思。没多久，莫寒雨就到了，一身张天爱的黑衣黑飘裤，配着一米七〇的高个，头上扎着发巾，脸上的妆浓而精致，很像江湖上烟视媚行身怀绝技的小侠女。她说她是打的来的，难怪这么快。

这是一个势利精明的九十年代文学女孩，而且很坦率。她深谙写作出名的一切文本捷径和行动捷径。现在哲学引文用尼采、萨特都老土了，她说，要引海德格尔、本雅明或者福柯的话才行。要表现对死亡和病态的迷恋，像张爱玲或者三岛由纪夫那样，要写隐秘的同性恋，而且要写得像《御法度》那样感官唯美。要恰到好处地卖弄几下英文，being 或者 to be or not to be 之类的，显得你现代。要用一些比例数，比如唇形上面呈小 S 曲线，30% 的黑灰等，至于像哈根达斯、南山咖啡、伊拉贝妮和菲林这样的词汇，简直就是基本的基本。

她说她第一次用拼音联想打"福柯"两字的时候，电脑上跳出的是"妇科"两字。她还说她经常买《上海服饰》《世界时装之苑》或者《ELLE》《HOW》等杂志，研究其中流行的元素，盗用其中流行的元素。当然啰，这都是为了出名。她说她就是要不择手段地出名，出了名说什么话写什么东西都有人听有人看。她瞧不起她母亲那种苦写一辈子，还不知写作为何物的笨劲。也瞧不起她母亲做了一场男编辑的情人，还不懂利用男编辑发表文章的傻劲。她滔滔不绝地说着，把风娘听得瞠目结舌，大跌眼镜。心想这女孩可不能多惹，虽说自己人精似的，恐怕也玩不过这个小妖精，把她伺候得出了小名就赶紧逃吧，指不定后面会闹出啥事来呢。

莫寒雨如此妙龄又如此健谈，风娘觉得自己坐在这简直糟蹋了她的容貌与口才。今天应该换个男编辑来才吻合情境，比如贡龙吧，一个年轻的男编辑，和一个前卫的文学女孩，坐在雕刻时光里，这个像小说或者电影中的酒吧。略略沾醉，醉人亦醉酒，总该有点故事的。

不是赵骆明和莫寒雨的母亲那种老套的故事，而是一个文学女孩利用一个男编辑的故事。然而莫寒雨不是古典美人，贡龙那样活络的男人不会买她的账。只有中年男编辑，带着意兴萧条的疲惫，和不甘围城的壮志，才会被年轻而张狂的女性所吸引，愿意讨她的好上她的当。比如若木，或者老登，但是若木太憨，老登太愣，对于莫寒雨，他们可能并不感兴趣，权且就把这中年男编辑叫做"某男"吧。

某男的眼睛饿纹深陷，眼神饱含人造的理智，他似乎从未正视过莫寒雨，却能够捕捉莫寒雨的每一点暗示，他知道莫寒雨正用青草绿眼影伪饰过的眼睛挑视着他。这种另类的眼影，对于大部分人来说，一点不觉得美，然而某男认为这才叫"年轻"，有造型感，比他老婆那常年不变的单眼皮调皮得多。他看不出莫寒雨的脸上布满雀斑，肤色暗黄，蜜驼色的散粉和雕刻时光的灯影蒙蔽了他的洞察力。

他殷勤地陪着莫寒雨小饮，为她斟酒，斟酒的时候故意碰到她的手。她喜欢他的故意，尽力将嘴唇努着，亮黄色的唇膏混着闪闪的唇彩，是生气的性感。他明白他的主动来自于她的挑逗，于是眼光对她的嘴唇做了稍长时间的停留：多么朝气蓬勃的浓妆啊！

从前的女作家不会像莫寒雨这样打扮。她们通常不屑时尚因而不懂化妆，穿着落伍十年的衣服，短发像乡下大妈似的往右卡着（一个简单的方向都有天壤之别，往左卡就有娇俏或时髦的味道），由于长期的写作和不运动，她们的臀部坐得很大，重心向下，有种沉溺的味道。似乎要把你往生活的底层拼命拽，告诉你生命的痛苦，也有一些较新派的女作家，留着典雅的发型，身姿端淑，吃东西像小鸟般费力，全脸淡妆，或素面朝天之外的一点口红，透出娟洁而没有欲望的气质……他见多了那些女作家，突然见到一个浓妆欲滴蠢蠢欲动的莫寒雨，去迪厅狂舞有着不明朗夜生活的莫寒雨，真有冲动的色悦，于是他问莫寒雨为什么写作。

莫寒雨：因为热爱。

某男：热爱到什么程度呢？（他开始点起一支烟，想想，又递了一支给莫寒雨。）

莫寒雨：热爱到把梦想给丢了。

某男：这话怎么说？

莫寒雨：从小有个痴迷的梦想，就是天天跟着飞机飞翔，后来果真有了这样的机会，我被选作空姐了。

某男：被选作空姐了？那一定是千里挑一吧？

莫寒雨：当时民航来我们学校挑选，从全市初选的五千人，淘汰到只剩两个，我就是其中一个。（她得意地喷了几个烟圈）

某男：嚯，那可真不容易！怎么个淘汰法？

莫寒雨：想象得出吗？用手电筒在你全脸照，一点瑕疵一点雀斑都不行。

（某男感觉不到莫寒雨在撒谎，前面说过，事实上莫寒雨满脸雀斑。）

莫寒雨：身上也不能有任何伤疤，因为伤疤到了高空会裂开。我们把衣服脱得只剩内衣，也就是三点式，在一帮男考官面前下蹲，扭身，做各种指定动作，测试身体的灵活性和曲线比例。灵活性是为了应付紧急迫降，曲线比例就是从背影看不能呈S形，是背影，不是侧面，侧面当然S形好看。这样苛刻的条件下，我还是被选中了。可我没去。

（莫寒雨撒谎游刃有余，以她的身高，她的确进入了初选，但复试里根本没有她，她把测试的过程编成了故事，故事里她是主角。）

某男：为什么不去？就为了写作？你不是梦想跟着飞机飞翔吗？（他听得入神，烟兀自烧着）

莫寒雨：是的，放弃的时候我痛苦极了，有多少人能真正实现梦想啊？我热爱飞机，可我更热爱写作，写作是更美妙的飞翔，虽然也充满挣扎的痛苦。

某男：……（被打动了，竟无言，有资格做空姐的女作家能有几个啊！一身飘黑性感的文坛新秀又有几个啊！他决定大力推荐莫寒雨，改变世俗对女作家的陈腐印象……）

"您在听我说话吗？"莫寒雨突然打住话头，问风娘。

……

风娘愣了好半天，总算中断了某男和莫寒雨的虚构故事，回到现实中来，为自己的走神连连抱歉："没办法，连续两夜失眠，实在太困了，好像喝酒也提不起精神。"

莫寒雨奇怪地懂事起来，"听我母亲说，办杂志挺累的，要不您还是早点回家休息吧，我还想在这看看书，来一趟雕刻时光挺不容易的。"风娘也就不推辞，替莫寒雨先买了单，独自回家了。

一进家门，记记就激动地冲上来，喵喵乱叫。风娘这才想起，早上匆匆忙忙，忘了给记记的碗里放水和食物。罗勒是根本不管这些的，记记肯定饿坏了渴坏了，看见她简直就像看见了救命恩人，拼命围着她急慌慌打转。风娘赶紧给记记张罗吃食，只见记记毛茸茸的小脑袋一头扎进碗里，就再也不吭声了。风娘看着有趣，忍不住笑了起来。

她疲惫地倒在沙发上，这一倒下去，自己的肚子也空起来。其实她和记记一样，都中午了，连早饭还没吃呢。但她实在懒得动弹，就泡了一碗康师傅牛肉方便面，胡乱给肚子填了空，然后继续倒在沙发上休息。

本以为会昏昏入睡，谁知头脑却越来越清醒，过度的缺乏睡眠，有时就导致这种虚脱的真空状态。身体固执而懒怠地歇着，精神却盲目而亢奋地走着。小房子不在家的白天，屋里特别静，更显出空间的奢侈。在北京，像罗勒和风娘这样的外地人，有三房一厅，简直算得上"空旷"。罗勒的确让风娘享受到了物质的善，他一意孤行的下海，使得他们的住宅水准，远远超出了众多北京人。

四年来，风娘最习惯的享受姿势，就是这样倒在乳白沙发上，脸颊的斜上方，客厅的象牙吊灯像沉甸甸的果实垂下来。它们的灯瓣肆意地绽放着，仿佛宽敞的屋顶就是它们肥沃的土壤。风娘虽然没在这房子里结婚、怀孕、生子，却对这房子有着极深的感情，原因就在于房子的宽敞。在这里，她真正开始了三口之家的生活，忙乱、吵闹、磕碰的生活，都被房子的宽敞溶解了。宽敞好像有股神秘的氤氲之气，孵化着她的内心，她在这房子里扎了根，氤氲之气就是她的养分。多少年压缩的生存终于舒展开来。

罗勒并不是一无是处的，躺在沙发上，她想。

门铃响了，会是谁呢？她心里奇怪着，身体还是没动弹。熟人不会在这时候找她，一般的人压根不知道风娘住哪。也许是做产品推销的吧。最近楼道里这种人特别多，楼下的防盗门坏了，住户都闹着要物业修。可是物业要大家凑钱，又没人吱声了。这事也就不了了之。

用沉默对付产品推销的人，是最好的招数，他们通常摁一会儿门铃，没人理睬，就自动走了。可是这回门铃却固执地响着，像一个固执的孩子，一下一下地顿着脚，嚷道：我就是要么我就是要么！风娘给弄烦了，只得起来开门。门口的景象让她吃了一惊，灰T恤的若木和一个黑黄矮小半秃头的乡下年轻人站在一大堆东西当中，憨憨地笑着，像春天盛开的油菜花，土气里满是自然的芳香和健康。风娘这才发现，单独看若木没怎么觉得，和乡下人站在一起的时候，若木还是一副乡下人的味道。两个乡下人就这么绽开油菜花的笑容，对着风娘好半天不说话，风娘没琢磨出怎么回事来，眼睛愣在若木身上，那意思是要若木开口，若木只得支吾着说："他是锁阳……"

"是，我是锁阳……"乡下年轻人兴奋地接茬。

风娘明白了。由于编辑部的信到得不准时，今天的回信事实上已经晚了，锁阳已经到了，并且站在了她家门口。她懊恼若木怎么把他带到家里来，又不好当着锁阳的面发脾气，只得挤出一脸笑容，请他们俩进门。若木帮着锁阳把脚下的一大堆东西往客厅里拎，那架势着实把风娘吓了一跳。

一只咕咕跳的小母鸡，一条大得不正常的草鱼，一群红红的新吉士橙，一箱怡宝纯净水，还有新加坡无花果，莲子，木耳，桂圆，猪肉，蔬菜，一看就是个不会送礼的乡下人，又掏心掏肺地想请人帮忙，恨不得把自己所有的钱，买了世上所有的东西，押在一个宝上。这些东西脏兮兮地堆在体面的花梨木地板上,让凤娘看着从眼到心都难受。锁阳进了门就提出要上厕所,凤娘犹豫了一瞬,把卫生间的方位指给锁阳,刚一见他关门,就冲到若木跟前咬牙切齿地低声斥道:"他妈的你昏了头啊?怎么把他带到这来了?招呼也不打一个!"

若木苦着脸低声回道:"我跟他说过了,北京人是不兴上别人家去的。可他就是不听,死缠着我不放,我看他坐火车那么大老远来找你,又带着一大堆东西找到编辑部,满头大汗气喘吁吁的,实在不忍心把他赶走,打电话嘛,你肯定是不让他来的,没办法,只好先斩后奏了。"凤娘刚要问若木从哪知道自己的行踪的,听见锁阳从卫生间出来的声音,就去泡茶了。但是锁阳说他不喝茶,要回旅馆去了,这倒让凤娘有点意外。锁阳说,他专门从J省农村跑来北京,就是为了找她指导作品的,怕小母鸡在火车上憋坏了,刚到旅馆就急着先把鸡送来。东西太多,实在腾不出手带几十万字的长篇手稿,怕给弄坏了,这就回旅馆去拿。凤娘一听,锁阳还要上家来,赶紧说,要不这样吧,我呆会儿就得去编辑部上班,你直接到编辑部来找我好了。锁阳木讷了一会儿,说那也行。说话间,只听"噗"一声,小母鸡拉了一泡屎在地板上。三个人的脸都变样了,凤娘的脸一沉,若木的脸一呆,锁阳的脸刷地就红了(其实是颜色深了,因为他皮肤黑,红色调黑色只好叫深色),好像是自己干的这事,低着头慌乱地把小母鸡拎到厨房去了。

记记在屋里闻到异样的臭味,兴奋地跑了出来,翘着尾巴围着小母鸡的屎团嗅个不停。凤娘左手揪起它的颈项,右手照着它的黄白小脸啪啪就是两巴掌:"不识趣的东西,这么脏你来凑什么热闹!"记记被凤娘打了气得一声不吭,倔强地扭着吊在半空的身子,四只爪子用力挠着。但是它的个头和力气实在太小,怎么也没法从凤娘手里挣扎出来,眼里就有一点泪水,凤娘看着心疼,手一松,记记的屁股跌在地板上,它一个翻身,就跑到屋里委屈去了。

若木问凤娘讨拖把,凤娘没好气地说:"用拖把拖鸡屎?你打算毁掉我的拖把啊？"锁阳赶紧说："用废报纸，再用抹布。"若木找来废报纸和抹布，费力地撅着身，和锁阳七手八脚地收拾着地板上的鸡屎，风娘坐在沙发上看着，也觉得自己态度有点过分。作为乡下人，锁阳还是很知趣的那种，他辛辛苦苦大老远拎着小母鸡来，也是一片心意。鸡要拉屎，那也不是他能控制的事。她站起身，对着若木和锁阳说："行了行了，收拾干净就行了，赶紧去洗个手吧，我们还得去上班呢。"

3

风娘约了锁阳来编辑部面谈，等了一下午，也没见人来，心里就特别窝火。这乡下人怎么这样呢？说好了来的也不守信用！她把校样往桌上一摔，就想骂人。贡龙劝风娘："这种人啊，说实话，你根本就没必要理他！"

若木到底是做过乡下人的，嘴里就有点反抗："他肯定有什么原因才失约的吧？我在老家见过很多下面这种写东西的人，对待文学都是诚惶诚恐的，来一趟北京就更不容易了，我想他肯定是因为今天小母鸡闯了祸，觉得没脸见人了。"

贡龙冷笑了一声："你倒是很体恤乡下人的。"

"唉，体恤写东西的乡下人还是对的。"风娘点了根烟，把用完的一次性打火机扔在垃圾筒里，"当年我父亲在安徽做知青，也遇过不少这样的人。他们被困在山野旮旯里，做着异想天开的文学梦，有很多可笑的故事呢。但是有一点你不得不承认，就是他们真诚，和那些自以为呆在文坛中心不可一世的作家油子相比，我还更愿意和这些乡下文学青年打交道。至少他们瞧得起文学，你别看很多以文学为职业的作家，其实没几个尊重文学的。"

正议论着，懒广东打来电话，说作协请了几个外地来的名作家吃饭，叫风娘也过去。风娘听了哭笑不得："我的天，你怎么还在作协呀,上午刚教训过你不要乱凑别人的饭局,你怎么又当耳边风了?还让我去,简直是神经!"

懒广东急忙辩白,不是他要风娘去吃饭,是作协要风娘去吃饭。大概是作协觉得风娘派人送钱过去很够哥们,反倒让他们有些不好意思了,其实这两千块钱他们从别的地方怎么样也还是能挤出来的。懒广东说他在那聊了一天可开心呐,作协一反昨天的态度,对他客气得不得了(天知道人家忍受他那口鸟音要多少耐心)。

风娘心想,这两千块钱送出去虽然心痛,但是在作协那挽回了面子,倒也不吃亏,现在他们叫自己过去吃饭,也明摆着是想提供组稿的机会作为答谢。她问了一下懒广东有哪些人,得知黑苏子也去作陪,就不想去了。

她想黑苏子已经知道了她能喝酒的秘密,如果自己去了,他一定会大肆宣扬这个秘密,自己今晚肯定逃不了被作家调侃这一关。帮老登敬酒组稿,这种美人救英雄的故事到了那些作家的损嘴里,不编派成一段风流折子戏才怪呢。再说名作家扎堆,十个有九个是吃人家的嘴不软的,他们饭照吃,稿不给,无非是聚在一起侃大山过过玩瘾。哪个傻编辑要以为能靠请吃饭搞定一桌名作家,那简直是肉包子打狗,一去不回的事。

去年在北京丰台开全国作协会议,各地编辑抓住这个名作家的群居时机,本以为能够将他们一网打尽,哪晓得人家吃完疯完闹完,常常连谁请的客都搞不清楚。这是一帮被宠坏的孩子,请他们吃饭的编辑实在太多了。这也是一帮苦孩子,面对文字的寂寞孤独是他们无法逃脱的,唯其无法逃脱,才会骄纵这享乐的时刻。编辑们捞了些小鱼小虾,还得硬着头皮回去向老总汇报说,某某大鱼这次有希望上钩了,其实那真是天晓得的事。

要组名作家的稿,就得用各个击破的软功和硬功。软功呢,就像风娘对待木通那样,以秀色可餐出击,或者像风娘对待黑苏子那样,以酒色袭人,或者就是别的不便声张的门道了。还有就是硬功,比如在他（她）没出名的时候，你就赏识他（她），建立了患难之交（不过这种法眼可不好练），又比如你杂志有钱，能开出令人头晕的稿费。又比如你杂志有名，能给他（她）舞台般的光辉，又比如……

没这些招，做编辑的，您就歇菜吧。等他们光芒褪尽，您再紧跟，捡点残羹冷炙，拼碟小菜，放在野猫面前当主食。

作为精明的编辑，风娘当然不会做赔本的生意，名作家越多的场合越看不到她的身影。她对懒广东说："替我向作协哥们问个好，今天家里有事，实在去不了，你就做我的全权代表吧，不过，记住一点，多吃菜，少说话，你那口音别把人家噎着！"

"少说话？那你叫喔怎么组稿啊，空手而归你又要骂人。"

"我不会骂你，吃饱了别丢脸就算完成任务了。"

"这么容易啊，当编辑要这么轻松就好了！"懒广东在那边兴高采烈地挂了电话，这边晚霞已经泛着黄锈，深切地浸漫了大地的全身。

当晚霞变成了血红的钢水，风娘、若木和贡龙都各自坐在回家的公交车上了。

翌日中午，风娘去了编辑部附近的如意居茶室。

是头天晚上和锁阳的再次约定。

锁阳果然如若木所言，为小母鸡闯祸的事感到很失面子，他一向认为自己是个懂事理的农民，上北京来见风娘，更是不敢怠慢（送那么多的礼物可不就是一个证明），没想到刚见面就丢了脸，实在沮丧得很。他憋了一下午也没好意思去编辑部，熬到晚上，实在没辙了，按照若木名片上的电话找到若木。若木同情地将风娘家里的电话给了他，让他赶紧给风娘赔个不是。"别再干这种一波未平一波又起的事了，你这算是碰到风娘，碰到别人你就惨了。"若木说。

风娘接到电话没责备锁阳什么，她刚用锁阳的小母鸡给罗勒和小房子熬了鸡汤，味道的鲜美是北京早市的假土鸡无法比的。她说既然你不好意思来编辑部，那明天就在编辑部附近的茶室见面吧，不要再失约了。

锁阳这次早早地在如意居等着。他要了一壶龙井,一壶碧螺春,还有很多点心,不停地跑到门口张望来张望去。服务员嫌他的寒碜半秃脑袋样,叫他不要站在茶室门口,等他回到座位上,风娘来了。他忙不迭地站起身,用一只胳膊的衬衫长袖在座位上揩了又揩,请风娘落座。风娘恶作剧地扯了扯他的淡青袖子说,这么热的天,袖口还扣得这么严实干什么?锁阳的脸腾地就深红了,把胳膊往后掖着,嗫嚅着说:"我们干农活的时候,为了挡太阳,都养成了这习惯。"

风娘听了就想笑,心想,人已经晒得像黑泥鳅似的,还挡啥太阳。她说:"你不是办鱼塘了吗?"锁阳说:"家里还有好几亩地,也要帮着父母下田。"他边说边把那壶碧螺春往风娘跟前推,手刚触到壶身,发现茶已经有些凉了。正想让服务员重新沏过,风娘说:"不用不用,凉了更好,我正想喝点凉的呢,这天气越来越邪门了,还没到七月就热成这样!"她今天穿的是短袖,连着自斟了两杯凉茶一饮而尽,雪白丰润的胳膊几起几落,看得锁阳心惊胆战的不敢抬头。他像犯罪似的压着脑袋,从大挎包里拿出厚厚一叠手稿,风娘接过来一看题目:《睡在和尚身边的九个姑娘》,噗嗤一声就笑了出来。她这一笑,锁阳更加心惊肉跳,半句话也说不出来。风娘潦草地翻了翻前后几页,看看小说倒也不黄,无非是粗劣的语句和滥情的呓语,就把手稿搁在一边,吃起点心来。锁阳见她不看稿子,开始着急了,好不容易憋出两句话来:"这个长篇我写了一年多,花的心血可不少啊。"

"我知道你花的心血不少,不过我们杂志篇幅有限,不登长篇。至于文字上嘛,现在一时半会儿也看不完,我带回去看,等看完了再给你意见,啊?"风娘用牙签斜签着豆腐干往嘴里送,脸上挂着格式化的笑容,口齿伶俐地回答着锁阳。她收了锁阳那么多礼物,没打算退回,也没打算伤害锁阳什么,能够把今天的指导敷衍过去,就算对得起那些礼物了。稿件她带回去,到时候让懒广东修改几处,就算给锁阳一个交代了。

但是锁阳显然有更高的目标。他听风娘说准备带回去看,以为开始重视自己了,再加上风娘有如咀冰嚼雪的美貌,是他在乡下从未见过的,人就激动起来:"杂志不登不要紧,我可以出书,出了书,只要有很多人读到它,这个长篇小说就一定可以得诺贝尔文学奖。"

风娘一听,完了,又碰到了一个文学疯子。以前编辑部来过一个骑自行车浪游全国的所谓诗人,头发蓬乱,满身虱子,号称自己是未来诺贝尔文学奖的得主,却连自己的名字都写不清楚。当时编辑部的人都把他叫做重度文学疯子,锁阳没有那么严重,也算得上轻度文学疯子了。风娘听了锁阳的话觉得滑稽,调侃地扬了扬眉毛:"出书?你以为出书那么容易吗?"

"我听说只要有钱就可以出书呢,就是不认识出版社的人,你能帮我联系吗?"

"有钱就可以出书?你有多少钱啊?"风娘睨眼看着锁阳。她已经把这次约会指导彻底当笑话看了。

"我有不少钱,我的养鱼塘在全县都是有名的!"锁阳见风娘没有反应,又接着说,"你不相信?送你们编辑部所有的人出国旅游一趟对我来说都是毛毛雨!"

"出国旅游就不必了,能让他们在国内跑一趟我就很满足了。"风娘边说边觉着吃点心肚子还是饿,刚准备招手叫服务员上碗面条,只听锁阳说:"没问题,这事就包在我身上了!"风娘的雪白胳膊停在了半空,像一段完美的肢体雕塑,她吃惊地看着锁阳:"真话假话?"

"当然是真话!不过我有个小小的请求,你们一定得先去我们村!那儿虽然比不了北京,可乡下有乡下的好玩,你说是不是?"风娘完全懵了,她想天底下哪有这等金馅饼,非要送到她面前来闪光,难道梦寐以求的集体出游问题就这么解决了?都说拿人家的手短,吃人家的嘴软,用了锁阳的钱她怎么交代出书的事呢?啊呀呀,哪里顾得了那许多,先抓住钱祖宗再说吧,到时候让若木辛苦一点,把锁阳的长篇拦截一段重新写过,以锁阳的名字登在《文坛》上,不也能让锁阳感激涕零吗?

一切就这么定了。锁阳到底是个老实的乡下人,没有抓住这个机会和风娘现场做交易,对于他来说,能把一帮首都北京的编辑请到自己的家乡,这已经是莫大的荣耀,在村里乃至县市都是大出风头的事情,他扯了这么一批朋友,那就意味着搭上了直通文坛的快车,以后还有什么事不好说呢?

在茶室里,锁阳即兴赋诗一首朗诵给风娘听:你是高山我是丘陵,你是大海我是小溪,啊,伟大的编辑!

附录:风娘的画外音——

我们就这样鬼使神差地跟着锁阳离开了北京,除了社长还在家里休养,几乎是倾巢出动,像一个常年忙碌的店铺,终于可以关门歇业,犒劳犒劳自个儿了。一路上的兴奋和故事实在无法描摹,我们的脑子都处于高烧阶段,一个字:晕。

锁阳家的村子很大,村外更大,穷是穷点,但是有山有水,黄昏站在田野边,竟觉得"悄然有山河辽廓之感"。

锁阳在北京傻兮兮的,在村里却是受人歆慕的小伙子。一只黑色的土狗忠实地跟着他,他家的小楼盖了三层,是村里最高的,也就是说他是村里最富的。立在茅草泥巴糊的众多村舍当中,很骄傲的样子。晚上我们聚在他家厅堂吃饭,大门敞开着,蓝衣泥衫的村民们觑在外面探头探脑,他们的婆娘都还在做饭。村里的三餐都吃得晚,只有锁阳家的吃饭时间和城里是一样的。一群土鸡混进来啄食,锁阳说送给我的小母鸡就是这里面最好的一只。

刚吃完饭,村里的发电机就坏了,锁阳点着煤油灯带我们去屋顶聊天,他的父母始终木讷地陪着。锁阳给我们讲摘酸枣、摘枸杞子的故事,又讲晚上打着电筒捉蝎子、土元的故事,就是不讲他的鱼塘,也许他觉得鱼塘没什么新奇的东西可讲。吴衣奴好奇地问他煤油灯在哪买的,因为她喜欢那种古老的形状,也想要一个。锁阳问父亲,父亲说是从前家里留下的。难怪像古董一样。

锁阳告诉我们,煤油灯里烧的不是煤油,而是蓖麻油,我们这才知道蓖麻可以用来轧油代替煤油灯照明用,锁阳说村民总是白天从田地边收割蓖麻籽,放在烈日下晒干,晚上就用木榔头扑扑锤出里面乌黑发亮的粉,几天就能装满一口袋……他正说着,只听一群村民在邻近的平屋顶上谑浪嬉笑,闹成一片,一个男人大声嚷着:三百岁的娘,从来不洗澡,今天洗个澡……下面是一句不堪入耳的荤话。我们坐在村庄的上空,听着这男人的声音,看着漆黑旷野中的点点微光,仿佛海水灌进了胸口,很想放声大喊,刚一张嘴,又被更多海水般的声音呛住了。

锁阳家的村口有一堆土坟,坟前几乎都竖着墓碑,我们进村的时候,有一块墓碑上的文字很特殊,我叫贡龙随手抄了下来。

猫狗洞

玉

	殁于一九七四年	生于一九一四年	
泉台有知音		人生如梦	

女　　媳　　男
　　孙
孙女　　孙媳

把坟叫做"猫狗洞",不知有什么来历,生界与死界的两句话,竟那么一语中的,在北京感觉不到这种葬身泥土的残酷,我们站在坟前都有点不寒而栗。锁阳露出油菜花的笑容,说这有什么好看的,他整天都看惯了。

离开锁阳村子的时候,是天蒙蒙亮的凌晨,村口的土坟蓝森森的,有点恐怖,为了壮胆,若木唱了一首阿尔巴尼亚的歌:

赶快上山吧，勇士们
我们在春天加入游击队
敌人的末日就要来临
我们祖国就要获得自由解放

吴衣奴和我接着来了一首女声二重唱：

曙光像轻纱笼罩在滇池上
山上的龙门映在水中央
像一位散发的姑娘在梦中
睡美人儿躺在滇池旁

这都是我平常哼熟了，被他们学去的歌。要不然只会唱流行歌曲的他们，还找不出合适的对付鬼坟的歌呢。后来离土坟越来越远了，懒广东就拿出了他的看家本领，唱起了白话歌，这时我觉得他总算发音正常了。

锁阳陪着我们离开了J省农村，接着又去了桂林、昆明、贵阳，一路游去，真是"山色如娥，花光如颊，波纹如绫，温风如酒"，像浪迹天涯的侠客，且行且止。

途中，接到罗勒的电话，他说他很忙，又说他实在吃不消我这样频繁外出，把小房子送去全托了。我知道他是存心的。

第五章

"猫是很奇怪的。"电影中的夫人说

记记和安东尼奥尼的《夜》

1

她的脑袋上半部是空的，下半部又很沉，干什么好呢？干什么都没心思，一半脑袋虚脱一半脑袋坠落，身体就不知所措了。北京的六月，简直就是干蒸的沙漠。太阳消失后总算有了一点风，她在家里荡来荡去，像一件风中晾晒的衣服，到夜里忘了被人收起，在冥暗中孤独地摇摆。摇着摇着，白天的沤热冷却了，风成了不可靠的东西。倦怠，无聊，落寞，全都悄悄围了过来。她抽着烟黯然地荡着，忽然发现房间多了实在没什么好处。书房的书久已不看了，纯粹成了摆设；主卧和客厅乱乱的，却打不起精神收拾；厨房没有久留的必要，罗勒根本不在家里吃饭；卫生间呆久了会得心理障碍。

唯有小房子的卧室她会稍微坐一坐，可也不敢久坐，久坐了心里难受得紧。

小房子的卧室简直是个动物玩具仓库，一张睡觉的大床就是特意买来给她放玩具的。四岁的时候，小房子去小伙伴家住了半个月，看到小伙伴是和父母分开睡的，回来不知怎么也嚷着要有个自己的房间，凤娘就答应了。夜里会起来好几次看她是否踢被子，后来就买了个睡袋，现在，玩具几乎把睡袋都淹没了。黑暗中，风娘能辨别出那些玩具的影廓：顽猴，龙猫，狗熊，老鼠，绵羊，胖猪，兔子，老虎……市面上能看见的动物玩具几乎都有了。在这方面，小房子明显受了风娘的遗传，是一个动物爱好者。所以"真动物"记记进门以后，小房子总要让记记趴在自己的脖子上睡觉。"这样太脏了！"罗勒揍了小房子好几次，小房子才勉强把记记送回到客厅的小窝去，哪知记记半夜里胡噜胡噜又爬到小房子床上来了，罗勒只好干瞪眼。记记的小窝干脆也就撤了。

现在，小房子被送去全托了，也不知究竟在哪个幼儿园。以前那个幼儿园是没有全托服务的。新的幼儿园都是陌生的小伙伴，小房子一定很想念记记，也很想念师父吧，那双大大的对眼会哭成怎样呢？风娘心疼地叹了口气，小房子在她心里就是一个理想的公主——她给公主买最漂亮的裙子，最贵的芭比娃娃。养得很娇，被她宠着惯着的小房子公主，怎么吃得消全托幼儿园呢？她有点后悔这次倾巢出游的时间太长，本想找罗勒说说情，但是罗勒关了手机，公司里也找不到他。风娘拨了无数次电话，终于放弃了继续拨的念头。她明白他是故意的。

此刻，星期一的半夜，也就是说，她要等整整四天才能见到小房子，罗勒对她的惩罚真够狠的。

从生下小房子那天起，她就像母熊一样霸道。别人都有保姆或者老人帮着带孩子，小房子却是风娘自己一手带大的——她不想让任何人插手带孩子的事。

都说一个女人带孩子苦，风娘竟没觉得。就这么不知不觉把小房子拉扯到四岁多。依稀仿佛，小房子节藕似的胖腿还抱在她的怀里，好沉啊。两岁半的小房子真是越抱越重，那时候颐和园在风娘的脚下根本走不到边，手臂就总往下滑，她好几次停下来，用力将小房子往肩上耸。

"师父的手很累，抱不动宝宝是吗？等抱过前面五棵树，宝宝就下来自己走，好吗？"小房子奶声奶气地说。

一——二——三——四——五。五棵杨树过去了,小房子看了风娘一眼,轻声说,"师父,宝宝下来自己走吧。"

如释重负地放下小房子,风娘甩了甩酸痛的手臂,还没牵着小房子走多远,小房子就说,"师父,宝宝的手走不动了。"

风娘只好把手脚不分的小房子重新抱起来。小房子这次许诺抱过四棵树就下来自己走。四棵杨树过去了,她又赖了两棵杨树,才不情愿地下来,拖着小鞋底蹭了一段路,又说,"师父,宝宝的手走不动了。"

师父,宝宝的手走不动了……风娘脚下乱走着,差点踩着了在客厅埋头喝水的记记。记记的小碗被打翻了,它委屈地嘟囔起来,风娘给它的小碗重新盛上水,又继续在房间里晃荡着。屋里是黑的,她一盏灯也没有开,不开灯并不觉得黑暗的存在,但是屋外对楼的灯影潜伏进来,将黑暗撕开了几道裂口,那种叫"空虚"的东西就趁机肆意蔓延,她几乎快被这种病菌似的空虚吞噬了,想起师兄石DVD的绝招:"对付空虚的最好办法,就是疯狂地看碟。"

可她不是碟党,手上只有几张奇怪的碟,什么《水中刀》《红军和白军》《吉尔吉斯少年行》之类的,是石DVD托她在盗版店"赤小鸟"买的,还没来得及叫人带到上海去。其实上海也有这些碟,可石DVD就想要"赤小鸟"卖的这种版本,是盗版里最好的DVD,做得跟正版似的,也不知道"赤小鸟"的老板从哪弄来的。老板还送了一张紫色折叠视听椅,也一直搁在储藏室里,"试试这张椅子和碟吧,也许石DVD的绝招能管用",风娘想。

她弄不清到底哪张碟好看,石DVD的审美趣味古里古怪的,淘来的那些影碟风娘听都没听过,她开灯胡乱翻看了一下印刷说明,也看不出所以然,于是就决定拆开安东尼奥尼《夜》的包装,因为片名和她的处境很相似。

打开紫色视听折叠椅,放在电视跟前,把茶杯、遥控器、手机、香烟盒,塞在椅子的挂兜里,人就像泥一样陷了进去。不管好看不好看，她有事干了，可以被某些具体的物质带着走了。

电影是黑白的。也许是黄白的。她没有留意情节，却留意了一些细节。抽着烟，茶杯里的茶一点点喝完，她也不愿起身去添水。

男主角长着沉稳的中年脸（一张苦大仇深的脸），不爱笑，双颊略削，下巴永远是沉稳有力的，很性感的男人杰里尼·芬塔奴先生。身份居然是作家，而且"是一个典型的知识分子，自私自利但有同情心"。

他的妻子丽迪亚起初穿着带外套的洋裙，后来穿着镂空薄纱黑裙，温厚的下颚，带皱褶的下巴，眼睛闭着的时候略带浮肿，睁开却是忧郁的，有点像中国女人的脸，除了那个意大利高鼻子。

还有那个富家女孩，华伦天娜，她没有别的，仅仅是年轻，说什么做什么男人都会迷恋的年龄，十八岁多几个月，看上去像中国女孩的二十八岁，已经懂得说"把剩下的夜晚留给你的妻子"。

还有那只猫的背影，因为是黑白片，所以说不清它是什么颜色，在黑夜里它是黑色的，"它整夜盯着那雕像。谁知道动物在想什么，也许它希望它能苏醒过来。"

"猫是很奇怪的"，电影中的夫人说。那只猫竖着耳朵，与一个面容坚忍孤苦的雕像相望，后来下了一场突然的雨，它再奇怪也得躲雨去吧？

《夜》中的男人或者女人们，总说着一些思考性的台词，安静的客厅里回响着他们的声音，家里似乎总有人在说话，说着听不懂的法语，一切意思只能靠中文字幕捕捉。

"你只想了解作家吗？不，也有其他人。我想你要用你的双手。"

"现在痛苦蹑手蹑脚地回来了，像一只悲伤的狗。"

"你怎么还没睡？"

突然跳出一句低沉的中文，这句不是台词，是罗勒回来了，在凌晨两点，伴随着脱凉鞋、换拖鞋、公文包扔在沙发上的声音，每一种声响都格外地沉闷。

风娘陷在视听椅里没有动静。

"看这种莫名其妙的片子干什么？"他在紫色的视听椅背后站了几秒钟，冷冷地说。影碟正放到结尾，丽迪亚刚给丈夫芬塔奴读完他从前写给她的情书。

似乎被他唤醒了，风娘抬起潮湿的眼睛转脸看着罗勒，像从水里游出来的鳗鱼。

"把小房子接回家吧。"她坐在视听椅里，被紫色笼罩得浑身瘫软，只听到自己乞求的语气。盗版碟结束后，电视机停在AV档上，没有声音，没有画面，只有一片磁蓝凝固的底色，像是特意反衬她潮湿波俏的眉眼。"没那么便宜的事。"罗勒根本就不看她，转身在公文包里翻找着什么，声音依然冷冷的。

"罗勒，你明明知道小房子是我的命根子，在家里看不到她，我就像丢了魂似的，我什么都做不了，我难受我……"

"那是你自找的！"罗勒冷冷地打断她，"连上帝都说了，女人做错了事，就得受到惩罚！"罗勒从包里翻出他要找的手机，离开客厅，径直往过道走去，边走边把黑色T恤的下摆从裤腰里往外扯。

"那我到底做错了什么？你又有什么资格惩罚我！"冲着他的背影，风娘突然歇斯底里地喊了起来，似乎不这样喊叫，那条过道就会立刻把他吞没似的。果然，罗勒迅速折身而回，T恤已经脱下，攥在手里，像攥着黑色的凶器，微秃的前额点在暗影里发着光。

"半夜三更的,你疯疯颠颠喊什么？"他把凶器，不，是黑色T恤，确切地说，是凶器似的黑色T恤往地板上用力一掷，气冲冲地用比砖头小的手机指着她说。"我没资格惩罚你？你自己看看你这副德性！自从做了什么破主编，就疯疯颠颠的没个女人样，老婆不像老婆，母亲不像母亲，成天在外面对着那些男作家卖弄风骚！我老实告你吧，女人的任务，就是要恪守妇道，相夫教子，你做不到，我做老公的，就有权惩罚你！"

罗勒摆出这种凶巴巴的架势，风娘感觉自己的心脏顿时刺痛起来。一场夫妻间的争吵看样子是不可避免了——尽管风娘一直很不愿意和罗勒吵架，今晚却彻底控制不了自己的情绪，她觉得罗勒侮辱了她，更何况人在深夜的状态，本身就像浮游生物，体温和形状的变化都难以预料，她自己也不知怎么的，烟一扔，猛地从椅子里拔身而出，三脚支架的折叠视听椅因为突然失衡向后倒去，一笼紫色嘎哒倒成一束花的姿势，挂兜里的空茶杯、遥控器、手机撞在地板上发出脆响。

"他妈的罗勒！你说我卖弄风骚，我还没说你是流氓呐。说起来也真是可笑，你要求我这个做女人的在家里相夫教子，自己却在外面和别的女人鬼混，那么女人的任务到底是什么呢，是相夫教子，还是勾引男人呢？你说的女人不明摆着偷换概念嘛，我虽做不到相夫教子，可也还没有勾引男人，无非就是想编好杂志，还真没觉得自己错在哪里！"

罗勒冷笑了一声："哟嚯，你能耐！敢说我是流氓了，我这就流氓去！看你能怎么的！"他一把抓起地板上的黑色T恤拎起沙发上的公文包踢掉拖鞋趿上凉鞋砰的一声就摔门而出了。因为怒气，这一系列动作简直快得不可思议，根本容不得风娘有阻拦的空隙，听着砰然摔门的声音，风娘气得心里一堵一堵的。本打算和罗勒大吵一回，没想到他竟突然跑掉了。失去对手使得一涌而上的血液找不到喷泄口，它们全都变成反作用力，在风娘的血管里东奔西突。

她站在原地晕了好半天，几乎喘不过气来，然后又在客厅里焦躁地走着，想让这些血液回到它们该去的地方，她一会儿撞到茶几，一会儿撞到视听椅，连骂了十来个定语国骂，摔了几个沙发上的靠垫，把缩在小板凳上睡觉的记记吓得跳到了电视机上，瞪着一对青白眼两腿直打颤，最后怎么也站不住，滑到了地上，又没命地逃到饭桌底下，再也不敢出来了。

这个晚上，风娘和罗勒本应该"小别胜新婚"的性生活就这样泡了汤。性生活这东西很奇怪，它是生活的一部分甚至只能算极小的一部分，但它和生活就是不同，生活中的其他部分都是可以见人的，公开的，性生活这部分好像就是见不得人的，隐秘的。当它得不到满足的时候，情欲往往会因为难言的失意变成愤怒，一旦毫无节制地宣泄，茫然和真正的黑夜就会到来。

　　风娘狠命发泄了一顿后，终于哭了起来，哭了许久，总算哭完了，也不想回卧室睡觉，抽抽噎噎就躺到小房子床上去，顺手拿起床头的一只绒布老虎当枕头，准备这样躺到天亮。躺着躺着，她渐渐地不抽泣了，许多道泪痕在脸上结成湿斑，像蝴蝶的标本，干巴巴的，头脑也慢慢冷静下来，她开始觉着床上有点空，用手在身边摸了摸——可能是罗勒不在的缘故吧，不对，罗勒平时也有三分之一不在的时候，她没有这种感觉。那一定是小房子不在的缘故吧，也不对，小房子从四岁起就已经养成了自己睡觉的习惯，基本上不太睡在她身边，只需半夜起来看几次就够了。更何况，这不是风娘的床。

　　黑暗中，她跟着那种奇怪的感觉在小房子床上翻来覆去，不得不纳闷一件事：记记怎么不睡到小房子床上来了呢？

　　她想起来，和罗勒吵架前，记记睡的是客厅的小板凳。

　　她还想起来，这次回家，记记总发呆，而且消瘦了许多。往常一进门，它就会快活地迎上来，在风娘腿边蹭来蹭去，叨咕个不停，像有许多说不完的话。今天上午，它只是呆呆地坐在小板凳上看着她，因为风娘放下行李就去编辑部上班了，倒也没在意。等到晚上回来，自己也像失了魂似的，更没把记记的反常放在心上。此刻，她才觉察到它的奇怪：它不爱叫唤了，也不坐它最爱坐的沙发了，也不睡到小房子床上来了，只会坐在或睡在小板凳上。她起身去客厅找它，借着电视AV档的蓝光，瞅见记记还躲在饭桌底下的角落里，小身子缩成一团，睡着了。唉，这个体贴的小东西，它是因为小房子不在家，才难过成这样啊。风娘蹲在地上默默地看着记记，一直看到身心麻木，也没有起身。

2

然后是白天。白天总是像打翻的盐，苍白而散乱。要想把它们收拾起来，只能用一把笤帚往垃圾箱里扫，边扫边混了些灰尘，黑黑白白被废掉的样子。刚从黑夜里熬出来的风娘，看见光天化日之下奋勇告状的懒广东们，恨不得把他们和被告者贡龙一起扫到垃圾箱去，免得碍自己的眼，烦自己的心。

尤其那个贡龙，真该下地狱，他利用自己做主编助理的权利，在外面招摇撞骗，总共写了十五首破诗，就发表了十五首破诗，在诗坛上竟然也算个诗人。这家伙在编辑部怕苦怕累，却心眼贼多，常常趁着风娘不在的时候摆助理架子，没少压大伙组的好稿。他盯得最牢的是风娘这个位置，马屁拍得最勤的是赵骆明那儿。社长管任免权嘛，这个助理职位可不就是耳根软的赵骆明给他设的，还真被他合理利用，玩了不少想发稿的文学女孩。

这回活该他犯众怒。虽然倾巢出游的集体感情刚刚结束，可并没有帮助贡龙获得多少人缘，谁让他把若木欺负得太过分了呢。

懒广东和太阳花吴衣奴七嘴八舌，再加上若木哼啊哈的，总算把事儿给捣腾清楚了，无非又是贡龙借着踩作家来踩若木。其实，每个编辑手上攥着的作家名单都像砝码，不是你压我就是我压你。因为作家之间有身价不同的，有互不买账的，有不同时段的，编辑也就跟着分了几派，也有那讨人喜欢的编辑，几边都玩得转，可这样的编辑少啊。

贡龙总爱组有虚名无实力的作家的稿，若木总爱组有实力名气不大的作家的稿。贡龙组的那些稿总没有反馈效应，若木组的那些稿却总是被各种选刊或精品文集转载。贡龙心怀嫉妒，常暗地里使坏，得空就把若木组来的稿压住不发或故意弄丢。

上个月，因为某作家在一篇散文里，极力夸赞《文坛》有若木这样笃实忠厚的编辑，真是一大幸事，贡龙看了很受刺激，就故伎重演，声称稿件下厂的时候弄丢了。可某作家用电脑写作啊，软盘里还有呢，又寄来一份。贡龙又说有读者写投诉信,投诉某作家的散文写得不好,不能发。若木要贡龙拿出读者来信,贡龙又支支吾吾的拿不出来,还强行扣发稿件。

这事瞒着风娘捣鼓了挺长时间,大伙都知道,结果懒广东和吴衣奴看不下去了,一清早就拖着若木向风娘告状,嚷着要撤了贡龙的助理职位。风娘心里也不想要这颗铁钉子,可贡龙是社长的人,球还得往社长脚下踢,她说他妈的我又没权撤,你们闹我有什么用,得社长说了算啊。懒广东们一不做二不休,又去社长办公室。

社长办公室很小,原先是储藏间,几个人一站就满了趟,空气闷得很,不过这并没有影响社长赵骆明的好心情,由于风娘接手莫寒雨的事,旧情人不纠缠他了,他的身体休养得不错,又恢复了往日的风度。笑咪咪地看着懒广东们说:"贡龙还年轻,不懂事嘛,好像是你们当中最小的吧?啊,你们就不必跟他计较了,他今天来了没有?噢?没来?行,回头我批评他。至于职位嘛,我看就暂时先不动吧,多给他锻炼锻炼的机会,年轻人不锻炼怎么能成长呢?对不对?"

贡龙平常拍的马屁到底没白拍,社长住院那段日子就属他跑得最勤,连倾巢出游也惦记着每天给社长打个电话。

下午,风娘去前门西大街的市作协参加了一个座谈会,正巧坐在木通旁边,就随手给了他一本新出的《文坛》。杂志的封面非常别致,是风娘找画家精心设计的,封面上挖了几个洞,山石空阔银涛蹴起的雪景,机关重重地嵌在扉页里。嚯,这可是时尚杂志的做法,现在也用到纯文学刊物上来了,我们这些落伍之人,可真不知文学为何物了。木通身旁的老作家边说边将《文坛》讨去翻看,就这么传来传去,没多久,《文坛》已经传到对桌的人手上了。

起初风娘还挺得意,觉得这么多人对《文坛》感兴趣,真没白来。杂志落到一个女记者手上的时候,风娘开始不高兴了。这事儿婆手上捧着《文坛》,每翻一页都用指头舔点唾沫,像旧社会的小地主翻账本似的。风娘看得着急,对木通说:"瞧那女人把我辛辛苦苦办的杂志糟践成啥样了。"木通说："这样吧，我替你讨回来。"他悄悄离座，溜到女记者身边，佯称自己要那本《文坛》杂志有急用。木通在文坛的声望何等分量，一般的人根本就和他说不上话，女记者受宠若惊地把《文坛》还给他，风娘才算松了口气。

开完会已是夕阳西悬，满城斜晖，风娘没心情吃会议饭，偷偷地溜了。路过街边的一块空地，看见十来个女人在锻炼身体，地上放了一个小录音机，录音机里唱着："北京的金山上光芒照四方，毛主席就是咱心中的太阳，多么温暖多么慈祥，把我们农奴心儿照亮，我们迈步走在社会主义幸福的大道上，哎！巴扎嗨！"她们跟着音乐非常卖力地蹦跶，手里拿的道具不是那些常见的大红绸缎扇太极剑，而是一把弹性红色小棒槌，在肥鼓鼓的全身东敲西捶，似乎恨不得把那些沉甸甸的赘肉一秒钟就敲没了。

风娘被她们的道具和动作吸引住了，女人怎么可以在中年以后就胖成这样呢？垮垮的大奶子，圆滚滚的肚子，圆滚滚的屁股。北方真是面粉的北方，粗粮的北方，母性的北方，泥土的北方，冬天捂着夏天露着的干燥的北方。北方的女人最后就要变成这样：一团被人揉搓变形的胖泥疙瘩。风娘现在依然腰是腰，腿是腿的，五年之后，她肯定就和她们一样了，而且因为她个高丰满，再一发胖，肯定像只大河马吧，她站在那儿呆呆地看着，感到莫名的恐惧。

白天终于像水中的盐不明不白地溶化掉了，又是夜晚，又是没有小房子的空虚，又是无所事事地看碟，又是罗勒彻夜不归，又是记记可怜巴巴地蜷睡在客厅的小板凳上。

3

星期五下午。罗勒面无表情地把小房子接回家了，他像什么事都没发生似的，和风娘打了声招呼，就一头扎进卧室睡觉去了。剩下母女俩哇哇乱叫抱在一起亲了很久。小房子瞪着对眼说："师父你是不是不要我了，师父你为什么现在总要出差？我不喜欢你出差嘛。"风娘赶紧说师父哪敢不要小房子呢，师父想小房子都快想疯了，师父以后不出差就是了。两人说一句亲一口，亲得记记都吃醋了，眼红地望着她们。后来风娘去厨房做饭了，小房子抱着记记想亲它的脸，可是记记缩着小爪扭头就不给她亲。小房子气坏了，吃饭的时候故意给了记记一个丁点大的小碗，记记的脑袋伸不进去，就愤怒地四处张望，然后它飞快地用右小爪伸进去抓了一口饭吃，那意思是你们让我的嘴吃不成，我就用爪子吃。这个动作让小房子很吃惊，咦，记记会用爪子吃饭呢。

"哎，它最近奇怪的事可多着呢，还爱发呆。"风娘说。她把罗勒一人撂在卧室里，睡到小房子床上来了。罗勒从下午一直睡到晚上，饭也没吃，小房子跑去叫他，他说很困，不用管他，风娘也不想让小房子看出什么，就说小房子你让师娘睡吧，他累着呢。

本以为小房子回来了，她不再和罗勒吵了，明早起来又是真真假假的夫妻日子，慢慢地她能说服他给小房子退掉全托。

可是，小房子冷不丁冒出的一句话，让她彻夜失眠：师父，记记不愿意和我睡了。

"为什么？"

"我也不知道。"小房子嘟囔着。

风娘的心跳莫名地加速，也就是说，记记并不是因为小房子不在家才这样……那么，它到底为了什么呢？风娘把小房子搂在怀里，感觉自己的体温和小房子的体温相差很大，小房子凉丝丝的，她却燥热难耐，尽管屋内开着空调。

夜渐渐静了，风娘开始等待着什么，她等待了一夜，那个祈望的结果还是没有出现，凌晨她黑着眼圈爬了起来，悄悄地来到客厅，借着微曦看见了蜷睡在客厅小板凳上的记记，脸埋在小爪里，像个柔软的婴孩。

风娘怜惜地把记记抱在怀里，坐在沙发上轻轻抚摩着它背上的黄毛，记记有点醒了，舒服地闭着眼任她抚摩，过了一会儿，它索性翻过身，躺在风娘的膝盖上四脚朝天，歪着脑袋眯着眼露出肚皮，那意思是要风娘抚摩它的肚子，这个礼拜它从没和风娘这样亲昵过，如今又摆出这个撒娇的姿势，真把风娘逗乐了。可是记记肚皮上的白毛不像以前那么光滑了，摸上去疙里疙瘩的，仔细一瞅，肚皮下面似乎有些焦毛，风娘赶紧开了灯再细看，果然是焦毛，肚皮上有三个烙印，像是被烟头烫过，风娘登时愣住了，罗勒不喜欢记记，这是早就知道的，可为什么要用烟头烫它呢？更何况他并不抽烟啊。

她抱着记记，像抱着一个侦探故事，眼前一点一点露出天窗外的红光。那红光是挤在高楼大厦之间朝霞的红，也是沙漠里残阳泣血的红，还是熊熊烈火燃烧的红。

她再尽妻道的时候，根本就没有激情了。全身麻木地躺着，听任罗勒在她身上忙来忙去，好像那都是他的事，与她无关。女人一旦对性没有感觉就特别冷酷，从前热烈的情欲和闹腾好像都是另一个人的行为，她不曾有也根本不会有。此时她躺在下面，任男人摆布，却像是主宰男人的君王，她冷冷地看着这个可笑的男人呼哧呼哧地忙碌。既不给予同情也不给予激赏，她旁观了他的兽态，也堵住了他通往高潮的去路，她不平等地俯瞰了他，因为此时他是零智性的，而她是高智性的。罗勒分明感觉到了她的这种冷漠，觉得很没劲，忙乎了一阵，就穿上短裤背冲着她躺下来了。

过了一会儿，她说："后天我要去趟天津。"

"……"

"要去好几天。"

"……"

"是当小说排行榜高评委，封闭式的。"

"……"

"你把小房子送去全托也好，我的确没时间照管她。"

"……"

风娘见罗勒始终不吭声，也就不再说什么。

去天津的那天下午，罗勒意外地派了公司的车来送风娘去北京站，自己却没有出现。风娘乘上五点二十五分最后一趟开往天津的火车，和罗勒的司机挥手告别。她本来只是想拎着旅行包在北京站晃到天黑的，现在不得不去天津呆上一夜了。这一夜，她将如何熬过？她开始后悔这种失败的侦探行动。因为，无论斗智斗勇，她都是斗不过罗勒的。

夜气昏昏的天津火车站，到处都是陌生的脸。风娘无聊地踩着夜的光萤往前走，身上开始冒汗。"姐姐，走嘛。"不断地有出租车司机用天津话问她，她充耳不闻。"哎，这姐姐不会说话。"有个司机说。她还是充耳不闻，瓷蓝的裙裾扬起淡淡的乳香，混合着火车的腥醒气息遗落身后。

天津有几个认识的作家和编辑，但她不想去找他们，怕脆弱的时候掩饰不住自己的表情。她茫然地走到闷热的天津霓虹街头，发了好半天呆，几个闲汉坐着折叠小凳，围在路灯旁看两个老头下象棋，那个胖老头坐久了，肚子也大，裤子门链完全挣开了，露出里面醒目的蓝条短裤。反正年纪一大把了，这也不是什么大事。

她呆呆地看着他们，路过的男人们也用摇摆不定的眼光回头看她——一个艳冶丰满的单身女人夜晚站在街边发呆，是很容易引起男人非分之想的。尽管她拎着旅行包。这些眼光提醒她：该去找个酒店住下了。

住过那么多次酒店，风娘都没有在天津这种孤独的感觉。躺在大光明桥酒店的客床上，她第一次，发现异乡夜晚的酒店，应该是小说家的栖巢，有人帮你铺好床摆好漱具准备好开水收拾好房间，有电视有电话有空调，无人来访你也无处可去。唯一可做的事情就是构思，躺在床上构思，面对镜子构思，跟着电视情节构思，你有大把的时间构思，只要愿意起身把它们记下来，你就是一个著名的小说家。

风娘从来不会写小说，天津的酒店却使她醍醐灌顶。原来写小说一点都不难，只要具备奇怪的直觉和叙述想象力，这直觉和叙述想象力是记记带给她的（不是吗？女人的直觉和叙述想象力往往与动物的世界相连），记记不对称的黑白眼瞳里有两个一模一样的爱妞，身段刻薄，年轻俏泼（这应该是罗勒喜欢的类型），正在诡计多端地缠着罗勒把她带回家：你不是说你老婆不在家，女儿也不在家的吗？

她们是不在家，可我还是不能把你带家去睡。

哟，为啥呀？是怕老婆吧？还吹牛说不怕呢！老婆不在家都吓成这样！你那搞文学的老婆到底有啥能耐呀？你在外面找女人她也没能把你怎么样呀？

谁怕老婆啦！我是怕我们家那只猫，怕它烦着你，你不是说也特讨厌猫吗？

不就一只猫嘛，没事！我不睬它就是了。

风娘觉得小说这样写很平庸，看来光有直觉和想象力还不行，盯着酒店客房的壁灯，她决定另外构思一种写法。

夜是芝麻糊的夜，用汤匙搅拌不稀不稠，用嘴抿一口，香很浓。罗勒独自一人等在家中，等待着溶入黑色的芳香，有人秘密地敲门，是爱妞。她没用门铃，怕惊了讨厌的小猫记记，用了特殊的暗号。罗勒像兴奋的沸水，激动地奔到门旁，他要和黑色的爱妞黑色的芝麻般的夜在碗中狂欢，家就是他的碗。

风娘起身叹了口气。拙劣的小说远比生活轻佻百倍，这种写法太做作了，停止吧。

她开始抽烟，一支接一支地狠抽，虽然是Lights，烟雾和烟的修长依然使她慢慢触摸到了自我，难怪徐志摩的康桥老师利卡克，要和学生一起在抽烟中思想，难怪容貌忧郁古典的英国淑女伍尔夫，要为写作、抽烟、自杀三件事情同样迷狂，难怪读中学被灌输的鲁迅形象，拿着烟就像拿着枪。

神奇的罂粟般的烟哎。

思绪发出烈火干柴的声音。小说的灵感也从燃烧中抽身而退，回到了最真实的灰烬状态。

和别的女人第一次在自己的家中做爱，罗勒特别的新奇和自豪，怪不得古代男人对于三妻四妾的生活乐此不疲。罗勒觉得从前在外面过夜只能算偷欢，在家中拥有不同的女人才叫堪比君王，他饥渴难耐地扒光爱妞的衣裙，刚准备和爱妞在床上颠鸾倒凤，床头挂着的结婚照正和他打了个照面，结婚照里风娘用摇漾的双眼挑着他，挑着挑着，他的男根就有点萎了。罗勒不由懊恼起自己的粗心，他事先应该把这张照片收掉的。

"不行……不能在这张床上，"他喘着粗气说，"到我女儿的床上去……我老婆对气味很敏感，她会感觉到的。嗳——你可真够沉的。"罗勒抱起赤条条的爱妞往小房子屋里走，爱妞已经像呻吟的潮水，撒娇地嘟囔着："得，我说了你还是怕老婆嘛。"

"我这不是为你好嘛，她发现不了，你不就可以多来几次吗？"

想到他们床笫之欢的细节，风娘没法再构思下去了，她狠狠地把烟头掐灭，迅速做出决定：连夜回北京！

可是，半夜三更，根本就没有回北京的火车了，去哪里找车呢？她退了房，也没想那么多，就叫了一辆黄色面的开到火车站。初夏的夜再深也是欢浅的，可毕竟半夜一点了，她站在车站广场茫然四望，顿时乱了心志。火车站的深夜有种形迹可疑的气味，混乱，肮脏，偶尔的鸣笛以及粗野的男人，像灰白的泡沫浮在油黑的阴沟上面。这种过于阴晦的对比，太不适宜傲气的单身女人了。就在她抽身欲退的时候，一个男人从一辆黑色桑塔纳的后座钻了出来，一边伸着懒腰一边用天津话问道："姐姐，北京去嘛？八十块钱，就拉你一人，相当于专车哩，白天我拉满一车，还要五十块钱一人，为嘛这么便宜呢，今早得去北京接女朋友，顺路！"

那男人，个儿不高，但很墩实，典型的天津男人的体形，风娘心里有点犹豫，也不知是犹豫坐一个陌生男人的车跑夜路，还是犹豫到底回不回北京。

她应该欺骗自己。错过了这个夜晚，也就错过了悲剧。

她应该说不，可是她听见自己的嘴说，行，走吧。

黑色桑塔纳，载着香雾云鬟的单身女人风娘，途经深夜的天津市区，深夜的大光明桥，从津塘公路上了京津高速。速度快得像空中一只孤独的飞镖，车前灯的光芒放肆地照着前面的道路，有如战场上充满危险的探照灯。

扣着安全带，两腿夹着裙裾，风娘紧张地看着前方。尽管车内开着空调，她的瓷蓝连衣裙还是被汗沁透了。不管这个陌生的天津男人将把她带向何方，至少他已将她带到恐惧的顶巅，无法脱身，无以为计，就像那年去北京广播学院的遭遇——生活的经验就是这么奇怪，它常常必须靠变形的重复唤醒，而无法通过想象获得。

所以健忘的动物注定为此付出代价，写作也注定为此付出代价——那一年夏夜，那辆开往北京广播学院的末班车，也是这样放肆着车前灯危险的光芒。不同的是，车内挤满了人，男男女女，肉贴着肉，汗粘着汗，我凸出来的地方顶着你凹进去的地方。那辆车也不知是太破了，还是人太多了，还是两者兼而有之，一开动就惊险之极，车身左右倾斜摇摆，摆到几乎和地面水平的地步，简直要翻车了。人在车中本来挤得就不能动弹，遇到这种情况更感到无法控制的恐怖，女孩们发出绝望的尖叫："停——车——！停——车——！赶快停车——！我要下车——"

那时风娘正和广院的老师罗勒谈恋爱，罗勒病了，她连夜赶去看他，就碰上了那场接近死亡的倾斜摇摆。也是无法脱身，无以为计，因为终点没有到达，她不能半途而废。那些女孩绝望的尖叫几乎刺破了风娘的心脏，以至于记忆的甬道豁然洞开时，风娘又重新听到了那些声音。

风娘的心脏几乎要爆炸了，她点着了烟，车前灯的光芒一片惨白，映照着她的脸庞——不！不能让身边这个正在开车的天津男人掌控着她的恐惧，她本能地拿出手机，也不管老登是否方便，拨通了他家里的电话。

"喂，谁呀？"当手机里传出老登睡意沉厚的声音，她出奇地镇静下来："喂，是我。"

她告诉他正在天津回北京的夜车上，告诉他回忆中的那场恐惧，告诉他体验生活和想象的断裂关系，告诉他作为编辑，她开始怀疑那些刻意体验生活和刻意想象的作家……她性感的沙嗓在夜里发出磁性的回音，有些话是故意说给开车的天津男人听的，那意思似乎是：你别对我为非作歹，我后面还有男人呢。

老登没有问风娘夜半赶车的原因，他担心极了风娘的安全，不停地对风娘说，你千万别挂电话啊，我陪你一直聊到北京。

她和他聊着，虽然相隔千里，虽然信号不稳定，虽然漫游费很贵，却感觉前所未有的亲近，过去对他的那点防备之心彻底地退席了。他和她聊了那么久，都无人干涉，很明显是独自一人在家中，他和妻子还没有和好吗？为了她，他真的要和妻子一直僵持下去吗？看来他对她真的很看重，至少，在这个晚上，有这个爱她的男人守护着她，她安心了很多，只可惜聊着聊着，她的手机快没电了，两个人"喂"来"喂"去的喂了半天，老登的声音终于咯噔断了。她想他在那头一定非常着急，知道有个男人半夜三更在为自己着急，她一下子喜悦起来，就对开车的天津男人说："有音乐吗？放点音乐吧。"

"行，给这位姐姐听点音乐放松放松，你可别那么紧张，我不是坏人，为嘛呢？这年头坏人也不是那么好当的。"一直沉默着的天津男人早就猜出了她的心思，咧出一口黄牙笑着说。

风娘也笑了："我没说你是坏人。"

音乐哄地一下涌了出来，像涨潮的欲动，她觉得自己像趴在彩色救生圈上，跟着潮水一涌一涌地往上浮，神经渐渐松弛下来，有了点困意，就不再盯着车前灯的光芒，疲倦地闭上了眼睛，可是无论她怎么犯困，就是睡不着，无奈之下，只好继续玩构思小说的游戏。

那 男一女赤身裸体躺在小房子的床上，男的是罗勒，女的是爱妞，两人沉浸在尽情纵欲后的睡梦中。夜里，有个毛茸茸的小东西轻车熟路跳上了床,爬到了爱妞的脖子上,是记记。睡梦中的爱妞猛然惊醒,吓得哇哇乱叫起来,罗勒也几乎同时醒了,他开灯一看是讨厌的记记,气急败坏地把记记一巴掌掀翻在地,然后套上裤衩追着记记用脚狠踢它的肚子,一直追到客厅里:你这个瞎了眼的鬼东西,再敢睡过来,我揍死你!

记记两眼湿润,小鼻子一耸一耸地躲在罗勒够不着脚的沙发角落里,一声不吭。

罗勒赶紧又转身回房抚慰受了惊吓的爱妞:"宝贝,没事,没事……我们家这只鬼猫在我女儿脖子上睡惯了,它认错人,把你当成我女儿了。"

"哟,那当然会认错啰,我连你老婆的床都睡不了,哪还有资格做你女儿啊。"爱妞觉得自己分明是个外人,心里十分的不痛快。罗勒赶紧陪上笑脸:"哎,我没说错话吧?你那么多心干吗?"

"我还真就多心了,连你们家巴掌大的小猫都敢欺负我,我在你心里就更不算什么了!"

"哎哟!我的姑奶奶,你想得也忒歪了,我真没小瞧你的意思!当初不就跟你打过招呼,怕我们家这只猫烦着你,你不听,非得来,现在被猫烦着了不是?又来怪我!"

爱妞看罗勒那副急猴样,诡异地一笑:"没小瞧我是吧?行啊,你不是说那猫是你老婆和女儿的宠物吗?它今儿个欺负了我,我也要惩罚惩罚它!让我出出气!否则——我就跟你没完!"

"惩罚它?行倒是行,可得隐蔽点,让我老婆发现了,你想再来我家就不好办了。"

……

"姐姐,想嘛心思呢,崇文门到了,我得去东城区,只能在这把你撂下了,再走你就绕远啰。"天津男人停了车,对神思恍惚的风娘说。

"哦,知道了,谢您啊。"风娘给了天津男人八十元钱,下了车,另打了辆出租车,在凌晨三点回到自家的紫苑小区。

黎明前的夜，光滑得令人窒息，风娘的神志清醒如冰。她早早地掏出钥匙，推开楼下名存实亡的防盗门，乘电梯，上楼，拐弯，开门，直冲进小房子的卧室，开灯——所有步骤快得就像预演过——她看见一男一女赤身裸体躺在小房子的床上，因为突如其来的灯光，蹭地坐了起来，男的露出吃惊的眼神，是罗勒，女的露出得意的眼神，不是爱妞。风娘有一个细节构思错了，或者说记记无法准确地将信息传递给她，这个女人不是比她年轻俏薄的叫爱妞或者叫别的名字的什么小妞，而是一个灰眼睛肉鼻子长相平庸的中年女人。也难怪，小妞们能有烟头烫猫肚皮这样老谋深算的伎俩吗？明摆着设下暗算罗勒的局，就是因为年纪大了，要争得婚姻的名分。

　　原来罗勒有恋母情结啊。

　　她看着眼前的场景，忘记了她的定语国骂，突然从小说家的情感跳到诗人的情感，眼泪扑簌簌地流了下来。记记闻到了她回家的气味，也在客厅缠绵地呜咽着。

从南官房胡同十二号到哈尔滨

1

午后的四合院在阳光下安静着。一棵高大的枣树遮住了大半个院子，树影落在地上像撕碎的纸墨，白的白，黑的黑。房东废弃的花盆里，种着些没死尽的枯枝干叶，娃娃似的记记坐在枣树下，呆头呆脑地盯着花盆。猫真的是很奇怪的。

这就是南官房胡同十二号。门口开了个小店，店名叫"明达风筝"，房东老夫妻住在北房，靠四合院收来的租金供孩子读大学。南屋的一对山东小夫妻，男的几乎从早闷到晚，女的几乎从早骂到晚，现在，他们和四合院里其他的房客一样，都在静静地午睡。

站在台阶上，凤娘再回头看看自己租的六七平米的西屋，只够一张窄床（小房子正在床上酣睡），一张窄桌，一个窄立柜，是四合院最小最次的一间。其实只能叫半间，是房东老夫妻从隔壁那间用墙分出来的，添个水龙头，就又多了一笔房租。

在北京生活了这么多年，凤娘现在才意识到自己仍然是个外地人，生活又回到刚来北京时租房子的地步。她从来就没有属于过北京。离开罗勒更使她失去了经济靠山。

一切都像做梦。

还记得那天凌晨，她疯狂地冲出家门，冲到大街上嚎啕大哭，一边哭一边走，把宣武区都快走遍了，浑身没了一点力气。天还是那种光滑的令人窒息的黑，她疲倦地站在街上，站了很久，热风从她纹丝不动的身上滚过，红色的霞光一点点从东方吐了出来，像一个美丽燥热的病妇人在吐血。她突然意识到不能再这样走下去了，天快亮了，必须赶紧去幼儿园把小房子接走，只要牢牢守住小房子，她就什么都不怕了。

回忆都是一些断竹残简。人离最近的回忆总是最远。

她不愿修补它们了，总之，结局是，她把最心爱的小房子和记记都抢到了手，带着和罗勒扭打的伤痕，以及被罗勒撕掉的校样，躲进后海这间小屋，开始了艰苦的离婚战。

白天她几乎不去编辑部上班，都让太阳花吴衣奴秘密地把需要终审的稿件送来。到了晚上，等小房子一入睡，她就穿着拖鞋在北京的街上魂不守舍地走着。生命仿佛一下子失去重心似的，不停地从高处往下落，来往的热闹车灯，快乐的人流，都与她无关了。心像死洞一般。

她当然也贪恋和罗勒的那点温情，那点家的感觉，但是她不能容忍罗勒把别的女人带到自己家来鬼混。那是她最后的圣土，只要一想到家中还有别的女人的气味，她就恶心得一分钟都呆不下去。

可她并不是要决绝独身的女人啊，想到这点，她心里充满了怨怼。

这些天，有个剧组就在她租住的四合院门口拍电视，许多叫不出名堂的摄像设备，在院里院外摆开战场。片名叫《喜乐胡同》，这片名太不吻合风娘此时的心情，她进进出出的，怎么也喜乐不起来。而且，这个剧组让她没法好好做饭。

全四合院只有她的屋子最小，必须在屋外做饭，蒙房东好心，借给她一个凑合可用的烂灶。每天，风娘都得像个男人似的，把屋内的煤气罐搬到门口，垒几块砖头，支起烂灶，到夜里又收起来。可恼的是，她最靠近门口的"明达风筝"店面，那是《喜乐胡同》的拍摄背景。每次炒菜,只要油刚下锅,剧组那些扎头巾或反扣帽的工作人员就会小声叮嘱她:"嘘,配合一下好吗?别发出声音。"

然后是演员在四合院门口捣鼓台词的声音,都是些虚情假意的玩意儿。

问题是油不能干烧啊,只好关了火,等空歇。往往一顿饭要老半天才能吃上,小房子饿得受不了,风娘就用饼干对付她。中饭这样耽搁也就算了,最郁闷的是晚饭。剧组越到晚上越没有休息,等着等着,天就黑了。好容易等到拍完一个场景,勉强借着屋内的灯光,刚准备炒菜,天就下雨。七月初的北京,总是这个时辰下雨。几乎天天如此。

这不,正说着话,雨星子就闪了下来,落在刚做好的番茄蛋汤里,风娘七手八脚把灶撤了,端着番茄蛋汤逃进屋内,一眼瞥见小房子正坐在床上吮手指头,刚要发怒,忽然想起,今天饼干没了,还没来得及去买呢,只得无奈地说:"小房子,别吃手指头了,先喝番茄蛋汤吧,其他的菜等雨停了师父再做好吗?"小房子饿得好像连说话的力气也没了,眨巴眨巴对眼,悠悠地应了声好。

看着小房子悉悉窣窣狂喝蛋汤的样子,小脸都快栽到碗里去了,风娘心想他妈的这哪是什么喜乐胡同,这个写剧本的还有没有生活,八成是吃饱了饭坐在象牙书房里瞎编的吧。还有剧组里的主角,那个著名的喜剧演员,胖胖的圆圆的脑袋,乖顺的短发,风娘曾经被电视里的他逗得咯咯直笑,每晚觉也不睡就等着他的节目。现在,他近在咫尺,面无表情地和其他演员站在北房的屋檐下躲雨,风娘也面无表情地看着他。她想她从此不会再被喜剧骗了。

雨越下越大,到夜里九点多才停。本以为剧组该歇工了,谁知他们又拍了起来,风娘彻底地没法做饭了。反正小房子吃了蛋汤泡饭之后睡着了,她自己也饿过了头,于是就熄了灯,悄悄地缩在小房子身边蜷了下来。没过多久,她依稀梦见自己满北京城去找房子,走进了一个破胡同,又走进一扇门,门里全是平房,地上全都铺着凉席,一个没有面孔的黑衣女人,和几个瘦小的黑衣女人挤在一张凉席上。有个年长的黑衣女人像是她们的头领,抓住风娘的脚说,你一定得来,我们这儿没有男人,我们从另一个国度来,这是我们的信条。风娘吓得往后退了几步,忽然听见院子里乱哄哄的,好像进来不少人,乒呤乓啷放着东西,然后雪亮的白光透过窗户闯了进来,风娘睁开眼醒了,声音是真的,原来是剧组准备到院子里拍戏了。

"不准拍不准拍!我说了不准拍就是不准拍!不知道的房客还以为我们拿了多少钱呢,开始说只在门口拍,后来又说在院子里放点东西,再后来到院子里说戏,现在干脆就在院子里拍了,深更半夜的还让不让我们睡了?!"只听见房东老爷子站在北房门口大叫大嚷的声音,房东老太太帮腔的声音,剧组争辩的声音。院子里吵成一团,小房子被吵醒了,非要出去看热闹,风娘只好起来带着小房子出去,刚一开门,她简直惊呆了:老登站在门前!

"哎哟!吓我一跳!吴衣奴告诉我是西屋,我瞅着该是这间了,正准备敲门呢。"老登咧着青蛙嘴笑着说,又是那副熟悉的滑稽样。风娘定了定神,她那惊讶的表情怎么也遮不住眼中的喜悦:"你怎么拿定吴衣奴知道我住在哪?"

"再怎么闹离婚,你总得审稿吧!谁给你送审稿单呢?我问男编辑问不到,当然只有问太阳花吴衣奴了。你别说太阳花看上去没心没肺的,嘴还挺紧,我费了好大功夫才撬开她的嘴。"老登说话的意思显见得他什么都知道了。

"怎么撬开的?"

"请饭呗!"风娘跟着老登几乎同时说,随即都笑了。老登接着说,"其实还分了一点哈尔滨最好的商委红肠贿赂她,比秋林的还好。喏,这些是给你的。"

"谢了,找我有什么事吗?"刚问完这句话,风娘就觉得自己很矫情。闹离婚的女人到底是有点矜持啊,她接过红肠转身搁在煤气罐上,屋里没有桌子。

"上次你布置的功课,我不是答应了亲自送到北京来呈交的吗?""什么功课?""吹捧莫寒雨的文章啊!""哦,我差点把这事给忘了。""喏,这是稿子,这妞的东西可真不好评,我熬了好几夜才写出来,要昧着良心说点好话可真不容易呀。""看来我让你背叛批评的良心了?""要说背叛,倒也没那么严重,我玩了点心眼,在文章里说莫寒雨小说写得像散文,散文写得像诗,看上去是夸奖,其实是在说她四不像。"

风娘听了噗嗤一笑,觉得他实在机智。

"就为这事特意跑一趟北京?""那倒也不是。那晚你的手机没电,我担心极了,第二天打编辑部的电话,打手机,就再也找不到你了,又不敢往你家里打,实在不放心,就从哈尔滨来北京了。"

老登总算说出了让风娘欣慰的实话。

"师父,这是谁呀?"正说着,小房子从风娘腿边挤出脑袋,眨着对眼俏皮地问。

"哦,想要知道我是谁吗?那得先告诉我你叫什么名字?"老登惊喜地蹲下身,他知道这就是著名小孩——小房子。

"我叫小房子名字。"老登听了一愣,接着就乐了,小房子还保持着两岁孩子的天真思维呢,难怪风娘原来在信中说连幼儿园都改造不了她。

"啊,我叫老登名字。"

"啊,老灯名字,很老很老的灯,这个名字真好玩。"小房子说。

老登和风娘都开心地笑了,根本没注意到吵吵嚷嚷的院子早就安静了,连平时存放的拍摄设备也撤得一干二净。

2

剧组被房东老夫妻赶走了,风娘过了好几个安静的午后。每天这时候她都会在院子里抽烟等待,然后是老登进院的脚步声,她听着这声音也没有激动,就像它本来天生在空气里似的。

按说老登来了应该跟她说很多话的，文坛上某某和某某又掰了，某著名学者去嫖妓时被人逮住了，某女作家在《南方周末》上发了篇文章，声称语言要规范，可语言规范了还能写出什么好文章来呢？……该说的事多着呢，可现在好像不是说这些话的时候，凤娘明显地情绪低落。他只得什么也不说，陪她在院子里坐着，陪她默默地抽烟，陪她默默地看枣树下呆头呆脑的记记，等小房子午睡醒了，就陪她和小房子去外面散步。

他们散步的方向没有目标，有时从烟带斜街往鼓楼方向走，看看酒吧和古玩店。有时路过什刹海体校对面的郭沫若故居走到平安大街上。有时走到柳荫路的恭王府花园门口，和那些黄色马甲紫色马甲的胡同游三轮车夫聊天。最远的一次，走到四环综合市场买菜，小房子半道走不动了，几乎是被老登扛在肩上走的。

有个下午，他们去了南官房胡同外的后海。

后海这名字的由来，据说完全是个误会。某些皇帝没见过真正的海，看到稍微大点的湖泊，就以为它是海了，还美其名曰：前海，后海，西海。其实呢，它在元朝就是漕运的终点，被称为"北京古海港"。

这天，有个光膀子中年男人昂首挺胸走在后海的岸边，他的后面跟着十来个人。有穿汗衫的妇女，有穿裙子的小姑娘，有穿短裤的少年，像是一家人以及他们的亲戚和邻居。他们沿着后海急速地走着，每人之间相隔半米，凤娘说这就是北京著名的"疾走队"了。这种"疾走队"在南方会被视为吃饱了撑着的行为，在北京却带着严肃认真的表情。老登也严肃认真地看着他们，好半响对凤娘憋出一句话："我今晚……要走了，编辑部请的假到期了。"凤娘没有吭声，转头看着花坛边玩耍的孩子们，小房子的稚音混在嬉笑的众声里，像青翠的菱角，尖尖的，嫩嫩的："小燕子飞到老院子，去大拇指买辣妹子……"

他接着说："我真不想走，因为实在不放心你和小房子……"

她本想若无其事地笑一笑，嘴一咧，眼泪却落了下来。本来是少泪的女人，最近眼泪竟像梅雨似的滴滴嗒嗒落不干净。老登见状，很想抱住她，碍着小房子的面又不敢造次，只好低声说："也许过段日子我可以让你来哈尔滨散散心。《文苑》正在找企业赞助，如果找到了，我和老胡想在哈尔滨办个'《文苑》笔会'，到时候一定请你来，还有澳门的林马斯先生。"

去哈尔滨？她抬起泪眼怨艾地望了一眼老登，这种时候她哪有心思去哈尔滨呢？是在给她设一个温柔的陷阱吧？他明知道她现在没有抵御陷阱诱惑的能力。那是他的故乡，他的城市，他在自己的地盘见到失魂落魄的准备离婚的她，该多么有优越感啊。她呆了半晌，然后擦干眼泪说："不，我不想去。"就再也没有话了。

老登叹了口气，觉得现在的风娘像清代的小香炉，不能捧着，只能供着。叹完气后他又皱起眉来，是为自己那些不如意的私事……

后海的水面睡着了，暗地里翠生生地流着，重重复复漂洗着岸边的心思。

3

哈尔滨。那可是无数南方人想象了很久的地方。冰天雪地，处女一般圣洁，天空闪着透明的蓝光，穿着毛皮大衣的在雪地里嘎吱嘎吱走着，鼻子冻得像女歌唱家的高音。四周都明晃晃的耀眼，如冬天的白日梦。风娘曾经见过一个女孩，长得就像南方人想象中的哈尔滨。她的皮肤白得高贵，身体安静的时候非常光滑，动起来就有冰碴子的裂音，线条玲珑的黄发像俄罗斯风格的小屋，温暖，写意，她是中国南方向北方延伸的极端笔致，突兀于东北那大红大绿的色彩之外，她就是哈尔滨。再往北过去，就是俄罗斯的粗线条土地，浓郁地回响着柴可夫斯基的降 B 大调第一钢琴曲。

风娘没有去过哈尔滨，而且现在很不想去。

可是，七月中旬，邀请函还是来了。只是不知为什么，从"《文苑》笔会"的名头，变成了"《文苑》散文笔会"，反正都一个意思，就是邀请她八月中旬去看夏天的太阳岛,而不是冬天的哈尔滨。邀请函底端还有老登的一行手迹:务必来,等着你。切切。

笔会是一种殷实的文学会议,操办笔会的人都像老登他们那样,拉到一笔赞助,或者弄到一笔拨款。被请的人主要是牛逼哄哄的作家,外带点关系角色。参加笔会的作家比参加研讨会的批评家荷尔蒙分泌快,痴男怨女也就速配快。而且,在文坛上,文人无行是正常的,文人有行倒变得不正常了,因为你十八岁不会开调情的玩笑,那是纯情,你三十岁还不会开调情的玩笑,那就是矫情啊。

怎么说,笔会都是锻炼身体治疗心理的福地。广西有个脾气古怪的写作老头,自从去开笔会后,身体好了心情好了,老太太也乐得他去。因为笔会上的女作家会陪他跳有益身心的交谊舞,于国于民于家都是件好事。

散文笔会没有通常的笔会那么疯狂,可依然是一味滋补的良药。

对于人生低潮的风娘来说,这次的"《文苑》散文笔会"又有多大意义?在老登虔诚的请求下,她到底去还是不去呢?如果去的话,小房子怎么办?不过,那倒不是太大的问题,她可以让房东老夫妻照看几天。

还有一个月。还有时间做出决定。现在,先处理别的事情吧。社长赵骆明正等着向旧情人交差,风娘已经把吹捧莫寒雨的文章都收集全了,发稿之前,特意读了老登的那篇《阴性城市的解码——关于莫寒雨的札记》,文中阳奉阴违的评论文字,不经老登点破,还真可能被骗了,现在带着心眼去读,处处都有讽意。

他开篇就用萨特的话做题记,隐含了自己的反抗。

　　人是自由的,懦夫使自己懦弱,英雄把自己变成英雄。

　　　　　　　　　　　　　　　　——让·保罗·萨特

敢情他觉得写这种文章没有自由，还要在骨子里辩驳一番，也实在是看着风娘的面子，不得已而为之吧。

而最精彩的地方莫过于那段"四不像"的"赞美"：

荷尔德林提到作诗乃是"最清白无邪的事情"，因为"作诗显现于游戏的朴素形态之中"。但是在七十年代的写手莫寒雨这里，"游戏的朴素形态"变质了，取而代之的似乎是一些别的策略，一些混乱野性的无法挟持的力量。她的诗无疑是有语感和省略性的，但我们却能从中找到某些奇特的东西，找到故事、人物、场景、叙述和种种……可以作为小说的碎片，她也是游戏的，只不过是有心为之的游戏。这种有心为之的游戏，一旦进入她的散文，就闪烁着锐利的参差不齐的锋芒，然后她用这种锋芒来切割北京生活的肌理，粗朗的城市突然变得黯淡下来，许多穿行其中的女人，替北京深藏了诗性而阴柔的密码。密码终有泄露的场所，它就在莫寒雨的小说里。所以莫寒雨的小说像被禁锢释放的能源，无限制地蔓延，作者放任于这个想象中的阴性城市，也频繁地付出解码的代价，小说的节奏因此遭到了空前的破坏——而这一切，恰恰就是莫寒雨小说写得像散文，散文写得像诗，诗写得像小说的魅力所在。

风娘将老登的文章玩味数遍，删去了注释，以便使文章显得更生动些，心想，仅此一次吧，以后再不让老登做这种为难的狗屁文章了。

有一天，吴衣奴又来送稿件信函，顺便告诉她，罗勒最近不再到编辑部去找她了，纠缠解除，她可以去编辑部上班了。

她给小房子就近插班找了一个幼儿园，由房东老太接送，每月贴补老太五十块钱。至于记记呢，她似乎管不着了，因为记记渐渐长大了，在四合院里越来越神出鬼没，有时看不到它的踪影，有时突然悄无声息出现在风娘的对面。它的眼神圆乎乎的，憨憨的，一派天真地看着风娘，风娘看它，却觉得很飘忽，抓不到它的眼神。它的叫声越来越像娃娃的咿呀声，叫的时候眯着眼睛，带点调情的味道，风娘一看见记记这副媚态就心软，对它的神出鬼没也就不予追究了。

重新上班是件很尴尬的事。编辑部的下属都知道风娘的处境，大家的眼光躲躲闪闪的，说话也吞吞吐吐，尤其不敢说"结婚""离婚""丈夫""爱人"这样的字眼，免得刺激她。因为连若木这么笨的人都发现，风娘有点变了，少了些跋扈，多了些算计，少了些爽朗，多了些阴晦，连定语国骂都不说了，一张俊俏的薄脸也开始憔悴。南方的脸型，本来就经不起折腾，如今被折腾完后镶在她的北方身体上，和面具的效果差不多。编辑部的气氛原先就素淡，如今简直是阴沉，喜欢说话的太阳花吴衣奴和懒广东喉咙几乎要闷出血来，成天盼着有人把风娘找出去。可她偏偏就是不出去，什么七七八八的事她都推掉了，直到八月中旬的一个下午，尤加利来编辑部找她。

尤加利是风娘的本科同学，东北人和新疆人的混血儿，眼睛大得出奇，曾经是班上的才女，毕业后离开上海嫁到了武汉，没事就写点专栏骗骗稿费什么的。她和风娘很久未见，以至于走进编辑部的时候，风娘几乎没有认出她来。

"哟嚯，对着我发什么愣啊，不认识了？做了主编，连老同学都忘了，真该去洗脑了。"尤加利甩甩一头成熟蓬松的烫发，给风娘来了个西方式的拥抱。风娘笑了，说："你这厮多年不见了，也不知去哪里混饭吃了？还记得咱穷苦人呐？"尤加利马上反唇相讥："堂堂大主编都是穷苦人，咱这些小刺头不就别活了？打你手机都关机，架子可忒大，放着摆谱的手机不用，把自己当贵人藏着掖着不是？今天你一开机就被我逮着啰，走，别上班了，找个地方叙叙旧去。"说罢，死拖活拖把风娘带出了编辑部，喜得吴衣奴和懒广东躲在墙角合不拢嘴。

外面的太阳火辣辣的，走几步浑身就冒汗，尤加利和风娘赶紧找了最近的一家酒吧钻进去。酒吧里没什么人，冷气开得很足，正方便了她俩聊天。两人捡了个角落坐下，要了几斤冰扎啤。尤加利发现风娘十分憔悴，追问到底怎么回事，凤娘觉得在老同学面前没什么好隐瞒的，就把罗勒的事一五一十地说了。她越说越气，说到最后，脸都涨红了。

尤加利听了，连连安慰她："来来来，喝点冰的消消气。我跟你说，没啥好气的，我那老公也这德性，又想玩女人，又不肯离婚，为啥不肯离呢？不是舍不得你，是为了他的面子，女人遇到这种老公犯不着认真，不离就不离，他玩你也玩呗。我现在啥都明白了，看问题要学会从好处想，其实想想世上本来啥事没有，就是自个儿整出来的事。不是有那么个故事吗？说一个姓姚的人遇见一个姓李的人，姓李的人问，您姓什么？姓姚。哦，姚，就是那个血光之兆的兆加一个男盗女娼的女字啊。接着姓姚的人问，那您姓啥呢？姓李。哦，李，就是那个棺木的木加一个断子绝孙的子字啊。"凤娘听了苦笑一下，说："真够绝的。"

"所以嘛，事情本身是没有意义的，意义都是我们加上去的，别人加坏意义，我们就加好意义，人活着，一定要对自己好啊。"尤加利说完，咕嘟咕嘟喝光杯里的啤酒，又斟满一杯，对凤娘说，"还记得我们班才子沛沛写的那首《水调歌头》嘛？"

  俊客几时有，把酒问花仙，不知隔壁阿哥，可有女生缘。我欲穿墙看去，又恐楼墙太厚，瘆坏我心眼，改用暗窥镜，屋里客翩跹。
  转楼梯，低头看，那先贤，果然成对，他正拴住美人肩。秋色云高天淡，湖上蟹肥人瘦，校舍几疯癫，但愿没多久，你俩就分眠。

吟诵完毕，尤加利自顾自大笑起来，惹得酒吧小姐全都回头看她，笑完之后，尤加利对凤娘说："才子沛沛为啥这么潇洒，就因为他会调侃，你为啥这么累，就因为你太认真。生活，就得调侃着过，别认真着过。"

"可搞文学的人总该有点认真的东西吧，我认真地编点杂志，认真地要求罗勒对我有点尊重，难道不对吗？"

"你看看你，中的毒还真不浅，有烟没？给我一支。"尤加利问风娘讨了一支烟，接着说道，"什么搞文学的要认真啊，有几个认真的搞文学啊，认真地搞文学有好结果吗？就说我吧，也算中文系的高材生，从前把文学看成是多么圣洁崇高的东西，后来梦破灭了，知道文学被人当成追名逐利的玩意儿，别提有多肮脏了。就连黑苏子那混球小子，也成著名的北京作家了，想当年他没出名的时候，还不知在东北哪旮旯拎裤子呢？那时我帮他找作协主席，开作品研讨会，狠了劲把他往上推，现在可好，一脚踹！提都不提我的名字，他当然不敢提了，我看过他尿裤子的熊样啊，他在我这脸没处搁啊。想当初他第一次去中国作协的时候，还拎着香油和玉米，连作协的门朝哪个方向开都不知道，差点没让人笑掉大牙呢。你说，跟这种人一块去认真地搞文学？犯不着啊！再说了，那农民吃饭的时候在饭桌底下撒尿，就叫'粗俗'，那作家吃饭的时候在饭桌底下撒尿呢，就叫'率真'。哎，简直是可笑。依我看呐，作家，根本等于0，文学呢，也等于0，感情呢，更等于0，这年头，只有赚钱是实打实的，钱是满分，100！实话跟你说吧……"

尤加利正滔滔不绝，风娘的手机响了。

"谁打来的？没重要的事就别理他。"尤加利说。

"是幼儿园的老师，大概小房子又淘气了。"风娘边说边揿下通话键，"喂——是我，什么？小房子失踪了？"尤加利一听，几乎和风娘同时腾地站了起来，桌上的啤酒全碰翻了，淡黄的酒液顺着玻璃桌面迅速往下流。两人半天说不出话，心脏跳得喘不过气，像窒息了似的。过了好一会儿，尤加利总算反应过来："别急别急，我们一起去找，一定能找到的。"说完手忙脚乱地买好单，带着丢了魂的风娘冲出酒吧。

风娘和尤加利赶到幼儿园的时候，幼儿园的园长办公室正乱作一团，另一个孩子的家长在那里又哭又闹，原来她的孩子是和小房子一起不见的，而且是因为门卫李大爷的疏忽：有个家长中途来找园长谈点事，李大爷给他开了旁边的小门，这个家长说马上就出来，李大爷就让小门虚掩着，没有立即把门锁上，没想到这么一会儿工夫就出事了。

李大爷坐在门卫室的窗户旁，根本看不到孩子的个头，两个孩子就这样跑出去了。老师说现在园长已经派人到附近去找了，他们一定会竭尽全力的。风娘听了，脸色惨白地坐在椅子上，她想既然小房子是和别的孩子一起失踪的，就说明不是罗勒把小房子带走的，既然不是罗勒带走的，那就更可怕了，她想起以前曾听人说过那些人贩子的故事，说他们如何骗走孩子，如何打断孩子的脚筋，如何强迫孩子为他们乞讨……她不敢再想下去了，情不自禁地抓住尤加利的手。在这个酷热的下午，尤加利的手和她一样，冰凉冰凉的。这种冰凉的感觉提醒她应该起身出去找小房子，可是不知怎的，两腿怎么也站不起来，浑身只是本能地发抖。尤加利不得不用力抱住她的肩膀，说："亲爱的，别紧张，别紧张，不会有事的……"可是说着说着，尤加利自己也开始跟着风娘颤抖起来。

不知过了多久，外面远远地传来喧哗声，"找到了！找到了！……"屋里的人听见声音立刻全都冲了出去，风娘和另一个家长冲在最前面。果然两个孩子正被几个老师领着进了园门，那个家长冲到自己的孩子面前就扇了她一耳光："你个挨千刀的，你要吓死我啊！"被打的孩子哇的一声就哭了。

风娘则一把抱住小房子，哭着声说："我的小祖宗，你到哪里去了，把师父都急疯了！"

"师父，我们去种种子了。"小房子眨巴着对眼说。

原来，小房子和自己的伙伴捡了颗烂果子，就说要去种种子，找遍幼儿园也没找到块好地方，看见小门开了一条缝，就钻出去了，一直跑到附近后海边的一棵柳树下挖坑。老师找到她俩的时候，她俩因为坑挖得太大了，烂果子还没来得及埋呢，把急得满头大汗的老师弄得哭笑不得。

看着喜极而泣的凤娘，还有天真烂漫的小房子，尤加利说："哈哈，这下总算没事了，我也松口气了，走，我请你们吃晚饭去！"小房子听了叫道："好呀好呀，我要去吃后海边的大排档！"

"那里的东西不卫生，不能去。"凤娘说。但是小房子穷吵着要去，尤加利说就依小房子的吧，于是就去了后海边的大排档——这些大排档一到天热，就在傍晚摆了出来，常常打着各种招牌招徕顾客，从国内的麻辣烫到日本的料理，其实都是冒牌货。

不过，来吃饭的人就愿意享受这种被骗的感觉，也许因为热闹，也许因为靠着后海，也许仅仅因为某种夏天的躁动。对于小房子来说，不为别的，就为了可以听到流浪艺人唱歌。那些流浪艺人并不落魄，他们衣冠整洁，气质不俗，大都是艺术学院的莘莘学子，背着一个沉甸甸的自制音箱，抱着一把吉它。歌声一响起，小房子就坐不住了，非要跑去艺人的身边听，凤娘担心她又跑丢了，对小房子说："如果你不老老实实坐在座位上吃饭，我们就带你回家饿一顿，让你饭也吃不着歌也甭想听。"小房子歪着脑袋想了想，和师父硬斗是不合算的，就乖巧地说道："好吧，不过今天你要让我吃鱼眼睛！"

尤加利一听笑了，小家伙真有意思，还讨价还价呢。于是就说起她那个不听话的女儿如何难缠，把她烦透了，先要养鸽子，又要养金鱼。鸽子死了，你还得陪她到楼下挖个小坑埋起来，还要哭一场，这个小活宝一有不顺心就摔东西，摔完了还会说别理我，我有暴力倾向。你要问她，鸡蛋是谁生的？她说鸡生的。鸭蛋是谁生的？鸭生的。坏蛋是谁生的，你生的。真没把人气死。

"我要有个小房子这样的女儿就好了，"尤加利说，"真想哪天把她偷走。"凤娘说："那如果小房子又不见了，我就找你要人。"

"哎，你别光找我啊，罗勒也是可疑对象啊！"

说到罗勒，风娘立即担忧起来，她对尤加利说，她一定要和罗勒离婚，获得小房子的监护权。尤加利说："你真觉得有离婚的必要吗？一个女人带孩子很苦的。"风娘说反正她从前也是一个人带孩子带过来的。尤加利说："可那毕竟不一样啊，那时你没当主编，没这么忙，罗勒虽说不管孩子，还是能搭把手的，何况他在经济上还做了坚强的后盾，离了婚你就不同了，在各方面你都是孤立无助的。"听尤加利这么一说，风娘激愤起来："孤立无助总比失去自尊要好，你的男人都把别的女人带到家里来了，你还忍气吞声，那不是自甘羞辱吗？何况还是个其貌不扬的老女人！"尤加利点了点头："那倒也是。"

可现在罗勒吊着风娘，不肯离婚怎么办呢？尤加利说那就只有起诉离婚了，事实摆在那里，他赖不掉的。

她们边说边把饭吃完了，风娘不想让小房子听到谈论更多有关离婚的事，要带小房子回南官房胡同，尤加利想去看看她们住的地方，就跟着去了，等她看到逼仄的小窝，不由惊呆了："这是你们住的地方吗？"

"怎么了，不是挺好的吗？现在还有个院子，以前在上海住阁楼，连院子都没有呢。"

"哎，真是黄连树下弹琴，忒苦中作乐。"尤加利明白了风娘的处境其实相当艰难，临走的时候无论如何要留五百块钱下来，风娘死活不肯收。尤加利说："我不是留给你的，我是留给小房子的。"小房子听了也学着风娘连连摆手说："不要不要，小房子不要你的钱。"把尤加利弄得又好气又好笑："哎呀，告诉你们吧，我现在做直销，有钱着呢！"

"直销？你不写东西了？"

"写啥呀？早几年就不写了，一直做保健品的直销，这次来北京就打算住段时间，发展些业务。什么时候你也一起玩玩？很容易的。"

"我？我不是做生意的料，只能编编杂志什么的。"

"嗨，这个也不是做生意，忒简单，以后带你去看看就知道怎么回事了。"尤加利说完准备告辞,一转身碰到个柔软的东西,把她吓了一跳,接着听见"喵"的一声叫唤。风娘说:"这是我们家的第三个成员记记,平时就睡我们脚边,今天不知怎么这么早就回来了。"尤加利一听,赶紧伏身端详记记,只见记记坐在石阶上,尾巴以优美的弧度绕身而坐,猫眼在夜色的笼罩下深不可测,显得高贵而孤独、温顺而泼辣,这副模样连风娘看了都吃惊:记记真的长大了。

没过几天,尤加利就到编辑部来找风娘去听课。"听什么课?""直销的课啊。""我说了我对这个不感兴趣。""可今天是我主讲,你去捧捧场总可以吧?"

抹不开老同学的面子,风娘只好跟着去了。

到了公司会议大厅,尤加利遇到的几乎都是熟人,中年妇女居多,她像个领袖一样满面红光地和人打着招呼,并且逢人就介绍身边的老同学风娘是主编。风娘见那些妇女要么耳垂上挂着很刺目的黄金耳环,要么穿着蛇皮似的紧身条纹黑衣,皮肤黑黄,眼神浑浊,心里反感得很,脸上没有丝毫表情。接着又遇到个长相粗鄙身材矮胖的男人,话也说不清楚,竟然是他们的总裁,她想尤加利好歹也算个搞文学的,怎么会和这帮人混在一起。

尤加利想把她安排在第一排,她说:"还是坐最后一排吧,习惯了。"

大厅里不能抽烟,她在最后一排找了个离空调近的位置坐下来,没多久,前前后后就已经坐满了,来晚了的人都在过道上站着,估计有两三百人吧,像集会似的喧闹,空气十分浊稠,已经感觉不到冷气的效果了。

女司仪的断句像同时患了脑障碍和口吃,最后一句却流利得出奇:

现在我们用最饱满的热情最持久的掌声欢迎我们最优秀最成功的老师尤加利·菲菲女士!

风娘心想，尤加利什么时候成尤加利·菲菲了，半洋不土的名字。

于是台下掌声潮动。尤加利，不，尤加利·菲菲从侧台走了出来，她走上台的姿势真是光彩照人，那身漆皮镶边青绿色的短袖花上衣配着牛仔裤的打扮，凹凸有致地勾勒出混血少妇的风韵，一双新疆风味的大眼睛熠熠闪动，原来，人在台上的表现和在台下可以如此不同，你司空见惯的人，当她站到台上的时候，简直连笑容都带着上帝的光泽。

"大家再给点掌声好吗？"尤加利·菲菲一上台就开始煽情，两三百人又一次发出滚烫的掌声呼应她（好像作协开的任何一次大会都没有这么齐心，风娘想），接着尤加利·菲菲开始声情并茂地讲课。她的声音带有一些北方土地的芬芳，粘粘的，糯糯的，从人类健康的重要性，到生物保健品的自用心得，再到自己的骄人业绩，真是娓娓道来，引人入胜。如果不是她有时做作地向观众讨掌声，比如说"掌声哪里去了"之类的话，风娘几乎要失陷于她的渲染了。

有一段话尤其让风娘心动。尤加利·菲菲在谈到赚钱的窍门时说："如果你口才不好，又没有能力，你就不要做船长，你就做船员，只要你不下船，就可以和船长一起到达彼岸，也就是说，和我一起到达赚钱的彼岸！只要你坚持三到五年，你就可以梦想成真！假如说你昨天还在种田，今天就跟别人说你会成为百万富翁，谁信呐？所以重要的是别下船，一心一意跟着我们走，只要在亲友当中织成一张无形的网，我们就能实现从业务员到总裁的美梦！现在我们来共同分享几句话，我念一遍，大家跟我念一遍。"

尤加利·菲菲：人和人没有多大能力的差别。

数百听众：人和人没有多大能力的差别。

尤加利·菲菲：只有思维方式的不同。

数百听众：只有思维方式的不同。

……

听到这种小儿科的鹦鹉学舌,风娘明白所谓直销是怎么回事了。这不就是前些年盛行的传销嘛,那时候懒广东跟她描述过,想拖她一起参加,被她拒绝了。后来传销被禁止的时候她还得意了好一阵,没想到现在被尤加利拽上套了,怎么办呢?听人说,被传销的人盯上了可不好脱身,像邪教附体似的,尤加利是老同学,更不好办了。看来,还是三十六计走为上计,赶紧溜吧。其实,再不溜,风娘恐怕也溜不掉了,因为尤加利·菲菲的语言太有魔力太有煽动性,风娘几乎是用巨大的理性拔掉内心的那些杂草,强迫自己挪动双脚,才走到了大街上。

　　午后的太阳在天上咄咄逼人地挂着,裸露的胳膊一不小心就被它晒伤了,泛起一块一块灼热的黑红,风娘的情绪突然被这蛮不讲理的太阳逼到了没有安全的地方,变得烦躁起来,也不想去编辑部,就回南官房胡同了。

　　进了四合院,一个坐在院里的杏脸女孩正露出吃惊的眼神,这种眼神第一次令她敏感地察觉到了自己可怕的变化。在艾紫苏的眼里,风娘从来是美丽绝伦的,使人迷恋的,可现在的她疲塌无奈,肤色晦暗,大然卷曲的短发因为没有打理,原先的洋气变成了累赘。没有男人滋养的女人,就是一把枯草啊。艾紫苏带着掩饰不住的失落表情迎了上来,用心痛的方式拖住风娘的手说:"难怪老登死活要我押着你去哈尔滨散心呢。"

　　一个女人的美丽在另一个女人的眼里掉了价,无疑是莫大的心理打击,而另一个女人的美丽胜过了那个原本美丽的女人,则是世界上最大的心理打击之一。艾紫苏这次把自己的一头长发剪了,很显然在模仿风娘的短发,当然她没有风娘天然卷曲的优势,就烫了烫,衬着一张杏脸,简直像个俏丽的东方女生,风娘顿时感觉自己在她面前黯然失色了。

　　可她还是守着内心那份傲气,艾紫苏还是那样没心没肺,两个人迅速就回到了各自的性格上,相安无事。

派艾紫苏来"绑架"凤娘去哈尔滨的绝招，恐怕也只有老登想得出来。凤娘忽然有点感动，爱情她是从来不信的，可是一个男人这样看重自己，自己干吗要扫他的兴呢？于是她和艾紫苏开始计划出发的行程，只是有一点她俩产生了歧义，凤娘非要坐飞机，艾紫苏非要坐火车。"就十个小时的时间，干吗要坐飞机呢？飞机太不安全了，能不坐就不坐吧。"艾紫苏说。其实她说这话是因为老登打过招呼只能报销火车票，要她无论如何说服凤娘坐火车，因为他知道凤娘爱坐飞机的脾气。可是凤娘死活不干，她说除了上次带猫没办法才坐火车，她一直都是坐飞机的，不报销飞机票的会议她坚决不去。

两人争执着，记记悄悄地回来了，走到艾紫苏穿凉鞋的脚边闻了闻，然后就用身子蹭着凤娘的小腿，讨好地喵了一声，像是安慰情绪激动的主人。艾紫苏看见记记，高兴坏了，也不和凤娘争了，蹲下身来就刮记记的塌鼻子，哎哟你长得可真快，差点都认不出你了，又问记记是不是还认识她，记记耳朵摇摇，爪子挠挠，喵了一声，似乎在说：认识。

艾紫苏突然说："不知怎么，我一看见记记背上的黄毛，就会想起老登。"凤娘听了，心里砰砰乱跳，因为她和艾紫苏有同样的感受，却不好意思说出来。她故意淡淡地说："看见猫应该想起女人，哪有想起男人的。"

"猫像女人吗？我倒是听说男人要求女人应该像猫：你在的时候她对你很温柔，你不在的时候她很自在，有人侵犯的时候她很自卫，无人侵犯的时候她很神秘。"正说着，尤加利，哦，不，是尤加利·菲菲风风火火地闯进院来，大声嚷嚷着，"我琢磨着你就肯定溜回家了，果然在这。"凤娘一看，简直后悔死了前几天带尤加利认了家门，这以后还有完没完呐？

尤加利·菲菲的脸上淌着汗珠。那样的讲课方式是会让肾上腺激素增多的，何况天气如此炎热。

凤娘支支吾吾地用艾紫苏做了模糊借口："这不……有朋友找嘛，

所以提前走了,不过你的课我差不多都听了,很精彩。"最后一句话她是由衷的。

艾紫苏不明白她们说的是什么课,以为尤加利·菲菲是老师,就问她在哪个学校教书。尤加利·菲菲听了大笑:"教书?那种又穷又累的职业我才不干呢。"接着她说,来找风娘是想带风娘去美容店做"飞首"(美容的英文谐音)。

"你大概离开罗勒后就没做过"飞首"了吧,眼袋都快出来了,叫上你的这位朋友一起去吧,我请客。一个女人啊,一辈子一定要对两个女人好,一个是母亲,一个就是自己,别把自己弄得那么苦。小房子如果接回来了就先让房东老太带着。"

风娘想推辞,她怕上了尤加利·菲菲的套就挣不脱,但是想到自己的确很久没去做脸了,和瘾君子犯瘾似的,脸一直难受着,被尤加利·菲菲一撺掇,推辞的口气也不坚定了。

艾紫苏听说有人请客做"飞首",何乐而不为,拖着风娘就走,临走的时候尤加利·菲菲想起带来的几袋猫粮,随手拆了一袋递给记记,记记闻都不闻,伸爪就抓,尤加利·菲菲见它淘气的模样,故意想吊它的胃口,把猫粮往高处悬着,记记胖乎乎的身子跟着往上蹦,它越蹦,猫粮就悬得越高,结果记记生气了,呼地一下露出凛冽的表情,把尤加利·菲菲的手抓破了,痛得她把猫粮撒了一地。艾紫苏吃惊地说,没想到记记露出反骨的时候这么凶。风娘微微一笑,别以为猫是好对付的主。

这天下午,她们在枫丹白露美容院一直享受到黄昏,清洁、按摩、蒸脸、导入、鼻膜、眼膜、面膜……冷气习习,红纱垂垂,风娘几乎两个月没有这种体验了。以前她经常把自己故意弄得非常疲惫,为的是尽力让自己的头脑变得愚蠢点,身体变得懒散点,然后就有理由到美容院来歇着。此刻,躺在舒适的美容床上,又回到那种慵懒欲睡有人伺候的奢侈感觉,心想:有钱真是好啊,也许我该跟着尤加利·菲菲去做直销,应该不影响编杂志吧……想着想着,她和两个同伴一样,脸藏在鬼面具似的惨白面膜下，睡着了。

就在她们睡着的时候，美容院又来了一位身姿停匀的客人。她的十个指甲留得很长，每个指甲上面都钉着钻石，指甲下面旋着小镙帽，双手伸出，十个钻石的光芒刺得观者眼晕。真难为她如何留得这一手坚硬的指甲，必定是个凡事都不动手的主。外面有个男人坐在白色的"宝马"里等着她，一等就是两小时。

短暂的睡梦中，风娘梦见了这个女人，还有那个"宝马"车里的男人。

她还梦见自己终于去了哈尔滨，坐的是夜班飞机。飞机在跑道上缓缓滑行，地上的灯光也缓缓滑行，红紫……橙黄……青蓝……像夜晚情爱的蜡烛，摇曳着动的节奏，光的幻影，当灯影铺洒成片，飞机犹如劈浪在明瑟可爱的汪洋之中，速度越来越快，越来越快，轰鸣的声音往后掠去，然后是风娘心仪的销魂荡魄的起飞——机头上昂，她的身体往后下倾，飞呀！……飞机起飞就像床笫之欢，对于女性来说，有着男性享受不到的快乐：上天的瞬间，就是做爱高潮的瞬间。风娘每次都是闭着眼睛用心体会这一刻的。这种时候，男人在做什么呢？飞机起飞，他们的表情通常都很严肃，甚或有些紧张，眉头紧缩，喉结生硬，似乎处于一种不习惯的姿势，无所适从。

女性在空中的平衡天然地胜过男性，这是一件奇怪的事，就像猫从空中落下从来不死，也是一件很奇怪的事。所以风娘爱坐飞机，梦里也在起飞。

附录：风娘的画外音——

八月底，一个凉爽的深夜，我和艾紫苏坐末班飞机到了哈尔滨，打折的机票价格很便宜，和火车差不多。尽管那么晚了，老登还是派车来接我们,乍一见面,发现他黑了瘦了,大约是在夏天张罗笔会的缘故吧。

不知怎的,在这个陌生的城市见到他,感觉他也陌生起来,似乎两人之间有一堵透明的墙,能看到面容,却隔着近不了身。倒是艾紫苏一路上不停地和他说话,好像他们之间有一种奇异的默契,和一些不言自明的秘密。

我点了烟,拼命睁大眼睛看窗外,可是黑漆漆的,什么也看不到。偶尔掠过几盏零星的灯,知道是在机场高速上行驶,看来,离哈尔滨市区还远着呢。想想真是莫名其妙,怎么会在夏天跑到北国冰城来,有啥好看的呢?又想到小房子,幸亏尤加利·菲菲在照看她,否则我真不放心。

怎么样?对哈尔滨有什么感觉?老登在问我,我转过脸来,对他矜持地笑笑:怎么说呢?外面什么也看不到,还是个谜吧。

他的眼光在车灯映照下热切地闪了闪,像磷火。

是的,哈尔滨在我心里就是个谜。

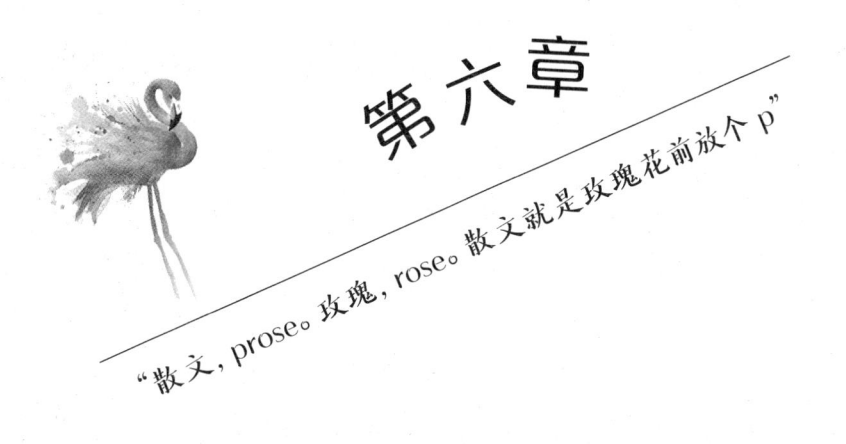

下 篇

第六章

"散文, prose。玫瑰, rose。散文就是玫瑰花前放个 p"

去依兰的巴兰河漂流

1

古城依兰坐落在哈尔滨东部二百五十一公里处,是清室祖宗发祥重地,也是满族祖居地。这天,雾雨朦胧的依兰码头,站着几个衣着不羁的人:长发花衬衫的粗犷男人,短发后面拖着一条蚯蚓辫的女人,戴着印第安人耳环的男人,半留短发半挽长发的女人,光头黑面孔的男人,波希米亚浪裙趿拉着拖鞋的女人,一看就是像艺术家,像诗人,或者像作家之类的那种人。旁边站着一些像电工,像农民,像裁缝,像主妇的简陋面孔,也跟着特殊起来,艺术起来。

这群与众不同的人,他们本应在依兰城内多做停留,因为这个被满语叫做"依兰哈喇"的地方,既有久负盛名的东山怪坡和慈云寺,又有徽钦二帝坐井观天的遗址,可是身为文人,他们却轻描淡写地和这一切擦肩而过了。驻足依兰码头,只是为了过渡,去依兰对岸的巴兰河。

凤娘、艾紫苏没和作家们在一块,她们跑到码头不远处的小店买胶卷去了,听老登说,到巴兰河再买就很贵。两个女人说是买胶卷,却不知在小店那儿磨蹭什么,半天也不回来,眼看着大渡船在松花江上往返几趟，已经快轮到装载他们的车了，老登扯起喉咙猛喊，两人也听不见。老登只好向她们跑去，正跑着，艾紫苏猛然回头向他挥了挥绛红的太阳帽，那意思是：知道了，马上就回来。

艾紫苏的绛红太阳帽很醒目，总算派了点无意的用场。笔会上就她和曹总戴了太阳帽。昨晚天气预报还说依兰天晴，没想到今早刚出门就下雨了，还下得不明不白。这雨说没有，又有，说有，那种雾花花的东西也叫雨吗？难怪作家们都潇洒地站在滩头上，只有两个浙江的女作家各自撑了把伞，袅袅亭亭地站着。

不知这雾雨会下到何时，老登倒也不着急，只要老天爷保持这种风度，下午漂流就不成问题。如果雨大了，就先开会，明天再去漂流，如果雨一直这么大呢？那就冒雨漂吧，反正打水仗也会浇湿的，总之不能再拖了。筹办这会可费老劲了，后天还要回哈尔滨参观呢。会议的日程总共也就四天。可惜林马斯先生这次去了欧洲，要不然哈尔滨那么多的教堂肯定让他流连忘返吧，不来也好，免得再被他缠缠绵绵地传教……老登正想着，忽然觉得自己的身体被人一拽，跟跟跄跄就往后歪，连着退了好几步，又被人撑稳了。"发什么呆呢？不要命了？"艾紫苏的声音训道。从渡船开下来的汽车轮胎在滩头石子里失控地打着急旋，眼看着就要撞到他身上，风娘和艾紫苏从后面合力把他拽开了。

老登一看她们回来了，傻笑起来："我说谁这么蛮的力气，能搬得动我这东北汉子，原来是你们俩联手啊。磨蹭啥呢？去这么久。"

两个女人笑而不答，瞥眼看到乘坐的大巴已经上了渡船，惊呼一声：快走，船要开了。扭着高跟鞋就往船上奔，肩上的挎包比刚才鼓囊了许多，大概买了不少东西。

老登把作家们都召唤上船，两个撑伞的女作家一步三摇走在最后面，不像要过渡，倒像赴约会似的。大伙儿挤在卡车、大巴和小汽车的空档中，都怕被她们的伞扎着了眼睛，面露愠色。

酒糟鼻子的作家公丁就说："把伞收了行不行，这压根儿就没有雨。"两个女作家斜了他一眼，指着空中蒙蒙的雾丝说："这不是雨是什么？这种雨太阴，女人淋了会生病的。"公丁一听她俩接了话茬，怪好听的南方口音，也不生气了，学着她们的莺音说："女人病了男人也就病了，哎呀，真不好办。"两女作家吃吃一笑，公丁又说："不过别担心，看你们俩的面相，身体都怪好的。"她们惊喜他居然会看面相，感兴趣地和他聊了起来，三人不一会儿就有说有笑了。老登看得目瞪口呆，公丁真会勾女人啊，到底是陕西的汉子，总是用"看相"的招术屡战屡胜。

他用眼神去找凤娘，看见她抽着烟，正和艾紫苏倚着对面的船栏，在看远处的松花江，心中甚是宽慰。看来，叫艾紫苏陪凤娘一起来开会，真是个不错的主意。这次笔会，因为他是主办者，要张罗的事情很多，不太顾得上凤娘，幸亏有艾紫苏陪着，不然凤娘真要被冷落——她比以前敏感孤独多了，似乎不愿意和作家们扎堆，绝好的组稿机会被她轻轻放过，话也少了许多——也难怪，婚姻的危机几乎让她失去所有自信，连老登都替她不平。吴衣奴说过，那个女人又老又丑，怎么说，凤娘都不应该败在那种女人手上的，可命运就是这么古怪乖戾。

按理说，凤娘的婚姻遭受危机，老登应该高兴才对，毕竟他爱她，希望她从婚姻中解脱出来，可是，也正因为爱她，他就想当然地认为她是最好的，最好的女人怎么能败给老丑女人呢？那种丈夫不是瞎了眼吗？他没有见过罗勒，心里却把那个男人恨得紧紧的。

其实老登自己的婚姻也一团糟。

黛诺带着书空很久没回家了，除了"离婚"二字跟他无条件可谈，他想对黛诺解释清楚自己的情感，可是越解释就越糊涂，每次他去她娘家找她，几乎都是被老丈人打出门的。书空也不上幼儿园了。黛诺根本就不见他，也不接他的电话，大学老师又不坐班，他总不能跑到教室去骚扰吧。

有一回，他趁着黛诺课间休息还真去了，因为太想儿子书空了，想去和黛诺打个商量。可是黛诺根本不顾为人师表，抓起讲台上的粉笔盒就砸了他一身白花花的粉末，台下的学生哄堂大笑。他觉得自己挺死皮赖脸，就不再去找黛诺了。可他实在想不明白，黛诺怎么会变成这样，以前她经常鼓励他去和女同事跳舞逛街，鼓励他陪外地来的女作家聊天，遇到哪个文学女孩追求老登而碰壁，她还会同情那个女孩。有天晚上做完爱，她钻进他的怀里说，她很爱他，爱到可以不占有他，只要他幸福就行了。她说如果他去找妓女，她也能理解的。老登说："别瞎说，我不是那种男人。"但是就凭着黛诺这句话，老登一直认为自己的妻子是与众不同的脱俗女人，也就是凭着黛诺这句话，老登才会把爱上风娘的事告诉她。

没想到，事情急转直下……

哎，女人啊，他赖以信任的天鸟，就这样粉碎了他愚蠢的梦。他并没有幻想自己像古代男人那样三妻四妾，只是天真地认为自己比其他男人幸运，可以因为超俗的黛诺，公开地、深度地、共时地阅读两个出色的女人。谁曾想，一个决然弃他而去，一个徘徊不肯入怀，咋整呢？

他变得孑然一身。

没有黛诺和书空的家乱糟糟、冷清清，哈尔滨这种五十年代的公房单纯也单调，索然无趣。老登不停地抽烟、闷睡。他本来是个爱干净的男人，如今已经感觉不到家里的邋遢了，唯一能感觉到的就是寂寞。除了寂寞，还是寂寞。

挂钟寂寞地走着，金鱼寂寞地游着，冰箱寂寞地站着，藏书寂寞地合着，厨房寂寞地空着，电视寂寞地关着，吊兰寂寞地死着……寂寞像瘟疫一般围绕着他，令他心如荒野。起初他会用怀想排遣自己，怀想童年在安发街住的姥姥家（那房子后来都给扒了），姥姥爱撮火暖屋，那种老式的俄罗斯风格小屋，人字形的屋顶，有绿色的门斗，有烟囱，有暖墙，有地下室。地板是红色的，很厚很厚，下面塞满了锯末子，走起来发出"空空空"的声音，老鼠在锯末子里面快乐地钻来钻去，童年的他也在地板上快乐地跑来跑去……可是后来这种怀想没有用了，老登陷入了精神的阴翳，难以自拔，他不想这样糜颓下去，于是突然产生了一个大胆的念头:离开哈尔滨去北京工作,去抓住那个能够提升他情感的女人。

他到处托北京的朋友帮忙,也托了认识不久的艾紫苏。艾紫苏帮他联系了《新城报》做副主编,待遇很高,但是手续很复杂,并且需要严格的考试。七月初他到北京看风娘那次,就是去参加初试,报社给了他厚厚的一叠考题,说是人事机构专门为招聘副主编拟定的,他一看就晕了,这都是什么鬼题目呀,能考出副主编的水平吗?

  1. 柳橙之于果酱,好像……之于……
  A. 马铃薯——蔬菜
  B. 冻子——果酱
  C. 番茄——番茄酱
  D. 蛋糕——野餐
  E. 三明治——火腿

填什么?权且填 C 吧。

  2. 快速的之于猎犬,好像……之于……
  A. 天真的——羔羊
  B. 活泼的——动物
  C. 贪吃的——老虎
  D. 聪明的——狐狸
  E. 迟缓的——树獭

填什么?权且填 E 吧。
……
  350. 圆形之于球体,好像……之于……
  A. 正方形——三角形

B. 气球——喷射式飞机
C. 天堂——地狱
D. 轮子——柳橙
E. 药丸——水滴

　　填了一下午的"好像……之于……",到最后一题也就是第350题的时候,他头晕脑涨,忍无可忍地填了个C。

　　他想他现在之于北京,就好像天堂之于地狱,是宇宙的两极。

　　这一切风娘都蒙在鼓里。

　　他不想折腾了,没想到初试居然过了,报社通知他九月去复试,还要考英语口语。后面一个要求简直让他心惊胆战,英语这门语言不开口也就算了,一开口准把人吓死。可是那种神经兮兮的初试都通过了,不去碰碰最后的运气总不甘心吧。更何况艾紫苏说,没准别人的口语比你还不济呢。于是整个夏天,他黑灯瞎火地忙着,忙笔会也忙英语口语。忙碌使他心无旁鹜。

　　现在,笔会总算如期召开了,虽然性质发生了一些变化,老登倒也没什么可嘀咕的。这年头,谁掏钱就听谁的使唤呗,好歹能开个跟文学有关的会吧。掏钱的人是金星集团的曹总,此刻正和《文苑》的胡主编随着人流走下渡船。这个浓眉大眼满脸深沉戴着白色太阳帽的家伙,是个奇怪的企业家,有着很强的文学情结,却对诗人和小说家没有好感,他认为这两种人太乱,只有写散文的人思想纯正,性情可爱,非要把笔会改成散文笔会,否则就不提供赞助。什么逻辑,简直莫名其妙。

　　其实来开会的散文作家当中,依然有不少诗人和小说家,比如公丁就是个会写小说的散文家,曹总忽略了一个事实,如今的作家是千手观音,左手写诗,右手写散文,第三第四只手写小说剧本评论的可是大有人在。

　　中午,快到报达山庄时,雾雨停了,山边上出现了太阳。全车的人都兴奋起来:下午可以漂流了!

因为此次接待的是一帮叫作"作家"的人,随车导游更是抖擞精神,开始向大家介绍景点:

"各位作家,我们即将漂流的巴兰河位于小兴安岭南麓,丹青河景区腹地,是由山间泉水汇集而成的,它横贯迎兰朝鲜族全境,在依兰迎兰乡以东两公里处汇入松花江,有九处激流,十八道湾,十八道水滩……"

艾紫苏悄悄对老登说:"待会儿打水仗,第一个就往这眼镜导游身上浇水,一上午也不知导些啥,什么景点也不介绍,跟我们一样呼呼大睡。"

老登说:"这主意好,这导游是次了点,八月中旬依兰天气即将转凉,山庄的导游都开始往回撤了,旅行社临时给我们会议找了这么一个小眼镜,报酬低啊。"

"你们可别往我身上浇水啊。"凤娘听了,笑着插话。

"那当然,说好了,自己人不往自己人身上扬水。"老登赶紧接茬,他现在只要听见凤娘说话,不论她说什么,都感觉像金口玉言似的。

巴兰河真是一条美丽的河流,是由山间泉水和松花江上游汇聚而成的,水质清冽如新。绿树蓝河白浪,看上去平平静静,稳稳当当,在这样的河里漂流容易麻痹大意,反倒充满了神秘的变数。它不峻险,却如此难测,它远离尘俗,却见过世面,它在北方的夏季众芳摇落,却十分低调。

当它初次面对这些叫作"作家"的人时,竟然有点慌乱。它急急忙忙地拥抱了一只接一只的皮筏艇,艇上的人除了那个眼镜导游用毛巾包着头,光着膀子,拿着水桶,其他人都穿着薄雨衣,三三两两拿着桨或脸盆或水勺,几个女人还空着手,一看就是些没经验的人。小眼镜告诉他们买雨衣没用,别上当,他们还嘲笑小眼镜光膀子不文明,说你小子竟然有一百五十斤,看不出身上长贼肉啊。

有个戴绛红太阳帽的年轻女子,站在岸上,不知怎么没上艇,先用脸盆装了好几盆水狠狠地往眼镜导游身上扬,小眼镜还没出发就全湿了，年轻女子咯咯笑着跑远了，小眼镜也无可奈何。

老登见状诧异地问："艾紫苏怎么不上船？"风娘笑笑说女人的事你管那么多干啥？原来艾紫苏刚刚在大巴上"倒霉"来了，熬到码头上买了卫生巾，所以背包里鼓囊囊的，也不便下水，只好在岸上等。这样风娘的皮筏艇上就缺了一人，除了她，就是老登和金星集团的曹总。

小眼镜皮筏艇上的公丁和俩女作家受小眼镜的牵连，还没出港就被艾紫苏"陷害"了，全身湿透。薄雨衣果然没用，索性破罐子破摔，稀里哗啦先用水把周围的皮筏艇猛扬了一通。风娘的坐艇离他们最远，老登和曹总一边站着挡水花，一边像争着保护美人似的，呼呼生风把皮筏艇划得更远了。

动态使天地的幽姿活跃起来，在如此山红涧碧的自然怀抱中，巴兰河上的人如沐兰汤，如浴华采，阳光的人性像布鞋中的干沙子一样急急倾倒。老登咧开嘴孩子般的大笑着，因为所有的皮筏艇中，只有风娘没被浇湿，他和曹总带着保护最后一块处女地的心情，把自己的薄雨衣全都脱下来，扎紧风娘的领口和腰，曹总还把白色太阳帽扣在风娘头上，风娘带着被金屋藏娇的受宠，眼睛弯弯的，一半欢喜，一半紧张，似乎自己一旦被浇湿就真的失败了，她也得把自己当瓷娃娃好好当心着。

2

满脸深沉长马子脸的曹总，似乎天生没有哈尔滨人的幽默，也没有哈尔滨人的口才。从小他写不好作文，就崇拜当作家的人，尤其崇拜写散文的人，因为老师说散文就是说话。令人困惑的是，怎么同样是说话，散文家说得那么好，他就怎么也说不好呢。

他学的是理工科，却喜欢找机会接近作家，和从前巴巴地贴脸贴屁股蹭笔会不同，这次他赞助笔会，作家编辑们都对他客气得不得了，尊敬得不得了。他满脸肃穆体会这种良好感觉，绝不让它们有丝毫泄露。同时也暗眼观察着笔会怎么花销他的钱，觉得这批写散文的人还不算太放肆，可能有一点点文酸，但不做作，可能有一点点自我，但不自恋。为了在作家中保持他用钱换来的威仪，也为了接近风娘，他特意坐到了风娘的皮筏艇上。

曹总伺候风娘，和老登的格外殷勤不一样，他默默地不太说话，都是用肢体语言表达，时不时地剥点小话梅、小松子递到风娘手里，间或递上矿泉水瓶，不带俘获的动机，也不惹老登吃醋。三人于是相安无事，顺水而下。

北方的水没有南方的水丰满，也没有南方的水多情，她的稀罕使她成为一种激情和力量，迸发在春天，慵懒在夏日，到了依兰的巴兰河这里，还略带一点干爽又潮湿的放松，像洗完澡擦干水的那种干爽又潮湿。

在北方，再坚硬的人，和如此云空下的水相遇，也会生长出一点柔软的嫩芽。

水上的人就这么聊起天来，焦点话题是陪着俩女作家的公丁。说真难为了公丁，两个南方妞那么矫情，他还照顾得挺周全的。风娘说公丁那篇散文应该改个题目叫《女人与猫》，老登听了哈哈大笑，觉得风娘心情好多了。风娘说："笑什么，他的缺陷就是没写女人和猫的关系嘛。"曹总不懂，问什么意思。

老登告诉曹总，公丁前段时间有篇散文引起了文坛的小轰动，题目叫《文人、老人、孩子与猫》，写得真是深刻有趣，酣畅淋漓，只有饱读诗书又具备洞察力且略通神秘文化的公丁，才可能写出此等文章。

在文章中，公丁列举了中外文人爱猫的奇特现象，从外国的波德莱尔、卡夫卡、里尔克、爱伦·坡、拜伦、杜拉斯、谷崎润一郎、三岛由纪夫、夏目漱石、村上春树，到中国的李叔同、丰子恺、老舍、梁实秋、冰心、夏衍、季羡林、郭风、王蒙，再到吉卜林童话《独来独往的猫》。

公丁引经据典地谈到，传说中，猫是有九条命的，像神一样。印度史诗《罗摩衍那》和《摩诃婆罗多》里都有猫的故事。他说猫最初的埃及名称叫"mau"，也许是源于"meow"，这个词也意味着"看见"，埃及人认为猫的不眨眼的凝视，使它有能力看出真理并看到来生，因此，有时被称为真理女神的猫神巴斯特，被用在木乃伊仪式上确保来生。"在埃及，人们发现了几千只猫的木乃伊，某些保存得非常完好"。老登介绍到这里，背诵了公丁超凡阅读得来的一句引文，因为公丁这篇文章就发在《文苑》上，是老登做的责编，所以某些段落他几乎能背诵下来。

"可是听你这么说，公丁只不过是书读得多些，对猫的了解多于常人，并没觉得他这篇文章有什么特别之处。"

"话可不能这么说。公丁的厉害岂止是书读得多。"老登大为摇头，声调十分不满。忽听风娘喊了起来："快看！前面有烧烤！正好饿了，靠岸去吃点羊肉串吧。"抬眼看去，果然前方左侧有块突出的小岛，当地的山民支着火架在卖烧烤，一些漂流散客坐在岸上边吃边聊。

三人匆匆靠岸，发现除了羊肉串，还有啤酒、烤土豆、烤玉米什么的，喜出望外。河里漂得时间久了，太阳出来骗大伙，又溜号了，几个人都有些凉意饿意，喝点啤酒吃点烧烤再好不过，就张罗着坐下来。

老登被这么打岔，嘴里说公丁的文章还是没闲着，口气倒是平和些了，因为这篇妙文是他辛苦挖来的，简直就像自家孩子一样夸耀得津津有味。风娘跟着他的思路左闪右跳，真恨不得手头就有一篇公丁的原文递给曹总，免得老登唾沫星子横飞，曹总的脑子也跟不上趟。她也是爱极了公丁的这篇散文，当老登说到哪的时候，她眼前的巴兰河波纹，就变成了整齐的公丁铅字密密流过："都说鲁迅仇猫，虽然起因是源于鲁迅童年的隐鼠误会（说起来那猫可真冤呐），本质上倒也吻合了鲁迅与猫的决然区别。猫静静地坐在那里，或者像魅影诡秘掠过，或者依偎在你身边，或者愤怒地伸爪出击，都昭示着它的自我，神秘，孤独，洞见，寻求温暖，冷漠的温柔和自由天真，它什么都知道，却什么都不说不动,只想独来独往。它的脾气和鲁迅太不一样了,虽然鲁迅解释自己不喜欢猫的交配方式——那时禁欲多年的鲁迅当然不会喜欢猫的交配和猫的叫春——但他说过他的嫉妒心没有这么博大,可别'动辄获咎'地冤枉他。鲁迅仇猫的根本原因在于猫是个人主义者,而鲁迅是启蒙主义者,鲁迅什么都知道,又什么都想说想做,他和猫一样孤独,却比猫爱咋呼,爱呐喊,爱出手。他和猫一样是智者,但猫是思想者,鲁迅是思想者兼侠客,鲁迅的成分大于猫的成分,所以他非常地恨铁不成钢,恨猫不成狮虎。

"而文人大多骨子里都是如猫的个人主义者。梁实秋从仇猫到爱猫,转变根源不知所以,恐怕年岁渐长后向个人主义者转化的可能性很大。许多老人爱猫,许多孩子爱猫,仔细想想,文人与老人与孩子与猫确有许多共通之处。孩子充满神性却喜欢胡闹,老人充满智性却日薄西山,文人充满深刻的洞察却耽于幻想,猫充满明慧却与世无涉,他们都像通达真理的直觉者,却可惜太幼小(孩子)、太苍老(老人)、太清高(文人)、太轻盈(猫)。也许是这些物质力量和精神力量的脱节,使得他们都太自我,都是个人主义者。

"有个壮年人,同时在家里养了狗和猫,然后感慨地对我说:'和狗相比,你就会发现猫是个地地道道的奸臣。'非也,狗和猫的忠奸是相对于人的判断而言的,狗想讨好人,所以忠诚,猫想自由自在,所以难缠。追求自由的人或猫是很难被收买的,也就更忠贞。老人把猫抱在怀里,因为历经世事沧桑,明白猫的至暖至情。孩子和猫嬉戏逗乐,因为天性率真,喜欢猫的自由可爱。文人与猫相视牵挂,因为秘密思想,懂得猫的独立不羁。文人兼具老人的睿智和孩子的童心,文人就是猫。"

对风娘来说,公丁的文字犹如巴兰河水中的波纹鳞鳞闪过,看得见,摸得着,捞起来却没了。老登更是苦于无法全部传达文中的感觉,对曹总说："算了算了，等回去我把原文找给你看。"

这时，后面的皮筏艇也都陆续赶到，公丁吆喝着老登他们："别贪吃了，兔子和乌龟赛跑，我们全赶上你们了。"三人急忙上艇，这一着急，失了戒备心，众人的皮筏艇将他们团团围住，专往风娘身上扬水。风娘被浇成了亮闪闪的水葫芦，扎紧的领口和腰全兜着水，薄雨衣贴得身上冰凉，比不穿还难受，直喊饶命。可怜老登和曹总的满腔苦心全部泡汤，知道这帮人都是预谋好的，拼命奋战也寡不敌众。风娘知道自己彻底不保，也开始拼了命地还击对方，一边发出水中的尖叫，她厚厚沙沙的声音被水稀释后，像薄片的弧线，光滑晶莹，令人心悸。

公丁到底是个汉子，喜欢仗义的行为，策反了自己艇上的小眼镜和女作家向同伙进攻。"哇，有叛徒！"混战中有人喊到，大家的眼睛都被水浇得睁不开，也看不清谁是叛徒，乱做一团。一时间，巴兰河上飞舞的水花，被各种各样的声音撞击成宝蓝色、绛紫色、玫瑰色、金黄色……灼灼夺目的色彩，将人的姿态勾出了绚丽的幻影，岸上的人们都乐坏了。

激战结束，大伙都累了，疲了，消磨了斗志。把皮筏艇里的水淘得差不多后，顺着河流缓缓下漂，沿岸看到山民用河沟里的水做饭，或者坐着轮胎筏在河里捡矿泉水瓶。有一处河水极浅，几个山民站在水里不知捡什么，近了才知在捡河螺，风娘一看来了兴致，反正身上全湿透了，她也脱了高跟鞋下到河里去捡，说是带回去给笔会上的人尝尝鲜。老登见风娘这么开心，就把皮筏艇绳子绑在一块石头上，拿了一个塑料袋，和曹总一块下到河里，帮着她捡。汩汩细细的河流从风娘的腿间柔柔滑过，两个男人争先恐后地把她手里的河螺装进塑料袋，三人的肌肤、肢体、心灵不经意地喜悦地触碰着，发出许多秘密的，连他们自己也觉察不到的电波。好几次，风娘在河里走着趔趄欲倒，两个男人就一左一右牵着风娘的手。他们找到一个小沟窝里的河螺特别多，就专心致志埋头捡着。巴兰河变得越来越安静，人声匿迹，只剩下他们埋在清凉的水氛围中，静静地捡河螺，不知天要黑了，光要走了,虫儿要睡了。

3

凤娘漂流完就重感冒了。

这可急坏了老登,回到巴兰河住地,天一直阴阴地雨,问谁都没有感冒药。他问当地人讨了些葱白、生姜和醋,找人熬了给凤娘喝。第二天,雨倒是停了,窝在室内的会议还带着雨后的潮气。主持会议的老登身在会场上,心在凤娘的客房里。可气的是那个曹总,以照看凤娘的名义,窝在凤娘房里端水倒茶,艾紫苏、俩女作家都住这屋,公丁也逃会蹭了进来。

老登好不容易熬到晚宴,借口来叫几人吃饭,走进凤娘住的106房,就见凤娘半闭眼躺在床上,其他几个人正埋头准备打牌呢。属曹总的声音最大:"你跟谁一伙?打娘娘还是打红尖?六张底牌不透明?你们南方人奸呐。"几个人为南北打牌的不同规矩争论着,老登走进去,也不好对财神爷曹总怎么着,就咧咧青蛙嘴说:"嚯,曹总,您出钱开笔会,又在这另起炉灶当洪常青①闹革命呐。"

"哪儿的话,这不还有公丁嘛。"满脸深沉的曹总难得笑着说。似乎听不出老登的讽刺意思。

"五个人怎么打?"老登问。

"打暗叫呗。"几个人忙着抓牌,回了他一句。老登瞅瞅已经没有凳子,就坐到凤娘床沿,问她喝姜汤后好些嘛。凤娘嗡着鼻子,声音更厚沙了,说一直头痛得厉害,睡不着。

又问笔会开得怎样,有什么逸闻趣事和惊人言论。其实她脑子昏昏的,只是随口一问,没想到老登得了话题。说今天老胡(他说的老

---

① 洪常青是电影《红色娘子军》里的男主角,因他带领着红色娘子军闹革命,故生活中常把几个女子中唯一的男子戏称"洪常青"。

胡就是主编胡本选)在会上讲了一个故事,这故事在会上引起了争论,就是它到底属于小说的范畴还是散文的范畴。风娘问是什么故事。老登就说开了。从前有个教书先生和一个风水先生,两人是好朋友,每逢小镇上当集——小镇每三天一集,两位老先生就要在一起喝酒。某日,有个年轻人大大方方地走进来,说:两位先生好。两位先生都站起来,请他坐,然后叫酒家加杯筷,敬酒喝起来。喝到一定时候,年轻人起身告辞,说两位先生少陪了,我还有点事先走。年轻人走时,两人又站起来很客气地相送,完了两人又继续喝酒。然后教书先生问,这是你家什么朋友。风水先生说这不是你的朋友吗?我还以为你认识他呢。两个老先生都以为是对方朋友,想不到受骗了。下次当集的时候,两人又喝酒,年轻人又来了,又请坐,又加杯筷对饮,其中一位先生说,其实我们和你都不认识,今天也算认识了,不妨如此,三人各做一首诗,谁做不出来,谁就付账。

风水先生做的诗是和天文地理有关的,他说:天上下雪糊里糊涂,落到地上清清楚楚,雪要变水容容易易,水要变雪难上加难。

教书先生做的诗是和笔墨有关的,他说:墨在砚中糊里糊涂,写在纸上清清楚楚,墨要变字容容易易,字要变墨难上加难。

两位先生做完诗得意地看着年轻人,谁知年轻人脱口应对:我上次吃你们的糊里糊涂,今天吃你们的清清楚楚,我要吃你们的容容易易,你们要吃我的难上加难。

于是站起来手一拱,告辞了。

"老胡这故事是从哪儿得来的,是不是真有这事?"风娘问。老登说是老胡他爹告诉他的,也搞不清真假,风娘又问老胡他爹是从哪儿得来的。老登说老胡他爹也是从别人那儿听来的。风娘说我现在脑子糊得厉害,也说不明白它到底算小说还是算散文。

公丁插话说这还不简单,它本身是个小说,放在散文里就变成了散文的一部分。艾紫苏说没准它本来是件散文的真事,被你们传着传着就变成了小说。曹总说得得得,我看你们文人看事物都路数有问题,你说它是散文就是散文,你说它是小说就是小说呗。这几个人打着牌,耳朵都在竖着听老登和风娘说话。一直矫情的俩女作家柳兰和铃兰也憋不住了:那咱俩是姐妹,你能说姐姐就是妹妹,妹妹就是姐姐吗?

老登接话说敢情你俩是姐妹啊,怪不得我看你俩是没两样啊。公丁说:"此言差矣,怎么能说没两样呢?让你和姐姐柳兰结婚,你能和妹妹铃兰上床吗?"众人听了这令人喷饭的话都大笑,连风娘也笑得精神好了许多。柳兰和铃兰气得就想掐公丁的胳膊,公丁说:"你们俩掐我干什么?你们应该掐老登啊,是老登说你们没两样啊。"

老登,你怎么在这凑热闹呐,害我找得苦,会议代表还等着你去敬酒呐。胡本选给风娘不知从哪弄了些感冒药来,进门见这么些人逃会,心里老大不高兴。嘴里却咋呼着:"厨师现抓的巴兰河蛙做得可好吃呐,大伙儿都去尝尝,别都被美人套着啊,晚上的篝火晚会咱和新疆来的旅游团联欢,美人还要多呢。"左推右搡地就把老登和公丁等人拖走了,一帮人乱哄哄涌了出来。混乱中只有老登惦记着,除了照看风娘的艾紫苏留在原地,那个满脸深沉满心城府的曹总,也赖着没挪窝。

老登被胡本选拖着,脚下停不住,心里着实闹腾,为风娘的感冒,也为曹总的死皮赖脸。他又不能怎么的,浑身都不痛快,宴席上就几乎不吃菜,总是嚷着,灌别人酒也被别人灌。东北汉子都爱喝凶酒,那个猛劲,真叫"力拔山兮气盖世"。晚宴上却是红酒白酒啤酒各种酒都备着,老登喝着喝着就喝杂了,他和胡本选以东道主的身份每桌喝了一圈,特男人的模样,可惜风娘没有看到老登这个晚上的表现,否则她就明白上次应对黑苏子完全不必美女救英雄,老登不能喝,但能醉着呢。

喝完酒,大伙儿把老登和胡本选都拥到篝火晚会上去了。篝火晚会这种少年时期才有的人类活动,和天空、原始、黑暗中的火,仿佛十指相扣的情人,眼被点燃心被点燃,再木讷的人都会热烈起来。那些新疆旅游团的维吾尔族人,早已载歌载舞,在这种场合,汉族人虽永远是被动的,也被他们感染了情绪,围着篝火跳成圈。

老登像一个稚气未脱的少年,来回走着,满怀的青春之血都想喷涌,却苦于找不到心中的恋人,他今晚绝对喝高了,却好像不知道醉。几个新疆姑娘大方地来拉他跳舞,他吓得连连后退,突然,一个年轻女子环住他的腰就跳,边跳边说:"是我,艾紫苏。"

老登似乎迷瞪了,以为她说:是我,风娘。于是就傻傻地笑,那俏丽的东方女生的短发在他眼前摇晃着,可是他明显地感到了不对,许多次,他想象过把她搂在怀里的结实感觉,像母牛一样性感而挑战,而这个身影小巧许多。他本能地问:"你怎么跑出来了?风娘呢?谁照看她?"

"她吃了感冒药,呼呼睡着呢,我听见篝火晚会的舞曲,够撩人的,就想来找你。曹总就让我来了,他说他会照看风娘。"

听了这话。老登气得顿了口酒气,撸掉艾紫苏的手拔腿就走,边走边说:"你怎么这么糊涂!怎么能让一个陌生男人照看风娘呢?"

"曹总怎么能算陌生男人呢,他不是赞助咱会议的老板吗?又喜欢文学,我看他人挺好的,一点没有老板架子,今天给风娘倒了一天水,一点都不让俺累着。"

老登红着眼,回头狠狠把艾紫苏瞪了瞪,懒得再和她废话,三拐两拐就把艾紫苏甩了,风一般冲向客房住地。

他门也没敲就推开了106房虚掩的门,模糊看见曹总的手尴尬地从风娘的胸部放了下来。

"咋的啦?你还想越过灶头上炕啊?"老登冲上去一拳就揍青了对方的眼,曹总愣了一下,也一拳揍了过来:"他妈的这又不是你女人你吃什么醋!"

老登听了这话噎得更难受,闷声不吭,把喝的酒能量全变成了力气,拼命往曹总身上打。曹总感觉到他拳脚借酒的蛮力,也拼命往老登身上打,老登边打边吐,溅了曹总一身。所幸随后的艾紫苏知道不妙,已经把胡本选和公丁等人找来,死活拖开了两人,拖开的时候,公丁觉得老登的心脏简直迸出了胸腔,跑到他手中滚动似的,又热又烫。

风娘睡得糊里糊涂吵醒,被眼前这幕吓呆了,她不知道这两个男人怎么会在她的屋里打起来。脑袋是懵的。一切都如一场突如其来的暴风雨。

后来公丁每每向文坛中人讲述冲进屋劝架的一幕,就会不由自主联想起自己猫文中的一段话,其实这完全是不相干的两件事,但他莫名其妙就会产生这种联想:

> 其实还有两个爱猫的文人,但他们很不幸是邻居。钱钟书的隔壁住着美丽绝伦的林徽因,本来这是多么千载难逢的芳邻啊,两家的猫却发生矛盾,两人也横竖不对眼。北平著名的"太太沙龙"里没有大学者钱钟书的影子,是为什么呢?因为钱钟书是迂阔的人,而林徽因是机敏乖灵的人,性格不合吗?两人对峙的根本原因至今未见。都说异性相吸,这对异性却相斥,是林没邀请钱参加"太太沙龙",还是钱拒绝了林的邀请,不得而知。据我猜测,可能是太过相似又极不相似的思想和情感错了位。猫是个人主义者的宠物,钱是隐身的个人主义者,林是飞扬的个人主义者,两位不同的个人主义者住得这么近,的确是不太痛快的。钱钟书家里还有个明慧得不得了的杨绛,钱为了避嫌,为了表忠心,也得揭竿而起斗美人与美人之猫吧。说这话也可见我本人作为一介文人的可恶,又在以小人之心度君子之腹,嘿嘿。

黛诺，别走

1

《文苑》散文笔会，因老登和曹总的打架达到高潮，这恐怕是任何文学会议都不曾有过的奇观。一个是赞助商，一个是主办方，为了一个正在闹离婚的女主编争风吃醋。老登明白，不出一夜，这事就会不知怎么添油加醋地传遍南北文坛。更糟糕的是，他无法向风娘解释。本来是为了保护她，却把她卷入一场这么庸俗透顶的三角争斗绯闻中。他再没有和她搭话的机会。风娘冷着脸随大伙离开依兰的巴兰河，回到哈尔滨就直接买了当天的全价机票回北京了，和老登、艾紫苏连个招呼也没打——她气着呢。

老登垂头丧气地坐出租车回家。天气出奇的闷热，哈尔滨盛夏也不会这样的，如今老天爷和人都反常，对于凉快惯了的哈尔滨人来说，偶尔热几天简直是受刑罚，老登热得无精打采，在后座上蔫着。本来他还想得美美的，要带风娘去吃大碴子粥、大列巴、老昌春饼、王记骨棒，还有马迭尔冰棒。哈尔滨这些好吃的可都是北京吃不着的，风娘一定会高兴得像个孩子，这下全泡汤了。

会议代表都在参观哈尔滨的风景名胜，他却只能鼻青脸肿地往家躲,正郁闷着,听见出租车司机也在发牢骚:"咋回事呢?憋了这么多车,憋老了。"探头一看,是在离家很近的果戈理大街上,前面车头和人头黑压压的,车被人憋着,闹哄哄的,不像是出交通事故,倒像是在闹事。老登看这情形,知道车是过不去了,索性结账下车。挤了几步,听周围的人议论,说是家长们堵在中学门口围攻校长呢,因为这校长后门开得太离谱,把应该上这个重点学校的学生挤掉了很多,才激起了民愤。

有热闹看,老登开始亢奋了。他是个喜欢仗义执言的人,就关心地问抗议的家长,校长是否在里面,这样围攻是否有用。"在!"一个男家长斩钉截铁地说,"我们亲眼看见龟孙子进去的,他现在缩着头不敢出来,这么多人围攻,怎么都得给我们解决。"问题是这样能解决吗?老登疑惑着,先不回家了,站在一边看事态发展。他想,这时要有个作家在场该多好,像果戈理这种类型的也行。

可作家们都不在,所以他一贯对作家们体验生活的说法保持怀疑,作家不是演戏似的体验生活,也不是居高临下地体验生活,为体验而体验多虚呀,作家就是生活中的血肉,他碰着啥就是啥呀。可作家又得坐在家中像面壁似的写,外面发生啥别人咋的咋的他也不一定知道,只能根据道听途说再虚构吧。要不然,难不成作家写妓女就得当妓女,写杀人犯就得当杀人犯,那也太可笑了。作家就得有超脱体验又超脱血肉的能力,有这种能力的作家才能写小说。

都说小说里发生的事真也行假也行,散文里发生的事却必须得真,那么老胡说的那个故事到底是真是假呢?老登想着想着又陷到一个较真的怪圈里去了……

忽然人群在太阳下像发光的海潮般乱退着,老登一看,来了许多保安维持秩序。据说是家长代表在和校方谈判。僵持了很长一段时间后,几个保安拥着一个男人从学校里走出来,上了一辆空大巴走了。那大概就是他们说的校长,家长们大概也得了一个政府帮助妥善解决的说法,总算放了他一马。老百姓不逼急了,其实都好说话。

天气闷热，家长们渐渐都散了，看热闹的人们渐渐也散了，老登转身往家走，回头却看见一个穿白色长裙的女人双目眇眇地望着他，黛诺。

"你怎么在这？"

"你怎么脸上伤成这样？"黛诺没回答老登的话，却反问道，语气明显的嗔怪。

"嗨，被一个无赖打的。"老登这才想起自己的狼狈样，怕遇到邻居，低头拉着黛诺拔脚就往家走。黛诺也就跟他走着。他想妻子到底是妻子啊，知道心疼他，不像风娘跺跺脚就跑了。他不知道自己看了半天热闹，黛诺也看了他半天。

黛诺赌了几个月的气，却一天也没忘了老登，这个傻老登傻起来可比谁都傻，不会饿着凉着吧。学校里平时忙不觉得，放暑假了，闲下来她更走神，找了个理由把书空甩在娘家，脚不知不觉就往果戈理大街的家中走来。没想到心神恍惚时，已经走进了人堆，猛然看见老登像其他闲汉一样，站在街上看热闹，脸上还挂着彩，心里又疼又恼：这个傻老登还是那么傻。

这一刻，他们似乎觉得谁也离不开谁。两人就像突然加速的机车，脚步快快地往家走，什么话也不说，筋骨都绷紧了，蹬蹬蹬赶上楼梯，进了屋就抱在一起，像一对久别的情人。黛诺怀着满腔的怨，拼命吻着老登，用力抱着老登，老登脸上、身上被打伤的地方全都痛了起来。为了转移这种疼痛的感觉，他也用力抱着黛诺，拼命吻着黛诺。黛诺紧紧地闭着眼接住这重重掷下的蛮力，裙子将她敞开如垂天之云，她让他进入了云团绵软洁白中黑魆魆的缺口。

两人迸发的热量，让本来就闷热无光的屋子，变得像灼烧的煤核，烫出黑里透红的光晕，黛诺热得喘不过气，老登也热得身上更疼，他抬起身子，黛诺紧紧不放他，问："干吗？"

"开电扇。"黛诺这才不情愿地放了，老登开了电扇，想想把呼机关了电话线也拔了，又随手将电扇对着黛诺的下体，好让她更凉快些,做爱的停顿,使他有点回到多年夫妻生活的惯性——给黛诺多一点关照。他抱紧黛诺,又重新进入云团的缺口,夫妻俩都知道屋子的隔音不好,不敢发出声音,两人闷着劲努力着。这种闷抑突然使老登感到全身心莫名的痛,在他竭尽全力的时候,他想起了凤娘。

电风扇单调地响着,无动于衷地看着这对夫妻的燃烧,看着他们彻底平静下来。黛诺这才发现老登不仅脸上有伤,身上也是青青紫紫,淤块如纹身的花纹,极其刺目。黛诺非常吃惊:"嗨,这是为啥呀?谁下手这么狠?你怎么也不去医院看看?"老登随她怎么问都不吭声。黛诺把家里的毛巾全部翻出来,打湿了放冰箱里冰着,然后敷在老登身上消肿化瘀,忙乎了好一阵,老登一把抱住她,不准她再折腾了。

两人就这么躺着,渐渐睡着了。这一觉睡得够沉,晚饭也没吃,一直睡着,电风扇更加单调地响着,它不知道自己惹了祸。

半夜里,黛诺开始频繁地起床。她总想小解,刚蹲下,又解不出来多少,刚站起来,又想小解。尿道生疼生疼的,肚子快憋死了,厕所的门也快被她关烂了,折腾到凌晨,她愤怒地摇醒老登:"我身上难受得要死了!你是不是在外面碰了那个女人?"

"没有,我发誓,绝对没有。"老登急急地说。"那我怎么会这样?""不知道,我去帮你弄点药来吧。"老登二话不说就出了门。黛诺的声音在后面追着:这么早你去哪弄药……

哈尔滨夏天的凌晨天光晶映,最后一丝黑暗像风影倏忽即逝,没有云彩的高空皎皎而悬,万物潜伏欲动,早行者如电影中的人隔身而过,老登的脑子像被水洗过一样虚静。他骑车跑了很多药店都没开门,跑着跑着,忽然想到有个私人药店,是可以叫开门的。

等他拿着药回到家里,黛诺已经蹲在厕所不动了,她说:"太难受了,总是想解手,干脆就蹲在这不动了。"

"那怎么行,这样不把脚蹲麻了?我问过药店了,是急性尿道炎,给你买了氟哌酸,吃了药就会好的。"

可是黛诺吃了氟哌酸也没太大好转,早餐后还是一趟趟地跑着难受,她捂着肚子要哭了:"我实在受不了啦,怎么好好的会得这病呢?老登你一定是碰过别的女人了。"老登实在哭笑不得:"跟你说过,我是真没有碰过。呆会儿咱们去医院瞧瞧吧,啊?"

"这病还有脸去医院瞧?人家不知道的还以为我有多乱呢!"

"哎,你还有点医学常识没有,这跟那方面一点关系也没有。"

"没有关系?那为啥你没碰我的时候好好的,你碰了我以后就这样了呢?"

"那我咋知道呢,没准是你自己哪不干净呢!"

夫妻俩说着说着就吵起来了。忽听有人敲门,两人吓了一跳,这么早会有谁来找呢?老登和黛诺面面相觑,敲门声执着地响着,老登就去开门,门口站着的竟然是艾紫苏,穿着牛仔裤和T恤,背着双肩包,行色匆匆的样子。

"天哪,老登你没事吧?呼你呼不到,电话也没人接,我今天要回北京了,就问老胡要了你家地址,大伙都怕你出事了呢。"说完她看见黛诺,"这位是?"其实她在楼梯口早听到他俩的争吵声,本想离开,想想还是替老登解个围吧。这么吵下去,老登不知又要做出什么事呢。

老登尴尬地介绍说:"这是你嫂子。这是北京《新城报》的记者。"他想艾紫苏这时来,黛诺不知又要闹成啥样呢。唉,豁出去吧,管不了那么多了。

没想到艾紫苏可有本事,她以自己素来蓬蓬勃勃不看别人脸色的热情全面出击,不仅迅速消除了黛诺对她的异性误会,而且迅速截获了黛诺正在痛苦的病状。她看见黛诺碍着面子一趟趟往厕所跑不吱声的难受样,就悄悄跟了过去:"嫂子,你这是得急性尿道炎了吧。"

"你怎么知道?"黛诺非常吃惊,又有点害羞。

"哎,我妈就是有名的中医,家里来来往往的病人多了,啥症状啥病我也能知道个皮毛。连我的名字都是用中药名取的呢。"

"是吗?"黛诺又惊又喜,悄悄说道,"能问问你妈有什么好办法吗,我都难受死了,老登还准备带我去医院呢,可我觉得怪难为情的,怕他们又要检查下面……"

艾紫苏说马上就和母亲联系,黛诺说就用家里的电话吧。把艾紫苏带到了电话机跟前。

这两个女人神神秘秘在厕所那小声嘀咕着,老登隐约听得是和黛诺的病有关的。他想女人真是奇怪,刚刚还素不相识,这么快就变成知心女友似的,男人莫名其妙就被撇在一边了。若是黛诺和风娘能这么融洽该多好啊,他就不用左右为难了。

他听见艾紫苏在电话里向母亲讨教良方,才明白怎么回事。心想艾紫苏真是老天派来的大救星啊,否则他真不知该如何对付黛诺。

原来"谋害"黛诺的"罪魁祸首"竟是电风扇,黛诺被电风扇吹坏了。艾紫苏的母亲说,房事的时候女人下体受了寒就会患急性尿道炎,有些人三九天喝了凉水也会,估计黛诺这段时间吃辣椒和红枣也太多,嘱咐她买土茯苓烧鸭汤喝。针对黛诺的下焦湿热,艾紫苏的母亲又开了四副去湿清热的药,艾紫苏拿笔在纸上一味药一味药地记着:

土茯苓30 苍术10 佩兰15

黄柏10 通草10

川牛膝6 赤小豆30 双花(金银花)10

处理完黛诺的病,艾紫苏说在哈尔滨还有事,晚上又要赶火车,得先走了。老登借口说去给黛诺抓药,跟着艾紫苏一块出了门。一下楼就问风娘怎么样了,她还生气吗。艾紫苏说:"我把大致情况在电话里跟她讲了,她没事了。"老登听了恬愉地嘘了口气。艾紫苏接着又说:"老登,你这样在两个女人之间拉扯也不是个办法呀。"老登听了又抑郁地嘘了口气。看来艾紫苏已经变成那种超越异性情感的知己,可以托付秘密了。

艾紫苏走后,黛诺就去买了一个干净的小桶子,放了一勺花椒两勺盐煮开水，又把开水倒进桶子，坐在桶上面熏下体，这也是艾紫苏的母亲教的土方法，专治湿热。水太烫，黛诺一开始熏得下面火辣辣的，浑身直冒虚汗，熏着熏着就好受些了。老登把药抓回来熬好后，她又吃了药，稍微稳定下来，就想书空了。老登说我也想极了，让我看看儿子吧。

第二天黛诺就把书空从娘家接了回来，一家三口好像什么事也没发生似的，过得挺开心。不过，老登每天还是在背英语单词，他也不知道自己为什么要背。有一天，他让书空骑在肩上绕圈，来来回回傻傻地嚷着："背单词啰！散文，prose。玫瑰，rose。散文就是玫瑰花前放个p。"书空听到老登不停地说"放屁"，乐得嘎嘎大笑。

黛诺看着老登背英语，看着看着就岔眼。有一天，她看见了一个熟悉的身影，是老登，他成了拐子。每当他一不小心摔倒的时候，就变成了木盆，然后像地壳变动一样，挤压运动着，恢复成原来的拐子。有时他恢复得很快，有时很慢，有几次她差点以为他变不回来了——挣扎得那么痛苦，木盆在地上蠕动着。有一天，他下楼梯，只有一级台阶的楼梯，一不小心又摔倒了，从此他再没有变回来，永远成了一个木盆，她亲眼看见的。

2

几只硕大的喜鹊飞过长城的墙头。从城墙望去，天色青苍杳冥，黄昏的太阳像一只巨大的诱人的蛋黄，明灿灿招人眼勾人魂，风娘和小房子带着记记在日暮无人的长城石阶上蹦跳着，老登站在逶迤的长城上，看着山川酡红，云霞壮阔，畅快地舒了口气，北方到底是北方啊。

和黛诺、书空在家里厮磨了一些日子，老登还是鬼使神差地借口组稿来北京准备复试了。他依旧住在五道口旅馆的地下室，依旧到南官房胡同十二号找风娘，陪她和小房子去后海散步。

风娘大约从艾紫苏那知晓，老登和曹总打架是为她仗义救美，心里颇有些感动，对他亲近了一些，却也并不多说什么。说什么呢，说什么都像废话，更何况她真是忙极了。澳门回归在即，"三文鱼"征文大奖赛正热闹着，颁奖仪式十二月下旬在北京举行，风娘的《文坛》编辑部自然是扛大梁的角色。她还忙着和罗勒离婚的官司，进入起诉她才发现，自己整个一法盲，只能亦步亦趋地听律师使唤。

老登为了不让风娘累着，这几天下午背完英语，就骑车来南官房胡同陪小房子和记记玩。车是问艾紫苏借的，那时房东老太已经把小房子从幼儿园接回来了。

奇怪的是记记越来越大了，依然总是神思恍惚地发呆，叫的时候鼓着鳃帮子，像和谁赌气似的。它还会痴迷地面对院角的一块残破镜子看着，困惑镜子里那只美丽绝伦的黄白两色的猫是谁，记记不动，它也不动，记记摸它，它也摸记记，记记抬爪，它也抬爪。记记于是爱上了它。

老登觉得记记这样犯傻下去可不行，开始和小房子训练记记的捕捉能力，他俩用绳子系着小球，在空中或地上来回摇动，让记记蹦着跳着抓小球。有时他俩蹲在院子的两头，配合着把小球来回滚，记记也就跟着小球来回跑，一双毛茸茸的小爪，笨拙地追着小球，常常跑着跑着，一个翻身把小球抱在怀里，就赖在地上不起来了，把老登和小房子逗得哈哈大笑。

这天风娘提前下班急急回来，看见他们正给记记洗澡，忙说："快洗，快洗，尤加利·菲菲马上开车来接我们去长城看日落。"小房子一听高兴坏了："师父，把记记也带上好吗？"

"好啊，你带着吧。"

不少人都来长城看日出，很少有人来看日落的。老登觉得长城的日落真是有气势，夕阳揽手可来，沉郁寥廓之色，令人感觉生命永远不会下坠，无人的峻高空远并无茕独之感。记记从没见过这么大的世面，好奇中有点恐惧。小房子总喜欢把它抱到城墙上，看飞来飞去的喜鹊，记记踩着踩着，脚就害怕得打滑，不过天才的平衡能力使它总是有惊无险。那憨态把站在一边的风娘逗得直乐。她想,被尤加利·菲菲拖到这来散散心的确不错,而且老登看上去也那么开心。

老登充满豪气地往上走着,活脱脱一个长城好汉的模样,风娘说:"让尤加利·菲菲陪你再爬一段吧,我和小房子、记记在这等你。"

"那好吧,我很快就回来。"老登说,他不想让尤加利·菲菲作陪,又不好拒绝风娘的美意,就和尤加利·菲菲继续往上走了。

对于风娘的这个老同学,老登当然是客气得很,路上他就发现这个开车的混血女人挺能掰乎的,一双大眼睛叽里咕噜活络得过分。在天色苍苍、暮色蔓蔓、夕阳煌煌的长城上,一开始她还聊点有趣的事,很快她就聊到直销生物保健品了。老登知道她是搞传销的,更加腻味,加快了步伐往上走着。他觉得搞传销和搞保险的人都像色鬼,也不管人家喜欢不喜欢,愿意不愿意,三下两下就想拖人上床。

他尤其讨厌传销对文学的影响。前几年,几个写散文的哥们都陆续被传销拉下水了。他还跟着他们去过一个传销窝点,不是想做发财梦,而是想看看传销到底有什么魔力让他们栽进去。那个窝点搞的都是封闭式训练,租了郊区农民的房子,十几个人打通铺住一间,甚至男女混住。为了打磨所谓不屈不饶的意志,训练中要喝黄连水、钻裤裆,有人带着众人唱《真心英雄》。

老登混在人群当中,吃惊这首歌竟然被他们变成了所谓的凝聚动力,他们狂热地吼叫着:"在我心中,曾经有一个梦,要用歌声让你忘了所有的痛,灿烂星空谁是真的英雄,平凡的人们给我最多感动,再没有恨,也没有了痛……"几个哥们像中邪似的摇头晃脑唱着,哪有半点散文的淡定。这是什么梦啊,发财的梦。这是什么英雄啊,发财的英雄。"梦"和"英雄"这些高蹈的词都被玷污了。

从前那些哥们做的都是文学的梦,文学的英雄,却不知文学没有到达的目的,只有过程。在这个过程中,会受到种种诱惑和阻力,它们可能来自于家庭,也可能来自于社会,还有自身的健康和生命安危,此刻,它们来自于传销。他的几个哥们,在通向文学的路上,被传销彻底诱惑了,也被彻底阻挡了。他看见领头人不断地说又来了新朋友,给新朋友一点掌声,于是众人不断地疯狂鼓掌。最后当领头人开讲"今天你有幸接触到按摩器,是你三生有幸"时,老登借口上卫生间"不幸"逃了出来。

今天,在这么雄伟莽苍的长城,在日落气势依然不落的长城,老登没有与淑姬风娘双双相伴,却与漂亮庸俗之尤加利·菲菲同行,多么大煞风景。他驻足暗叹:败兴,败兴。抬眼发现,不久前还硕大无比的落日,像被什么巨兽一口吞没似的,竟然无影无踪了。他看不到城墙的虚影,尤加利·菲菲的身影在台阶下也模糊不清了,"糟糕,天黑了,得赶快回去。"老登对尤加利·菲菲说,打断了她的口若悬河。

老登着急地往下赶着,接着开始喊:"风娘——小房子——"不久他听见下面有人喊:"老登——"还隐约有小房子的哭声。坏了,天快黑了,小房子肯定害怕了。台阶很多,他脚步本能地赶着,更加喊个不停,也不管尤加利·菲菲在后面喊着:"老登,等等我……"

长城上,"老登、风娘、小房子"的名字此起彼伏,串起无数条夜的弧线,落在游龙巨蟒的砖墙瓦砾中,长城的夜被惊动了,都说"万里黄风吹漠沙,何处招魂魄",岂不知黑暗中的八达岭,魂魄亦无处可招。

当老登冲到风娘跟前的时候,风娘抱着哭泣的小房子,哭泣的小房子抱着记记,一股脑投入了老登的怀抱,森森暮色中,老登感觉到怀中的她们在瑟瑟发抖。那一刻,他的心颤动了,在他的记忆中,风娘从来没有这么主动地迫切地需要过他。

他忽然觉得自己强大无比,紧紧地抱住了她们说:"别怕,有我在。"

从长城回来的当晚,也许是受了惊吓,也许是受了风,小房子发高烧了,烧到四十度。风娘急得呼老登,老登接到呼机后,赶紧起床,骑了半小时车赶来,背着小房子就往最近的医院冲。他们给小房子量了体温,挂了急诊,开了退烧药,才回到南官房胡同。屋子里窄到无处落脚，两人让小房子吃药睡了，怕她高烧再反弹，就搬凳子坐在院里守着。四合院的人都在睡觉，一点声响都很大动静。他们也就不说话，各抽各的烟。黑暗里冥冥闪着两点火，像夜兽的眼。过一会儿，又悄悄来了两点一闪一闪的东西，那是记记的瞳孔，风娘感觉到它亲昵地坐在自己的脚上，只好一动不动。

她不知道老登天亮就要去复试了，也不知道他过两天就要回哈尔滨了。她只知道自己现在很脆弱，脆弱得想抓住什么做救命稻草。以前她总是听一些熟人说离婚，至今她才明白，每一个离过婚的人，都像死过一次那样痛苦。她正在离婚，就像正在死亡的大荒路上走着，无人接引，茫茫然看不到光，越走越绝望。绝望的不是她和罗勒之间已恩断义绝，而是她不知去哪里找回自己，从前的她快死了，未来的她命数未卜。原来离婚不是和另一个人离，而是和自己离，斩断自己需要无比的勇气啊。她的身体和灵魂都在渐渐抽空，上不着天，下不着地。巨大的夜吞噬着她，黑暗之气笼罩人的生命时，人若微尘。露珠开始落下，她冷得挑起双肩，觉得自己薄得像一张褪色的宣纸，一撕就碎。

看到风娘缩着肩膀，老登很想抱住她，给她一点身体的温暖，却不敢再造次了，想想还是说："你进屋睡会儿吧，我回去了。需要的时候再呼我。"

风娘实在扛不住，抱起记记进屋睡了。老登并没有回去，天已经快亮了，他先骑车去早市上晃了一圈，帮风娘买了一些菜和生活用品。离开的时候，看见早市上有个卖衣服的男人，用摇滚腔调吆喝着："喂！十八块钱一套啰！我亏了我认了我苦了我累了！"男人的脸长得东倒西歪的，自己吆喝着自己乐起来，脸更歪了。还有一个人卖野蜂蜜，个子高大，头戴草帽，深敞着土蓝领子，露出结实的胸，好像站在舞台上，而不是站在早市上，朗诵诗似的，字正腔圆中透着歪音："野蜂迷（蜜）野蜂迷（蜜）采自野蜂流出野迷（蜜），甜甜野花还需野蜂迷（蜜）采……"

老登看了乐了，觉得北京真是个有趣的地方，啥人都有，连早市也这么人才辈出，等他以后来北京生活了，一定要为这地方写些好散文，一定要和风娘来逛早市玩。他扒堆买了些东西送回四合院，房东老夫妻已经起来了，东西托他们转交风娘后，老登就直接骑车去《新城报》社参加考试了。

虽然一天一夜没睡，又爬了长城，他竟也不困，头脑莫名的亢奋，回答问题思维还挺清楚，英语口语稀里糊涂也就这么对付过去了，直到考完试，他才感到浓重的睡意，本打算直接去南官房胡同的，想想还是先回旅馆睡一觉再说，风娘没有呼他，说明小房子情况还稳定。

他骑车往旅馆去。快到白露了，天闷得比伏天还难受，他觉得心慌喘不过气，这是雨前的征兆。上午出了点太阳，后来天阴了下来，中午的时候天越来越阴，老登知道要下雨了，脚蹬得越来越快。一路上只看见身后的天一片一片地黑下来，催命鬼似的撵着屁股追。五道口正在挖路，风沙灌了他满嘴满眼，他没法骑了，前面还是惨白的天，刚推车拐进一个窄口，他想坏了，本能地闭上眼睛，前面一阵沙土从他身上狂卷而过，再坚持两百米，就能到住处了，他想。要不然非一身湿透不可。他推着车，眯着眼睛，尽量不让眼里揉进更多的沙子，艰难地往前走着，不远处就是闪电，快到旅馆门口的时候，雨点落了下来，等他站在门檐下喘口气的工夫，大雨倾盆而下，天上炸了很响的一声雷，就只一声，然后全是雨的声音。

万万想不到的是，艾紫苏和黛诺守在旅馆地下室黑黢黢的过道里，差点和他撞了个满怀。他吃惊地望着黛诺，黛诺冷冷地望着他。老登非常慌乱，拿着车钥匙在身上乱找口袋，自己又想，慌什么呢？一边就拍打身上的沙子。

他慌的是黛诺的冷静。

艾紫苏很无奈地说："嫂子死活要我带她来找你，也不准我打你呼机。"站在黛诺身后的她，说完用手无言地一抹脖子，意思是：你完了。然后踮着高跟鞋擦边溜了。

老登开门进房，低声说：先进来坐会儿吧。黛诺也就进来，依旧站着。老登见她不肯坐，自己在床沿坐了下来，嗫嚅地说："你怎么了嘛？怎么跑到北京来了？"

"我要见见她。"

"见谁？"

"别明知故问。"

"我和她没什么……"

"我没说你和她有关系！我只是要你站在她和我面前，给个明话，你是选择我还是选择她？"

"黛诺，这都是哪跟哪嘛，我们是夫妻，她充其量连个情人都不算……"

"可你爱上了她！说吧，你是要我和书空还是要她和她的女儿！"

老登心想，看来黛诺打听得挺清楚的。他叹了口气，说："黛诺，这是没法选的，还记得我们读大学时就把萨特和波伏娃当做理想吗？你都忘了？"

"可你不是萨特，我也不是波伏娃！如果我爱上了别的男人你也会受不了的！"

"黛诺，你可真够闹人的，要知道，你在我心里的位置是谁也比不了的……"

这句话不说倒也罢了，说了简直就像空降炸弹，炸出黛诺劈头盖脑一连串的怨愤："哈，我的位置？我在你心中还有位置吗？我连你一句真话都听不到！你说，你是真的来北京组稿吗？你来组稿有单位报销，住这种地下室干什么？哈，我在你心中的位置？你对我从来就没有像对她那么好过！你从来就没有为我去和别人打得浑身是伤！旅馆说你昨晚一夜未归，你究竟去哪了？你让我蒙受羞辱，还好意思说位置！你还想离开哈尔滨！我真犯贱！我真是瞎了眼了！我现在来让你选择更是瞎了眼了！老登，我对天发誓！我这辈子一定要跟你离婚！"黛诺发泄完，大恸，疯狂地哭着冲出地下室，冲上地面，冲到瓢泼大雨里不见了。

她在雨中撕心裂肺地哭着，大雨洗刷了她的泪，混杂了她的泪，溶化了她的泪，冲向天地的无数角落，可是并没有人和她一起悲哀。

老登想说，黛诺，别走。想站起来追她。可是腿却站不起来。他空白地坐着。坐了很久，然后倒下蒙头大睡。

3

雨夜中的铁轨一段一段闪着湿光，他绝望地站着，心就像两个站台之间的铁轨，顶着空空的天，被雨浇湿了一块又一块。离婚了，就这么离婚了，他还似乎缓不过神来。在哈尔滨，他已经没有自己的家了，他刚送走看望他的艾紫苏回北京。长长的列车像长长的针管，推向黑暗的肌肤，如抽空血液一般，抽空了闹哄哄的旅客。

站在虚脱的站台上，他一片苍白。怎么说离就离了呢？只有真正离完婚，他才明白什么叫"生命的断裂"。现在"一个人"和从前"一个人"太不一样了，从前"一个人"到哪心里都牵着挂着，现在"一个人"是赤条条、空荡荡的。老登非常奇怪，那张民政局的纸，不管是结婚的纸还是离婚的纸，怎么就有那么大的上妆卸妆的魔力呢？现在他卸了妆，就像从舞台上走下来，不用扮演为人夫为人父的角色了，孤独得很，解脱得很，也空虚得很。

都说离婚很难，老登的离婚却像闪电一般迅速，他从北京回到哈尔滨，没有多说什么，就和黛诺去民政局办了离婚手续。房子、不多的存款和书空，他都留给了黛诺。离婚前，他和黛诺、书空坐在一起，吃了最后一顿饭。

黛诺端着碗，往嘴里送着饺子，想到马上就要和老登彻底分手，饺子噎在喉咙里就痛，但是她强迫自己吞了下去。理性上，她什么都懂。感性上，她怎么都过不去。因为，女人，她不怕有别的女人爱自己的男人，她最怕的，是自己的男人爱上了别的女人。

周围的亲友都不敢相信这个事实。在他们眼中，老登黛诺是最完美最恩爱的一对夫妻。怎么说离就离了呢?

老登以前无意中在一本基督教杂志《天风》里看到过这么一段话:"仔细观察一下周围人的婚姻状况,你就会发现,和睦家庭里几乎不谈爱情。维系家庭的最重要要素,往往是条件般配,情投意合以及责任感强等等所谓世俗和传统的东西。古往今来,爱得如火如荼的故事其结局不少为悲剧,从罗密欧与朱丽叶到贾宝玉和林黛玉,从安娜·卡列尼娜和渥伦斯基到梁山伯与祝英台——没有一对能白头偕老的。"他想,估计《圣经》强调婚姻关系是永久的,所以不太支持爱情。假如林马斯先生知道他离婚了,也一定会极力反对。

可是他年轻的时候就有一种向往:让婚姻和爱情同时并存。那时他和黛诺看了不少存在主义哲学的书,把萨特和波伏娃当作自己的偶像,允许各自的情感遭遇新的碰撞。不同的是,萨特和波伏娃没打结婚证,他和黛诺打了结婚证。

读大学时,许多同学不理解不接受萨特和波伏娃的行为,黛诺却不这么看,她觉得,作家,因为长期的写作,是世界上最孤独的人。病态的生活,软禁的生活,像有毒的蛇吞噬着他们。如果他们当中的有些人,需要在情感秩序上放任或自由,也是可以理解和接受的吧。黛诺能够用超越世俗的眼光看待事物,老登那时觉得她真是个独特的女孩。他也很想成为一个作家,哪怕像陀思妥耶夫斯基那样,过着最荒凉的私人生活。因为他怎么都觉得,只有成为作家,才能不依赖这个社会完成自我。

可惜老登没有虚构的才华,一开始只能去做《文苑》的编辑。八十年代,文学可是众人追逐的梦啊,老登作为文学编辑,倒也被人当作滚烫的烤红薯吹着捧着。到了九十年代,生意界、演艺界成为众人追逐的梦了,人们不再像从前那样迷恋文学,敢情老登就成了二手白薯。

不过利用文学做成功梦的人似乎也断不了,功利性的手段还是变着花样玩,哪天玩砸了,立马就泄了气。老登觉得文学在他们心中都是虚的，和他理解的文学不一样，当不成作家也没什么遗憾了。当啥作家呢，当作家的结果只能让文学变形，连小说写得极好的木通，成天想的都是得这个奖得那个奖，老登就有些看不起木通了。于是，老登安安静静地写自个儿的评论，写自个儿的散文，没啥出名的想头，写着写着，这两块地里倒也有些庄稼了。

可是，和黛诺的情感理想却因为风娘崩了，说实话，这让老登极其失落。文学的事，那是很多人的事，他掌控不了。情感的事，那是几个人的事，以为很简单，他也还是掌控不了。他没觉得自己有什么不对，也没觉得自己是情感理想主义者，这些年他一直和大学时的想法一样。

他想是黛诺变了，或者说她的大度都是虚的，动真格的就不行了。他也没想过自己能和风娘结婚，将来怎样，他很茫然。在情感的路上，他像溅满了泥巴的白衬衫，稀里糊涂，更像乱枪打过的囚犯，破褛褴衫。他想起自己背的英文单词，惹得书空格格笑的"放屁"单词，玫瑰花是什么，是情，是真，p（屁）是什么，就是原汁原味的生活，老登想不明白老胡的故事算不算散文，却实实在在地明白了，散文得从原汁原味的生活里，找没法掺假的情，品没法掺假的真，说没法掺假的理。

为和公丁之文，他一挥而就，把风娘的题目变了篇散文《女人与猫》。写完之后，怎么看都不满意，觉得还是离他想象中的散文差了一大截，改来改去都改不好，无奈之下还是寄给了风娘，然后去牙科诊所补牙。人倒霉的时候连牙齿也来凑热闹，前段时间他牙疼得厉害，牙医说都快烂到牙根了，得补，先消炎。

老登的牙齿一直没坏过，这是平生第一次补牙。没想到补牙这么苦，起先跟牙医聊天他还觉得蛮有意思，因为这位五十岁的牙医，竟然能全文背出屈原的《离骚》，说着就真背诵起来，这让背不出《离骚》的文学编辑老登很受刺激。接着，更刺激的事情来了，牙医手上的镊子、钳子、钻子轮番全上，老登的牙床变成了牙医的机床。虽然是个大男人，老登也感到恐惧了。打了麻药，还是活遭罪，钻子在他牙齿上发出刺耳的声音，他浑身打着激灵，紧张不已。牙医不断让他把秽血吐在圆圆的流污处，修磨的碎屑也跟着吐出，他的脚抽在半空，始终不能放松落地。"这真不是人受的罪，"他用手抠住牙医的手腕说，"干嘛要这样啊。"牙医说你别乱动，越动越痛。就这么折腾了好半天，他终于从牙医那逃了出来，整个上唇都竖着，用手去摸，唇上没有手温，麻木了。麻木得自己昨晚散文里写了些什么都忘了，过了很久，他真空般的脑子里才浮现出一些段落：

我离婚了，为与世俗无碍的女人之事。本来这也没什么好嚼舌头的。主要是因此而获得对女人的大认识，不可不与诸君分享。

离婚前的家，就窝在果戈理大街上的马加街里面。

对我而言，果戈理大街的意义，远远超过哈尔滨的中央大街。中央大街是用点石成金的有声铺成的，多少年过去了，似乎依然听得到铺路方石上，马车和大洋的声音。而果戈理大街是用无声铺成的，街上经常无声地迈过幽灵似的猫，和神秘的女人。

好像"迈过"这个词是属于男性，其实不然。当你看到猫柔软而执着地迈向前方，女人抬起高跟鞋的脚迈出弧线的步伐，你就知道"迈过"这个词是阴性的，要不然，时装模特怎么都叫"迈着猫步"呢？自然，那神秘的女人中也有我的前妻，只是因为她和我同进出一个家门，曾经，我一点没觉得她神秘过。在我心里，她透明如冰。

她和我的家很旧，是五十年代那种特无趣的房子，赶不上安顺街我父母的家，更赶不上安发街我姥姥家，这两处俄罗斯风格的房子后来都给扒了。我们住在四楼对着楼梯口的地方,楼道阴暗潮湿,但是很宽,回声很大。我在家编稿子的时候,能听见邻居走楼梯的脚步声、说话声,前妻的脚步声更是清晰可辨,以前她还爱哼小曲,后来听不到了。两间小屋不大,我们的动静外面也能听到,没有私密可言。夏天的时候把里门敞开,留着铁纱门,穿堂风舒服得没话说。

可是,有一阵夏天我们总得关着门。前妻说要躲楼道小组长收垃圾费,问为啥要躲呢?前妻说上月我们不是带儿子出去过暑假了嘛,没扔垃圾,凭啥要交?我说不就那么几块钱嘛,交给他算了,这样躲着难受吧。前妻坚决地说不行。后来楼道小组长不来找了,前妻以为平安无事。

那天儿子书空吃中饭吃出了汗,前妻为了节省电费,没开电风扇,开了里门。不一会儿,一个老头来了,是楼道小组长。他执着地敲着铁纱门,前妻只好开了,家里明摆着有人,这时候是没法躲的。他们没说上两句话,就开始争吵了,楼道小组长开始破口大骂,前妻跳手跳脚地说你怎么张口骂人呐?这么大年纪真叫白活了!还有什么资格做小组长!她要拉我和老头对着干,我往里屋走,没搭理。没想到小书空冲了过去,对着老头说:"滚!"然后把门用力一关。老头此后竟然没来找过了,以后收费都是他家老太来。据书空说,前妻和老头每次在楼道上相遇,都是横眉冷对,老头也不敢把他们怎么的。前妻为此总是得意,并且总是数落我没用,连儿子都不如。

从前,我为果戈理大街上其他神秘的女人和幽灵似的猫瞎想过。不知道她们和它们从何处来,到何处去,睡在何处,吃在何处,有什么故事,想什么心思,她们和它们，像果戈理大街的有情调的老房子，好看，复杂。

如今，我发现自己的前妻和那些无声的女人、无声的猫一样，让我想不透。所有的动物中，我总是认为猫最有心思，甚至比人还想得多。一直不喜欢把女人比作蛇。蛇其实很丑陋，也很恶毒，它和女人之间完全没有相关性，要说有蛇蝎似的女人，那同样也有蛇蝎似的男人，美女与蛇的演出是男权社会开出的节目单（很不幸，我也是这社会的一员），其中交织着男人复杂的心理，对女性身体的渴望和拒绝诱惑的逃避……

老登的这篇散文跋山涉水，被邮局送到了风娘手中。风娘收到的信件很少有准时到达的，这篇散文却真的像邮递那么回事儿。风娘吃惊老登竟然离婚了，而且这么快。又想老登真是有点疯癫了，前妻和离婚这样的事也拿来写，他用这样的方式告知她离婚了，令她无所适从，他真的是为她吗？为什么要这样？她没在编辑部看老登的散文，带回南官房胡同，坐在四合院的枣树下细细地看，觉得文章倒也的确有点意思：

我一直想找到女人真正的喻体，离婚后，我找到了。原来，女人像猫。

猫是最风情万种的，它千娇百媚的行走姿态；猫是最纯粹认真的，它天真无辜的表情；猫是最个性玩酷的，它行踪不定的飘忽；猫是最聪慧深邃的，它洞穿一切的眼神；猫是最干净敏感的，它洁身自好的习惯；猫是最灵活冒险的，它探求洞穴的好奇；猫是最野性温柔的，它空中飞跃的身影……许多截然相反的元素集于它一身。可是猫，你不能招惹它，激怒它，否则它会伸出柔软背后的利爪将你狠狠抓伤，它会愤怒地竖起尾巴弓起脊背进攻。还有它的胡子，在那样一张温柔完美的脸上，竟然长着这么可笑的东西。它会吹胡子瞪眼，甚至露出瞬间的凶光，虽然它只是狮虎外貌的盗版缩小版，它不能致命地伤你的身，却能刻骨地伤你的心。可别把猫当宠物，当傻瓜，猫是带神性的，但是只有超越了猫的女人，才是女神。

前妻将爪子收起离开我了，迈着柔软而坚定的猫步，光滑的皮毛上反射着太阳的疼爱，依旧走在略带坡度的果戈理大街上，往马加街的秘密腹地拐进。我循着她的脚印，怎么看都是圆墩墩的，找不到锐利的锋芒。只好对着她的背影高唱：黑眼睛的姑娘你真漂亮……把我引到了井底下，割断绳子就跑了，你呀你呀你呀！

风娘看完，点起烟，看着小房子和记记玩，一支烟抽完，准备支灶做饭了，也不说自己收到了《女人与猫》，只让呼台给老登转了一句话：廉颇老矣，尚能饭否。很快老登回了话来：尚未晚饭，哀哀饿民，有谁怜念，幸彼佳人，怜我征夫。风娘微微一笑：老登离婚了，犯傻一点没减。这个晚上，她梦里总是出现房东老太爱听的梅派名段《宇宙锋》，但歌词全是颠颠倒倒的：

　　损花容把衣衫扯乱
　　我与你共话缠绵
　　我要上天，我要入地
　　秦二世坐江山国法大乱
　　穿一双登云鞋随我上天

事到此我只得随机应变

随我去击鼓鸣冤……

附录：老登的画外音——

  国庆节后，我接到了通知，竟然通过了《新城报》的复试，要去走马上任了。说真的，一直想离开哈尔滨去别的地方闯荡，可真要离开，浑身就不习惯起来，哈尔滨这城市在北方是个单挑的角色，有北方的粗糙也有南方的细腻，有些地方的风情甚至超过了上海。我喜欢它尖圆顶的东欧建筑，喜欢红军街那的"坟包"（以前那是个大喇嘛台），喜欢街上妆饰浓郁的姐们，喜欢大伙儿说话的亲昵味，喜欢自己一把屎一把尿一把鼻涕在哈尔滨红肠香味里长大的感觉。不过，最不习惯的不是离开这个城市，而是离开书空。怎么就那么干脆地把书空给了黛诺呢？现在要走了，才明白儿子是不能跟着我的，我真的成了孤家寡人。

  还记得去年深秋，和黛诺带着书空走在松花江边，父子俩嚷着象棋的笑话：我"士"你爹，你爹"相"我……没大没小的瞎闹。后来书空吵着要买冰糖葫芦，我自己也买了一串吃，冰糖太多，我把糖往地上吐，吐完以后对书空解释说：这个糖，蚂蚁会来拖走的，不影响环保。接着吃到枣子里的核，又把枣核往泥土里吐，对书空解释说：这个枣核落在土里会长出新枣树的，也不影响环保。最后我吃完了冰糖葫芦，把小木棍子往草丛里一扔，说，这根小木棍在草里会腐烂的，也不影响环保。

黛诺当时对我嗤嗤鼻子:你说你吃根冰糖葫芦有多累呀,时刻不忘当个教育家,自己做不到环保,就别忽悠儿子。我想想也是,就对书空说:你爱咋的咋的吧。书空嘎嘎直乐:"老爸,你傻了吧!我还想要串冰糖葫芦!"去年一家三口还这么逛呢,没想到今年就离婚了,命运真是深不可测啊!要说离婚,最舍不得的就是儿子。这块缺口好像永远也补不起来了。

去编辑部上班,别人也没觉得我咋的,我自个儿知道是内伤,伤得很深。请假去了一趟内蒙古草原,是想散散心,别人都骑着马欢天喜地,我骑在马上,像个呆子,听见牧民们在草原上唱着:

牧人已走,你为何不走?羊群没走。羊群已走,你为何不走?草原没走。草原已走,你为何不走?阿妈没走。阿妈已走,你为何不走?情人没走。情人已走,你为何不走?儿子没走……

牧民的歌声苍郁醇厚,听着听着,心肺都被他们掏了,我忘了自己是个男人,开始热泪盈眶。

第七章

"后半身"和"口水诗",差那么点一网打尽诗人们的上下肢

"猫轻微但水鸟是时间"

1

"风是黑暗 / 门缝是睡 / 冷淡和懂是雨 / 突然是看见 / 混淆叫作房间 / 漏像海岸线 / 身体是流沙诗是冰块 / 猫轻微但水鸟是时间 / 裙的海滩 / 虚线的火焰 / 寓言消灭括弧深陷 / 斑点的感官感官 / 你是雾 / 我是酒馆……"风娘慢慢地念完,停了好一会儿,像自言自语,又像对林马斯先生说:"和拥抱有关的诗——好,这诗写得真好。这女诗人叫什么来着?夏宇?在大陆从没听说过。"

呃……对,夏宇,她在台湾诗歌界都是神出鬼没的,印的诗集很少,我在台湾托了好多朋友才买到这本诗集。林马斯先生看到风娘喜欢他的礼物,自己也高兴起来。

林马斯先生这次是来北京参加"走世纪·三文鱼"大奖赛颁奖仪式的。虽说北京连续十几年暖冬了,可是对林马斯先生来说,冬天的北京还是寒得慌。今年尤其冷,十九号他没来的时候都零下十几度了。过惯了澳门的暖冬,在北京他压根不敢出门,再加上刚忙完澳门回归的活动,全身骨头累得还没回归呢,哪也不愿去。屋子里暖气十足,他一坐下来,就像把江山坐下来一样不想动了。风娘一直忙着,也没打扰他。

上午的颁奖仪式咋咋呼呼热闹了个透，请来的各种头面人物和获奖代表，发言发得都快把大伙噎死。下午是以《文坛》编辑部名义举办的诗歌朗诵会，那就自由多了。《文苑》的胡本选被作协找去有事，他很想多陪陪林马斯先生，只得抱歉告辞。送走了头头脑脑方方面面，饭桌上总算能喘口气，林马斯先生就趁着边上没什么人，把夏宇的诗集《摩擦·无以名状》送给了风娘。

风娘刚翻了没几页，有人端着酒从邻桌过来了，是老登和艾紫苏。自从担任《新城报》副主编，老登在《文苑》就办了停薪留职，"三文鱼"的合作变得跟他没什么关系了。作为京城人，他却有更多机会参与风娘的各种活动。

这个远在哈尔滨的人，竟然呼啦一下跳过来同城呼吸了，他的举动实实在在让风娘吃了一惊。与其说她有点惊慌失措，不如说她更多的是惊喜交加。他们常常在各种场合相遇，就像今天这样。之前林马斯先生作为澳门贵宾，一直被领导们霸占着，这会儿宴席散得差不多了，老登才得了空过来敬酒。

林马斯先生看见老登，根本不端酒杯，亲热地就上去拥抱："呃，老朋友老朋友，你好啊！大半年不见了，《圣经》有没有看完啊？去教堂了吗？呃……你答应我做决定的啊，还有你，风娘，我还忘了问你呢……"

老登一听，头大，又来传教了，眼睛不由自主看着风娘，岂知风娘也看着他，两人想起在澳门的传教功课，刹那间会心一笑。老登说道："惭愧惭愧，一直都忙，我和你一样，也到报社干了，实在没时间。"其实老登从澳门回到哈尔滨后，受林马斯先生的影响，还真是看了不少介绍基督教的书，他觉得就算不入教，身在哈尔滨这个教堂众多的洋派城市，也的确应该了解基督教文化。结果他发现基督教和犹太教很不同，在犹太人心目中，从来就没有什么旧约之说，这就是永恒的希伯来圣经。林马斯先生好像并没弄明白其中的关系。

"呃……主的时间是无所不在的。"听了老登的话,林马斯先生客气地摇摇头说。

午宴后,诗歌朗诵会开始了。老登一看,主持人竟然是尤加利·菲菲。他悄悄问风娘:"她不是做传销的吗?怎么把她整来做诗歌朗诵主持人了?"风娘说:"不懂了吧,做传销的都很会煽情,让她给诗歌煽煽情不是很好?再说她怎么着也是中文系出身的才女,对文学有感觉。"

"对文学有感觉?我看她就对传销有感觉。"老登咧咧青蛙嘴说。但是他没听见风娘回话,却听见一个深沉的女中音说:

你,在月光下,豹子的模样,
只能让我们从远处窥视。
由于无法解释的神圣意旨,
我们徒然地到处找你;
你就是孤独,你就是神秘,
……

老登一看,是女诗人胡桃,诗坛上的侠女,他虽不懂诗,却特别喜欢她的味道。胡桃虽然风华褪去,却是许多人成长前的偶像。人侠义诗清新的简单款。老登吃惊她也能写出这么深沉的句子。

"哪呢,这是博尔赫斯的《猫》。你没听尤加利·菲菲说吗,朗诵会前半段安排的都是大师的作品,后半段才是朗诵自己的诗作。呆会儿艾紫苏也有朗诵节目,我临时把她提溜上去凑个热闹。"

"哦,怪不得她一眨眼就没影呢。"老登说。为了不影响旁边聚精会神的林马斯先生,风娘对老登做了一个暂停的手势,表示别再说话了,听台上的。果然,过了一段时间,艾紫苏上台了,她说她朗诵的是里尔克的《杜伊诺哀歌》第一首,大伙儿在台下嗡嗡响起来,这诗那么长，第一首也还是长，难度大呀。风娘尤其倒吸了一口气：这小妮子，临时上场，居然敢背诵里尔克的哀歌，是个人物。

艾紫苏的表现令全场叫绝。"如果我哭喊，各级天使中间有谁……"她的声音一出来，大伙儿都安静了下来，里尔克的诗是美的，一贯没轻没重的艾紫苏这样淡定下来，显得格外美。"哦还有夜，还有夜，当充，满宇宙空间的风……"里尔克的诗难背呀，还得朗诵，大伙儿在台下感叹。"不为被爱者所留意的少女……"台下又是更巨大的安静。"因为任何地方都不能停留……"

终于，在不能停留的地方，艾紫苏停了下来，她忘词了，再不忘词大伙儿都觉得她是女神了。但她还是了不起得很，大伙儿于是拼命给她鼓掌，有人大声叫好，艾紫苏站在台上发出她特有的蓬蓬勃勃的笑声，东倒西歪的，然后从牛仔裤口袋里摸出两张纸开始读，大伙儿都善意地笑了起来。

"声音，声音。听吧，我的心，就像只有圣者听过那样……"

最后她读完了，又是蓬蓬勃勃的笑声，大伙儿也都给她蓬蓬勃勃的掌声。林马斯先生连连点头："呃，不容易不容易，这么长的诗能背这么多，了不起呀。"

可是下面的事就让林马斯先生傻眼了，诗人们开始朗诵自己的诗作，那真叫一蟹不如一蟹，起先还是徐志摩式的抒情歌词，后面就乱七八糟了。有个叫木贼的诗人，唾沫横飞地朗诵他的《拳王泰森》：

> 两只眼睛像两家倒闭的银行
> 在这之前，他曾冷不防地
> 给了这女人一拳
> 把她击倒在坎特伯雷饭店的一张床上
> 那时他穿着睡衣
> 他撕扯德斯雷的内衣

> 他滚倒在她身上
> 啊！他妈的拳王泰森
> ……

　　纯洁的基督徒林马斯先生，吃惊地望望风娘，又望望老登，那意思是大陆诗人都在玩什么呢？这也叫诗吗？风娘只好此地无银三百两地解释："这是大陆诗坛现在流行的口水诗。"其中流行的"后半身"，她就不敢提了。她暗暗在心里骂了一句定语国骂，本来她把胡桃、木贼这些有点分量的诗人请来，是想给朗诵会撑门面的。因为知道贡龙请的肯定都是一帮写口水诗的狐朋狗友，没想到木贼也掉到口水诗的泥塘里去了，写出的诗这么俗气，和当年的木贼太不一样了。

　　老登不怎么接触诗坛，听到风娘说这是现在诗坛流行的东西都懵了。他觉得很丢脸，猜想风娘肯定也很没面子，就对林马斯先生说：这里没什么意思，我带你去看看王府井大街上的教堂吧，顺便你再给我讲讲《圣经》。林马斯先生果然上钩，也不怕冷了，兴致勃勃跟着老登准备走。风娘用感激的目光看了老登一眼，她知道，老登找了这个话题将林马斯先生支走，是要以忍受传教轰炸为代价的。

　　虎头蚂蟥尾的朗诵会终于结束了。接着吃饭，诗人们的饭桌又成了朗诵会，没上台的诗人们抢着过朗诵瘾，风娘的脑子都快被浑浊的朗诵洪水淹没了，她非常奇怪如此"后半身"或"口水诗"，怎么能被他们不知羞耻地朗诵出来。隔桌上站起一个女孩，竟然是莫寒雨，她已然摇身一变成为著名青年女诗人"细辛幌子"了，用她自己的话说是在网上一举成名，"细辛幌子"是她的网名。她的最后一句获得了众人的喝彩，大约因为这句超越了口水：我的洞，是你的棍棒嬉戏捣乱的伤口。

　　朗诵完自己的性爱口水诗，她径直端着酒杯朝风娘走来："啊！风娘，你真漂亮！啊！今天的朗诵会真棒！啊！我真开心！"像要把全世界都"啊"一遍似的，听得风娘寒毛都竖了起来。不过，数月不见的莫寒雨，不，细辛幌子可是有气场多了，她傲气地拍拍风娘的肩膀，以准空姐的身高俯瞰风娘的高挑，以坐台小姐的风姿，穿行到男诗人们的勾肩搭背中去了。

风娘莫名地恼火，这个社长的旧情人的女儿，没有她风娘今天还不知在哪呢，连憨耿的老登都看她的面子写了评论，莫寒雨，不对不对，细辛幌子迅速地窜红，社长算是安宁了，风娘开始憋屈。因为细辛幌子刚刚说话那意思，就是她细辛幌子多么有谱，她风娘是主编也得求她赐稿。年轻张狂的女孩，才不把文坛论资排辈的规矩放在眼里，在北京冬天的暖气里，细辛幌子穿着性感的皮短裙和镂空黑丝袜，风娘扯扯自己的黑绒长裙，忽然发现自己老了，跟不上趟了。

但是，诗人们都来敬酒了，这让抬举过莫寒雨又被细辛幌子抚恤的风娘，心理平衡了许多。在大多数诗人眼里，热爱诗歌的风娘和风娘的《文坛》还是他们的祖宗。木贼来了，胡卢巴来了，夹子来了，胡桃也来了，恍惚中，连百部似乎也从上海跑来了，朗诵着少女风娘写的诗。

喝完饭桌上的酒，风娘又被诗人们拉到后海的酒吧里接着喝接着闹。在酒吧里，风娘不离手的烟成了众人游戏的道具，大伙儿把烟夹在鼻子和上唇之间，也就是人中的位置，然后依次传递，不准用手扶，谁把烟掉了谁罚酒。男男女女，嘴唇和嘴唇相碰着，从紧张到放肆。

风娘厚沙的嗓音嘎嘎地笑着，她和她的烟死在诗人们醉酒的游戏中。从前他们是诗人，现在他们是人世。

胡桃装醉睡在酒吧的一隅。起初她倒着，秘密地眯着眼，趁大伙儿不注意，偷看众人的醉态。等到游戏过了底线，大伙儿丑态百出，她吓得闭上眼睛再也不敢动弹。她再也不敢和他们来酒吧了，她八十年代那帮诗友也乱，可没乱成这样。

已届中年的胡桃本来非常好奇，想看看如今的诗人在酒吧里都怎么玩。她虽然写了多年的诗，受人敬重也颇有影响，却写不来"后半身"和"口水诗"，慢慢地被归入老派诗人的队伍里去了。有些诗刊开始退稿，说她这样的诗现在不流行了，要她改变风格。可她怎么变都变不了，渐渐地着急起来，诗坛上越来越多的新面孔，把她当长辈晒着，也把她当老土晾着。

他们一个比一个敢作敢为，她这个诗坛偶像快变成木乃伊了。最气人的是，那个叫"细辛幌子"的所谓著名青年女诗人出了本诗集，俨然成了一个新偶像，给一群人赠送诗集的时候，经过她身边竟然故意略过不送。那意思是你写啥诗呀，该回家做饭了。

有好几年，她在家里还真是总做饭。不过那是八十年代，来吃饭的都是诗人。诗人这身份在文坛很特别，他们以诗坛的独家院自个儿圈着，没有作家的味道，谁高谁低呢，没人点破。守着诗人的独家院，诗人们之间可是像江湖一样相通，顺着水找到水，顺着江湖义气找到江湖义气，无论你认识不认识，无论你有名没名，无论你是男是女，无论你在中国的东西南北，只要顶着诗人的名头，就可以杀上门去，成为诗友，成为酒友，成为女友，成为狗肉朋友。

那时胡桃就像诗坛江湖上的侠女，父母家境殷实，给了她北大附近承德园的一间平房，外面还垒着小院。诗人们知道她好客，来蹭饭的一拨又一拨。夏天啤酒瓶、烟头扔了一地，聊诗歌，聊文学，半夜通宵的，困了就男男女女横七竖八睡在地上。冬天，刀锋似的尖冷，更是把人逼在屋子里扎堆、吃火锅。他们用自备的小锅炉烧煤取暖，烟囱直直地穿越屋子，向天外寻找着什么。屋里的人气和屋外的寒气，隔着墙弥漫在天宇下。

昆布就是在这样的冬天，被木贼和狼毒带到胡桃这儿来的，一开门，他们把寒气裹了一个囫囵世界进来。胡桃被脑袋包着纱布的大胡子昆布吓了一跳，问木贼和狼毒："好久不见你俩小子！怎么把受伤的马克思带来了？这谁呀？"

木贼嘿嘿一笑。

木贼不知怎么从贵州混到北大去旁听了，和许多人一样把北大当成了奶娘。他在北大旁边租了一间二楼的小铁皮屋，里面就一张单人床。先是狼毒从武汉来北京找他，两人就挤在单人床上睡觉。后来昆布又从甘肃来北京找他，就三个大男人挤在单人床上睡觉。昆布半拉身子塌在最外面，只要木贼在墙里一撅屁股，昆布就掉床下去了。狼毒和昆布都没钱，把也没什么钱的木贼的北大饭票全吃光了，三个人就挤在单人床上犯饿。

有一天，年龄最小的狼毒饿得实在受不了，去胡同口的餐馆点了一桌菜，吃完了说没钱，被老板叫几个人狠揍了一顿回来。昆布见狼毒满身是伤，去餐馆对老板说，他来替哥们付钱，一手递过一个空存折引老板低头看，一手就把藏在身后的砖头朝对方的脑袋拍了下去，然后走人。

没过几天，昆布路过胡同口，脑袋也被老板手下的人用砖头拍了。

前两天，爱窜街的小狼毒从别的诗人那无意中得知，胡桃有个窝就在北大附近，赶紧告诉木贼，这就杀上门来。从两年前的武汉诗会后，木贼和狼毒一直没见过胡桃。

听完木贼和狼毒讲完昆布受伤的原因，胡桃两眼湿润。你们仨怎么过得这么惨，以后每天就来我这吃饭吧，反正住得近。木贼和狼毒听了，感激得头如捣蒜，昆布却只是微微一顿首，算是谢了。也不知是头上裹着纱布，没法捣蒜呢，还是真有男子气，那天胡桃就觉得迷上了他。在写诗的男人中，很少有这样像男人的，讨饭都讨得这么不卑不亢。

她起身去拿窗台上的带鱼，准备做给他们吃。冬天，她把白菜、豆腐、鱼肉都这么放窗外冻着，有如守着天然的大冰箱。一开窗，她尖叫了起来，一只猫正拖着她的带鱼迅捷一跃，她着急地绕过烟囱往门外跑，一个脑袋裹着纱布的人却比她跑得更快，冲出小院，竟然硬是从那只猫嘴里抢了半条带鱼回来。

后来，她和昆布相爱了。后来，毕业北上的风娘也来到她的窝，昆布又爱上了风娘，但是风娘没有睬他，她说胡桃是她敬重的大姐，这是不可能的，并且把这事告诉了胡桃。昆布很尴尬，就离开了北京，再没有出现。据说是去了云南。那时，周围平房的邻居也对胡桃忍无可忍了，因为那些诗人没日没夜地闹，闹得猫咬耗子狗撵狗似的。昆布走后，胡桃赌气不见人了，诗人们也都散了。

风娘是个好妹妹……胡桃倒在酒吧想着想着，睡着了，睡着之前迷迷糊糊冒出这句话。

2

从天安门西地铁口出来，正好看见长安街斜对面的天安门，黄的城墙，那是皇帝的颜色，红的城楼，那是革命的颜色。她就这么远远地看着革命，像看皇帝时代一样遥远，真不知幸焉非焉。

酒醒了的风娘有点多愁善感，经常走过的天安门竟让她心生喟叹。诗人宜散不宜聚，她算是明白了这个道理，聚的时候胡言乱语，散的时候格外空虚，还不如不聚。昨晚她醉在酒吧，糊涂得连小房子都没管。老登陪完林马斯先生找不着她，呼她不应，手机没开，问编辑部的人，只知道喝得醉醺醺的又和诗人们去酒吧了。老登着急了，风娘这一泡酒吧，天知道什么时候回来，没个招呼，小房子肯定要哭着找妈妈了。天寒地冻的，他就把小房子接到艾紫苏那去了。

老登比罗勒体贴她啊，这要换了罗勒，一定是劈头盖脑把她训斥一顿。想到元旦一过就要在法庭上见到罗勒，风娘觉得很恶心。婚姻真是残酷，曾经厮磨曾经投入情感曾经有孩子的夫妻，情断义绝后，却要如仇人对簿公堂。风娘想起小时候，在安徽父母下放的泥地里和乡下孩子们玩蚯蚓，因为听到大人说蚯蚓斩断了是不会马上死的，他们就拿着小刀从蚯蚓洞里拖出蚯蚓（蚯蚓出没的地面都会有一堆小泥团），一条条蚯蚓在顽皮的乡下男孩手下斩成一截一截，看得小风娘毛骨悚然。斩断婚姻的时候不就像斩断蚯蚓吗？血裹着污泥，蠕动得特别丑陋和残忍。一想到离婚，风娘就感到非常恐惧，也许正是害怕这种恐惧，她和诗人们在酒吧里疯狂，在疯狂中她放纵自己，撕裂自己，蔑视自己，报复自己，可怜自己。她想走出道德的可笑轨道，报复罗勒的不忠不诚，最终还是无法交出身体。

她更感到恐惧的是失去小房子——她害怕罗勒抢走小房子，她担心小房子有个什么闪失，她不敢回想上次找不到小房子的窒息感受。她胡思乱想了很多很多，这段时间，夜里就总是做情节相似的梦。梦里，她总是找不到小房子，白茫茫的雾气里，或者白色的雪地里，或者白色的云团中，一切都绵软无际，她独自一人疯狂地无力地跑着，寻找着，头发也白了起来。然后她吓醒了，摸摸身边的小房子，还在。看看自己的头发，还黑着。

她于是常常发呆。发呆的时候，她看见冬天的太阳破碎了，大片小片地掉在屋顶旁，枯草间，一空冥寂，太阳一会儿就从天空消失了。那天空会有四季不同的鸟儿——乌鸦的声音像生锈的剪刀，在空中划过嘶哑的锐利；喜鹊招人耳目地从空中落到谁家屋檐上；麻雀空降的样子像受惊的战斗机；燕子是累坏了的裁缝，尾巴无休止剪过云空的布匹。北京的鸟儿是天空壁画。

"你发呆的样子就像个小女生。"老登出现在风娘跟前，用手在她眼前晃晃，她微微一笑。站在老登旁边的林马斯先生也笑，呃，是的，像极了。"可是一看脸，是小女生她妈。"风娘自我调侃道，她最近说话越来越喜欢拿自己和别人开涮，老登和林马斯先生听了都哈哈大笑。

林马斯先生明天要回澳门了，风娘约上老登，带林马斯先生今儿个平安夜去清华园看荷塘月色，再去王府井教堂听圣诞钟声。他们上午先在天安门碰头转转广场，然后去颐和园。老天爷照顾怕冷的林马斯先生，今天的气温倒升高了些，没有风，多云薄雾，京城出来转悠的人特别多。

老登昨天陪林马斯先生去王府井教堂，已经被《圣经》洗礼得体无完肤。面对着天安门城楼的毛主席像，他悄悄对风娘说，今天无论如何不能给林马斯先生传教的丁点机会，得带着他转，让他玩疯点，至少得耗到去教堂前不被他牵着鼻子，怎么着这也是北京不是澳门啊，咱得当好地主啊。风娘说，咱齐心协力吧，搞定他！面对执着的林马斯先生，两人在澳门的私密基数又翻了几番，竟然变得像情侣同心似的。

在天安门广场照了几张相，他们就直接去颐和园了。太阳忽然又出来了，隔着雾不透明，却暖洋洋的，照在颐和园的昆明湖上，变成了水银平面。许多人在上面滑冰，但沿岸的亮处还是水，有的地方看得出冰很薄，湖中心射出几道流溢的冰迹，那是公园头一夜为了第二天可以结冰，人工浇水后散流的线痕。

阳光很短暂，一会儿又没了，此后再也没露面。没有了光的折射，昆明湖冰面上的人，仿佛都变成了幽白的雾画。林马斯先生的心也沉了下来，他绕着昆明湖走，久久不肯离去。要说他此时的感觉，恐怕不是在北方生活久了的老登和风娘能跟上的。南方的林马斯先生从来没有见过结冰的湖面，从前他来过北京，是夏天的时候，那时昆明湖的水多情得抓不住，用手一掬，水抱着肌肤滚了一圈，伶伶俐俐就跑了。

当林马斯先生初次见到阳光下结冰的昆明湖时，光的炫耀令他有点激动。看见那么多人可以在本来抓不住的湖面上站立、滑行时，他觉得真是非常奇妙，难怪鲁迅要说，北京最能打动南来游子的心，只会被基督打动的林马斯先生，也被结冰的北京打动了。可是，光走了，也带走了林马斯先生的那点激动。他开始困惑，困惑于这个当年王国维选择自杀的湖，这个曾经柔软丰富的湖，因为寒冷，竟然变得如此坚定而执着。他困惑于它变了，他还是不敢踩上去，害怕踩上去会掉进去。他想吟诗，可是做不来诗，这时候，他在以前佩服诗人的基础上，无比羡慕起诗人来。

淘气的老登不知什么时候跑去租冰鞋了，风娘看到林马斯先生在昆明湖边神经兮兮，又远远望见老登踩着冰刀在湖心划出流畅的弧线，心想这两男人可真够让人担心的，如果一个想傻了，一个玩疯了，都掉冰湖里去了怎么办。尤其那个老登，说要让林马斯先生玩疯，自己倒穿着冰鞋疯玩了。人高马大的个子，穿着冰刀鞋竟然轻盈得像只燕子，真没想到他有这身绝活，到底是冰城哈尔滨出来的男人啊。他溜冰的时候总是玩些小花样，很有点出风头给她看的意思。她故意眼睛望着远处的林马斯先生，不老看他，眼角的余光却一直扣着他的身影，心里紧张得很，昆明湖沿岸还有一些地方水冰相连，她真怕他一不小心掉下去了。

看见美丽的冰湖，风娘想起自己初到北京时，在结冰的未名湖边写的小诗：

湖水不辞而去
无法呼唤你的名字，只好
用手敲敲你洁白的脑门
以为很纯粹
其实很复杂
你坚硬的心和我的脚同时跳动寒冷

她只是个编辑，久不写诗了，除了很年轻的时候受昆布他们影响写过一点，觉得诗性很难把握，就只读不写了，对于诗歌的情结还是若隐若现的。想到昆布，她不知道他到底怎样了，他的行踪一直听诗坛上的人说着，却神龙见首不见尾。她在《文坛》做诗歌编辑的时候，昆布也从不给她寄诗。诗刊上几乎都见不到他的诗，但诗人们都说，很多人不写诗了,昆布却还在写着。风娘想，什么时候去云南找找他吧。

3

去颐和园那天，老登和风娘到底没拗过林马斯先生。吃过中饭，林马斯先生就惦记着往王府井教堂赶，他说平安夜王府井一定有很多人，去晚了就会被堵在教堂外面，什么也看不到听不到，他太想见识一下,京城最中心的教堂平安夜是何等盛况。

那晚并不是很冷。王府井热闹得挤不开缝,摩肩接踵的人在灯光水汽下,像皮影戏里混乱的角色。教堂里掏心掏肺的烛火点燃了,圣诗唱起,还有很多人挤不进来,站在教堂外的小广场上,也唱着。老登和风娘的血脉忽然流过奇特的宁静与激动,他们终于像林马斯先生那样,出现了看到主到达的表情。本来集体的气氛就能消灭个人的意志,更何况这种含有宗教气氛的时空笼罩。平安的钟声即将敲响,小广场被圈围了起来,圣徒们一袭白衣,举着烛火,从教堂里列队而出,环绕鱼行,白色的平安,闪耀的平安,钟声在夜的纵深里发出纯粹的光芒,当声音摇曳而尽,白色的圣徒与闪耀的烛火也被教堂如宝盒暗藏。

这样鲜明的印记让所有人驻足。平安无夜。

人群终于渐渐像水墨稀散了,三个人流连之余往回走,还听见年轻人的欢笑回荡在清幽寒澈的夜空。老登说:"基督的魅力真有点挡不住啊。"

林马斯先生兴奋极了:"呃,老登,用你们的话说,这叫开窍了。"

林马斯先生走的时候,只有一点遗憾,就是天气太冷,他没能去北京的西山寻找法国诗人圣-琼·佩斯的遗迹,据说圣-琼·佩斯的长诗《阿纳巴斯》,就是在西山的一处庙宇写的,至今没人找到具体位置,林马斯先生除了基督教和音乐,最迷的就是圣-琼·佩斯。他说等春天暖和些再来吧。

平安夜过后,老登和风娘不会想到,1999年12月31日,他们和诗人、画家在清华园的荷塘月色下,白演了一场世纪末狂欢(不久,他们就知道世纪末这说法全错了)。

那晚,木贼和狼毒等诗人约风娘去清华园的荷塘,参加一个画家的行为艺术。风娘把老登也喊上了。

这个画家的行为艺术,就是要在世纪末的最后一晚扮演朱自清,但《荷塘月色》的朱自清是寂寞的、孤独的、文人气的,在夏天过着冬天般的冷清。画家扮演的朱自清却是狂欢的、喧闹的、野气的,在冬天过着夏天般的火热。画家说行为艺术要解构的，是学生时代就深入人心的"朱自清形象"。"妻"和"闰儿"都不睡，都来了，是画家的朋友和朋友的孩子客串的。

画家说，他要让诗人们见证并参与这个行为艺术。只有诗人，最懂得他的艺术。因为诗和绘画都属于艺术的地下党，艺术革命尚未成功时，它们就已经出生入死地行动了。相信你们不用教就能配合好我的行为艺术，因为真正的艺术是不能教的，不是真正的艺术没必要教。画家站在结冰的荷塘中央讲这番话时，大伙都哧哧笑了。

那一夜的月色不错，北大未名湖畔万人露天狂欢，偶有一人骑车穿过寂寥的清华校园——永远像灵地般缅想的清华园荷塘，正在上演一出象征闹剧。

凤娘想起，曾有好事者说起《荷塘月色》里朱自清的心理。当时的国家民族怎么烦他，家庭怎么烦他，且不去说，好事者揪住的是朱自清闹心却不与妻讲，妻也感觉不到他闹心，兀自呼呼大睡。可见当时的妻武钟谦虽然贤惠，并不像后来的陈竹隐是朱的红颜知己。"这几天心里颇不宁静""妻在屋里拍着闰儿，迷迷糊糊地哼着眠歌。我悄悄地披了大衫，带上门出去""轻轻地推门进去，什么声息也没有，妻已睡熟好久了。"木贼眉飞色舞地给身边的老登讲着朱自清的男性心理。他就是持这种论调的好事者，中学里要求背诵的最美段落他全忘了，这几句开头结尾却记得贼牢。

老登本来和诗人接触就少，更不大接触画家。听着木贼的心理分析，看着画家的起劲捣腾，他懵得厉害。结冰的荷塘周围点燃了一圈蜡烛，画家在蜡烛旁大叫："闹心！老婆，咱去荷塘开个 party。把孩子带上，都别睡了，闹心！睡不着！"一边叫着，穿着朱自清式的青布长衫就上场了。那衣服是经过加工的，前后两片可以撩开扎起来跳街舞，因为"朱自清"一开始搂着"妻"跳交谊舞，接着就和两个孩子跳起了街舞。放音乐和拍照录像的人在边上忙乎着，朱自清坐像也在暗夜里静静望着。临近午夜的时候，"朱自清"把大伙都拖上场，围着烛光跳迪斯科。

钟声快响,一个助手在石阶上准备倒计时数数。

"朱自清"带着"妻"和"闰儿"等人站在了朱自清坐像旁边。各种声音混杂着。

诗人们合念:月光如流水啊,静静地泻啊,薄薄的青雾啊,浮起在荷塘啊。

"朱自清"则朗诵着朱自清的诗歌《黑暗》:

> 这是一个黑漆漆的晚上,
> 我孤零零地在广场底角上坐着。
> 远远屋子里射出些灯光,
> 仿佛闪电的花纹……

午夜十二点整,"朱自清"带众人齐喊:"二十一世纪了!别做文绉绉的文人!闹心就开 party!"

蜡烛一支一支灭了,众人眼前一片黑暗,这跨世纪的行为艺术就算完成了。兴奋的画家也被助手和诗人们拥着去喝酒了。老登、风娘和狼毒不知怎么稀里糊涂留在了冰荷塘上。诗人们聚会散场的时候总是这样乱糟糟的,如健忘的意识流,擅长写寻人启事。

古井堂边的荷塘,恢复了古井似的寂静。零星几个学生从月色下的冰面走过。周围的树枝黑茬茬的。风娘还站在石阶上发呆,停留在刚才的炫梦里。以前她看过的行为艺术都是动作的,短暂的,这回见到演剧似的行为艺术,颇为新鲜。老登的那根筋却扭不过来:"这也叫行为艺术吗?他不是画家吗?折腾这个干啥?有什么意义?我们跟着他瞎起哄也像神经病!朱自清当年根本就不仅仅是闹心的问题!"

风娘在黑暗的寒气中嘘了口烟:"不懂了吧。画家选择这个特殊的时间这样做,只是想用后现代的办法给新世纪洗把脸,对文人气的东西调侃一把,解构一把,他也没打算搞明白朱自清当年到底是怎么回事。"

"可他是画家，他得有作品啊。"老登说。

"你怎么这么不开窍啊？行为艺术的作品就是行为本身啊。"风娘瞪了老登一眼。

"听说他会把行为艺术的录像挑选一些重要的场景画成油画。变成一组'新朱自清形象'系列。"狼毒说完，递过一张纸。

"干嘛？"风娘问。

"刚写的一首诗。"

"笔头真快，跟今晚的行为艺术有关系吗？"风娘接过纸在月光下隐隐看到题目，《和朱自清聊性爱》。忍不住笑出声来。同时听到狼毒的声音：没关系。

风娘把打火机点着，就着火光分几次把狼毒的诗匆匆看完：

　　和朱自清聊性爱

　　知道你当时心里很苦
　　想做爱无人也无处

　　妻子武钟谦是个贤妻良母
　　你和蚂蚁群的孩子瓜分了她
　　她很朴素很忙
　　没时间听你聊"四·一二"政变
　　也不懂你这个知识分子
　　你想找个情人般的太太做爱
　　在无人的地方大声闹腾
　　没准那样心里会不太烦闷
　　就这么去了月光下的荷塘
　　月光如流水是你的精血

叶子和花通向女性的身体
薄薄的青雾带着性爱的空气
你用峭楞楞的灌木
记录了一个中国男人的意恋
厮磨江南的莲花杨柳
如痴如醉地鬼画桃符
天呐！不朽的性爱终于
在满足的夏日荷塘上诞生

都说《荷塘月色》是篇写景美文
你死后听到这种说法心里更苦

　　风娘看完，笑得前仰后合："狼毒，你可真够毒的。亏你想得出来写这个。"狼毒摇摇头："不好，不好。木贼看了肯定要损我的。""写的什么？这么好笑？"老登好奇地把诗拿过去，也点着风娘的打火机看，看完他板着脸说："这也叫诗的话，我一天可以写五十首。"
　　风娘说："又不懂了吧，好的口水诗看起来容易，写起来可不容易。狼毒的口水诗还是写得不错的。木贼的那可就糟透了。"
　　"木贼写得比我好，他总是批评我的诗口水不彻底，后半身也不彻底。里面还有意象情结。而且还有该死的韵。"
　　"木贼的诗比你好？"风娘的烟差点掉冰上。
　　"诗有意象不好吗？"老登问。
　　"好是好，可是落伍了，老土了。离生活太远。"
　　"诗离生活本来就不能太近吧，写诗的人应该都是梦中人。"老登说。风娘听了他的话若有所思。
　　是啊，狼毒就曾经是个梦中人。她还记得九十年代初，在北京胡桃的诗人窝里见到狼毒的样子。那时来自武汉郊区的小狼毒已经长大了，但是和昆布、木贼比起来，还是像个倜傥少年，个子高高的，永远忧郁梦游的眼神，带着珞珈山下的花草气。他有诗人的神经质，但是无法自持，他有诗人的认真偏执，但是非常极端。他的父母是郊区农民，却养出了一个这么罗亭似的儿子。他拒绝一切正常的生活轨道，孜孜写诗，祖宗的姓也不要了，自己取了个难听之极的笔名叫"狼毒"。土屋里放满了他省吃俭用买来的书，有普希金、聂鲁达、叶芝和徐志摩等许多中外诗人的诗集，令他父母愁得要死，背地里骂"个婊子养的诗"把他们的儿子给害了。高中时，狼毒跑到武汉诗会上去了，认识了许多外地诗友，包括木贼和胡桃，毕业后窜到漂在北京的木贼那，就没再回家。

迷恋他忧郁眼神的女孩很多，主动要和他上床，他睡完了就走了，没有一丝愧疚。他从不使心计去骗女孩，所以他走得特别无辜。有女孩为他吃安眠药，或者彼此争风吃醋厮打，他也不会有丁点的触动。有时两个女孩都抢着睡在他的床上，租的小屋和床都脏兮兮的，来了也就来了，他睡完这个睡那个，道德、责任、义务、善恶似乎与他全无关，他完全活在梦的世界里，诗的世界里。

胡桃的诗人窝养活了他好几年，后来大家散了，他就开始混日子。不少诗人开始疯狂地赚钱，他还是每天在笔记本上吱吱嘎嘎地写着诗。总有女孩抢着给他洗衣服，给他钱，他把得到的钱拿去印民间诗刊和自己的诗集。钱没有计划地用完了，又开始饿肚子。直到下一个女孩给他钱。

凤娘最喜欢狼毒的一首诗叫《情人的头发》，这么多年了，她只记得结尾两句：情人的头发是时光之血，在狂放的暴雨中，祭献给驻跸人间的天使和星空。

不知道狼毒自己是否还记得这首诗，是否能背出，不管他是否记得，那首诗都在那里：

走过山岭的小路情人的芳草变成了白发，
岩石上我触摸到昨日的澎湃雨滴。
艾叶直直地拂过黄昏之风，所有的夜

并不一定燃烧,今夜你依旧冲刺我的内心。
看呐,它蓬勃的饱满,覆盖在大地的梦床,
玉米,或者杨树的招摇,都低到野花的原点。

一条蜿蜒的神龙山,如今被两座塔镇住,
没有情感的玫瑰,荆棘也猝然倒下,
它在空气的汗液中都会飞扬,何来惧怕?
情人的头发是时光之血,在狂放的暴雨中,
祭献给驻跸人间的天使和星空。

　　这样一个梦中人的狼毒,这么认真地承认木贼的口水诗比他好,这么痛苦地想摆脱意象和韵的传统,令风娘感到非常吃惊。口水诗和后半身对一个诗人的改变可以如此之大,时代的风气令人颤栗啊。好几年不见,狼毒变了,贫穷、无名、落魄,使他无法坚持下去,他看到比他不济的口水诗人风光红火,有了读者和观众,他的兄长般的木贼也热衷于流行,他屈服了。他的屈服还带有梦的遗影,他想他写诗的方向是错误的,寂寥地写了那么多年,没什么人懂他,而口水诗人和后半身诗人很快就被懂了,他们征服了民间和官方。而他,除了一大堆女孩的失身,连自己都没有征服。"我这么有才,我不相信自己超不过他们。只要我的诗脱胎换骨,我肯定也能出名。"
　　风娘边听狼毒叨叨,边在午夜的冰荷塘瑟瑟发抖。老登意识到太晚了,该走了,就打断了狼毒的话。离开前他浪漫地建议绕冰湖走一圈,风娘死活不肯,前几天陪林马斯先生在颐和园看见水冰相连的昆明湖,还使她怀着恐惧。老登说,没关系,他引路,冰已经冻得很实了。她还是不肯迈步,只愿意跟在狼毒的屁股后面小心翼翼地直线横穿荷塘,她边走边想起夏宇的诗句:猫轻微但水鸟是时间。最近几天,她脑子里总是反反复复冒出这个句子,很美却不知道什么意思。
　　这一夜谁也不会预见到,是重复里裹着永远的结束。

"它从树上跳下来绝对不想让人听到"

1

你听说过这句话吗？没听过的话，看看狼毒把它抄在本子上，生命最后的本子上。安德烈·孔特-斯蓬维尔说："即使精神会是一种疾病，即使人性会是一种灾难，这种疾病，这种灾难都是我们的——因为它们就是我们，我们只有通过它们才存在。"

狼毒像做变天账似的，总喜欢在笔记本上记着什么。你看他一天到晚在笔记本上记，总让人吓得不敢乱说话，不敢乱动弹，怕他全记在本本里了。他的笔记本有三类，一类写诗，一类抄录哲言，一类就是日记。他死后，木贼整理他的遗物，发现他的日记在三年前就停止了。最后一行他写着：我不能再记日记了，否则我会疯掉。

日记里充满着他的呓语、愤世嫉俗和想象，仿佛一个拎着自己头发脱离大地的人。木贼边看边击掌：变态啊，好啊，神经质啊，这才是搞艺术的人才啊。看得出来，后期的狼毒已有严重的心理疾病了。而且写到他爱上了一个女孩，睡了那么多女孩，他才第一次懂得爱。他没有想到，三年后的元旦，正是他深爱的这个女孩把他杀了又自杀。毫无防备地，他死在神魂颠倒的床上——狼毒承诺和女孩结婚，可是却吊了她三年，孩子打掉好几个。狼毒在三年前的日记里写到，我想和她结婚，可是我害怕结婚，我只想自由自在。

没有理性的女人爱到极点就是恨。狼毒睡了那么多女孩都没有欠过情，真正走进爱情反倒死于情杀。无望的爱情是海洋的鲨鱼，在湛蓝游动的美丽里慓悍地吞噬。一柄伞落在大海里没有踪影，一把剑刺进大海只能无谓。只有锐利的鲨鱼，把血流般的海洋当成家。霸道横恣。

狼毒死后，胡桃、木贼等诗友用超光速的行动给他筹了款，连续出了几本诗集，生前一直被冷落、渴望出名的狼毒竟然迅速出名了。许多人跑去他武汉郊区的土屋拜访，看他少年之前生长的地方，像拜访任何一个名人遗迹那样。尤其喜欢研究他当年买的那些书，分析哪些著名的诗人影响了他，使他形成了后来的"狼毒体"诗歌，既有口水和后半身的现代元素，又有意象和韵的传统元素，而那首《和朱自清聊性爱》竟成了他的绝笔。他满脸坑洼黑灿灿的双亲，不懂这些乡下的家里藏书到底有什么用，但是看见这么多人关心儿子买的"个婊子养的诗"，也郑重其事，有太阳的时候开始知道把书拿出来晒，其中不少书已经被白蚁吃了，老鼠啃了，用手一翻，就烂了碎了，白蚁蠕动着，像太阳花花的眼。

死后的狼毒当然不知道这些事，更不知道他去年最后一天参加的行为艺术还要重做。

2000年12月31日，老登等人又参加了画家的世纪末行为艺术，因为1999年的世纪末并不是真正的世纪末。没听国际权威机构宣布嘛，二十一世纪的时间是2001至2100年。这么一来，全国上下都改变了"世纪末"的概念，弄得画家的行为艺术也只好重做一次，除了狼毒，去年到场的人又全部邀请来。重做的激情宣泄得怪怪的，更加闹腾更加声嘶力竭了。重做和第一次，没法一定说谁更好，但是好像记忆被断裂了，缝缝补补有些叠厚的痕迹，老登和风娘更是心含怅惘，因为重做的时候狼毒永远不在了。

他们还记得最后的三人之夜。风娘一直觉得狼毒并非死于情杀，而是被诗杀了,她看他后期的东西,认为狼毒就是不被女友杀死,也会自杀,虽然他很想自救,但是他的诗歌已经走到尽头了,没有文化的诗会将人诱入绝境。

诗能使人疯狂,使人再生也使人死亡啊。2001年1月1日清晨,二十一世纪的第一缕曙光降临新西兰的吉斯伯恩市。中国这看不到,估计那曙光初现的时候,就像一个人最早的诗,清甜里带着颤栗的尖尖,一开始就跳出身体沉重的视线。

那天清晨,也是狼毒的周年忌日,大伙坐在风娘租的新屋里纪念他。当北京的曙光照在通宵未眠的诗人们身上时,光芒似乎赶走了悲冷。风娘看着曙光,手里拿着烟,露出荡荡默默、魂不守舍的神情,颇有轻妙之貌,老登低着头,看不到他的表情,枯黄的头发在他头顶浓郁开放。他冷不丁抬头问风娘:"你有理想吗?"

"有,像利卡克希望的那样造一间吸烟室。"风娘不假思索地答道,似乎早就知道老登要问这句话。

"利卡克是谁?"诗人胡卢巴问。

"他是徐志摩在牛津的英国老师。"风娘说。

一年就这么疲惫地过去了,风娘的生命中发生了两件大事,狼毒死了,离婚官司结束了。两个月前,她的离婚刚刚判下来,否则她会说她的理想是离婚。可是她自由了,解脱了,兴奋之后变得那么平静,以至于只想找个地方尽情地吸烟。

小房子睡在里屋,她和风娘终于可以不用睡在南官房胡同那挤扆的旮旯了,记记趴在她的肚子上。风娘不想去回忆官司的痛苦过程,她有如做了一场艰难的梦,被律师拖着往前拼杀。好像一个人上了战场,只能硬着头皮冲,血和泥沙都迷了眼,还是冲,以为保住了一具肉身的躯壳,其实是遍体鳞伤心更伤。伤心完了就死了,死了倒也涅槃了。她自由了,因为罗勒是过错方,竟然还判得罗勒的大半财产,日子突然阔绰起来,她感到特别滑稽。

现在,她和老登都是自由之身,都从离婚的沟坎跨过,应该有更多亲密的基数增加，彼此的暧昧感觉却淡然了许多。他们的来路并不相同，一个离得容易，一个离得艰难，将来怎样，也没有了必须的防线。澳门之夜，赤柱之夜，依兰之夜，长城之夜……那些紧紧张张勾勾连连的私密性的细菌，都被莫名其妙地消灭了，他们像白开水一样活出了最基本的味道。不避讳，不提防，大大咧咧地调侃。比如老登出差在山西，给风娘的呼机留言："与艾紫苏游山西，正准备出家五台山，艾却返北京去也。余我孤单游三晋，虽不羡阎锡山统治山西，也不羡孔祥熙富甲天下，但也哭得如泪人儿苏三似的。"

风娘回言："哭得如苏三似的人儿啊，快别哭了，趁着女色艾不在近旁，赶紧出家去吧，不然哭得心驰意乱，男变女身，又得扬鞭策马，疾奔浙江舟山普陀尼姑庵落发净身，辛苦啊。"

风娘发高烧，老登留言："美人高枕，春日高烧，艳阳高升，鸿运高照。"

风娘回言："贤士吉言，助我云梯，直入云天，可揽云霄。高处不胜寒，退烧。"

老登约风娘见面，要学朝鲜电影《看不见的战线》中的女特务和男特务，手拎半捆老玫瑰，暗号：阿力拉。

风娘说你吃饱了撑的。

……

狼毒的死触动了不少人，也让风娘和老登变得似乎无情有义有趣。

四月上旬，春暖花开的时候，风娘和老登陪林马斯先生去北京西山，寻找圣－琼·佩斯的足迹。林马斯先生因为各种事务的耽搁，整整推迟了一年才来北京，顺便续签和《文坛》《文苑》的合作协议，胡本选签完协议就回哈尔滨了。自从他少了老登这个得力干将，更忙了，临走他问老登究竟什么时候回《文苑》，编制还留着呢。老登笑着摇摇头，不置可否。

那天风娘借了尤加利·菲菲的帕萨特，送林马斯先生去西山。老登私下嘀咕，干嘛又叫上她啊？你不怕她的传销把林马斯先生和我们噎死吗？风娘斜着烟黛眼说："还不是借她的车撑撑场面嘛。放心吧，对着澳门同胞，她还是会收敛的。再说一个传销，一个传教，这不更有好戏看吗？"老登摇摇头，觉得真是胡闹。对于西山之行，他已经忧心忡忡了。

他们开着车在山下的北安河一带四处打听，甚至往下开到鹫峰去了，都不得其果。有些山民还说："陈佩斯？没听说他在我们这住过啊？"

这一天，太阳把北京捧在手心里热乎乎焐着，西山脚下也如同夏天了。他们转来转去，热了，渴了，饿了，什么线索也没有，只好停在北安河一家小饭馆。小饭馆院子里拴了一只大羊，脏得白色都成了打底色，正吃着地上的草。风娘很抱歉这一带没有什么好饭馆招待林马斯先生，没想到这种农家风味令林马斯先生颇觉新鲜。他拾起地上的草托在手里亲自喂大羊，大羊也对他毫不认生，舔着他的手继续吃草。

饭馆的主人是一家农民，自己在院子里搭了个凉棚，新鲜的蔬菜就在脚边的菜地摘，饭桌就摆在凉棚下，林马斯先生喂完草坐下来，看着刚上桌的地三鲜和啤酒，直说，呃，好。呃，好。这地方好。

尤加利·菲菲更是手舞足蹈起来，做传销使她变得总是像吃了兴奋剂。老登、风娘本来就喜欢这种乡野情趣，看到林马斯先生很满意，坐在凉棚下乐得眼睛眯眯的。

酒足饭饱。天南地北的话题也聊得差不多了。林马斯先生说要继续去找圣-琼·佩斯的遗迹，风娘想起什么似的问："林社长，有个问题我觉得奇怪，你不是研究诗歌的，为什么这么喜欢圣-琼·佩斯，喜欢他诗中的什么呢？"风娘刚问完就后悔了，澳门人是很不喜欢被别人打探的，一切都是隐私。但她想林马斯先生连宗教信仰都愿意分享，又是文人，应该和一般澳门人不同吧。

"呃……这个问题，呃……有点难到我了。呃……要告诉你们可以，不过要公平点，大家都要讲自己的初恋故事。因为圣-琼·佩斯的诗和我的初恋有关。"林马斯先生说完，不好意思地理了理自己的

S 发型。他果然不同于别的澳门人啊。

"真的啊？这么浪漫！"女人好像对浪漫的爱情都特别敏感特别兴奋，风娘和尤加利·菲菲几乎同时喊了起来，吓了老登一跳。

"呃不过呢，说好了，必须把你们自己的初恋故事都讲出来，我才给你们讲我的故事，不讲的罚喝三大杯啤酒。"

"行啊行啊。"风娘说着，有点兴奋又有点紧张，可以借此机会听到老登的初恋故事，也是一件蛮好玩的事。

老登看她这么爽快，挺吃惊的。风娘的初恋会是什么样子呢？他对着她笑笑："看你应声虫似的，那就从你开始讲，女士优先。"

"先讲就先讲，反正谁也逃不过。"她还真不推辞。

风娘说她的初恋是在自行车上度过的。上初中的时候，她还在安徽父母家，有个男孩是她邻居，和她同班。因为她不会骑自行车，男孩每天都带她坐在后座上学。这是双方父母的约定。奇怪的是，他俩之间从不讲话。男孩到时间了，在她家楼下吹一声口哨，她也回一声，就下楼了，女孩子像她这么能吹口哨的极少。一路上，她小心翼翼地坐着，连他的后衣摆也不敢碰一下。从学校回家的时候，他们就在自行车棚碰头，她什么时候跳上后座，什么时候跳下后座，他似乎都心有默契。

他们唯一的一次对话，是在初中毕业那年，春节骑车去郊外的同学家聚会的路上。

一帮男女同学都骑着车，在凛冽的寒风中顶着风嘻嘻哈哈，打打闹闹。短发、长发、枯草一起乱飞，骑车的男孩互相飙车给骑车的女孩看，只有她坐在他的后座上，逆着风，又是上坡，渐渐就落了后。

她坐在他后面，脑袋全部用围巾包着，还是冷得像块惨白的冰砖，手和脚都冻得没有似的。白底蓝花棉袄的领口和袖口如同空洞的隧道，任凭风和寒冷把她的身体一点点吸尽。

靛蓝外套的男孩却是一身汗，浑身用劲使他的脸涨得通红。她看着郊野的荒坡和枯树枝一段一段灰灰地摇过，并不知道他热成这样，只感觉到同学们都骑远了,世界仿佛就只剩下他们两人,无尽的休止符。

在巨大的安静和寒冷中,她听见自己的心在剧烈地跳动,她想让心跳得慢一些,却适得其反。这种越来越剧烈的跳动声使她感到慌张,她在后座上不安地动了一下,她这么一动,男孩也慌张了,正是下坡,车轮磕着一块小石头,她都没有反应过来,就叽里咕噜从车子上摔了下来往下滚,所幸穿得多,没伤着。男孩先是惊慌地看着她,见她什么事也没有,微微笑了起来,说,你挺结实的。

摔跤把她的身体解冻了,她也笑了,说,还是不坐车了,走着更暖和。

……

说着说着,风娘就彻底沉醉进去了,眼睛望着记忆的远方,凝聚成两颗微小的土星,光环闪耀。女人谈自己的初恋大概都会有这种沉醉的神情吧,老登看了竟然没有醋意,他在想象着自己就是那个男孩。风娘说,那次郊游后,他们又不说话了,直到毕业,彼此也是沉默的。那时她悄悄地喜欢着男孩,却从不知道男孩是否喜欢她。

"呃,这个初恋故事很美好,很纯洁啊。"林马斯先生听完微微颔首。

"吹一个口哨给我们听吧。你不说,我们还从来不知道你有这个绝招呢。"老登说。

风娘站起来,吹了一个口哨。连闻声而出的饭馆老板娘也看得目瞪口呆。

轮到尤加利·菲菲了,她因为要开车,一开始就没喝酒。喝酒的人喜欢说话,倒显得她话少了。她无奈地问:"一定要讲吗?"其实还没讲,她的神情就已经是掉进故事里的神情。

"一定要讲!没听林社长说吗?不讲要罚酒,你喝了酒,没人开车,我们就回不去了。"风娘自己讲完了,没有心理负担,就带着起哄的味道。

尤加利·菲菲静了好一会儿(在风娘印象中,她似乎从来没这么安静过），几个人也静静地等着她。

她开口了："他是个诗人。"然后又重复了一句："他是个诗人。"（老登疑惑，这么俗气的尤加利·菲菲，初恋情人竟然是个诗人？）

她是在春天的一次朋友聚餐时认识他的，那时他在流浪，和她优裕的少女生活完全是两个世界的内容。她听着他的流浪传奇，觉得非常神奇，他不高也不帅，但是有一种波西米亚的气质。

他说他和诗友们睡在深圳和广州的立交桥下，那里一年四季都挺热，不需要被子。或者逃票去不同城市的诗友家，吃住一段时间。常常还会跑到乡下的农家借住，农民都非常朴实，只收一点点钱。有一年冬天，他不知怎么漂到了湘西的深山里面，那里的女孩在吊脚楼上把他当贵客服侍，通宵躺在他的脚边，不时起身为他添炭火添水。他把这些都写成了诗。他说诗是他的精神。他为诗而流浪。（林马斯先生在澳门从没听说过这种人，像听今古传奇似的。）

她是个主动的女孩，聚餐结束的时候，她趁着夜深没人看见，主动拥抱了他，以此表示对他的欣赏。他猝不及防，却记住了美丽混血的她。她开始逃学，经常和他及他的诗友们一起去逃票，流浪。（听到这，凤娘恍然大悟，怪不得大二以后课堂里总看不到她，身上真有新疆人的野性啊。）

逃票的时候无论多么艰难，他都保护着她。那时候火车上非常乱，诗友们拉帮结伙的，没钱也没行李，都穿牛仔裤或萝卜裤，口袋里塞把毛巾，和农民、打工仔从窗户爬进车厢里，个子并不高大的他，总是用肩膀和头把她顶进去。厕所里也挤满了人，有人实在憋不住了，就把尿撒在打工仔捆扎的被褥上，列车员和乘警被那些气味熏得作呕，也挤不过去，根本不管他们。他们下车也是一个一个从窗户跳下去，他总是用双臂接着她，然后带着诗友们沿铁轨走小路就蒙混出站了。

那年夏天湖南暴雨，铁轨塌了方，火车晚点了十几个小时，他们要去参加衡山诗会，半夜才到达衡阳，又渴又饿。照例从车站的小道缺口走出去。衡阳站他们到过很多次，已是轻车熟路了。正当他们一行人冒雨摸黑走下轨道边的斜坡时，突然一个男人在不远处断喝道："什么人？有票吗？"同时一道手电光从背后像子弹射了过来。快跑！他命令道，立即用手拉住了她，几乎是出于本能，她和所有人都跑了起来，前面就是缺口，只要跑出站就不怕了。

"站住！不准跑！抓住一个罚十倍！"男人一边喊一边追着他们。显然没有他们熟悉路况，手电光随着跑动乱晃。

他拖着她毫不理睬，在泥泞的坡路上拼命往前跑着，她的脚步跟不上，别人都超过了他俩，呼啦啦全都跑出了缺口，跑到了陡坡的断墙边，没想到那个男人是一根筋，看到他们出了站，依然还是固执地追着，这下他们慌了，他大喊：快分两路跑！

（听到这，风娘几个紧张极了，似乎在抓自己似的。）

诗友们沿着断墙，呼啦啦分成了左右两路狂奔。男人稍稍迟疑了一下，立即选择了她这路，因为只有她一个女人，被他拖着也还是跑得慢。她已经感觉到男人的手几次要揪着她的辫子了。"怎么办？他要抓住我了！"她带着哭腔喊道，尿都吓出来了。就在这时，他果断地抱着她往断墙下的斜坡滚下去，斜坡又是泥又是尖石子，男人没敢滚下去，继续沿着断墙追她前面的人了。

（不要说别人，连老登也跟着松了口气。）

他和她滚下坡，怕男人还会派人掉头来找他们，爬起来后依然拼命跑，一直跑到大街上。雨越下越大，他们不得不躲在一处屋檐下避雨，诗友们都跑散了，也不知有没有人被抓到。

她和他全身湿透，喘着气，裤子粘糊糊地贴在腿上，即使是夏夜，也带着冷意。就这么一直站着，站了很久，依然还是她，主动地投进了他的怀里，他们全身都变成了雨水，任性地流淌在夏夜。

讲到这里，尤加利·菲菲哽咽了，那双新疆风味的大眼睛，忽然流下雨水般的眼泪。她说她的初恋、初吻、初夜都给了他，但她的母亲用强大的现实摧毁了她的初恋情感。母亲绝对不准她嫁给一个穷诗人过日子。母亲说有他没我！有我没他！

尤加利·菲菲说不下去了，低下头轻声抽泣，想必后面她在他和母亲之间有着激烈的冲突。

风娘和老登有点震惊，把钱看成一百，把文学看成零的尤加利·菲菲，对于诗歌和初恋，竟然有如此深挚的一面，怪不得前年她主持诗歌朗诵会的时候那么投入。风娘也遇到过一个有钱的作者，认识了女诗人后，就迷恋写诗，家里人开始着急了，好像一个人开始写诗就和死路一条差不多。

林马斯先生最看不得美女流泪，赶忙递过餐巾纸。他不停地道歉："呃，对不起，对不起，要是知道触动你的伤心事，我就不出这馊主意了。"

没事！尤加利·菲菲的脸颊因哭泣分外楚楚动人，又因在别人面前掉泪有点不好意思。一抹眼泪，停了停，又恢复了那种掰乎劲："没人知道这些事，说给你们听，我也愿意。"说完，她立即没事人似的转向老登，"好了，好了，别幸灾乐祸，现在轮到你了。"

"是啊，轮到你了。"风娘也附和道。

"我没幸灾乐祸。"老登委屈地说，然后露出一本正经的表情，"我的初恋在小学。""天呐，老登，你也太早熟了吧。"两个女人同时插嘴。"哎，别打断我行不行，刚进入角色呢。"

"我的初恋在小学。我和她同班，玩得很好。有一天，她带了两个红色的圆圆的小弹子棋来，我很喜欢，她就送给了我。过了几天我们吵架了，她要我把弹子棋还给她，我就还了她一个，她又来找我要第二个，我想了想，就把剩下的那个往她衣服口袋里一塞，气呼呼走了。"

"后来呢？"风娘问。

"完了，结束了。"

"完了？故事就这么完了？你这哪是初恋，你这明明是小孩过家家嘛！"尤加利·菲菲说。

"不行，不行，他撒赖！要罚酒！"风娘反应过来了，向林马斯先生告状。

老登着急地辩白道："骗你们是小狗！这真的是我的初恋！"

"不可能！"两个女人觉得自己被出卖了，她们掏心掏肺讲的初恋故事，换来的竟是老登的打哈哈，死活要老登罚酒。老登非常委屈，不停地解释："你们还讲不讲理！这真的是我的初恋！我当时的确是很喜欢她的！"

最后，林马斯先生决定，因为老登的初恋故事过于简单，判罚老登喝一大杯。

为了尽早听到林马斯先生的浪漫故事，风娘和尤加利·菲菲也不与老登认真了。三个人瞪大了眼睛望着五十岁的林马斯先生。S发型的林社长，在澳门的初恋也像S字母一样美妙曲折吗？

2

初恋如诗，但并不是每个人的初恋都和诗有关。

林马斯先生当年的初恋情人，竟然是个四十岁的法国妇人，这令风娘他们真是大跌眼镜。认识她的那天，正好是他十六岁的生日，母亲让他跟她学法语。

她是他的法语老师，尤其爱教他法语诗，她说法语本来就是世界上最美的语言，法语写成的诗更是金子铺成的语言之路。她尤其迷恋她祖国的诗人圣-琼·佩斯。她从小迷恋诗人，也迷恋外交官，因为这两者都有着高贵的品质。而圣-琼·佩斯集两者于一身，这几乎是不可思议的。

她也是他的性启蒙老师。她引诱了他，也唤醒了他。虽然生长在巴黎艳舞风行的澳门，但是少年的林马斯对性完全混沌。她在澳门寻找她想象的东方，没有找到，她在他身上找到了，她总是俯在他耳边悄悄说，"我的贵宾少年。"

她说，圣-琼·佩斯在《阿纳巴斯》第十章里写到的东方风情和各色人等，一直牵着她的一个梦想：能在有生之年，去北京的郊外山上，看看圣-琼·佩斯写《阿纳巴斯》的地方。

但是丈夫不让她出门，把她像金丝鸟一样关在家里（他们有过一个孩子，后来夭折了）。她的家在澳门南湾山坡上，那种带锈红色的新古典主义建筑，正门是半圆形拱门，楼道两侧都有阳台，很漂亮的家，漂亮得像金丝笼一样，从高处往下看，仿佛随时可以拎走似的。她在里面呆着，却觉得非常大，非常空。丈夫忙于公务，经常不在家，对她的控制却不曾放松。起先还允许她教教法语，后来连法语也不让教了，完全断绝了她与外界的交往。

少年林马斯只好每天夜晚守在洋房的附近，只要听见她在三角窗楣下用法语读《阿纳巴斯》的片断——这些片断特别艰深，有的听得懂，有的听不懂——他都会自觉翻译成一个意思：来吧！进军！远征！

然后他像个进军的战士，热血沸腾："但愿我孤身御晚风出行，和舌战的亲王们一起，跟流星殒雨同行！……"

有一段《阿纳巴斯》的法语是他完全能听懂的，也让他心碎。

抵达一处名为枯树的地方：
但见一道肌瘦的闪电给我指向西部的省份。
然而，那边闲暇最充分，已是辽阔的，无记忆的牧草之乡。无血缘又无纪念日的年岁，添彩的是晨曦与野火。（以黑绵羊的红心燔祭清晨。）

Jusqu'au lieu dit de l'Arbre sec :
et l'eclair famelique m'assigne ces provinces en Ouest.
Mais au-dela sont les plus grands loisirs, et dans un
grand pays d'herbages sans memoire, l'annee sans liens et
sans anniversaires, assaisonnee d'aurores et de feux.
(Sacrifice au matin d'un coeur de mouton noir.)

这是他听到她读的最后一段,读的语调非常着急,而且夜还不是很黑,洋房旁边有人经过,他不便马上进去,只好一直等那人走远。见到她时,她告诉他,丈夫好像发现了什么,却什么都不说,突然辞了职,要带她回法国了。即使今天,她也只能匆匆见他半个小时,丈夫马上就会回来。

他跪在她脚下流泪。知道这是永别。她说,这样也好,你长大了,应该去过你自己的生活。我不能害你。

为了不让他和丈夫迎面碰上,她让他从楼道旁边的阳台出去,没想到一个黑影就在阳台上堵着,是她丈夫!一道呼呼生风的力量从空中挥了过来,是鞭子!"快跑!"她用生硬的中文喊道,双手本能地抓住鞭梢,他不知道她为了保护他是如何与丈夫撕扯的,只是恐惧地翻过阳台拼命地跑着,流着泪一直跑下山坡,踯躅了很久才回家。

……

林马斯先生说到这,长长地叹了口气:"我那时真不像个男人,应该回去保护她,和她的丈夫决斗,而不是像个逃兵一样怯弱地跑掉。而且,我的初恋本身就错了,一直陷在痛苦里走不出来,直到最后像个迷途的羔羊被主收留。"

林马斯先生第一次说这么连贯的话没有"呃"音。

老登和凤娘似乎有点明白林马斯先生那么笃信基督教的原因了。一个虔诚的基督徒,仅仅是因为他的初恋触犯了道德和伦理吗?

但他还在寻找初恋情人的梦想,寻找圣-琼·佩斯。

四个人的故事都讲完了。其中三人互相干了杯。没有喝酒的尤加利·菲菲开着帕萨特继续出发,却也带着醉意。不知不觉开往山上的管家岭村,他们没发现这村子有个破旧的庙宇(多年以后,专家考察那就是圣-琼·佩斯的遗迹,更多年以后,专家又考察,真正的遗迹其实在昌平区桃峪沟),却看到山上桃花开了杏花也开了,白色、粉红色满山烂漫,锦绣粉叠。清纯灼灼的花朵停在枝条上,仿佛神界飞来无数只粉白的小鸟,翅膀微颤,又仿佛天边的丝锦云霞落碎了,掉在山洼里,一笼一笼的惊艳。初恋情人的双眼就是这样吧,淡淡地、微微地、鲜鲜地、铺天盖地地、不管不顾地燃烧,像火山爆发前从山上一直流到山下的岩浆,让心房震颤的前兆。哇,太美了!太美了!风娘几个人兴奋地叫了起来。村民们远远看去,白色帕萨特在山路的花浪里蜿蜒而行,也像一朵飘动的白色杏花了。

最后,尤加利·菲菲把车停在一个农家院门口,老登想进去找村民打听打听。农家院很大,屋子都是空的,主人以为老登是来租房子的,听到老登说什么法国的佩斯,失望地摇了摇头。老登一眼瞥见静静的院子里也种着棵桃树,地上落满了粉红色的花瓣,心思一下子跟着它们静了下来。脑子里突然跳出《牡丹亭》的句子:"梦到一园,梅花树下,立着个美人,不长不短,如送如迎。"他想这桃树下也该站着个美人的,风娘?太高了。艾紫苏?嗯,好像也不合适。老登发了一会儿呆。从院子里退了出来。

圣-琼·佩斯遗址看样子是找不到了,几个人并不感到遗憾,彼此的初恋故事,和漫山遍野的桃花杏花一样,开放在他们的心间,美好芬芳的回味,覆盖了那些郁积的忧伤,并不是每个人都有可能这样在别人面前真实地袒露自己。情愫当中被岁月绑得很紧的东西,也可以被岁月释放,当它获得自由的时候,你会惊讶,原来没有什么是不能放下的。私密时间里的内容能够来到公开的空间,是需要另外的时间发酵的,那样它的酒味才会从酸涩变成醇香。

兴奋之余,风娘发现了一个最大的错误,几个人都忘了带相机,她不停地说糟糕。老登说:"没关系,就把桃花杏花留在眼里心里吧,比什么都好,有了相机光顾着照相,反而没有全身心品味的情致了。"说完,他就用手掬山泉水洗脸,顺便喝了好几口,风娘说那水喝不得,老登说没事,干净着呢。

站在山上,春风骀荡,脚下的桃花杏花如云,天上的白云也格外柔软,被花彩云光呵护的心灵,会变成赤子之心,也最有激情,林马斯先生哼起了《拉德斯基进行曲》，几个人也都在山上放声高歌，手舞足蹈。风娘更是人来疯似的，手机响了好几次才听到。电话是贡龙打的，问风娘是否能赶到幼儿园接小房子，赶不到就准备让吴衣奴去接了，风娘说赶不到，贡龙又说锁阳在编辑部等她一天了。还在等。

锁阳？他怎么又来北京了？

原来，一年多不见，锁阳竟然跑到北京郊外的宋庄，办了一个"诗歌酒家"。都说北京的画家房子越换越大，车子越换越进口，老婆越换越年轻，外地的画家可没这么风光。宋庄的房子便宜，许多外地的画家诗人都在这租房呆着，锁阳把村里的鱼塘交给父母，也来到了宋庄。他的"诗歌酒家"刚刚开张，最大的特点就是：除了厨师是专业的，其他的送菜员、洗碗工、清洁工、保安什么的，都由全国各地来的流浪诗人义务承担，管吃管住。

锁阳到宋庄后，一直都想来找风娘，无奈开张前的杂事太多，忙得屁颠颠的，今天总算来了。没想到贡龙说风娘陪澳门贵宾去西山有事了，一时半会儿回不来，锁阳说不用打扰她，我等一天都行，反正今天一定要见到她。

风娘见到锁阳半秃头穿着小西装的样子，站在凌乱的编辑部里，觉得他还真有点小老板的味道。敢用诗歌二字给酒家命名，请流浪诗人打杂，也只有锁阳这种"聋子不怕雷"的文学青年想得出来，做得出来。

锁阳见到风娘，发现她变了许多，可是究竟哪里变了又说不出来，美还是美的，头发留长了，烫得卷卷的，更有大气的风情，穿着一套带肩领的上装，像个女将军似的宽肩膀，岂止是高挑，完全是高大了，锁阳简直要仰视她。他不明白风娘的英武之气来自何处，也不知道风娘离了婚。其实，主动离婚的女人和被动离婚的女人最不同处，就是没有从前那个讨厌的男人罩着，神清气朗的骨质增加了。风娘现在就有这种压不住的焕发的韵致。

锁阳是来邀请他们参加"诗歌酒家"举办的"宋庄诗会"的。见到陪在风娘身边的林马斯先生等人,他热情地说:"也请这几位澳门同胞赏光,一起去参加吧。"

"就一位,其他是大陆同胞。"风娘说,"不过,林社长后天就要回澳门了,你们呢?愿意去吗?"风娘转头对着老登和尤加利·菲菲。

"行啊,去就去呗。"老登说。

"我也去?合适吗?"尤加利·菲菲问。

"合适啊,有什么不合适的,你看锁阳这么盛情邀请,是吧,锁阳?"风娘说。

"是啊,是啊,只要是风娘的朋友,都合适,我那个小地方,还是能容下不少人的。"锁阳笑咪咪地说。

林马斯先生听说"宋庄诗会"自己参加不了,有点遗憾。风娘却暗自庆幸,大陆的诗会总是笑话多多,像锁阳这样更不知办成什么样,还是不要在澳门人面前丢丑的好。

锁阳想请大家吃晚饭,被风娘再三谢辞了。几个人都累了,想回去歇着,中午吃了很多,也没消化。锁阳遗憾地说,那就等下周诗会的时候,在"诗歌酒家"宴请大伙。风娘让尤加利·菲菲开车把林马斯先生送回酒店,自己租的房子在编辑部附近,步行几步就到家了。老登住在帽儿胡同,和林马斯先生的酒店正好是两个方向,他说我还是坐地铁回去吧。

锁阳走了,老登也和大家道了别,向地铁站走去,顺便买了一瓶饮料喝。圆圆的夕阳像嫩蛋黄被人贪吃了,天色隐隐地灰黑下来,他的胃也隐隐地开始不舒服。地铁虽然过了下班高峰,但是人依然不少,他没有座位,就靠着扶手。很久没有这样疲倦过了,他的头似乎有点撑不住,于是闭了眼养神。眼睛一闭,耳朵就变得特别忙碌,周围的各种京腔北韵挤着进来,不听也得听。

"朱子就爱吹牛,说他挺忙的,全是这事那事,这回来北京又吹了,吹得全世界都知道他来北京了,说要跟老外谈生意,他哪见得着老外啊。结果呢,有一天他被车撞得摔在了马路牙子上……"

"那天上来一老同志,不买票,他对公交车司机说,凭什么我们在一线工作了一辈子,临到退休还得买票,那些坐办公室退休了的就可以不买……"

"老赵出事了,老赵这回完了,被公安局逮起来了,赵老师出事啰……"

最后一句,是地铁上卖报的中年女人极具煽动性的叫卖。老登被她叫得心动,睁开眼喊住了她,掏钱买了一份报纸,从头翻到尾,也没看到什么老赵出事的报道,知道被耍了。老登想,北京人嘴真够贫的,连呆在北京的半个北佬和卖报的都这么贫。平时他们在地铁上都不怎么说话,今天想闭眼休息一会儿,怎么就这么闹呢?

回到帽儿胡同的住处,老登一点食欲也没有,胃越来越不舒服,他只好躺在床上休息,躺了很久,越躺越难受。最后躺下也不是,坐起也不是,把电视打开转移注意力也不行。半夜里,他开始胃痉挛,像有个魔鬼之手在他的胃里撕扯,他浑身冷汗,像要死似的。老登从来没这么痛不欲生过,非常恐惧,心想自己的胃得什么大病了,不会要胃出血吧,他咧着嘴捂着胃拱着背硬撑着挪到胡同口叫了一辆车,去协和医院。

老登到协和医院吓了一跳,这里哪像半夜,简直和白天差不多。医院的挂号处排了七个长长的队伍,门口横七竖八地坐着、躺着全国各地来挂号的人,碎花被褥,小凳子,铺在地上的废报纸,毛巾,矿泉水,面包,碎碎屑屑,你靠着我,我挨着你,都是等着第二天医院开门挂号的……连急诊科也人满为患。没办法,老登只能忍着痛排在急诊队伍里。见到队伍里有代人排队的医托,拿着行军凳,他痛不过身,也想找个医托,一问价钱要一百元,只好作罢。急诊挂号费才五元五角呢。没想到现在看个病这么难,他咧着青蛙嘴(因为痛得厉害,其实已经变成了河马嘴)问前面排队的男人:"你是哪里人啊?"边问边痛得喘。

"浙江人。"

"给谁挂号呢？哎哟……"

"我母亲，老人家躺在亲戚家没法来。你呢？"

"唉，你就别问啰，我自个儿。哎哟……"

"我看你蛮壮实的，怎么身体也不好？"

"不知道。胃痛得像抽魂，破了似的，我从来没这么病过。怕是胃出血……哎哟……"

"你怎么连点医学常识都没有，胃出血不是这个症状呀，你这样子应该是胃痉挛，换个小医院去打吊针就行了。这样排队排到什么时候？到协和看病的都是大病。"

"我这不是住的离协和最近嘛。哎哟……"

老登听从了浙江人的劝告，又打车去了更远的小医院，人少，他很快就打上了吊针。坐在输液室里，旁边输液的一个女人是哮喘病，喘得厉害，还特喜欢找老登说话，老登听着她喘得费力喉咙里丝丝呼呼的声音，冷汗出得更多了。他想，人不能生病，生病太可怕了。身体失控和世界失控一样，让人绝望。

他想起那次去山西出差的路上，艾紫苏转述她中医母亲的话——现在的中国人笨得只会打吊针了，好中医也越来越少了，放弃原典，放弃师传，是中医致命的死穴。

漫漫长夜，垂垂病气，无人陪伴的医院，他既不能找艾紫苏，更不能找风娘。老登突然发现，自己其实是孤身一人在北京。来北京后，他从来没这么孤独过，他想起了黛诺，想起了书空……

3

"知道吗？这种菜，广东人叫滑菜，天津人叫木耳菜，东北人和北京人叫老虎菜，昆明叫豆腐菜，四川叫软姜叶，上海人叫直角叶，原来喂猪吃的……"

"这么多叫法啊！"

风娘一行人跟着锁阳走进"诗歌酒家"的时候，看见木贼正拿着老虎菜在和细辛幌子说话。

"你们俩怎么在这啊？"又遇见莫寒雨——细辛幌子，风娘心里很腻味。老登察觉她厚沙的嗓音里明显带着刺，不知到底怎么回事，他想风娘不是帮过莫寒雨的忙吗？看这样子，好像莫寒雨惹了她什么似的。而且，莫寒雨怎么又变成了细辛幌子呢？莫寒雨这名字多好听啊。

"啊哈，想不到吧，这不是开诗会嘛，人手不够，我们在这帮忙打几天工，顺便体验生活，前些天就住过来了。"木贼说。

"是啊，他们早上还帮我卖早点呢。"锁阳感激地说。

诗坛就像江湖，锁阳虽然是无名小卒，但他的"诗歌酒家"和"宋庄诗会"必定是一传十、十传百的，不用广告，众人皆知。再说电脑时代，都串着网络，细辛幌子出现在这也不奇怪。不过，大小姐也会打工吗？风娘疑惑地看了细辛幌子一眼，觉得很不可思议。细辛幌子诡秘地一笑，扭身看见尤加利·菲菲，找了个借口带她去玩了。

其实细辛幌子也的确打不了工，前些天她穿着服务员的衣服，像舞台扮戏似的，妆容妩媚，袅袅婷婷，一尘不染。活都是木贼、胡卢巴这帮围着她转的男诗人干。

早上卖早点，因为"诗歌酒家"的包子做得特别好吃，生意也特别好，锁阳安排胡卢巴卖包子，木贼卖稀饭，细辛幌子收钱。凌晨五点就得起床，细辛幌子起不来，木贼来敲她的门，她躺在床上娇声叫道："木贼，我起不来啊，还想睡……你帮我收钱吧。"

木贼忙坏了，又得盛稀饭，又得收钱。但是只要细辛幌子一撒娇，他就满口应诺。

有一天早晨，细辛幌子破天荒起了个早，木贼并没有更轻松，细辛幌子把钱收得像刺啦啦的稻草，乱糟糟的，找钱的时候手忙脚乱，还经常找错，不要说木贼，连胡卢巴也得放下手中的包子，帮她的忙，完全是添乱，后来木贼和胡卢巴早晨就干脆不来叫细辛幌子了。

洗碗这种脏手的活自然更轮不到细辛幌子，勤快的胡桃、胡卢巴和几个流浪诗人都一手揽下来了。

都说艺术家能散不能聚。奇怪的是，只要有艺术家、作家、诗人在的地方，就会产生据点和团伙。只不过，从1610年法国德·朗布伊埃侯爵夫人开始的客厅聚会，到英国二十世纪初的布鲁姆斯伯里团体，到中国二十世纪二十年代的"新月社"，都是一帮艺术文化精英围着漂亮才情女人转的据点和团伙，属于沙龙那一款的。

宋庄画家村，是画家、诗人继圆明园画家村之后的又一个据点和团伙。意义和沙龙是否相同，没法说，和人文沙龙的文学性、批判性、消遣性、礼仪性最不同的是，画家村多了野性和流浪性，少了漂亮才情女人中心。当然，也不是没有女人，有钱的画家，带着自己的女眷或情人，没钱的画家，临时伴个妞。作家和诗人们，自然也出没在这一带。当代中国就有这么些人，放弃体制和常规的生活轨道，离家别子或不婚，以艺术或文化的名义在民间生活。这常常被世人看做神经病或不可理喻，虽良莠不齐，却创造了许多逃离世俗的奇迹。甚至产生大师的神话。

老登从没接触过这种民间文化场所，充满好奇，看到诗会的议题是"穿越神性——后半身和口水诗的日常生活性"，非常费解，他问风娘，什么叫"日常生活性"？怎么个穿越法？

"打比方吧，上周你不是说病了吗？半夜去协和医院挂号，看见老百姓看病难，要是换了个口水诗人，他就能把这过程用说话的方法写成一首诗，这就叫日常生活性，穿越嘛，无非就是不再写那些精神、灵魂之类形而上的东西，写法也改变了。"

"那后半身的日常生活性呢？"

风娘听了不吭声了，这话题和性有关，她没法和老登开口。也就有点狼毒写朱自清的那意思，但是狼毒写得已经算比较知识分子了，天知道细辛幌子那种算不算，她的不少后半身的诗写的都是自己。

风娘有点后悔来参加这个诗会了，她没想到锁阳这么快就进入了当代诗坛的江湖和话题。丢掉了农民的朴实后，他迅速地使用自己农民的狡黠，扯上许多人的旗帜互相利用和招摇，包括风娘，也是被他利用的一面旗帜。当她看见锁阳为贡龙点烟的殷勤样时，她恍然大悟，骂了一声定语国骂。看来，后半身和口水诗，真是差那么点一网打尽诗人们的上下肢。她想，如果昆布在，他的诗歌是绝对不会与他们为伍的。

锁阳的"诗歌酒家"挺有影响，到任庄村站下车都能问到，进门供着个黄灿灿的弥勒佛当财神爷。诗会弄得像酒会，吃的东西可不少，大堂里的十个餐桌排成两溜，没有主席台，包厢的门全敞着。诗人们陆陆续续都来了，宋庄的一些画家也跑来凑热闹。

不知不觉，诗人们就坐成了两派，知识分子诗人和民间诗人。锁阳介绍知识分子诗人的时候，都按照他们提供的名单冠以"全国著名"四字，民间著名诗人毛地黄立即站出来反驳：他们怎么就好意思全国著名诗人，真正著名的只有两个。

风娘认识他，此人一贯非俊疑杰，心眼甚小。

"可是你毛地黄今天的名气不也是我给你捧出来的吗？"知识分子诗人唐松草没好气地说。接着唐松草拿出毛地黄寂寂无名时写给他的信，把里面恳求唐松草提携他的话都念了出来。很显然，唐松草早就做好了准备——不是来开会，是来和民间诗人叫板的。

毛地黄怔了怔，立即反唇相讥："是，你是提携我了，可是你作为一个知识分子诗人，不还是要跟着我们民间的口水诗和后半身的屁股转吗？还遮遮掩掩假斯文！不敢放开来干！"

全场哗然。

胡卢巴站了起来说："我看你们两边都别互相揭底了，我的手提电脑用诗歌软件，就能写出跟你们水平差不多的诗，念一段给你们听吧：钟表，我要击倒你 / 宇宙鸟和《离骚》和梵高，还有葡萄，在一起痴笑着…… / 啊，赌窝是如此的渺小！ / 一切都在相视而笑着…… / 塔西提岛曾经是微小的 / 小鸟在取笑着爱跑的群岛 / 学校在解放着高高的烈性炸药……"

哈哈哈哈，众人全部笑场。

愣头青锁阳不知道诗坛这么复杂，手中抓着名单，脸有点变了色。

忽然尤加利·菲菲脸色苍白地悄悄跑到风娘和老登跟前："他……他在那！"

"谁？"

"就是上次在西山的……他……他在厨房！"尤加利·菲菲有点语无伦次了。

"在西山？"风娘还是反应不过来。

"就是带我逃票的……"

"什么意思，你是说你的初恋情人在这？"老登问。

"是啊是啊，就是他！他在厨房！"

"在厨房？他在厨房干什么？"风娘和老登都很吃惊。

"他在厨房洗菜，刚刚细辛幌子带我去厨房参观，无意中看到了他。我不能留在这了，会被他发现，他肯定会出来的。"

"等等，我们也和你一起走吧。这诗会没意思。搭你的车来，还搭你的车回去。"风娘说。

"那你不管你的手下了？"老登坐在原地没动，他最爱看热闹，还有点不想走的意思。

"不管了，让这帮土包子看看热闹吧，趁着现在乱得很，开溜。"

三人悄悄离开了"诗歌酒家"，准备驱车往市内走，转弯碰到胡卢巴和一个姑娘拎着包也要离开。"你们怎么也逃会了？"风娘问。"哎，没意思，还不如回去睡觉，早知道前些天也不来打工了。"胡卢巴说。风娘请他们搭车，胡卢巴说他们坐930区间车回市内。风娘也就不坚持了，心想，这小子像年轻时的昆布，挺有点骨气。路上，风娘看尤加利·菲菲边开车边发呆，怕她走神出事故，就找她说话："这么多年了，你为什么不见他？""我怕见了他难堪。""这有什么难堪的。""不是我难堪，是他难堪。""为什么？""他老了，头都秃了……原来那种精神气压根儿就没了，裤子吊着半截，趿着拖鞋，他要是发现我看见他这样，会一头撞墙的。"

风娘无语了，若有所思。老登坐在后排看着她的一头长长鬈发（他现在再也看不到她高高白白的后颈脖子了），浓浓雾雾的，飞着几根乱丝，根本感觉不到她的心思，他很好奇，她在想什么呢？

附录：风娘的画外音——

不知道每个人见到自己当年的初恋情人，是否都像尤加利·菲菲这么狼狈。最纯洁的那点情愫，藏在岁月的老炕柜夹板里，钉得死死的，有时候到死都没来得及告诉别人，却在有生之年这么烂了，还不如忘记的好。坐在车上我一直没说话，胡思乱想地回到家，小房子还在幼儿园，这个学期结束，下半年她就要上小学了，时间说慢也快呀，趁着小房子不在家，倒头先睡吧。

刚一躺下，记记马上就跳到枕头边上来，最近忙得没时间给它洗澡，它的爪子都是黑的，我用手赶它：去，小脏猫，到床下去，你看你那爪子，野人似的。它很不情愿地掉下去了，又跳了上来，我也懒得管它。记记越来越肥硕壮实，怀了孕后，更像个油毛铮亮的小胖子了，几次怀孕生的小猫，它不是坐在窗台上打瞌睡把小猫仔摔死了，就是把小猫仔衔在嘴里到处藏，东藏一个西藏一个，藏得自己也找不到，我被记记弄得哭笑不得，就把小猫仔全送人了。不知道它这次又会生几只小猫仔。

就这么睡了，然后醒来，去幼儿园接了小房子，给小房子和记记都洗了澡。

第二天是周六,我带小房子和记记去公园玩,艾紫苏也来陪着。只要不出差,几乎每个周六,艾紫苏都来陪我们。

忽然接到木贼电话,说胡桃死了。没人谋害,也不是自杀,她在宋庄诗会喝了很多酒,就再没醒过来。

我很震惊!这太突然了!

大家都不知道胡桃的死因,也许是死于心肌梗塞,也许是死于酒精过量,还有人说是狼毒的魂灵把她招去做伴了。生命,就是尘埃啊。虽然她死得那么突然,没有留下任何遗言,但我相信,她化成骨灰之前最想见的,一定是昆布。让昆布来参加她的追悼会,这是我和胡桃姐妹一场,必须替她完成的遗愿。昆布早就远离诗坛,甚至远离人群,他不用任何现代的通讯手段,只有亲自去云南,让当地诗人指路才能见到他。时间刻不容缓,我把小房子连同记记交给老登和艾紫苏照看,出发了。木贼想同去,我说只有我一个人去才可能请得动他。

从北京先飞到昆明,然后坐长途汽车到楚雄,按照昆明诗人画的路线图,在彝人住的一个小镇上,我找到了昆布住的瓦房。昆布大变样了,他穿着黑色窄袖右斜襟上衣,多褶宽裤脚长裤,头上包着头帕,右方扎一钳形结,这模样让我想起胡桃第一次见到他包着纱布的模样,完全是彝人的打扮,络腮胡子也更长了,若不是穿着彝族装束,简直像阿拉伯人。他坐着,巍巍然,比站着的人还显得有气度,因为胡子很长,脸都被挡住了,更显得双目炯炯。来之前,听昆明诗人介绍说,平时他替人做木器谋生,然后就是写诗。

他看着我，不说话，我突然发现，我们好像来自两个时空隧道，彼此陌生得找不到任何衔接点。看着他满屋子正在加工的木器，我瞥见旁边的小木凳上放着一本厚厚的笔记本，半卷着，还夹了一支笔，就随手拿起，看到了这样几行诗句：

　　雷消失了电　　枯萎的龙足跑过大地
　　　天空脸色红成无数滴血　　森林最高处撞击精魂
　　鹰嘴鱼！从火星的宇宙逃亡
　　　暴雨出入鸟神瞳孔　　罪过起源于海神的翅膀
　　　　……

没等我看完，昆布走过来把笔记本收走了，这是他正在写的长诗，还不想被世人看到。然而，仅仅这短暂的一瞥，那种天书般的感觉，那种惊人的气势，就已经让我想落泪。

你很孤独。

是的。

你不想再去看胡桃一眼吗？

不想。

为什么？

你出卖了我。

（我低头无语，想申辩这不是出卖，却没说。）

看你的诗，像云南的山云，辉煌得像天书。

没那么夸张，我只是个木匠。

胡桃想再看你一眼。

她在天国会看见我的。

……

我知道和他没法再对话下去。只好走了。

昆布的精神世界，已在世人无法捕捉的视野之外。

离开小镇的车上，我望着楚雄的秀美山川，云天一色，心被震撼。这里的山就是云，云就是山，大块大块的青乌色，古老得无法透明，是现代人无法想象的色块。气势磅礴的大自然，把美得不真实的壮阔景观放在了真实中，告诉人们，对于天在书写的姿态和墨迹，人类只能惊叹，只能感恩，只能传神或笨拙地模仿。

楚雄，这块神秘而又古老的地方，今天已经没什么有趣之处，却住着昆布。我仿佛看见昆布正坐在城头向人间布道，历史就这么过去了……

汽车在滇山川之间梦转，放着流行歌曲，我却听到了夏宇的《猫眼看人》："它从树上跳下来绝对不想让人听到让人听到……我还是觉得猫最重要猫最重要"。

第八章

故事在梦的左边：小说老公小说老婆

你不仅仅会让男人情感迷失

1

风娘正在编辑部看木通的小说终审稿,忽然呼机响了。一看内容,是尤加利·菲菲的:"各位好!盛夏,细雨,微风,浓云,烛光,美酒,亲朋,践约,相聚,黄昏六点,领导楼下,撑着油纸伞,开往巴黎餐厅的地铁……"

风娘忍不住噗嗤笑了出来,呼台小姐肯定以为碰到一个神经病了吧。今晚,又要三个女人一台戏了。

自从胡桃死后,风娘的生活内容有了一个很大的改变。只要不出差,几乎每个周末,尤加利·菲菲都会把她和艾紫苏约出来吃饭,做美容,每次小房子都像小尾巴跟着。尤加利·菲菲说:"胡桃太可怜了,又没结婚又没孩子,虽然有名气,可该有的生活都没享受到。人生一世,草木一秋,女人啊,活着的时候要对自己好一点。别把自己搞得像修女似的,出来聚聚吧。"

叽叽喳喳,或倾诉,是她们在一起常有的情节。男人总是搞不明白,女人在一起哪有那么多的话。没看见科学家的研究结果嘛,从生物学上讲,男人一天只要讲一千个词就可以了,女人要五千个词才达标。也就是说，才满足她们的生理需求。所以，要让女人向男人保守秘密可以，让女人向女人保守秘密，那简直是天方夜谭。话少的女人和话多的男人一样，是罕世奇谈。少女因为羞涩总是无言，所以她们常常会喜欢沉默的男孩。而女人最喜欢的，是既成熟又口才好的男人，否则就会埋怨：你这只死鱼，就是不张嘴。

风娘走到窗台边去看，空中丝丝湿湿的，槐树似乎氤出了镶黄色，果然有毛毛雨飘着，平时窗外还会飘来球赛的解说声，和球迷们的阵阵喧闹声，今天却特别安静。6月28日，难得没有比赛的一天，编辑部的这帮球迷，都在老老实实干活。今年（2002年）日韩世界杯，和北京时间没太大时差，上班更乱了套，连假球迷吴衣奴也跑去凑热闹。碰到下午球赛，都是风娘一人在编辑部顶着。

她一向对那种十几二十个男人围着一个球狂跑半天还进不了球的比赛提不起兴趣，只远远地瞄过一眼就走开了，人腿都分不清，看啥呢。以前罗勒看球的时候，她简直恨死了，和守活寡没两样。罗勒还喜欢叫帮哥们来家里，显摆自己老婆的厨艺。一堆男人的臭脚丫扎在房间里，她还得半夜起床给他们做夜宵吃。包括现在的老登，这一个月掉在世界杯里，简直像失踪了似的。真是帮疯子。她叹了口气，把稿子一目十行看完，签了发稿意见。木通的小说嘛，那肯定没说的。如果不是因为她常常用美味和猫勾住，这么大的菩萨，请都请不来。

当风娘几人坐在"李老爹鱼头店"吃谭鱼头的时候，鱼头店已是人满为患。没有球赛的周末，大家出来聚会，喝着啤酒嚼着鱼头，议论的依然是足球。唉，又是足球，不爱球的风娘今年走哪耳朵里都灌着世界杯的信息。每过四年，她都要忍受一次这样的烦恼。在北方，假模假样或者真模真样的女球迷也越来越多，几乎快要分了男球迷的半壁江山，眼前的艾紫苏和尤加利·菲菲就是这类业余女球迷。尤加利·菲菲有个理论：美女是不能熬夜的。这次世界杯因为不用熬夜，她场场不落，吃饭的时候，和艾紫苏议论得最多的，就是罗纳尔迪里奥。"那小子，可真够性感，卷发浪浪的，进了球还撩起上衣，围着观众席发动机似的猛跑,床上功夫肯定了不得……"

正被鱼头辣得呲牙咧嘴对眼眯眯的小房子问凤娘:"师父,床上功夫是什么功夫?我在床上翻跟头算不算床上功夫?"

艾紫苏和尤加利·菲菲听了浪声大笑。

凤娘大皱眉头:"哎,你们俩在小孩面前说话注意一点好不好,怎么口没遮拦的。"

女人没男人在的时候,说出来的很多话都会把男人吓死。哪有什么他们想象的天使气质、女神风范。男人以为女人关心的是善和美和诗意,其实女人最关心的是性和情。《牡丹亭》里杜丽娘唱的"原来姹紫嫣红开遍,似这般都付与断井颓垣,良辰美景奈何天,赏心乐事谁家院"。那么美的文字,还是为了难以启齿的性和情。以至于柳梦梅一说"则为你如花美眷,似水流年",天下女人从杜丽娘到林黛玉到凤娘一伙都动心着呢。

艾紫苏忽然想起什么,从挎包里掏出一盒香水递给凤娘,一支口红给了尤加利·菲菲,那是她刚从香港买来的。凤娘一看香水牌子,没听说过。香水盒的图案很别致,一只瓦黑色的瓶子里斜挑几束桃红的花。

"这是一个画家用他太太的名字设计的。"艾紫苏说。

"哦,是吗?"尤加利·菲菲把香水拿过去,仔细欣赏盒子上的图案,啧啧感叹,"有这么个画家老公真是浪漫啊!"凤娘又拿了回去,把香水盒拆开,见里面放着一张小卡片,写着:

谨将特意创作的香水献给我的爱妻雷吉娜

卡特林

凤娘把香水往她们几个身上都洒了一些,一种独特的香味淡淡四溢。

说到香水和画家,艾紫苏聊起前段时间去埃及旅游。一大早,大伙儿都等着看朝阳下的金字塔美丽景象,旅游团中有个画家,更是盼着看清晨的阳光映射在金字塔上的瞬间奇光。导游却把他们软禁在屋子里推销香水，说这种香水男人闻了受不了，女人闻了也受不了。游客开始兴奋了，忘了看景色的事，左试试，右试试，七嘴八舌地问："那怎么我们现在闻都没反应呢？"导游说："这是白天，要到晚上它才有奇效。"大家将信将疑掏钱买下，等着晚上回去的奇效。画家急得在屋子里跳脚，又出不去。等到香水推销完，放他们出门，丰美的朝阳早已离开金字塔，没有光影的反射了。画家冲着导游大发其火，别人却觉得这画家有神经病，性感的香水不感兴趣，为这点劳什子的光啊影啊生什么气。

艾紫苏说着说着，话题又扯到性感上面去了。风娘知道提醒她是没用了，就打断她。快点把饭吃完，我们去枫丹白露做美容吧。好久都没去过那了，还是那里最享受。

枫丹白露。小房子照例像在别的美容院一样，饱餐前厅的零食、水果，和闲着的美容师们玩西瓜棋，等着风娘她们把脸做完。奇怪的是，风娘又梦见了那个身姿停匀的女人，十指钉着钻石，还有那个"宝马"车里等她的男人。

她在美容院累得睡着了，艾紫苏和尤加利·菲菲在另一个双人间却没闲着。没孩子的女人和有孩子的女人精力完全是不同的，她们叽叽呱呱聊个不停，从王府井的丝巾到隆福寺的小吃，从秀水街的衣服到后海的酒吧，最后美容师警告她们，面膜上好了，别再说话了，否则长皱纹，才约好明天晚上去后海酒吧看季军决赛，30号晚上去风娘家看冠亚军决赛。

"德巴对战，你一定得看看。"回家的时候，尤加利·菲菲对风娘说。

"你们别来烦我了，我不懂球，也不爱球。"

"别这么固执嘛，不懂球不爱球没关系。男人你总懂总爱吧，看看那么多的帅哥也养眼啊。尤其罗纳尔迪里奥，你一定得看看。绝对性感。"最后一句，尤加利·菲菲神秘地对风娘咬着耳朵。

夜里，小房子和记记睡在风娘身边。小房子突然说："师父，我今天好像看见了木通叔叔，还有他车里下来一个阿姨好漂亮哦，十个指甲都钉着钻石，闪闪发亮的。"风娘听了心里一惊，小房子怎么会看见她梦到的女人？木通？男人？

"别胡说八道，哪有指甲上钉钻石的。"

"是真的，我亲眼看见的，你们进去后，她就来了。"

"睡觉吧，别管那么多了。"风娘不敢再让小房子说下去，仿佛遇到妖怪似的，暗自心惊。

夜晚的黑暗，比光芒纯粹，埋首其中，贴着孩子动物般的额头，在深睡中遗忘是最可靠的生活。

可是，天气闷热，被小房子和记记的体温夹着，风娘怎么也睡不着。谭鱼头，罗纳尔迪里奥，钉钻石的神秘女人，足球，木通，枫丹白露……闭上眼，这些混乱的声音在脑海里，春潮般起伏荡漾。它们越来越忙，越来越响，一股激流直往上冲，撑得她头皮发胀，也消耗着她身体的柔软和神气。夜深的时候其实是绿色的，她有点渴了，悄悄起身去喝水，透明丝绸般的水，把她裹得仿佛通体晶莹，她在夜里悉悉窣窣地，有如桑叶上的蚕宝宝，绿白分明。躺回床上她还是觉得渴，电风扇静静转着，她把手放在腹下，很久很久，终于明白自己少了什么。

躺着，没有男人的孤独夜晚，女性之水在渐渐干涸。男人的缺席或正在外面的叱咤风云，使得女性身体的上空如此广大而虚无，幻想不管不顾地疯长。她想起无数个寡妇或孤单女人的寂寞之夜，想起她们为了只爱一次的疯狂就奋不顾身，想起了尤加利·菲菲和艾紫苏津津乐道的性感。想起当年母亲说，再强的女人，也是要有男人疼的。

她还想到了那个大胆的法国女作家，玛格丽特·杜拉斯说，一个女人一生不经历两次以上的性就不是一个真正的女人。杜拉斯是个经验主义者，她只是用她的个体经验来判断对性的认识，而事实上，每个人都有自己对性的独特认知，无法代替。性是宇宙万物的原动力，没有它，世界早就毁灭了。性，又是人类罪恶的渊薮，让人无法自拔。

性，这个天底下最隐私又最公开的秘密，人人都在做都在说的事情，反反复复再创新，也就是那些动作和过程，依然充满兴奋、神秘与羞耻。为什么人类对此永远无法停止好奇心呢，几秒钟肉体或灵肉的冲刺，可以让人乐此不疲，甚至为之付出金钱、名声和性命……很多很多。

是因为大千世界形形色色男女的不同吗？一对男女，正负两极，彼此冲撞的电波，只有双方深谙其味，感受自己的频率，还想探知别人的频率，多么荒唐的探索欲啊。或者说，一对男女，牵手登山，珠穆朗玛峰的高度，超越再超越，多么激情的欲望顶峰啊。

夏夜里，风娘像暴雨中的槐花一样飘零了。离婚后，这是她第一次感觉到生理的饥渴。她没有想到，从前影视舞台里长夜难耐的女性体验，竟然降临在自己身上。和任何人一样，散乱着无法传达的隐秘。

2002年6月30日，星期天，北京时间晚上七点整，第十七届世界杯德巴冠亚军决赛在日本横滨举行。这是一个历史性的时间，也是风娘生命史上一个重要的刻度。她被艾紫苏和尤加利·菲菲押在电视机前，观看了有生以来第一场完整的足球赛。

德国队，白衣黑短裤白袜。巴西队，黄衣蓝短裤蓝袜。各自牵着球童的手出场了。风娘一看他们袜子高到膝盖的打扮就想笑，这帮男人，简直就是一群大宝宝嘛，只有宝宝才这么穿袜子的。

比赛很快开始了，艾紫苏和尤加利·菲菲开始激动地喊出她们熟悉的巴西球员，因为她们自称是巴西队的球迷。的确，在足球场上能看到不少性感的男人。镜头开始放他们的头部特写，阿福头的罗纳尔多，大耙牙的罗纳尔迪里奥，包括德国队的施奈德、杰里梅斯、深目高鼻……但都引不起风娘的兴趣。她起身准备溜去洗碗了。

"师父，快看呀，这个人长得好像大猩猩啊。"小房子在沙发上喊着，把认真盯着屏幕的记记吓了一跳。

于是，风娘看见了他。

这张没有进化的脸，让她瞬间着了迷，发红的鼻子，狮子般的黄毛，随时可能咆哮的大嘴，像动物般嚼着口香糖。猿人似的毛发鬓脚传达的原始信息里，潜藏着说不清道不明的野性，还有那结实伟岸的身躯，虽然穿着蓝衣黑裤白袜，却感觉就是个浑身毛茸茸的丛林猿人。解说员介绍这位德国守门员是一名三十三岁的老将，获得什么什么奖，哎，瞧那长相，真的是"守门猿"啊。

卡恩。1994年、1998年和今年（2002年）卡恩都参加了世界杯，而风娘到现在才知道他，真是相见恨晚啊。电视镜头跟着球的落点转换很快，风娘不可能总是看到卡恩，她开始全神贯注盯着屏幕，盼着他的镜头出现。

巴西帅小伙五号埃德米尔森当众换球衣，因为球衣里面还有一层，他光着膀子穿了半天都套不进去，全场都乐了，光头裁判科里纳也乐了。艾紫苏和尤加利·菲菲、小房子跟着乐了。

唯独风娘不乐。她生怕一不留神错过了卡恩的镜头，哪怕有时只是刹那的侧面。

在这种聚精会神的捕捉和等待中，她看出了足球的一些有趣，不是技术，也不是防线，这些她都不懂，而是足球解说员独特的性感表述：

　　拿了球以后赶紧就捅
　　强攻在落点上
　　压上去准确性不够
　　罚角球的时候远射
……

她倒是对此有点乐了。

可惜好景不长，她的卡恩开始受难。本来风娘是无所谓谁得冠军的。现在因为卡恩，她希望德国队赢。可是，留着阿福头的罗纳尔多，福气来了挡也挡不住，比赛第六十七分钟罗纳尔多进球，十二分钟后罗纳尔多再次进球，看到卡恩在球门前跌倒滚爬最终没有抱住球的样子，风娘心疼极了。

终场哨响了，巴西在欢呼，支持巴西的艾紫苏和尤加利·菲菲也在欢呼。风娘难过极了，她看见她的卡恩仰头坐靠在遥远的立柱边，一脸英雄落寞的坚强，嘴里依然嚼着口香糖，像一个遗弃在原始森林的猿人。孤独，不灭的野气，和无人欢呼的血性，流徙成一地的森森冷绿。风娘好想冲上去抱住他。此刻，在她眼里，这个失败男人的辉煌，远远胜过那群欣喜若狂的冠军。她仿佛全身被抽空了，呆坐在那里。小房子早已趴在她怀里睡着了，她也感觉不到。

记记一动不动地坐在沙发上，仿佛一尊雕像。

"怎么样？看你眼睛一眨都不眨的，好看吧？"一只手指在她眼前晃着，艾紫苏古堡蓝的裙子挡在她前面，有如蓝色海洋淹没了她的视线。

"嗯，好看。太好看了。"

"就是嘛，说你你还不听。"

风娘突然清醒过来似的："问一个问题，你俩为什么喜欢足球？"

"刺激呗。有帅哥看呗。"

"我看你们就知道玩酷。知道吗？足球里有一场完整的爱情。"

"完整的爱情？"艾紫苏和尤加利·菲菲像看外星人一样看着风娘。

2

情爱 + 性爱 + 相爱的你和我 = 完整的爱情。

这是 2002 年 6 月 30 号当晚世界杯结束后，风娘给艾紫苏和尤加利·菲菲列出的一个公式。也是她对足球的一种解释。她说，所有的球类中，足球和脚的关系是最直接的，奔跑带动脚的冲力赋予球的旋转和变数，以及不被手掌控的原始性，使得足球运动比任何球类运动都丰富率性。如果说诗性、激情、艺术和力量是它的情爱部分，性感就是它的性爱部分。听说过鲁迅的"濯足"吗?"足"字,它本身就含有性的意味。足球和球门,它抵达性感的路程太直接了,和生理的激情一样,也是在几秒钟内创造奇迹。很多中国人避讳性感也是一种美,他们总是掌握不好"性感即美"的尺度,不是放纵就是保守,道德上排斥、诋毁或糟蹋性感,内心里却比谁都惦记。

足球是一个艺术的世界,性感的世界,也是个变数的世界。它和爱情的进攻、躲避、冲突和变数何等相似啊,既把你带到热恋的天堂,也把你带到失恋的地狱……

"那相爱的你和我又如何解释?足球里没有男人和女人呀。"艾紫苏问。

"相爱,不一定在男人和女人之间完成,但一定是属于不同个体的。男人爱球,是爱。女人爱这种男性的艺术,也是爱,更不用说爱里面的男球员了。球员也需要球迷对他们的爱。这种相爱都是形而上的。"

"你以为你是哲学家啊?你这都是些什么谬论呀。有你这么看球的吗?"尤加利·菲菲说。

第二天上班,艾紫苏就把风娘的这些谬论一股脑灌给了老登。

"谬得有趣,不妨这么说吧,女人从足球里面寻找艺术和性感的激情,男人从里面寻找进攻的快感。"老登知道后补充说,他想,从不看球的风娘还真有点旁观者清的味道,他怎么就没想到呢。这个女人的大脑一天到晚还会想些什么呢。

不过风娘没机会亲耳听到老登的帮衬,她正忙着收拾东西把小房子送给罗勒探视。每年的寒暑假,小房子都是完全属于罗勒的——多不甘心又不放心啊,但也无可奈何,她总是想起自己那个不祥的梦,心里沉飘着恐惧的风。

罗勒早已等在小区门口,小房子蹦蹦跳跳跑向他:"师娘——"。从小她喊惯师父师娘改不了口,罗勒也没法生气,他现在对小房子做什么说什么都百依百顺,能和女儿相守成了他做父亲的最大快乐。那个老女人知道他的钱财被分了很多，也不理睬他了，他现在成了孤家寡人。有时他还妄想着和风娘复婚，尤加利·菲菲就警告风娘："我跟你说，你可千万不准回头啊，别那么犯贱，这样的男人相信不得。"此刻，这个男人颠颠地跑过来，似笑非笑的，右耳边那几绺头发又掉了下来，半掩住他略带惭恧的表情。风娘想，一个再坏的男人，露出父爱时也是令人哀矜的样子吧。

她把装着小房子衣物和玩具的拎包递给罗勒，蹲下来想抱着小房子的脸多亲一会儿，可是小房子匆匆地让她亲了一下，就爬上了罗勒的别克。每次罗勒出差谈生意，都会带着小房子游山玩水，这小妞早就等不及要去玩呢。

风娘默默地看着罗勒把小房子带走了。父女之爱，因为异性相吸的意味，常常胜过母女之爱，每次看到不谙世事的小房子欢天喜地离开她，风娘都有些失落，好像小孩子心爱的玩具被人夺走了。她眼里总是蹦跶着小房子的妞妞辫，因为罗勒不会给女儿梳头，她前两天就把小房子的妞妞辫剪成了短发。可是在风娘的心里，小房子就是这么个妞妞辫的模样，她喜欢它们翘翘的调皮感。

孩子是离婚的气象雷达，跟着父母的反射成像转，并不知道离婚会将他带入何种境地。也只有人类，有"离婚"这种奇特的方式。风娘想起从前老人说的动物配偶。

野生天鹅，夫妻终身制，成双成对，如果一只遇难或不在，另一只永远不找伴。

燕子，一夫一妻制，活着的时候恩恩爱爱，一只没了，另一只马上就带了伴回来。

麻雀，性格刚烈，伴侣没了，不但不找，一旦被人类捕捉到，它还绝食。

大雁，说是成行飞，其实都是伴侣结对，晚上由失偶的孤雁守夜，孤雁的叫声特别凄凉，在大雁群里也备受歧视，终身孤独。

企鹅，每年雌雄分开去觅食，回来的时候马上能够找到对方。若碰到母企鹅带着小企鹅行动不便，公企鹅外出，单身企鹅去挑逗，经不住考验的母企鹅偶尔也会出轨。

公鸡，妻妾成群，耀武扬威，生活很乱。

不论何种形式，在动物的"婚姻法"里，都没有"离婚"一说。

人类，真的很高明吗？

送走了小房子，风娘从小区往编辑部走，平时几分钟的路却有如跨越重洋。薄如蝉翼的淡青雪纺上衣，在烈日下飘成碎裂的光影，头上的巴拿马帽也扣不住她的心思，以前离开小房子她是失落，而这次她简直就是忧伤，她想她是怎么了，莫名其妙的。快到编辑部门口，她听见办公室里面的聒噪，猛然止住了脚步——手下人趁她不在的时候到底会说些啥呢？

"那个作家问他啦：你戏作协会员吗？不戏。作家马上就有点变色，觉得自己和不戏作协会员的人在一起掉了价啦。"（这鸟语不用说就知道是懒广东的）

"听说前段时间作协在文联九楼多功能厅搞活动，有个五十多岁的老作者第一次作为作协会员参加活动，激动得死了，坐在椅子上不发声了。"（是若木的声音）

"啊，有这种事啊？"几个声音唏嘘着。

"哎，不说什么死啊活的，说点好玩的，我昨天听黑苏子讲了一个段子，说轮船在大海上要翻了，扔了许多救生小船，就没人敢跳。船长说，我有个办法，可以让船上的人都跳下去。于是，对德国人，他说，为了哲学，跳下去吧。德国人就跳了。对美国人，他说，为了人权，跳下去吧，美国人跳了。对法国人，他说，为了你的情人，跳下去吧，法国人也跳了。对英国人和日本人，他说，为了女皇或天皇，跳下去吧。最后对中国人说，为了你家中八十岁的老母，跳下去吧……"（太阳花吴衣奴竟然能转述这么长的段子，真让风娘刮目相看）

"你这叫什么段子，听我讲一个，皇宫里头某宫女怀孕了，大内总管怀疑太监们有问题，命令他们在院中集合报数，只听尖着嗓子的

'一！二！三！四！'依次报来，忽然冒出粗犷的'五'声，于是把他揪了出来。当晚，宫女约他私奔，他尖着声说，你一个人走吧，我已经不行了。"（这惟妙惟肖的扮腔当然是贡龙了）

"哈哈哈哈"，放肆的笑声从门内传来。"嘘，别太大声啦，万一头儿来了怎么办啦。""没事儿，她上周就说了今天不来上班的。再说，那高跟鞋咯咯响，走廊那头就听见了。"

风娘低头一看，幸亏今天为了配巴拿马帽和牛仔裙，穿的是平底凉鞋。她才想起自己是不打算来上班的，习惯性的，就往编辑部走了。他妈的，看来手下人没有她很开心啊。

她郁郁地、悄悄地返身走了。最近社长赵骆明也去国外探亲了，就且让这帮家伙彻底自在一回吧。若按以往的脾气，她肯定打门进去把他们骂个狗血淋头，离婚以后她好像受了刺激一样，收敛了很多。

她不想回家，家里还留着小房子的奶味，令她脆弱的奶味。去哪呢，她想到了离家最近的北大东门的万圣书园。以前她爱去东门胡同里的雕刻时光——那对叫庄仔和小猫的年轻夫妻为文人搭的伊甸园。去年9月的一个晚上带着小房子去那，才知道雕刻时光被拆了，要搬了，胡同群也拆得奄奄一息，只剩下鬼影似的零落灯光。颓矮的小屋墙角，书在一箱箱搬着，还有些书就在原地折卖，像破败的家族变卖家产一样。看到曾经简约大方的，收容天下文化人的雕刻时光沦落到如此田地，有点小资情结的风娘心里酸酸的。雕刻时光离开了胡同，离开了北大，还有什么意义呢。现实回答安德烈·塔可夫斯基：时光无法雕刻。

这些年，北京的胡同越拆越少，风娘起初还会心痛，拆到最后，她的心也拆没了，麻木了。这还是她十年前看到的北京吗？毕业时放弃上海来到北京，有一大半就是冲着它的文化氛围来的。长城、香山、圆明园、后海、胡同、琉璃厂、报国寺古玩市场、满族的遗迹、历史的红楼、雕纹造像、拉车的骡子、牛骨粉、驴肉火烧、槐树、白杨，还有汇聚此地的文化精英、民间百姓……太多太多，没想到，京城文化也逃脱不了文化的大命运,如同宇宙空间,被自以为是的人类闯入、侵犯,刺破的混沌流出看不见的液体。

那天晚上她带小房子路过王府井大街,看见几个穿着满族皇后或格格服装的女人,在商店门口招徕顾客。还有一个男人穿着说不出朝代的士兵盔甲,拿着兵器在门前沉重地走来走去,铁片在身上哐当哐当响着,混在不伦不类的现代摇滚音乐里,愈加嘈杂不堪。小房子眨着对眼惊奇地看着那个古代士兵,像看天外来客。

远离喧嚣的街尽头,有个冷清的珠宝店,门口立着穿长袍留长辫戴瓜皮帽的孔乙己雕像,黑漆漆的脸,黑漆漆的手,手里拿着冰糖葫芦串,在黑漆漆的夜里茕茕独立。小房子说:"师父,这个雕像以前没见过,是最近新做的吧。"王府井大街黑漆漆的雕像不少,凤娘也发现这是以前没有的。谁知她俩走过,那雕像却跟着店里的流行节奏一摇一动,噢,原来是声控的。更古怪的事情来了。一个游客与雕像合影,那雕像竟搭着游客的脖子,小房子明白了:师父,这雕像是真人扮的!小房子跑过去牵牵他的衣摆,又让他蹲下来摸他涂得黑漆漆的脸,咯吱咯吱紧张得笑,他也笑了,但不说话,只用手势。

这是怎样怪异的文化啊。

万圣书园今天很安静,没有读书会,也没有新书推销活动。凤娘在书园靠窗的角落坐下,要了一杯饮料和一份点心。刚喘口气,手机响了,是木通,神神秘秘的,让她想起那个怪异的梦。原来他正参加全国小说评奖,作品已经进入了终审。凤娘的师兄石DVD也是终审评委之一。木通想让凤娘给石DVD打个招呼。凤娘说:"你这么大的腕还需要找人吗?"木通说:"你不知道啊,现在从初审开始,各个省的作协都拼了血本捧自己的作家。听说有的作协把评委全请去,包吃包喝包玩包机票之外,每人还包个大红包。我不找人,别人也会找啊。"凤娘觉得很为难,石DVD是个耿直脾气的人,他是否会卖这个面子,很难说,犹豫了半天,她说好吧,我试试。

她打石DVD的座机和呼机都找不着人,只有等晚上再打了。

没多久，黑苏子也神神秘秘地来电话了，也是托她找石 DVD 打招呼。风娘头大了，这都打招呼，让石 DVD 该投谁的一票呢？得罪了谁都不好办啊。想不到躲在万圣书园，也捞不着个清静。她想想有点烦，起身去找杂志。

她又看见了他，卡恩。

这本足球杂志几乎三分之一都被卡恩的图片占满了，让风娘大饱眼福。她又去杂志架翻找，如饥似渴地寻找有关他的报道，这时，手机响了，竟然是老登，被足球迷魂的人总算浮出水面了。

"在哪呢？""万圣书园。""我有好东西给你。""什么好东西？""见面就知道了。""别这么神神秘秘的好不好？""嘿嘿，我下班就过来找你，北大东门见。"

胡同群和雕刻时光拆了后，北大东门变成了最没情调的门，直通通光秃秃对着路口，来来往往的车辆搅得灰尘上窜下跳。黄昏在这里等人是最败坏情绪的，可是当风娘吃了老大鼻子灰，老大不高兴的时候，看到老登掏出的"好东西"，就牢骚全没而且欣喜若狂了："卡恩！全是卡恩！你怎么知道我喜欢他的？"

老登咧嘴一笑："今早艾紫苏说你看球了，而且看得聚精会神的，我问她你最喜欢哪个球星？她可能是卡恩，因为小房子叫你看大猩猩似的卡恩，你就开始入神了，我就利用报社之便搜集了这些报道和图片，嘿嘿，今天上班尽干私事。"

风娘心里一暖，脸上却是生气的样子："我还以为你失踪了呢，连个电话也没有。"说着两人走进北大，先找了个食堂吃饭。然后在一半残霞暮色渐深的校园中漫步。

只要有点文化情结的人，都喜欢逛垂杨暮鸦、苍松碧瓦、绿竹猗猗的北大，离开校园生活很久的成年人，更喜欢在这里敲打青春的边角料。老登和风娘，两个被世俗裹得遍体鳞伤的文人，在此地与彼地之间改变着荒唐的生活，欲高不能，欲低不甘，犹如走动的灵魂，踩着夏夜人文的百年潮湿，舔着自己无法言说的伤口。

他们漫无目的地走着,任情地走着,图书馆、纪念堂、中文系的庭院、球场、堂吉诃德像、西南联大碑、博雅塔、未名湖……脑子里各自飘过一些平日不可能想到的语句:云是恐龙的羽毛,在天上飞出柔软单纯的幻影……水对芦苇说,是你自己要长在我的怀里。芦苇对水说,是你自己要流到我的脚下……

像许多人一样,秀莹的未名湖是他们北大漫步经常流连的地方。不知不觉,走进了小岛,路窄,树黑,老登牵住了风娘的手,来到了石舫边。路过的树丛里,有恋人在亲吻。风娘装作没看见,此刻她似乎知道,又似乎不知道下面会发生什么事,似乎知道,又似乎不知道自己应该怎么办。她懵懵地走着,像一个少女那样惘然。老登牵着她的手站在石舫边,看着湖对岸的隐隐灯光。恍惚想起香港赤柱的晚上,隔着海那几点零星的灯火,仿佛被世界抛到了空洞的角落。那时他和风娘都还没有自由,而此刻,他们属于彼此。站在百年历史的水边,思想之梦的原点,仿佛心心相印的一对情侣,不,不是仿佛,他们就是情侣。他牵着她的手那么久,她都没有拒绝。而且,在这个夜里只有情侣才会来的湖心岛。他的心中涌出一股热流,情不自禁把她揽在了怀里,她依然没有拒绝,她那么高,巴拿马帽顶得老登有点站不住,他想他终于盼来了这一天,他的唇和她的唇相遇了,她的帽子往后落。

忽然,她矜持地拂开脸,轻声说,对不起……别这样……

老登尴尬极了。

3

她掏出钥匙,防盗锁反转了两圈,门推开了。地下有一封信。

记记听见门的动静,马上跑了过来粘着她的腿。喵。

她捡起信,把抱在怀里的巴拿马帽和报纸杂志扔在沙发上。天气干闷干闷的,她随手开了空调,把自己也扔在了沙发上。

脑子乱糟糟,仿佛下水道里堵了很多发丝和杂物,勾不出来。她

点着了烟,拆开信,信的前面有排附加的小字:

  整整一个通宵,我无眠。我在犹豫是否把这封信交给你。最后我跟自己打赌,如果今天早上开门看到的第一个人是女人,就把信交给你,如果是男人,就不交。可是今天早上我开门,看到的是一男一女并肩而行。我不知道怎么办。然后那个男人走了,留下那个女人。我想我还是交吧。

信的内容让她措手不及,她以为自己夜深犯糊涂了,又从头到尾看了一遍。

  风娘:

  如果不是因为世界杯你说的这句话,我可能永远都没有勇气把自己的感情告诉你,你说:"相爱,不一定在男人和女人之间完成,但一定是属于不同个体的。"说得多好啊,你说出了我的心声。从澳门认识你的那天开始,我就悄悄迷上了你。知道老登一直爱着你,但你不仅仅会让男人情感迷失,也让女人情感迷失。每个周末,我陪着你、小房子和记记,都觉得你很不容易,你太需要一个懂你的人了。只有我明白你为什么一直不接受老登,因为你害怕再受到男人的伤害。知道吗?我才是那个最懂你最不会伤害你的人。来吧,和我结为磨镜之好吧,你的那句话证明你有这个潜质的。

  等待天使般的回音。(如果接受,不用回信,明天黄昏,把我送你的的香水瓶放在窗台上,我就知道了)

           一直默默爱着你的艾紫苏
           2002年6月30日深夜

"磨镜之好"？那不就是……那个蓬蓬勃勃大笑的艾紫苏，她居然是……风娘吃惊地瞪大了眼睛，浑身汗毛紧张得根根耸立，不敢再想下去了。木通曾告诉她，小说里有一种手法叫"突转"，这不就是突转吗？可这不是在写小说呀。她的心怦怦跳得快极了，烦恼随之覆盖了紧张——今天，这是怎么了，什么事都凑到一块，小房子走了，她很忧伤。在未名湖和老登……唉，如果说以前她是保护自己，这次，她是伤害了他。她也不明白自己怎么会这样。

现在，艾紫苏……她随口说的一句话，却引出了艾紫苏的真情。

以后，她还怎么见老登和艾紫苏呢？再也没法回到从前了。她本来就乱的脑子更胀了，手中的烟头不小心把沙发烫了一个洞，差点烧起来，她急急跳起来打灭。那一刻，许多说不清道不明的情绪涌上心头，把她缠得紧紧的，她靠在烫坏的米色沙发上呜呜地哭了起来，似乎只有这样才能解开那些难缠的结，记记窝在地板上，呼噜呼噜打着瞌睡。

第二天早上，木通又打了电话来，问事情办得怎么样了？风娘这才想起把他的事早就忘到九霄云外去了。因为连续的折腾，她一夜难眠，早晨才困在沙发上睡了一会儿，厚沙沙的说话声音更哑了。"啊，昨天就找过石DVD了，没找到，今天再试试吧。"木通明显地有点不悦，他觉得是风娘不肯尽力的托词，说"赶紧着吧，要不然就来不及了。"

风娘赶紧又打石DVD的呼机，再三急呼后，石DVD总算回电了。来电显示是深圳的区号。

"你怎么跑深圳去了？总不回电，急死人了。""我把呼机给关了，刚刚才开机。什么事急成这样？"

风娘把木通的事说了，把黑苏子的事也说了。石DVD说："小师妹，这事真不好办，我不能昧着良心做事，你也得罪不起这些人。木通和黑苏子，帮谁，另一个都不高兴。你就说我躲起来了找不到我。再说，现在找我的电话都快打爆了，我的呼机基本上也都关了。"

"还有，有件事本来想瞒着你。想想，还是得告诉你。衣服不败得了忧郁症。他见谁都不说话，正绝食着呢。"

噢，凤娘明白石DVD为什么跑深圳去了。

衣服不败得忧郁症了，他的老婆也帮不了他吗？

衣服不败的老婆叫当归，就是他在网上认识的，那个写言情小说的深圳女朋友。1995年中国老百姓开始进入互联网的时候，他俩还是菜鸟，彼此不知世上有对方这么个人，衣服不败还在演绎着自己的故事。1999年，这对鸳鸯像所有网络情侣一样，在看不见的战线相遇了，聊天、套磁、碰撞、发晕、见面，确定对方不是自个儿的什么亲戚之后，继续发晕——两人结婚了。写通俗言情小说的女人，自己却经历着惊天动地惊世骇俗的爱情。衣服不败为了她什么都不要了，八套长袍也全部捐给浦江大学表演系做演出服装，哐当哐当浑身精光就跑深圳去了。

在深圳，他们俩，一个写纯文学，一个写俗文学。

同样写人物对话。衣服不败的小说写道："我喜欢你忧郁的思想的前额。人生的隐喻大概都藏在其中吧。唉，喜欢它有什么用，对我而言，这只不过是一颗虚无的空壳罢了。"当归的小说写道："你这是鬼叫我呐，我哪敢应啊！别拿糖拿醋的，有啥稀奇，告诉你，再啰嗦，我这有鲜开水，可以烫烫你的肠子。"

同样写挨打。衣服不败的小说写道："他抱着脑袋任他们打，身上的枣红羽绒服被打烂了，惨白的鸭毛飞了出来，漫天漫地的，围着他歌唱、飞舞，他似乎站在一个纯洁微型的雪花世界里，与天地格格不入。"当归的小说写道："他个子很高，长得也很帅，可是在几个混混的拳打脚踢面前，他没了一丁点男人的英气，血一道，伤一痕的，挂了满脸满身，还跪着求饶，叫他女朋友看见，绝对踹了这废物。"

同样是写女人美貌。衣服不败的小说写道："她的身姿微微颤着，水一般柔在那儿，仿佛即将倾倒出来的无限风光，被天地的容器小心翼翼地捧着，令人心动如《孟特芳丹的回忆》。"当归的小说写道："她张开性感的厚唇，嘿嘿地笑了起来，笑的时候还不忘妖冶地挑了陌生人一眼。他妈的，这可真是个漂亮的浪女人啊。"

当归的俗文学总是比衣服不败的纯文学好卖，赚钱。

但是当归毕竟没有名气，靠稿费过日子总是艰难的。于是她和衣服不败炒点股，再拼命给报纸写文章。深圳总是闷热得让人喘不过气，两公婆（深圳人都这么喊他们）买不起空调，就光着膀子，赤裸裸地在租来的小屋里挥汗写作，写完后用手舔一页舌头翻一页稿纸，仔细地计算着这篇文章可以得二百块，那篇文章可以得三百块，却不知道股票在狂涨。大赚一把的朋友兴奋地跑来，问他们去了股市没有，衣服不败说明天去。朋友说今天都星期五了，你明天去什么去呀。衣服不败说我以为今天星期四呢，完了完了！

结果星期一再去，股市下跌，衣服不败亏了三万，为了几百块的稿费，就这么丢了三万块钱。两公婆前前后后总共有十万亏在里面，无钱补仓。当归逢人就说，跟着衣服不败过日子苦啊……

衣服不败得忧郁症，有很多原因。一个重要的原因是他被起诉了，因为他小说里虚构的一个人物名字，竟然是深圳名画家的名字，而这个人物在小说里，又是个十恶不赦的大坏蛋。本来衣服不败的小说也没什么人看，谁知这篇小说被发在深圳本地的文学刊物上，被画家热爱纯文学的女儿看到了，兴奋地说："老爸，这小说里有个大坏蛋的名字跟你一模一样哎。"

深圳名画家不看小说倒罢了，一看里面的描写，火冒三丈，将衣服不败告上了法庭，说衣服不败侵犯了他的名誉权。

说到给小说人物取名字，《围城》里唐晓芙那样的名字是千万不能再取了，那时中国四万万同胞，现在是十四万万同胞，一不小心，你就侵犯了谁的名誉权。现在小说里经常用"老王""老登"就是这个意思，要么取日本人或洋人的名，让人弄不清到底是中国小说还是外国小说。要么，给你出个主意，用衣服不败的老婆当归——中药做名字。

不过，衣服不败的烦恼，远不只官司这一件事。在深圳，他好歹也算个哲学出身文学背景的知识分子，和老婆当归的赚钱差距那是没法比了。但他着实是有个性的男人，要脸面着呢。

桀骜不驯的衣服不败，有一年还是被父亲拖回湖北老家上坟。那天太阳暖烘烘的，久居城里的他，走过村头细绿绿的脏水塘，看到屁股摇摆的鸭子游水，和墙角卧睡的老狗，还真有点乡村野草郁郁葱葱的新鲜味。等到村里的各路亲戚都巴巴请他吃饭时，他被堂叔家的二锅头灌红的脸已经开始兴奋了。堂侄子四麻特意杀了家里唯一的一头猪，堂侄媳妇金凤炖了一只老母鸡——在老家亲戚看来，从深圳来的，研究生学历的，写啥子小说的衣服不败，那就是御驾亲征的皇帝，没有什么他办不了的事。那一刻，老婆不在身边的衣服不败豪气冲天，也觉得自己的确没有什么办不了的事，"行，不就是一个文凭嘛！我帮你搞定！"搞定是广东人的口头禅，堂侄子四麻在湖北乡里听不懂，但他听见衣服不败爽快的口气，百分之八十放心了，知道自己的猪没有白杀。这年头，做村里的支部书记也要文凭啊。

哲学出身的衣服不败，后来在深圳一直为这事忏悔。他花钱找人弄了一个假文凭，帮堂侄子四麻解决了支部书记的事。解决完之后，他解决不了自己，独自在屋里看着盖文凭的假印章发呆。卖文凭的人说："这个假印章是一次性的，你自己拿回去盖吧，我没带印泥。"衣服不败平生玩个性，却从没做过这样的事，算违法吗？可他不是为自己，是帮别人。不是说"救人一命，胜造七级浮屠"吗？看着假印章上依然鲜红的印泥，他的眼睛像红红的兔子眼，想哭又想笑。他拿起木制的假印章，在小屋里来回徘徊，老婆当归还没有回家，他要在她回来之前处理掉这个红得刺目的小东西。

最后他把假印章放在走廊的煤气灶上焚烧，红红的表面埋在火里，以为看不见了，火焰却比印泥更红，火舌一撩一撩的，红得发蓝，仿佛在烧自己的灵魂。他想，这是对知识分子的挑战，什么事情能做，什么事情不能做，它的界限究竟在哪，如果以心灵的尺度，它如何与社会磨合，如果以社会的尺度，它如何面对心灵，事情的尺度在不同的时间和空间都在变化。

唉，衣服不败实在想得太多了。听石DVD大致说了衣服不败的近况后，风娘叹了口气。一直听说得忧郁症的人很难治好，除了药物辅助，最需要的还是最信任的人在身边。她想她必须去深圳呆一段时间，陪着衣服不败。反正整个暑假小房子都见不到，况且，现在和老登、和艾紫苏，她都实在无法面对，正好找个借口回避。编辑部的人也都烦她，那就索性让他们放羊吧。一瞬间，北京突然变得没有任何留恋之处了。

说走就走！来不及办特区通行证，到深圳关卡再想办法吧。她准备买飞机票，可是怀孕的记记怎么办？

以前还可以托给老登或者艾紫苏，现在不行了，托给尤加利·菲菲？这位大美人做起传销来就不落家门，记记非得饿死不可。想来想去，她想起了从上海把记记带到北京的经历，索性，为了记记，就再坐一次火车，民间一把吧。

去深圳的硬卧火车票卖完了，风娘买到了一张第二天的软卧。因为没有特区通行证，只能买到布吉站。

她仓促地给木通、黑苏子回了话，仓促地向若木交代了编辑部的工作，黄昏的时候，雷雨大作，她自然更不会把艾紫苏给的香水瓶放在窗台上。第二天，她像个逃窜犯一样，慌慌张张带着记记离开家，奔向火车站，似乎老登和艾紫苏正像催命鬼似的赶着她。临出门她又捡到了艾紫苏的一封信。心里怦怦地闹，不敢拆开看，嗤嗤几下连信封一起撕掉扔了。

艾紫苏的那些碎片文字，风娘永远看不到了，也不想看到。

让它们自生自灭去吧！

火车开的时候，风娘坐在软卧车厢里喘着气，把偷渡上车的记记也放出来透气。有了那年和老登乘车带猫的经验，这次她轻车熟路多了，同样花钱从绿色通道进了车厢，同样用火腿肠堵住记记的嘴。只是如今的记记，已比三年前胖了许多，且有孕在身，风娘是用更牢的塑料袋装着它。换票后，软卧车厢门一关，就没人管了，记记在铺上自由自在地走着。

同车厢的三个温州男孩对她和记记视若无睹，用床铺上的白枕巾把皮鞋擦得锃亮，嘴里大声唱着台湾歌手罗百吉的《机车女孩》：

　　星期六我去逛街
　　逛来逛去看到一位小姐
　　一头乌溜溜的长头发
　　她一转过来OH！ MY GOD
　　她的脖子有点歪歪的
　　她的眼神也是怪怪的
　　我突然有点想要跑
　　因为她已经对我开口笑

　　不好意思吓到你
　　我知道你喜欢大美女
　　可是请你看我看仔细
　　其实我是超级耐看型
　　我的脖子是故意有点歪
　　我想这样看来比较可爱
　　我的眼神一点儿也不怪
　　只是放电的速度稍嫌快
　　……

这叫啥歌呀，这么年轻的大男孩坐得起昂贵的软卧，这么年轻的大男孩唱的歌和她完全是两个世界，凤娘抱起记记想，完了，这一路上没法安生了。

"眼底忽成千载恨"

1

"衣服不败,你怎么变得跟女人似的。"

"我看女人也没他这么多愁善感。"坐在小板凳上的石DVD说。

凤娘坐在衣服不败潮湿闷热的深圳小屋里,看着他不吃不喝闭目无神的憔悴长脸,心疼地叹了口气。她无法想象几年前还长袍挂身的个性小师弟,现在变成汗衫短裤赤脚的郎当样,也无法想象手中这篇叫作《南方之雨》的文字,出自一个男人之笔:

> 最怕下没来由的雨,好似流黛玉莫名的泪,有一种宿命感。静静地,一簇一簇就落下来,落在南方无处不绿的树叶上。也许当时我们正说着话,看着书,浑然不觉,待到树叶声哗哗、沙沙,急着去关窗,空气中已氤湿一片。
>
> 这样的雨是撒娇的雨,你越宠她她涌得越快,后来索性无止境地流了——发自内心的。
>
> 这时候我的心往往受不了,我想哭,她是要比狂

风暴雨更真正令人心惊胆战的。我只好躺下来，让床和大地保护我受了惊吓的灵魂，此时外面的雨已经下成汪洋的海，一汪一汪地涌动着我们的屋船，漫眼的绿火在雨中一蓬一蓬地烧过去，泛起绿烟。

看得出来，衣服不败住的小屋，在南方的大雨中确实只能像船。这排本地农民的小屋，躲在深圳南山区一个当地人的村子里。村民们在屋顶上多加了一层，就租给了外地的打工仔或漂泊者。窄窄的暗锈铁梯爬上去，没有厨房，没有卫生间，大家在过道上支着煤气灶炒菜，去村口榕树下的厕所解手，厕所墙上刷着一幅标语"树立人生理想，戒掉手淫恶习"。

而衣服不败躺着的所谓的"床"，就是一块木板，直接放在水泥地上，上面铺着草席，墙边立着个简易挂衣支架，拉链门也是坏的，露出里面横七竖八搭着的衣服，霉味汗味扑鼻。地上零零落落放着杂物，和煮饭的小电饭锅挤在一起。这是深圳不少打工仔的窝的一角，也不知道衣服不败和当归是怎么找到这个旮旯的。深圳的不少高楼大厦后面，都藏着这样的本地村落，没有人带路，根本无法想象，现代都市的肚子里还有这些乡野名堂。

风娘和记记就是这样被石DVD带进村里的，石DVD则是被当归这样带进村里的。当归不知跑哪去了，她打电话叫石DVD来深圳，说衣服不败得了忧郁症，把石DVD从火车站接到小屋后，她就找借口跑了，此后再没露面。石DVD看着绝食的衣服不败卧床不起，急得不知道怎么办，他想风娘来得真是太及时了。风娘赶得这么急，连通行证都没有，呆在布吉进不了关，石DVD只好跑到布吉去接她和记记，辗转坐车到了深圳火车站，一直耗到天黑，找到火车站附近的一堵破墙，让风娘和记记悄悄翻墙过来了。亏得风娘人高腿长，想当年在浦江大学，他们的导师可从来没教过这一招啊。

此刻，和石DVD坐在小屋里熬了一通宵的风娘，给衣服不败熬了一锅稀粥,叫他起来喝。她知道好几天没吃饭的人,只能吃些流食,衣服不败像死人似的一动不动,听任风娘好言好语也没反应。风娘本就又累又困,一看来气了,从板凳上腾地站起身,把衣服不败的脑袋往上一扳,啪啪就给了两巴掌,吼道:"他妈的你这样子还算什么男人!一点志气也没有!有本事去外面发威!别在我面前摆谱!大老远来就看你一个死人脸!我抽风呐?!"

没想到,衣服不败睁眼"哇"的一声哭了出来:"我本来就不是男人嘛!"接着他放声大嚎。这种男人的嚎哭声非常古怪,是生活中不太有的声响,把同是男人的石DVD也吓了一跳。风娘却不理这一套,啪啪啪又是几巴掌:"他妈的哭什么哭!还好意思哭!"

衣服不败的嚎哭声像粗糙的木柴被刀狠狠砍了一下,戛然而止了。

正在门口好奇张望的记记,听见屋里出奇的安静,就扭过猫脸看着衣服不败。它觉得他的五官很可怜,于是同情地"喵"了一声,衣服不败听见猫的叫声,也转脸看着记记,幽幽地说:"哪来的猫?"

按说猫的平均怀孕期大约六十五天,记记早就过了预产期。可它就是没有半点要生的动静,终日思想者似的坐着,雍容的体态散发出母性的味道。此刻它走到衣服不败的木板床上,前爪搭着他的腿,回答:喵。

很难想象,如果没有风娘的到来和烈性,如果没有记记那种动物的原始气息,衣服不败的意志到底会垮成什么样。衣服不败终于开口说话了,虽然躺回到木板床上,但是一说就说了很多,一点也不像几天没吃饭的人,看来这些话像纠缠不清的弦,在他心里憋紧了,哪天扯断了他也就完了。

纠缠衣服不败的东西,比当归告诉石DVD的起诉、假印章事件还要多。

他接过风娘递的烟,先说哲学的阿多诺——这是一个流亡者。

他说阿多诺说:"对于一个不再有故乡的人来说,写作成为居住之地。"他说阿多诺说:"在自己家中没有如归的安适自在之感,这是道德的一部分。"他说阿多诺说："错误的生命无法正确地生活。"他说阿多诺说："在绝望面前，唯一可以尽责履行的哲学就是，站在救赎的立场上，按照它们自己将会呈现的那种样子去沉思一切事物，知识唯有通过救赎来照亮世界，除此之外的都是纯粹的技术与重建，必须形成这样的洞察力，置换或疏远这个世界，揭示出它的裂缝、它的扭曲和贫乏，就像它有朝一日将在救世主的祥光中所呈现出的那样。"

衣服不败滔滔不绝地说着，似乎他就是德国哲学家阿多诺的化身。

风娘和石DVD简直快被衣服不败烂熟于心的阿多诺那些哲学语言绕疯了，一开始还有点明白，后来整个儿不明白了。两人觉得这样下去，自己也要得忧郁症了，但他们知道只能让他说，不能打断，忧郁症的人愿意说就是好事啊。管他说啥呢，衣服不败接着又说了一串外国哲学家，阿那克西米尼、第欧根尼、施莱艾尔马赫……他说外国人的名字就像说自家人那么熟悉，听得两人一愣一愣的。后来衣服不败说到和文学有关的东西，他们的脑子才稍微清楚些。

衣服不败说，写小说的人遭遇的最大危险，就是别人都会揣摩小说里人物的心态和情节，就是作者的心态和情节，那叫跳进黄河也洗不清啊。有一类不会虚构的小说家，更是影响了小说的虚构意义，如同电影界的本色演员和技巧演员的区别。其实高明的小说家，就是心灵和情节的技巧演员，幻变成无数个化身，逼真而非真，然后自己和自己开战，自己和自己体贴，自己和自己孤独，若是玩假成真，与现实混为一体，这小说家就把自个儿当火烧了。所以，巴尔扎克说"我粉碎了一切障碍"，卡夫卡说"一切障碍粉碎了我"，可见有些作家是占据现在，有些作家是占据未来的。

衣服不败还说，写小说就像作案，要把那些可疑的痕迹都修饰掉，掩藏好，然后没事人似的走出去。又像做菜，原料东一点西一点，来源纯正（所谓纯正，就是来源于最可靠的生活），不要菜谱，自己凭空搭配创造，火候、想象、比例、口味、技法、色彩、心思……做菜是要悟性的,乡下老太太做一辈子菜都没长进,写小说也是这样。还像解谜,人物、心理、历史、场景的谜底谜面,常常连小说家自己也弄不清楚。还像盖房子,砖头和钢筋水泥跟着结构走。比如把小说的很多情节,撕成一张一张纸条,然后弄乱秩序,可以发现,会变成好几种不同结构的小说。

衣服不败正没完没了地说着,风娘的手机响了,若木在电话那头急慌慌语无伦次。原来刊物的校样都出来了,木通却在关键时刻把《小保姆碧英》的小说讨了回去。

风娘气得咬牙切齿,又骂她的定语国骂,这是木通在报复她。石DVD没想到木通这么大的作家这么小的心眼,功名心这么重,他说要不我来找他吧。衣服不败知道事情原委后,腾地从木板床上坐了起来喊道:"干吗要找他!坚决不找!"他问风娘愿不愿意用他新写的小说替换,风娘说你拿给我看看。衣服不败从床边的蛇皮袋里翻出一叠手稿,《故事在梦的左边》:

我们都做梦,以为梦很虚幻,其实故事永远都在梦的左边。它边边角角地给出一个实在世界,和梦的无边相依偎,故事里的人物和梦里的人物,看上去可能毫不相干,却也许有前世今生的宿缘,谁知道呢?所以我一直想写一个雅俗共赏的小说,雅的瞳孔看故事(这些故事有的来自传说,有的来自民间),俗的瞳孔看梦,梦却是假构的。《聊斋志异》里,不就有"两瞳人合居一眶"的故事吗?可见,我们眼眶里的瞳仁就是"瞳人",它们像俗人雅人一样,有自由的选择权利,选择的结果,和我们自以为是的结果,可能正好相反。

左边故事一:

新婚之日,新郎官喝醉了,被人扶到小舅子的房间里休息。正巧小姨子路过,瞥见新郎官的被子滑落在地,就走进去帮他盖好。新郎官以为她是新娘,紧紧抓住小姨子的手不放。小姨子拼命挣脱,新郎官醉醺之中看到是小姨,这才松开双手,继续睡了。小姨子恼羞成怒,临走在纸上留了一首诗:好意来扶被,调戏妻姨妹,本是一坛酒,哪有两种味,该死该死。

不久,新郎官朦胧醒来,见到纸上的诗,随手在后面续了一首:酒醉如糊泥,错认自己妻,睁开昏花眼,才知是小姨,错了错了。写完把笔一扔,又倒头昏睡了。

过了一会儿,小舅子回自己房间拿东西,看到放在桌上的诗,又续了一首:他醉让他醉,为何来扶被,猫儿见了鱼,哪有不尝味,好险好险。

后来岳父大人来看望喝醉的新郎官,把诗结了尾:孩子不懂事,纸上乱写字,本是一家人,哪有这种事,没事没事。

右边梦一:

紫红色的云雾笼罩着长长的走廊。那对男女住在走廊的东头,养了一条白色的小狗。她住在走廊的西头,光影时幻时灭,云雾使长廊吐丝游龙。她下楼的时候,那条小狗跑来用爪子搭着她的手,它刚把女主人的包抓破了,挨了打,她害怕狗会咬着她,每次进门都避着它。然而第二天,那条白色的小狗却突然长大了,变成了一只硕大的白狗,顶着她家的纱门非要进来。她吓坏了,不知道怎么办。然而白狗进来却并不咬它,只往她的被窝里钻,她吃惊白狗对她的亲密。

那对男女像照顾孩子似的,照顾着自家的白狗。这只白狗从前是条警犬,男人从前是公安局的,他向女人回忆从前抓凶手的经历,并且用录音机播放白狗跟随他的过程。听到凶手出动的声音,他立即关掉录音机,然而已经晚了,白狗条件反射,已经跳了起来……

凶手就在她的房间里!白狗朝她的房间冲去!凶手正拿着刀威胁她!她再三说:"听着,你再动刀我就让白狗咬你了!"凶手根本不在乎,认为她是在故意壮胆,他冲向了她,她大叫:"白狗,上!"白狗早就等不及了,冲上去撕扯凶手,使他手中的刀无声落地。然后白狗变成了一只白色的毛茸茸的长着翅膀的天狗,带着她风驰电掣。凶手也乘上了一只庞大的飞物在背后猛追。天狗忽而在天上飞,忽而毛茸茸地俯冲,仿佛是宇宙间一只大鹉。每次濒临绝境,它都放下她,引走凶手和飞物,又来接走她。如此反复周旋,最后让凶手与他的飞物落入海里溺死。

左边故事二:

送葬乐队已经唱了两天两夜,三首曲子反反复复。如今凡人的死也可以用国葬哀乐了,最古怪的是居然还演奏《月儿弯弯照高楼》《世上只有妈妈好》。声音传来,仿佛总有一个仪葬队徐徐而去,却又总不见踪影,引得人们朝着那哀乐的所在挪步。却见路边一屋,在年前的雨雪未尽之时,屋檐高悬两灯,里面甚至连牌位也没有,直不隆冬的一间屋,没有门,也没有里间,几个活人在屋里议着事,门口坐着六七个乐手,站着几个闲人,两边放着三五花圈不等。一个人躺着头朝外,盖着红布,愈显得那头发和雨后的黑夜一样黑——死者还是个少年。

没有哀乐的传扬,周围的人不会知道,有个后生过不上新年的好日子或坏日子了。

这后生是个孤儿,他爱的少女不要他了。后生有段时间在美术学院做男模特，那少女是美术学院的女学生，当时她为了画好人体，走上模特台，仔细抚摸模特后生的肌肉和骨骼结构，其他学生看着他下身的某个部位慢慢变化，在台下窃笑，最后模特后生说，你不要再摸了好吗？我控制不住了。少女这才反应过来，一脸绯红回到座位。

此后的事难言……他悲痛欲绝想自杀，可是没有自杀前就死了，不知是被谁杀死的。少女请了一个送葬乐队来，为他整整演奏三天。

右边梦二：

黎明渐渐，光以抽干机的形式抽走了他的梦，以吸铁石的速度吸走了他的梦。在梦里，世界的谶语和暧昧的真相贴近了他的视线，当他的意识似乎越来越清醒时（也许是越来越糊涂），父母丢失了，像伞一样迅速开放的紫罗兰，和父母走过的小桥，桥上紫罗兰木头做成的琴（不可思议），路上满眼的花向着家里回飞。忽然间，澎湃而来的水流淹没了大地，他终于找回了他的父母，一同看见了被人撬开大门的家。家里的钱没有了，被叫做亲戚的人拿走了，他们踩在亲戚的脊梁骨上，逼亲戚交出钱来。亲戚才交了三分之一，电话铃响了，是现实中的电话铃，梦中的情节飞速而去，只剩下一些图案，最后只剩下一些语词……

风娘把剩下的手稿跳了过去，翻到小说的结尾：

雨声落在我遥远的梦魇
雨声落在我无花的枝条
这根本不是听见，这是上帝赐予的一种自由……

凤娘的脑海里突然跳出她做过的那个奇异的梦：舞蹈的贝壳和赤身裸体死去的男女。如果把这个梦放在衣服不败的小说里，它应该配一个什么样的故事呢？凤娘抽着烟闭了闭眼睛，以多年的编辑眼光，她迅速认同了这篇小说："衣服不败，你这小说写得怪怪的，不过比木通大作家的有意思，就是可能要删减掉第六部分的故事和梦，否则字数扣不上版面。"

"行啊，能发就行，救场如救火嘛，当归还看不惯这小说呢，说我有神经病。"

"我问你，当归到底怎么回事，你都这样了她连影也见不着，你俩闹掰了？"

"唉，这事真有些说不清。"衣服不败把烟掐灭，终于端起地上的青瓷小碗，呼噜喝了一口稀饭。

2

石DVD看到衣服不败的状态基本稳定下来了，放了半颗心，他还要赶到北京去参加全国小说评奖终审投票，不能再耽搁，悄悄在背后叮嘱了凤娘一些注意事项，买了黄昏的飞机票就走了。凤娘托他把衣服不败的小说手稿也带上，这次被木通狠踹一脚，只能让若木他们盯着印刷厂加班了，否则刊物赶不上邮局发行就糟了。好在校样是一校，还来得及。

石DVD最担心的是衣服不败情绪反复，他希望凤娘在深圳多陪陪衣服不败，并且在离开之前务必找到当归。

说实话，当归跟着衣服不败过苦日子也挺不容易的。石DVD走后，凤娘从衣服不败嘴里，知道了当归失踪的直接原因。

有个周末，衣服不败和当归难得去蛇口的人人乐超市闲逛。当归心情不错，特意穿了一条白色的超短裙，料子很差，但白得干脆，走在超市里，没有丝袜的长腿也是脆脆的。在深圳，富人逛超市是一种享受，穷人逛超市也是一种不赖的玩法，许多打工仔在超市里东转转西转转，什么也买不了，尝点超市赠送的牛奶或小食品，饱饱眼福，坐坐体验按摩椅，可以消费不少时间，这是最廉价的娱乐。衣服不败和当归就这么玩着玩着出了超市。瞥见超市门口搭起了一个台子，音响、广告牌都架上去了，台中间站着一个说话的年轻人。一开始他俩倒也没留心，绕过台子准备回家，忽然当归的耳朵里漏进年轻人一句话："给大家赠送十部手机……"

当归拖着衣服不败就绕回到台前了："听听，听听，有手机送呢。"

瘦条年轻人见有了听众，把手中的几串劣质木制佛珠落了一串在当归手上，说话不打一个楞登："这东西不值多少钱留着你玩玩，真正值钱的是我们的手机，看看我身后的手机漂不漂亮好不好看。公司搞活动送十部手机，来者有份见者有份……"

说话间，站在台前的闲人已经越来越多了，挤着推着，都扯长手讨假佛珠讨假项链，当然最终目的是为了讨真手机。白衬衣黑长裤的年轻人，欲擒故纵地在众人的手臂前来回宣讲，佛珠和项链想给不给的样子。当归的手一直伸扯着，衣服不败的手连举也不肯举，他觉得这是一场骗局，想离开。可是当归坚决不肯走。

那个台上的年轻人眼眉叽里咕噜的，平时若在生活中，明显是个不厚道的角色，此刻却像个君王。因为众人对他有所求，他得意极了，号召、诱惑乃至挑衅着众人："你们愿意真心诚意地爱我们的公司吗？你们愿意真心诚意地替我们做宣传吗？你们愿意真心诚意地使用我们的手机吗？"

"愿意！愿意！愿意！"当归和众人急不可耐地喊着，衣服不败觉得当归的口气简直像喊着愿意跟那个年轻人上床一样。忽见许多串假佛珠越过众人头顶，噼里啪啦落在地上，衣服不败瞬间看不见刚才纷纷的脸和当归的脸，只看见一堆大大小小的屁股，翘在眼前如残败的荷塘，等到众人的脸像红黄的幻影微微升起，又有许多串假项链落在地上，大大小小的屁股们又扎进了淤黑的荷塘。

衣服不败瞳孔里闪过一道夺目的光芒，那是当归穿超短裙翘着屁股的走光。他的瞳孔里又跃出许多刺眼的碎光，那是围观的男人们眼中的淫光。衣服不败愤怒了！这简直是丢丑嘛！为了什么劳什子手机，脸都不要了！他冲上前拽住当归就走！

……

就这样，手机没了，衣服不败和当归的关系也崩了。一场暴风雨般的争吵后，当归哭了一夜，拒绝让衣服不败碰她。第二天就搬出去了。

平时两人在一起，你说我笑的，日子被揉得浑圆，分开以后，衣服不败看到了日子分割的冷酷，往事也一条条真实分明。衣服不败的小屋夹在当中，左边传来一对打工男女吵架的声音，右边传来一对打工男女做爱的声音。衣服不败没了当归，既没人吵架，也没人做爱，再加上乱七八糟的烦心事，不知不觉就得忧郁症了。

邻居把当归找了回来，当归望着衣服不败，衣服不败望着当归，一段时间不见，两人竟然像陌生人一样，没什么可说的。也可能在深圳，他们本来就是有心灵隔膜的陌生人吧。用衣服不败学过的哲学语言，就是：没有了我和你，只有主体和客体。后来，当归就给石DVD打了电话。

后来，风娘就来了。

在深圳的日子里，风娘陪着衣服不败到处去找当归。走到哪，他们都抱着怀孕的记忆，十分招人耳目。天气潮湿闷热，他们跑来跑去，身上粘糊糊的，心里也烦得很。衣服不败说，当归可能去做小姐了。因为他们吵架的时候，衣服不败说她放荡得像小姐。当归说做小姐又怎么样。衣服不败和风娘跑到巴登街、车公庙、南油路、蛇口那些小姐出没的酒店、发廊里去找，风娘问："你怎么认得出哪些是做小姐的？"衣服不败说小姐即使出门买包卫生纸，也是穿得漂漂亮亮的，眼神带钩子。

衣服不败又说，当归可能去做二奶了。因为他们吵架的时候，当归嫌他穷，他说你嫌我穷，有本事就去找个有钱人做二奶。于是凤娘和他又跑到八卦岭和罗湖的二奶村去找。凤娘问，二奶是什么样的？衣服不败说二奶出门不会走得很远，一天可能都穿着昂贵的睡衣走出来，眼神空洞。

衣服不败本来对娃娃脸的事就怀着深刻的歉疚，现在对当归更觉得亏欠很多。他说："她不过就是想要个手机嘛，我干吗要这点读书人的破脸面呢？她跟我过苦日子过得够倒霉了。"凤娘说："你不能老这么想，这么想活着累。"正说着，她的手机响了，是深圳本地的陌生电话，凤娘接了，听到的却是老登的声音。

她懵懵地无声地浮起嘴角的笑影，以为自己在做梦。老登像什么事也没发生过一样，在电话里说，深圳香蜜湖成立了一个创作基地，他来基地参加小说笔会。听编辑部说凤娘也在深圳，真是够巧的。

写散文的老登跑来深圳开小说笔会，这明摆着就是借口，自欺欺人啊。

然后老登说他遇到麻烦了，详情见面再说。

凤娘和衣服不败立即抱着记记，来到深南中路老登下榻的上海宾馆。

见了面，才知道，是和老登一同开会的黑苏子遇到麻烦了。

从那年醉酒组稿，黑苏子和老登就成了铁哥们，彼此很够义气。这次来深圳，也是老登想找机会靠近凤娘，托黑苏子向会议组办方申请增加名额，当然黑苏子可不知道老登的动机。没想到，爱泡妞的黑苏子被小姐们扣了，只得打个电话给正在开会的老登："你别吭声，光听我说话就行了，我在哪儿哪儿，你带够钱来，我被她们宰了。"

老登真有点懵了，这黑苏子用北京话说叫浑不吝，就是啥都不在乎。苦头吃得不少，可不见消停。有一年他在海南染了病，不敢去大医院治疗，就托老登找了一个"民间老军医"，算是把这病对付过去。这次又被深圳的小姐们敲竹杠了，老登想来想去，觉得不是带够钱这么简单的事。这回套住黑苏子的不是一个小姐，是一帮小姐，听人说，大凡小姐结了群,后面都有一个大哥罩着,不好惹。

这也真是天赐良机。他正发愁不知找什么借口,和呆在深圳的风娘套近乎。借此让她的师弟衣服不败想想办法,不正是顺水推舟的事嘛,毕竟衣服不败在深圳也算半个地主。

记记好久没看见老登,亲昵地抓了上去。老登伸臂就把它抱在怀里,敲敲它的鼻子:"肚子都这么大了,你啥时候生娃娃呀?"

记记不吭声,胖乎乎的脑袋直往老登怀里拱。

衣服不败吃惊地说:"嚯,它和你这么亲。"

他不知道有些东西黑漆漆地从老登和风娘之间逃跑了。

三个人坐在老登和黑苏子空调嗡嗡的客房里想办法,脑子稍微冷静了些。风娘说不能拿这么多钱给他们,否则他们会觉得捏着了软柿子,得寸进尺。衣服不败哀叹自己一介书生,没啥能耐。忽然他想到当归有个堂哥,就在深圳一个派出所当所长,那年他和当归没有特区暂住证,当归就找了这个堂哥帮忙。堂哥脾气很大,但是个热心人。久未联系了,当归失踪后,衣服不败更不敢找他,现在为了显摆自己没在深圳白呆,也只得硬着头皮找找看。他拨通了当归堂哥的手机,没想到堂哥一听是他就训了过来:"我正愁找不到你呢!你小子还有脸打电话来。你把当归都气到广州去做丐帮了!你还是不是男人?!"当归堂哥的消息真是灵通得很,这是他丐帮的哥们告诉他的——没办法,做警察嘛,黑道白道都得熟。

衣服不败听到堂哥的话,真是又愁又喜,喜的是当归终于有了下落,愁的是当归竟然去当乞丐了。他急不迭声地说:"是我不对!是我不对!我不是男人。我这就去找她。"

剩下的话他啥也不好说了,只得挂掉电话。对于黑苏子的事,他们似乎没辙了。最后风娘说:"不如这么着,狐假虎威吧,反正当归有这么个公安局堂哥,咱就打着他的名义去,摆出那副气势镇镇他们,说不定有用,实在不行再找堂哥救火。"

"好嘞,这是个好主意。"老登一听可兴奋了,仅仅是想象一下那副场景，他就已经趣味盎然了。

穿着 Dior 品牌连衣裙的风娘，高挑的粉红，长发绾在了右后脑勺，手指里夹着烟，吊成习惯的媚眼，把英国设计师 John Galliano 成熟、夸张而富有个性的斜裁风格，恰到好处地裁在了脸上。

而他，老登，一个高大却干净的东北汉子，皮鞋刷刷的，夏裤刷刷的，短袖衬衫里面薄薄地藏了件汗衫，抱着一只色彩和自己枯黄头发彼此呼应的、即将生产的胖猫。

再旁边，跟着细细瘦瘦短裤圆头衫满脸古典的衣服不败。

跑到车公庙小姐们的老巢。那是怎样戏剧的跳脱啊。

风娘们这股阵势上去，用当归堂哥的招牌，果然把小姐们和小姐们的大哥给震了。人放了，钱没拿。

黑苏子却一脸的不高兴，觉得老登让风娘和衣服不败知道了他的事，丢了他的面子。风娘见他那颓样，就看出他的小肠肠："别七扭八歪的不自在，今天要不是老登找我们把你弄出来，没准你给黑社会做了都难说。那时才叫丢丑呢，媒体到处报道——著名作家黑苏子在深圳泡小姐被黑了，那可真叫'黑'苏子啰。放心吧，我们几个谁也不会说出去的。"

黑苏子被风娘的伶牙俐齿辩乎得更加无地自容了。

说话时，他们正站在深南大道的路边，准备过马路，这是个没有红绿灯的野路口，他们本能地左右张望着，却几乎同时被远处的炫目夕景迷住了。

因为他们都是善感的文人？因为眼前的绚烂本身就迷倒众生？

连记记的猫眼里也闪现非凡的画面，可惜猫嘴难言，暂且还是用人的角度替它描述吧：无法确定这是城市还是乡村的背景。宏阔的南方夏日天边，挂着大幅大幅的潮热色彩，红红紫紫、黄黄橙橙的，只有大气又淘气的天然赤子，才甘愿这样浪费宇宙的辉煌。一轮夕阳就是它的心灵，高贵而孤独，闪烁着精血铸造的无边灵光。无论多么黯淡的物体，树、人，或者石头、高楼，都在它最后的喷薄中熠熠夺目。云霞，仿佛它的情人,将所有完整的惊世空间,勾勒出破裂的碎片和线条,牵牵蔓蔓,缠缠绕绕。那条全中国最繁花似锦、绿草如茵、浩浩荡荡、倾斜的深南大道(几年以后中国的许多城市都出现了这条大道的翻版),从夕阳静穆无奈的怀抱里一泻而下。左边,闪着红色车前灯的车流浩荡涌来;右边,闪着黄色车后灯的车流慢慢远去。深南大道缀满了串串红、串串黄,它们来回奔涌着,如吞吐天际的秘密欲望,神奇得让人窒息。

深圳夏天的太阳是灼烫不安的,让人仿佛觉得顶着火一般烦躁,没想到走向黄昏,它竟如此冥想超达。

几个人带着记记呆呆地看了很久。惊魂未定的黑苏子,忧郁症的衣服不败,烈性的风娘,满怀心思的老登,都在夕阳晚霞的笼罩下魂灵出窍,一直看到天色大片大片地黑下来,才回到上海宾馆。刚走进大堂,迎面碰到匆匆一人,莫寒雨,不,细辛幌子。

彼此打了个招呼,晃过去了。

"她怎么也来了?"风娘问。

"她现在是诗歌、小说、散文三栖明星,就是俺说的四不像呗。"老登说。

黑苏子没敢多言。昨晚宴会,细辛幌子裙襟上剪了个大洞,露出里面黑色的蕾丝内裤,就坐在他的右边,他的眼睛直视前方吃饭,没往右斜过半度。风娘他们不知道细辛幌子为何独自匆匆,其实她正赶去上海宾馆后面的一家迪厅,想狂舞一场呢,深圳的这种迪厅非常疯狂,是台上台下一起野到脱衣舞程度的。和小说家们在一起,细辛幌子总觉得没有和诗人们在一起那么来劲。她前段时间刚堕了胎,和哪个男诗人怀的都不知道。和她上床的男诗人太多了,小说家们平时满口黄调的,真要动起来,没人敢公开招惹她。他们害怕主动纠缠的女人,而且她总是跳黄舞,比 dirty dance 还要辣还要黄的舞,作家群里,没人敢和她一起站在中场跳。

3

"听说过这个故事吗？《聊斋志异》里面的。"去广州的火车上，老登对风娘和衣服不败说。他讲的聊斋故事是和乞丐有关的，因为他们正去广州找加入丐帮的当归。

故事令人心动：有一女子，丈夫被人杀死了，她痛不欲生，到处求人救活她的丈夫。找到鬼神，鬼神说，你明天去街上求一个乞丐，如果你能忍受得了他的任何污辱，你的丈夫就能生还。女子说，只要我的丈夫能够生还，我什么污辱都能忍受。第二天，她在街上看到一个脏兮兮的乞丐，无论怎么骂她打她，她都忍着。最后乞丐说，你把我吐在地下的这口痰吃掉，你的丈夫就能复活。女子不堪忍受，但为了丈夫，还是吃了。回到家中，见到丈夫还是鲜血淋漓地躺在床上，并没有活过来，想到自己白白忍受了这么多污辱，不由悲从心生，伏在丈夫身上嚎啕大哭，大哭之际，嘴里突然吐出了那口痰，落在丈夫的心脏上，丈夫立即复活了。

衣服不败听完故事，心里五味杂陈，他无法想象自己的老婆当归变成乞丐是什么样子，更没想到以前和当归体验生活去暗访广州丐帮时开的玩笑，竟然被当归当了真。广州的丐帮是社会上出了名的，他们平时用呼机和手机联络，从全国各地汇聚羊城。这个南方省会的鱼龙混杂，对他们而言充满了刺激的诱惑力，潮湿闷热水土上艳异的木棉花，野绿的山坡，开放朴实的粤味姿态，和肮脏里积淀的老城区，无意中释放出最适合丐帮藏身或现身的乱哄哄气氛。成群结伙的男男女女，铺着席子睡在烂尾楼的空地上，或者说不出名堂的宽大的毛坯空屋里，夜里打打闹闹，带着满大筐的荤话玩笑呼呼睡去。一觉醒来，他们先去喝早茶，然后开始化妆，把自己打扮成瘸腿、断手、孕妇、瞎子、瘫痪的模样，破衣烂衫，脸上身上抹得乌凄凄的，可怜兮兮脏兮兮地出发到各自的地盘上去了。有点琴艺的就拉拉二胡吹吹唢呐什么的。还有的就带着从湖南娄底或其他地方拐来的孩子，这些孩子特别可怜，都被人贩子抽掉脚筋卖给了丐帮老大，当作某乞丐的孩子躺在路边乞讨。

丐帮每年都会变出一些新花样，用以吸引越来越不好骗的路人，比如抱个注射药物的大头娃娃，或真的怀孕再引产之类。这年头要分清什么是真正的乞丐，就只能看他吃不吃别人的残羹冷食。

那次衣服不败和当归来到广州红书北路的光孝寺门口暗访，见守在庙门的乞丐比哪里都多，嘴里对进进出出的善男信女们不停念着"阿弥陀佛"。当时衣服不败和当归正是打情骂俏的热乎阶段，当归问，要是让你混到丐帮里去，你愿意扮成什么样的？衣服不败把那些吊肩拖腿的乞丐包括白头翁扫了一眼，正好看到有个从庙里出来的女人，扔了点零钱给迎面的乞丐。没承想，其他乞丐一窝蜂伸手围了上来，有的还揪她的衣裳，吓得女人拔脚就跑，几个拄着拐杖的乞丐飞也似的追她，追了十几米才罢休。衣服不败就说："我还是扮拐子吧，比较简单。万一城管来了，或遭人打了，跑得也快。"

当归听了嘻嘻笑起来："你真狡猾。"

"哎，我看白头翁挺喜欢你的，你要跟着他过，就在丐帮里扮个女拐子吧。"

"讨厌，瞎说什么呀。"

这对小说老公小说老婆能够暗访到丐帮的内情，是有内线的。他就是衣服不败说的"白头翁"——当归偶然认识的一个乞丐，算是她的恩人。那年冬天，她从湖南坐火车到深圳，在广州转车。广州比下雪的湖南暖和多了，站台上走过一排衣衫褴褛的盲人，领头的那个拿着根长长的导盲杖，后面的盲人都右手搭着前面同伴的肩膀，个儿一般齐，十分招眼，其中有个满头白发的，当归尤其多看了他几眼。她把棉袄、毛衣都脱了，搭在肘上，两手叉在腰间（这是当归习惯性的姿势），难得地想了一点对她而言稀罕的东西——为什么没有一场电影去拍有关火车的故事。画面里，一群寂寞的盲人，依次搭着肩膀，踩在薄冰的月台，雪花拥挤地飞腾，车轮日夜滚动，奔向一个又一个没有开始的小说。

她正看着盲人小队发呆，忽然前方一个男人冲过来，扒下她脖子上的金项链，就钻到火车下面去了。那条项链是衣服不败送给她的结婚纪念礼物，也是她身上唯一值点钱的东西。当归急傻了，哭喊道："我的项链！"脚却挪不动。几乎同时，盲人小队里那个瘦长的白发人喊道："我去帮你追！"紧跟着他也钻到火车下面，追到另一侧去了，硬是把当归的项链给索了回来。当火车开走，白发人踩过轨道跳上站台时，他的白发上已经蹭了一层乌擦擦的油垢，年轻的眼睛却充满活力。

"你不是瞎子吗？"

"装的。"

"你怎么这么年轻就白了头？"

"这叫少白头，遗传的。"

"你的同伴都上火车了。"

"没关系，我能找到他们。"

"你叫什么名字？"

"白头翁。"

白头翁告诉当归，他们总是扮作盲人蹭火车，到了目的地再进入丐帮的各个角色。他会拉二胡，也能捣腾断手残脚的样子，当归问他为什么不靠劳动去赚钱，他说他贪玩，这样钱来得快。

聊到后来，白头翁得知当归会写小说，他激动地说："你是我第一个见到的活着的作家。""哎，算个屁，我只不过是个通俗作家。""通俗作家也还是作家呀。""哪呀，我们家里那位才真叫作家呢。"

这样，白头翁又见到了他人生道路上第二个活着的作家——衣服不败。

白头翁给衣服不败和当归提供了不少写作素材，除了丐帮生活，还包括一些有趣的民间俗语。什么"第一懒，头不梳就一把伞，第二懒，颈下狗呱哩用锹铲，第三懒，衣裳结起膏药板，第四懒，衣服破了九十九个眼"。这样形容懒汉的语言，可是书本里学不到的。

什么"两个心肝两个头，两脚走路两脚浮，两个同到西山去，一个快活一个愁"。若是白头翁不解释，衣服不败和当归怎么也猜不到，说的是黄鼠狼偷鸡躲到山里去。

什么"一个老头红又红，跑到祖宗面前吐口龙，一个老头白又白，跑到祖宗面前跺跺脚，一个老头乌又乌，跑到灶里烘屁股"。这三个"老头"竟然是蜡烛、爆竹和农村温茶的罐子。

白头翁喜欢当归，衣服不败看得出来。正如他自己爱上当归，和白头翁喜欢当归的理由是一样的。当归是野性乃至低俗的，正是这种东西吸引了学院派出身的衣服不败，所谓缺啥补啥。而对于白头翁来说，则是对于这种东西的共鸣。不过当归竟然真的会跟着白头翁去做乞丐，这让衣服不败的脑袋实在发懵。他想她要是体验生活也就算了，她要是真爱上了白头翁他就不活了。衣服不败想起白头翁教的俗语：麻子麻锯齿，乌鱼变鲶鱼，鲶鱼张开口，吃得麻子了。真有点相生相克的轮回味道。

下车了，走在乱糟糟的广州火车站，衣服不败利落地在前面带路，完全没有前段时间忧郁症的衰样。想来他被太多的事情刺激到了极点，反而没有功夫忧郁了吧。他想都不用想，就能判断当归扮的肯定是拐子，而且肯定在光孝寺门口，因为那是白头翁最爱呆的地盘。

下车了，走在乱糟糟的广州火车站，抱着记记的老登脑海里跳出的是另一种记忆。那年他从哈尔滨去澳门（也就是和风娘初见的那次），从广州转汽车到珠海，在站台上就和两百人一起被骗了。他不会想到，两百人也都不会想到，在这个中国开放现代的最前沿，他们还没出站就进入了打着公家招牌的骗局。全体买了汽车票，排成浩浩荡荡的队伍，一个半秃头的广东大佬举着裁成三角的小红旗，大声喊道："跟着红旗走！"最后拖着行李箱、背着蛇皮袋的队伍出站，过天桥，走沙子路，绕了很远很远，全身都累得虚脱了，终于看见一排喘着气的个体户破车。习惯了社会主义体制的老登，挤在臭烘烘的破汽车里，和众人齐呼上当，最可恨的是车子开到半路就把他们扔下了，没有人敢反抗，谁反抗揍谁。老登一直没有机会和风娘讲述这次遭遇，他是吃了很多苦头才进入澳门的。但是他见到了风娘，过程就变得不值一提了。

　　下车了，走在乱糟糟的广州火车站，风娘没有什么关于广州的回忆，她只是突然很想小房子了，出站的那一瞬间甚至想得心脏剧痛，不得不停下来喘口气，她想她出来实在太久了，得回去了。

　　他们从火车站坐31路到了西门口站，只要沿着净慧路往前走，左手就是光孝寺的正门。这一天烈日当空，炎热难耐，沿街卖佛香的人依然很多。风娘和老登都不认识当归，但是想着光孝寺门口的丐帮女拐子也不会很多，他们就瞪大了眼，跟着衣服不败往前走，汗水不停淌着，热着，紧张着。

　　他们谁也没想到，光孝寺这个羊城年代最古、规模最大的佛教名刹，如今成了旅游团的必游之地，老远就见门口一队队戴着黄帽、红帽、白帽的旅游团，在导游的旗帜和小喇叭下嘈嘈杂杂，挤挤攘攘，哪有什么丐帮的影子。三人在门口绕着圈，都快被旅游团挤散了，只好往外走到净慧路和光孝路的交界处，就这样，衣服不败看到了十字路口对面的当归和丐帮们，当归也看到了他。虽然当归脸上、身上脏兮兮的，虽然衣服不败站在风娘和老登旁边，但是夫妻之间的那种熟悉，让他们的视线越过了彼此的空间。

　　几乎在同时，风娘和老登完全没有反应过来的瞬刻，衣服不败突然跑了起来，对面的当归扔掉双拐朝着人民北路的方向就跑，衣服不败拼命冲上去，迎面一辆车撞了过来，衣服不败倒在地上，被汽车压平了，变成了一张纸。司机下车看见这情形慌了，拼命地把衣服不败往中间拢，似乎这样就可以凑成人形。

　　那一刻，不知冒出多少人迅速围了上去，围得水泄不通。风娘和老登傻了，老登的手悬在了半空，似乎想要伸出手去做什么，本来抱着的记记掉在了地上，怀孕的记记慌慌地站了起来，被纷乱的人群吓得没头脑地乱跑，可是它笨重的身体没有从前灵活，后面紧跟的一辆车被人群逼到路边紧急刹车，然而已经晚了，随着嘎的一声，只看见记记在阳光下飞起，黄白的光闪过尘埃，然后落下。

所有所有的这一切，都只在瞬间。

噢，不。风娘捂住了嘴。她的眼泪一缕一缕地往下垂。就像人类的灵魂受惊时那样无助。

附录：老登的画外音——

从没有到过海南。这是第一次。怎么也不会想到，此行经历了人生一次恐怖的体验，飞机紧急迫降，所有的乘客狼狈之极，我这个大男人，同样慌得脸色惨白，被空姐从紧急通道硬塞了出去，虽然擦破点皮，但是劫后余生的教训，让我从此不敢再坐飞机了，保命要紧啊。

十二月的三亚，芭蕉树上罩着天蓝色的塑料袋，据说是保护芭蕉的外皮完好无损。汽车飞驰而过，一笼一笼的天蓝，在山风中像燃烧的蓝灯笼，发出神秘的火焰。海边，当地人用竹板上的铁勾，把硕大的青椰子从树上勾下来，落在地上"叭"地碎了，椰水往外流。坐在车里，惊魂未定的我贪婪地看着眼前新奇的一切，胸腔被放空了。几个月来，它一直被许多变故塞得满满的，让我喘不过气来，几近崩溃。

我一直对记记的事充满深深的愧疚和自责，所以当我九月份从艾紫苏那得知小房子失踪的消息时，我也没有指责罗勒的丝毫权利,他是小房子的父亲,他也不愿发生这种事。可不幸的是,就是发生了。

记得在哈尔滨,到派出所办身份证的时候,遇到过这种事。一个父亲去菜场买菜的时候把孩子丢了,就那么一眨眼的功夫,孩子不见了,他和老婆跑到派出所来报案,歇斯底里的失落,老婆疯了似的骂他,他也不吭一声,世界在他脚下像空了似的往下陷。我也是孩子的父亲,看不得这种场景,实在令人心惊胆战!

无法想象面对这种残酷的风娘会是什么样子,她是小房子的母亲啊!可是我不敢去见她,更不敢去安慰她,记记死后,她像仇人似的拒绝见我。我还能怎么样呢?

但我又侥幸地想,只要小房子没死,希望就在。听说贵州山区有个小女孩被拐卖到了福建的乡下,一段时间后,她听见村里有个小媳妇的口音靠近她们村,也是被拐卖来的,已经有两三年了,就每天装作去找小媳妇玩,彼此慢慢接上了头。又让识点字的小媳妇把她的情况大概写下来,一年后找机会把信偷偷寄了出去。家人收到信后报告公安局,小女孩竟然被救出来了。山区小女孩尚且如此随机应变,那么精灵古怪的小房子,她也一定会设法逃回来的吧。

我想用这个"听说"慰藉风娘,却无法传达,因为艾紫苏说,风娘连她也不见,请了半年病假回安徽父母家,编辑部也不管了。

前段时间,父亲病重,我赶回哈尔滨去,日夜照顾着他,那些日子他呼哧呼哧喘着气,在死亡边缘挣扎,病房里的白墙白衣白床单,把我的大脑抽得一片空白。作为儿子,我亲自替身材高大的他擦身,却吃惊地看见父亲衰老的器官,那一刹那,我几乎要窒息:

有一天，我也会老成这样。人只有走到这一步，才知道什么叫地老天荒。

父亲死后，我把父亲的骨灰埋在依兰的老家，给他坟上的新枝挂满纸钱，又用小石子压满黄色的纸钱。

我跪在他面前，很久抬不起头来，从不会写诗的我，此刻字字如诗：

  寒风中
    我看见了坟
  向它们走去
    就是走向自己
  墓碑上说　人生如梦
    这四个字突然跳出
  有如遇见前世之物
  那一刻　泪流满面　双目失明

第九章

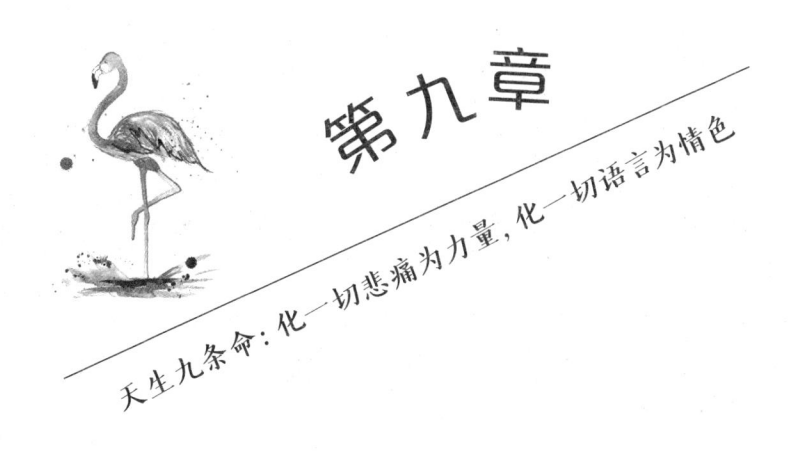

天生九条命：化一切悲痛为力量，化一切语言为情色

尾声

1

他看见了她,她也看见了他,两人什么都不说,冲上去拽着彼此的手就往他住的地方奔。路上黑蓝的树和艳丽的荆棘,他们也顾不得用手拨开,只是奔啊奔啊,任枝条在脸上划破伤痕,他们只有一个信念——就是回到他住的地方去疯狂地做爱!他们跑进他的屋子里,急不可耐地拥抱对方,屋里却等着一个陌生男人,问他借二十块钱。他嗫嚅着,她却二话不说,冲了上去,扇了那人一巴掌,问:"与你素不相识,凭什么要我们借钱给你?"那人说:"就是要问你们借,不借我就不走。"她对他说,给这人一张一百元。他递给那人一百元,她把那人关在门外,说道:"不准再进我们的屋子!"她转过身来,对着他微笑,他也微笑着……忽然,她醒了,听见细碎的声音,屋里有人!哦,不,不是,是深夜的家具自己发出的裂变声,然而她醒了——在她最想和他做爱的时候,她醒了,她想回到梦里去,像回到倒流七十年的时光,然而回不去了,最销魂荡魄的时光……

她躺在床上发呆,这半年来,她好像第一次清醒过来,那些不愿面对的人和事,那些撕心裂肺的痛苦……黑暗中,她惊奇自己怎么还活在人世，还能思想。她不敢相信这是真的，坐起身来，把床头灯打开，看见床边一排的空酒瓶和空烟盒，模糊想起母亲每天清晨进来帮她收拾的憔悴身影。恍然间，她才明白，自己已经醉了整整半年。

在酒醉中，她常常想象那种自杀的场面，让自己从高空落下，眼含微笑看着别人惊慌地来收尸；或者当着情人的面用刀割自己的动脉，让灿烂四射的血飞溅在情人的白衬衫上，让他抱着自己悔痛不已地流泪；或者一个人躲在角隅，悄悄地服下大剂量安眠药，沉沉地睡去，永远都不会醒来。

她好像看见了自己死后别人身心俱碎，不由欣慰起来，在醉醺中舞蹈。

是父母的家保护了走向绝望的她。

她想起自己大醉之时，平日说话不着调的父亲竟对她说："你要活过来！"

她开始为自己的不孝和任性感到惭愧。父母老了，她给他们的没有快乐，只有痛楚，他们却包容了她的一切。

她把三五牌香烟点着，吸了起来，从小房子失踪后，她就回到了三五烟。

生命中多少猝不及防的高空落下的冰雹，结结实实地砸在身上，都必须咬紧牙关接着，忍着。寒透了，痛完了，就是刻骨的清醒。小房子失踪了，她尚且如此痛不欲生，她若有个三长两短，让她的老父老母如何活下去呢？

她太想找个肩膀靠一靠了。想到刚才梦里和老登的彼此渴望，她产生了困惑的念头：她是爱他的吗？大概是吧。否则为什么北大未名湖边没有完成的吻，会在梦中延续成激情。

可是遍体鳞伤的她还有力气去爱吗？她不断地伤害他，他还会要她吗？

她发现自己再怎么躲进烟酒里，最终什么也无法逃避。

2

"有一种蠢蠢欲动的味道，让我忍不住把你燃烧，把周围的人都赶跑，对我也不好，我知道我知道我戒不掉。戒不掉，花非花的情调，心瘾叫我无处可逃。戒不掉，雾非雾的线条，梦想颠倒……吻着你就忘了烦恼，你变成烦恼……"

2003年春天，风娘从安徽回到北京的时候，满街音像店都传来王菲的新歌《烟》。风娘不太听王菲，现在却因为这首《烟》迷上了她的声音——糜烂颓废世纪末的声音，和天真无辜反叛着的声音，这些截然相反的东西天衣无缝地集于她一身，这恐怕是这个时代的人喜欢她的原因吧。风娘无法想象王菲老了以后声音会变成什么样——王菲，她既是女人又是女孩，既是被弃者又是弃他者，既投入又冷漠，她用陌生的变调，撕裂了这个天空所有的蔚蓝，她给人饮鸩止渴的感觉。

风娘爱烟，也是饮鸩止渴。

她并没有告诉老登她回来了，因为她听尤加利·菲菲说，艾紫苏正在追求老登。看来艾紫苏是个双性恋啊，一个人竟然可以同时爱男女两性，真是令人匪夷所思。她明白这也是艾紫苏对自己的发泄，她相信老登如果心里还有她，知道她回来的消息会找她的。文坛无秘密，她回来的消息很快就会传到他耳边。她并没有搬家，虽然有着触景生情的痛苦，但是她祈盼着小房子有一天自己找回家来。

拂过柳絮的早晨，她开始走向《文坛》。编辑部的人听见她的高跟鞋声，心都跳得慌，他们不知该对她说啥才好。半年没见，她是怎样熬过来的呢？她一定苍老了许多吧？当她穿着茶心蓝的皱褶上衣摇摇而入时，办公室里仿佛走进一个蓝色的幽魂，整个气氛都打了皱褶，愁云飒飒的。她的头发全白了，不过没人看得出来——在安徽的时候她就去发廊剪短烫过，然后染黑。瘦削的薄面淡妆，更显得嫩皮裹妍骨，高挑的身材虽然丰满不再，却有一种形销骨立的艳绝——她还是美的,气息却是悲的。她的高跟鞋咯咯咯地走到自己的办公桌前,敲碎了满屋的寂静。那一整天风娘没说话,大家也憋着声干活,谁都不敢招惹她,连贡龙也不耍滑头了。

可是没过几天风娘开口说话后,把大家都吓了一跳。那天她批评印刷厂用薄薄拉拉的纸太寒碜,不知怎么就说起她读研究生的导爷:"他写的书,那纸张可真叫漂亮,配得上他那人。可惜我没早点遇着他呀,听说他刚带弟子的时候,是个成熟的中年男子,落拓不羁着呢,既有北方男人的粗犷,又有南方男人的倜傥,往讲台上一站,杀伤力将近百分之百。都说四十岁的导爷登床一呼,应者云集;五十岁的导爷红袖添香,诗情画意;六十岁的导爷执子之手,子不相悦;七十岁的导爷朽木难雕,众叛亲离。我遇见他的时候,他已经六十岁了,特没福分。"

然后她又津津乐道地把手机里的短信念给大家听,是全中国都风行的段子。念完,兀自嘎嘎嘎笑了起来。

众人也只好傻笑。

又有一次她逮着懒广东:"嘿,哥们,给你猜个谜语玩玩。你在上面动,我在下面动,你一动我就痛。是什么?"

懒广东还没听完脸就红了:"不鸡道啦……"

"哈哈,这都不知道,钓鱼呀,你脑子想歪了吧。"

她放肆地笑了起来。

风娘变得嘻嘻哈哈,疯疯癫癫的。

这让大家浑身不习惯,风娘虽然烟不离手,他妈的不离口,但很有淑女风范,以前可不会这么口没遮拦的呀。

她和作家们去哈尔滨呼兰县参观萧红故居,顺便走到镇上的小教堂拍照。教堂边上有个亭子,里面立着耶稣雕像,看到亭柱上的对联,她就邪邪地笑了起来,说,这副对联很色的。却见那联上写着:甘泉潺潺流不尽,爱火灼灼燃无休。众人被她一点明,笑得东倒西歪。

她去京城读书沙龙参加《资治通鉴》的诵读:故圣主必待贤臣而

弘功业，俊士亦俟明主以显其德。上下俱欲，欢然交欣……翼乎如鸿毛遇顺风，沛乎如巨鱼纵大壑……读到这一段，她开始发出暧昧的笑声，弄得在座的人也忍不住笑起来。

渐渐地，风娘言必情色的腔调传遍了文坛，喝了酒以后更是无法无天。她陪作家们去县里采风，喝酒的花样也层出不穷，比如"潜水艇"，在酒里放生鸡蛋，干一杯一个鸡蛋，干六杯就是六个鸡蛋。比如"一轴两翼"，两个人左右各一边同时敬她。又比如"空中加油"，敬酒的人咬着杯底悬空一直把酒给她灌下去，把众人看得目瞪口呆。风娘喝醉了就彻底胡说，有些男作家好色成性，最爱起哄，说话就占她的便宜，最后发现恰恰适得其反。有些不敢招惹她的就避而远之。还有些所谓的正人君子一听风娘说话就皱眉头。不过从来没人动得了真格，谁动真格她就扇谁耳光。

3

五一节这天，风娘收到了一条短信：食人族父子打猎，子先得瘦者，父曰："放！无肉。"子又得一胖者，父曰："亦放！太腻！"而后又得一美女，父曰："带回！今晚把你妈吃了！"聊发新段子供你开颜。你认识的人。

风娘似乎有种预感：是你吗？

"是我，早就知道你回来了，不敢找你，怕你扇我耳光，听说你现在动不动就扇男人耳光。"

手机号是陌生的，看来老登也跟着全中国人民开始用手机了。

风娘回他：扇耳光总比煽情好。

老登回她：煽情总比滥情好。

风娘：我乃无情之人。

老登：都说侠女无情嘛，你是化一切悲痛为力量，化一切语言为情色。

风娘：说话不带着绕人的啊，说吧，有何事盼咐侠女？

老登：还真有事盼侠女相救，不过你是不是觉得我特没劲，总得求你帮我。

风娘：男人没劲好啊，正好养养身子骨。

老登被风娘的情色语言弄得哭笑不得。

风娘按照老登的地址去了，他换了住处，在海淀区租了房子，没住帽儿胡同了。

这是一处多层公房，楼前有棵大杨树，楼道的铁锈门永远是开着的，墙上糊着烂纸破字，积水的地面垫着石头、砖块，一看就是经常出租的旧楼，没人管。风娘上了三楼，敲了五下门，这是老登和她约定的暗号，门却半天不开。

门外，风娘等着。

门内，老登急坏了。刚才他误把艾紫苏当风娘放进了屋（艾紫苏敲门的次数竟然和暗号一样），现在赶也赶不走，藏也藏不住。他真是跳进黄河也洗不清了。这段时间他被艾紫苏蓬蓬勃勃的热情纠缠不休，已经到了无处藏身的地步。如今他最怕的就是去报社上班，上班就得见到她。又最怕下班，下班她就撵到家里来，害得他门也不敢出。外面的人还撺掇着这事，说老登你好艳福啊。

他和艾紫苏在屋里闷声厮打着，想让她藏到衣柜里，艾紫苏可不理这一套，她低声笑道："我看你怎么交差！这样外面的人都知道咱俩是一对了！"

老登边扯她边低声道："我真没想到你是这样难对付的女人！"

"我就不明白你怎么这么看不上我！我比风娘哪点差？"

"你比风娘差的地方多着呢！"

"你那么高看她，她还不是一样瞧不上你！"

"就怕她瞧上我了你还不知道呢！"

两人你拉我扯，咬牙切齿地在屋里打闷仗。

蒙在鼓里的风娘只好打老登的手机，因为老登和她约了不见不散的。手机在屋内响了起来，这下老登急得要炸了！

他只好甩掉艾紫苏，豁出去开门了，艾紫苏穷追不舍——门开的时候，风娘看到的老登正被艾紫苏揪着胳膊，像绑架一样，整个人都被拽变了形。风娘装作什么也没看见，本能地走过去搂着老登的青蛙嘴就亲。

你！艾紫苏惊呆了，她没想到来人会是大半年未见的风娘，更没想到风娘和老登如此亲昵。但她又确信这一切都是理所当然的。她愤愤地摔掉老登的胳膊，哭着跑了。

老登悬着两条机器人似的胳膊，站在原地被风娘亲着，傻傻地。

等艾紫苏跑下楼了，风娘放开了老登，没事人一样走进屋里，带上房门，淡淡地说："怎么样，侠女相救够义气吧。他妈的，连我自己都没有反应过来。"

"够义气够义气。"老登机械地说。脑袋像灌了迷魂汤一样云里雾里。

4

五月的上海之夜，滑泽坚润，锦绣粉叠，能把人的骨头泡酥。风娘和老登刚从上海大剧院看完韦伯的音乐剧《猫》，踩着秀丽夜色往下榻的酒店走去。

这个根据艾略特长诗改编的经典名剧，是第一次来中国演出。在北京的演出计划不知怎的泡了汤，上海演到5月11号也要结束了。老登托人弄到两张票，特意把风娘请到上海看演出。用他冠冕堂皇的话说，算是对风娘援手相助的答谢。可笑的是，因为他不敢再坐飞机，他和风娘一个是飞机飞到上海的，一个是火车晃到上海的。

老登被这个音乐剧深深震撼，大叹不虚此行。尤其是那只邋遢肮脏的老母猫格里泽贝拉唱《记忆》的时候，他心里竟然有些隐隐的痛。格里泽贝拉的命运太像风娘了，演到这一段的时候，他压根不敢转头

看风娘,他想她肯定在默默流泪。这旋律,这歌词,让谁听了都想流泪啊:

> Midnight
> Not a sound from the pavement
> Has the moon lost her memory
> She is smiling alone
> In the lamplight
> The withered leaves collect at my feet
> And the wind begins to moan
> ……

(午夜,路上寂静无声,月儿也失去记忆,她笑得多孤寂,街灯下枯叶在我的脚下堆积,风儿也开始叹息……)

其实他哪知道,现在的风娘才没那么多愁善感。她和他已是两个时空的人,这两个时空是何时到来的,谁也说不清楚,曾经有过一段时间,老登几乎能触碰到她飘曳的裙裾了,一阵龙卷风刮来,风娘被吹到老登永远去不了的孤岛,站在这个孤岛上,风娘没有凄凉,没有记忆,没有痛苦,没有沧桑,只有重新生长后的破坏力量。带着这样的眼光看《猫》,她看到的是另外的东西,她总觉得让人来演猫,感觉怪怪的,那么自由不羁的小精灵,怎么可能让"人"这种站立的、文明的身躯来传神演绎呢?尤其是那些庞大的人猫跑到观众席来表演的时候,风娘甚至有点惊悚,他们不像猫,简直像鬼魅啊。艾略特的诗本来是为孩子写的,拍成一个动画音乐剧可能更到位吧,那些小偷猫、犯罪猫也才会栩栩如生,孩子的眼睛因为太纯粹,最关心恶的东西。

因为《猫》,在老登的心中,澎湃的感情像醇厚的夜色越来越浓,他多想快快回到酒店,和风娘并心并胆,并身并命。

因为《猫》,在风娘的心中,不满的情绪像沉重的夜色越来越稠,她又想说他妈的,又想调侃情色发泄内心的缺憾了。

她在想有什么好玩的段子，想来想去没什么有趣的。走进酒店813房的时候，她终于想到了中国近现代史那个学贯中西的吴稚晖关于房事的顺口溜。

　　"老登，你听听吴稚晖这话精不精彩：血气方刚，切忌连连；二十四五，不宜天天；三十以上，要像数钱；四十出头，教堂会面——就是一个礼拜一次的意思；五十之后，如进佛殿——就是半个月一次的意思，拜庙不都是初一十五去嘛；六十在望，像付房钱——房钱都是按月付的嘛；六十以上，好比拜年；七十左右，解甲归田。这些不说你都明白了，不过他没说八十之后怎样，咱不妨帮他续一下，八十老翁，偶尔调弦；九十寿辰，看看图片；百岁大礼，如日中天，你觉得怎么样？"

　　老登听了哑然失笑，说："这百岁大礼，怎么会如日中天呢？"

　　"哎呀，这都不懂，上天堂了还在想着那事呀。"

　　就这样，老登在风娘的813房坐了一晚上。813房，无数情侣开过房的地方，现在窗帘敞开，微风拂进，灯光明亮，一个抽着烟的沧桑女人，信口雌黄地谈论许多有关性的话题。她说记者问罗纳尔多，三个月没有性是否难受。罗回答得很巧妙：可世界杯四年才一次。她说博尔赫斯《交叉小径的花园》其实就是性的暗示。

　　最后她得出一个结论，对于性和美的追求是人类永远的贪婪。

　　夜晚被消耗得没有一点血色，听着曾经心仪的女人尽情地瞎掰，老登的双眼黯淡了，从最初进门的热血沸腾，到黎明来临的毫无欲望，他明白自己永远走不近她了。

5

　　隔座的男人不停地抠鼻孔，吸鼻孔，擦鼻孔，发出肮脏的声音。这样邋遢的人也坐飞机，风娘皱着眉头努力不让自己的五官被他破坏，声音固执地刺激着她的右耳，她的左边是飞机安静的舷窗，右边是男人烦躁的身体,她的身体也被分裂成了两半。

碧荧荧的灯在舷窗外灿烂如星,风娘用安静的那一半等待着她最爱的,销魂荡魄的起飞时刻。

她想到了古诗里的"鸿飞冥冥"。

又想到此刻正在火车里晃荡回京的老登,她自嘲地笑了起来,她对他的吻,竟然不如等待起飞时刻这么激动——北大之吻,侠女之吻,她都找不到那种投入的感觉。

飞机起飞了。

风娘和飞机静止在紫色的天上……

附录1:纪录片《与恐龙同行》的画外音

活着的时候,它曾经是最大的长翅膀的动物。它曾经统治着天空,在恐龙称雄的陆地上空高傲地飞翔。

这就是鸟翼龙。它的双翼展开后两个翅膀尖的距离达到十二米,它的身体相当于一个成人那么大,它无可质疑地是天空中的霸主。

从南方大陆的海岸边出发,鸟翼龙将飞向北美穿过大西洋航道,来到一片小岛上,这里就是后来的欧洲。

在它翅膀的下面将是恐龙统治的精彩世界。

我们的鸟翼龙还没有完成交配任务。更糟糕的是,在炎炎的烈日之下,它徒劳地展示已经付出了沉重的代价,强烈的光线和饥饿终于耗尽了它的生命。这个曾经的空中霸主已经雄风不再了。

它的生命终结了。在它辉煌的一生中,它的踪迹遍及整个世界,但是最终在这里死去了,死在它四十年前第一次交配的地方。

附录2:老登的画外音

一直没机会把老鼠沉海的故事说给风娘听,老鼠的虚无之根暗示了鼠血里世代相传的记忆成分。想来她还没有看过这本叫《沉沦的圣殿——中国二十世纪七十年代地下诗歌遗照》的书,里面提到这个故事:一窝老鼠排着纵队,翻山越岭,企图跨越整张大陆,不料所到之处,零星鼠类闻风而至,终于在几个月之间汇成浩浩荡荡的大军,它们又义无返顾地诀别大陆,横渡海峡,又翻过了一个岛屿,它们投向茫茫大海,终于停止在一片平滑如镜的波纹中,这支梦幻大军兜着圈儿,唱着哀歌,一批接一批地沉沦,在长达数小时的自取灭亡里,竟没有一只开小差的,月亮像一颗巨大的泪珠斜坠在海的眼角。最终人类才明白,这是老鼠最原始的家园之一,后因地理变迁,大陆和岛屿连接,延伸部分缓缓隐没了。

附录3:风娘的画外音

据说记记并没有死,它被大伙公养在上海人民广播电台的门口(不信你去看看就是了),每天像个卫士蹲坐台阶。有时它趴在别人的名牌汽车前睡觉,看见人来,都会乖巧地叫唤。这只胖猫可是阅人无数啊,多少世人没见过的红人、名人、贵人、衰人都经它眼了。患"林徽因病"的怪人蒲牢如今成了电台嘉宾,也经它眼了,但是记记见怪不怪。养猫的女性主义师姐们如今也成了电台嘉宾,记记看见她们抱着它的母亲或手足,也视若无睹了。

其实,在猫的思想里,它没有老鼠这些慷慨悲壮的东西,也没有恐龙这些高蹈飘渺的传说,它不死,只是因为它天生有九条命。

1999年春至2011年12月31日初稿
2012年6月9日二稿
2014年10月5日定稿

慢慢飞过悬崖（代后记）

> 多少次我问自己
> 为何我降生于世长大成人
> 为何云层流动天空下雨
> 在这世上别为自己期盼什么
> 我想飞向云际但却没有翅膀
> 那遥远的星光深深吸引着我
> ……

每次听维塔斯的《星星》，都被那神性冥想的音乐和歌词震撼，铭言菜场窄旧冰冷的小旅馆里，飘着这样的天籁之音，是多么不可思议的事啊。

写作疲倦的时候，就听这首慢歌。

"那个写字的人"，旅馆老板这样提到我。他和老板娘并不知道，孕育了十二年的"猫"在他的地盘上诞生了。

从1999年春天动笔，到2011年的最后一天杀青。这只"猫"的写作跟随生命的足迹，漂过深圳、北京、天津、南昌、铁岭、上海等地，大部分都是在临时的租屋和小旅馆写的。如果当初知道这个三十万字的长篇，需要十二年的构思写作时间，辗转的地方如此之多，本性散淡悠慢的我，绝对没有勇气开始。它对我的定力和耐心都是巨大的挑战。

十二年，光阴间或一轮，对于许多高产的作家来说，至少可以写四五个长篇。而我，从风华正茂写到半老徐娘，却只生了一只"猫"。

这可真应了母亲一直的责备：太慢。

母亲极其能干，她若是男儿身，门前是插将军旗的。她眼里的女儿，有多么跟不上趟啊：两岁左右，才会说话走路，终日坐在痰盂上，胖乎乎，傻乎乎的，慢。

少女时期，常常沉默不语，脑子里不知想些什么，推不来搡不去的，慢。

生了孩子，本性难改，每天忙乎的事很多，别人看着很悠闲，还是慢。

早上，最爱睡懒觉。再睡十分钟……再睡五分钟吧……赖到不能赖了再起床，还是慢。

吃饭慢，说话慢，做事慢。冬天全家去钟点房洗澡，总要把我排在最后……

以前走路快的，脚不好以后，走路也慢了。

小偷翻我的挎包，我笑着慢慢说：哎呀，翻什么翻，没钱。他回答：那你早点讲噢。

父亲常常困惑：总是看到你慢吞吞的，总是看到你在睡觉，都不知道你那么多文章和书是什么时候写的，那么多事是什么时候做的。

几十年来，生命中发生许多变故和事件，一屁股烂事撵在后头，用别人的话说，还是"淡然深邃"的目光，在路上淡定地走着，慢得无可救药。

几乎见不到我风风火火、急急忙忙、慌慌张张的样子，甚至连脾气都很少发——除非对方欺人太甚。

生活中，因为"慢"，竟得了"糊徒""睡虫""饭桶"三个绰号。

想到加菲猫的那个笑话——胖胖的加菲猫为了减肥，练习仰卧起坐，夜里它上床睡觉，说：先仰卧。第二天早上它醒来，说：再起坐。对于我这种能躺着决不坐着，能坐着决不站着的人来说，做一只存在主义的懒猫是很有潜质的。

可私下里，是多么庆幸这份"慢"啊，它给予我超脱的力量，使我面对残酷无暇惊慌，面对名利糊里糊涂，面对得失麻木不仁，它带我穿越绝望和挣扎的时候还泪中带笑。

老子说：天道无亲，常与善人。我无德无能，如今所拥有的一切都是在心无杂念的"慢"中无意得来的。

也许，命运将一个天性缓慢的人推向山崖，总是要用无情的断裂，才能发生惨烈的蜕变。

在我身上，心灵的简单和思想的洞察一直都是失衡的。

也必定要为此付出代价。

文学的阅读和写作，让我在梦中穿行如诗，思考许多形而上的问题。生活的消亡和黑暗，让天真一层层脱落，不得不冷静，不得不成熟。我像一个梦中人回到了世界的真相。小说也彻底完成。

学术、教学、创作、孩子、家务、官司……这些要几个人承担的事情，集于一身，连我自己都想不通，这么多的负荷，"慢"我是如何扛过来的？

写作时，几乎是隐居的状态，时间的有限和性格的散淡，使我心无旁骛，也闹下许多笑话。不写作时，柴米油盐、劳顿奔波，和底层人一样为生计煎熬，借钱借到心有余悸的地步。

这份"居里夫人＋吉普赛女郎"的生活，这份贫穷、安静、动荡而丰富的生活，是我灵慧的泉源。没有它们，我的想象力再丰富，小说也是苍白的。它们使我既出世又入世，入在不离，出在心性。它们使我和人类的苦难声气相通，无论什么时候，都会刻骨铭心。

完成，是多么艰难的事情。2005年，我刚写到第六章，由于生育孩子、帮朋友做书、应付各种各样的纠缠麻烦，一搁就是六年。荒诞的是，这六年中，小说女主人公的部分遭遇竟落在了自己头上，变成先验的谶语。原来,生活,比小说还小说,比虚构还虚构。想象的翅膀就这样被折断了很多,对小说人物的心理却有了更深刻的体察。嘲讽他人变成了自嘲,也改变了最初对小说结局的构思,原来的结局——调侃中很悲绝很彻底。现在是调侃中开放的结局。岁月把许多很紧的东西都打散了。

谈到小说,人们总喜欢问:有原型吗?我也只好回答:真真假假。很多写小说的人都这么回答。其实,由于我守口如瓶,肚子里藏着很多别人的秘密。反而会因为当事人或其他知情人泄露,有意无意嫁祸于我,逼我将对方拉黑。有的时候,我竭尽全力保护别人,最终却没有保护好自己。而今天,这些秘密并没有变成小说,如果不被意外刺破,它们会陪我直到离开这个世界,在小说里最多可能像彗星一样掠过。而目前我对写作自传体小说并不感兴趣,要写真实,不如直接写散文。

那么何为小说?我的定义是:用动态和静态的细节与结构,把政治、历史、人性、思想、心理或生活的所有明亮、黑暗和秘密,以虚构的方式呈现于人世间。

《猫》就是在这样的前提下完成的——假的是人物、故事、情节,真的是生活的气息。

里面有很多"犯规动作",更不是畅销小说的格局。读惯很多小说的人甚至会不习惯。这种不习惯也是我想冲破的东西。

没有哪个时代,让中国的作家和诗人、文化人自身体现的荒诞和面对的诱惑如此之多,所以我把这些替自己和别人表达的当代特殊群体,和他们在现实生活外的延伸,他们独立、特殊、执着而脆弱的心灵,用小说套评论、小说套诗、小说套散文、小说套小说的办法,虚构在小说里。尽管随着时间的延宕,它的正在进行时已然变成过去时了,但其实是有过之而无不及。不过,令人向往的是,他们当中永远都有人在坚持。

2011年秋,我去沙田柚的原产地采风,在千秋村亲手摘下青绿的沙田柚。告别的时候，回望千秋村的山中农户，自嘲地想，有一天能在这儿呆到老，啥都不写也不错吧。

想起可爱的稚子每天叮嘱：妈妈，早点回来啊。

无论多忙，我总是赶回家。

朋友们遇到，总是说：别再写了。

我也总是回答，不写了不写了。

无数次想远离文学，放弃写作。

不写作的生活真好啊。

可是，对于我们这样的人，不写作又能做什么呢？看到阎连科对略萨说的话，心有戚戚焉——我们就是写作的孤儿啊。

罗兰·巴特曾在他著名的《一个解构主义的文本》中写到：爱情无法在我的写作里面安身……一旦明白人们并非为了对方而写作，而且我将要写的这些东西永远不会使我的意中人因此而爱我，一旦明白写作不会给我任何报答，任何升华，它仅仅在你不在的地方——这就是写作的开始。

心如死灰的时候，我绝望地写着。这么多年，写作对我来说就是一场无望的爱情。

焦虑、痛苦、崩溃、寂灭、死亡的边缘都经受过……

而当我仰望夜空，星星依旧在那里。

2012年第一天，活泼的稚子在小区飞奔，跑到家门口的石阶上高高站着，大声喊道：慢吞吞的乌龟妈妈你才来呀。

我笑着，就这样慢慢飞过悬崖。

无数的神、佛、人助我飞过，深深叩谢……

万燕

2012年元旦初稿于上海，2014年国庆定稿

附：众生看猫

一

这是你的第一部长篇小说。以前看过你写的关于张爱玲的论著，就感到你有良好的悟性和活泼灵动的文笔，而且颇有见地，在林林总总的关于张爱玲的论著中，你的论著是既具有深度又很有个性的一部，却不知道你还有另一种才能：写小说的才能。读了你这部小说，我觉得是属于比较另类，比较前卫的那种，它不期然地使我想起了二十年前刚刚出道的徐坤！

这部小说揭示的是世纪之交（一直延伸至今）当代中国文坛的某种乱象？描画的是当代中国文坛的某种精神困境？似乎都有。我不能不承认当今文坛确乎存在着这样一些乱象！针砭时弊，是一个有良知作家的天职！

以《猫》命题，很明显是喻指女人。它既妩媚又任性，既温驯又倔强，既柔韧又锋锐，既善良又狡猾，既热烈又神秘……的确很贴近类似风娘这样女性的特点。除风娘以外，艾紫苏、尤加利乃至莫寒雨，都属于比较另类的，具有猫科性格的人物，给人留下的印象较深。比起女性形象，小说中的男性形象就不怎么出彩了（那位澳门的林马斯先生可能是个例外），他们好像只是为女性而存在的，是女性的陪衬。因此，以《猫》命题也是恰切的！

　　顺便提几点意见供你参考。第一，小说中，你把风娘的命根子——小房子——搞"失踪"了，以致把风娘完全逼上了绝境！这实在过于残酷了。何必如此呢！在小说中保存一些温暖的东西是必要的，即便是比较严酷的题材，也应当保存一些温暖的、温馨的东西。第二，作为一部长篇小说，它不同于短篇或中篇，应该更重视故事情节的建构，《猫》是一种我姑且称之为"碎片化"的建构，而不是"链条式"的建构，这对一部三四十万字的长篇来说是不够用的。当然，这也只是一己之见，也许属于偏见。

——评论家陈骏涛

二

　　《猫》面世虽晚，却足够前卫。早十几年出现，或许杀伤力更大。但早又如何，晚又如何？反正身影飘过十里百里的霓虹，胸中已留下千疮百孔的丘壑，够万氏的文字受用一阵啦。《猫》告诉人们：审世与自审，会让一只看起来绵绵软软的猫，倏地进入凛凛冽冽的时刻。文学人自恋的时代结束了。文学人自重的时代开始了。从今往后，众猫不必汹汹扑跃，也不必凄惶流窜，也许，稳稳地盘坐在那里，眯着猫眼看取人生的机会，终于要来了。

——教授、评论家、同事王鸿生

三

　　我终于看到了一本教授、诗人和散文家写的小说。与其欣赏故事，不如饕餮学者的博识、方志的诗学与文字的诗意。我相信，这书里的每一个字、每一句话，都不只磨了十多遍。那些只重故事的小说大多败了想象力与细腻情趣的味口。"文学"不"文"，"学"就谈不上了。

读者，如果你家里没地方再放下这本书了，又如果你忒欢喜这位作者又舍不得花这笔钱，我有一个建议，拿一把美工刀潜入某个大型书店，悄悄把代后记《慢慢飞过悬崖》割下来，然后逃之夭夭。没有任何一篇自述比这篇更真实的了，我以一个老朋友的身份担保。有时候我觉得，她慢得连饭碗都不想要。

但此人和此小说，在摧毁着一个观念：文如其人。这么一个人，怎么会成为当代文坛黑屋子的一位惊叫者！

——教授、作家、同事喻大翔

四

写得好！《猫》仍然是万燕"献给人""风中的破旗"之风的延续，不愧为张学大师，继承了张爱玲的衣钵，冷眼看世界，热血写猫生。既有猫的冷峻与温情，也有猫的嫌隙与刻薄，猫的自恋与洁癖，猫的不群与疏离。作者有着对知识分子小世界的绝意嘲笑和洞穿，难能可贵的是也能够将剑指自身，有着深刻的反思和自我省察。有时又觉着风娘是个女堂吉诃德，举八十年代的精神长矛，刺向九十年代和新世纪的盾牌和羊群。悲剧情怀是先天注定的。

——作家徐坤

五

我在《猫》里看到了钱钟书的《围城》，看见了方鸿渐、赵辛楣……钱钟书对知识分子的幽默讽刺是犀利而尖刻的，而你从来都是用手中的硬笔温暖地抚摸你笔下的人物，甚至活在你笔下的人物里头，你对这些知识分子是拥抱的体贴的，最打动我的就是你的温暖，真的非常佩服你的这种温暖，怎么能这么慈爱这么慈悲，太令人感动了。想起一句话：用佛眼看世界。风娘，老登，衣服不败，木通，锁阳，小房子……小说里的每个人物都栩栩如生。你对这些人物没有挑剔、责备和批判，而是活在他们心里，让我想起了曹雪芹的《红楼梦》，他对小说的人物也是那么包容那么理解。你对书中的人物充满了悲悯，替他们痛，替他们生活，你像水一样化在他们当中，而你又机智幽默着，讽刺调侃着，像火一样燃烧跳跃，你从不高高在上凌驾人物，却自有飘逸的气韵，你超越了小说的故事性，赋予了小说那么多，无论审美，无论思想，无论哲学……都是独一无二的。

——文化干部张葆华

六

这是一本充满隐喻的小说，如同传说中猫这种动物的命运一般难以捉摸。在阅读的时候，我的思绪跟着文字的游走而流淌，我试图时时揣测文字背后，那些隐藏的秘密。但不得不说，这的确不是件轻松容易的事。作者在小说中引用的台湾诗人夏宇的另一句诗也许给出了答案——"只有咒语可以解除咒语／只有秘密可以交换秘密／只有谜可以到达另一个谜"。我想，这也许就是《猫》的魅力所在。

——报社编辑吴宏浩

七

　　风大干燥，几乎不敢出门，呵呵。但是，身在北京城，读您笔下的北京城，还是感慨万千。可以看出这部小说浸透了您的心血，里面有很多情节和感悟很逼真。另外，以猫喻人，这一点我很喜欢。小说的内容传达了很沉重的东西，而文风又是轻灵的，反讽的，有点"猫"飘忽不定的感觉。这部小说应该说是一部"新知识分子"小说，作者、主人公、文风都带有鲜明的小众色彩。文字略带虚无的感觉，不过这也许就是人生的本色吧。

　　整体的布局很不错，目录独特有趣，另外我觉得作为长篇小说，悬念和刺激的情节可以再多设置一些，对不同人物笔墨的丰简也可以再做些调整。有些次要的、功能性人物可以再淡化一些，进而更加突出主人公的命运。

——博士生李彦姝

八

　　在最表面的层次上，《猫》的语言充满情色，充满各种性的暗示，但是，风娘和老登只有一次未完成的亲吻。这就意味着，作者很清楚地知道，她要让这种情色在小说中起到怎样的作用。如果仅仅从情节和主人公自己的命运考虑，这只是一场俗常的现代悲剧，但这更是一种暗喻，暗喻了两个人遇见爱的时候的无能为力，若联系到他们的身份——以及小说中的各色文人，我们不妨下个断语：诗人爱欲的缺乏。（此处诗人借用古哲学概念）

　　这种说法似乎有悖常情，诗人们爱欲应该很丰富才对，男诗人与各种女人同床，女诗人与各种男人同床，他们甚至在诗歌里写满下半身的语汇，怎么可以称之为爱欲缺乏？但是，关键在于，爱欲是有等级的。

这些诗人们的爱欲只落在低层次的肉体之欲上,称之为兽欲不为过。柏拉图的《会饮》和刘鹗的《老残游记》对爱欲的等级均有极其深刻的说法,概而言之,是从最低层次的男欢女爱逐渐上升,到爱各种美好,最后爱最美好的东西。换言之,无论中外,真正伟大的诗人关注的都是爱欲的提升,是升到最美好之处——或者向最美好之物的上升旅途。但是,《猫》中的诗人们最终只停留在第一个层次,这就是他们无法摆脱的悲剧,一种堕落的悲剧。《猫》最辛辣之处便在于毫不留情地直指这层污浊。

但是,这些现代诗人无法为此承担责任。现代诗歌或者文学获得所谓的独立,只是现代性兴起的诸多表象之一。时至今日,文学愈加独立,但堕落也愈深。尼采说,所有诗人都是某种道德性的奴隶。这话会刺痛今日各种自以为独立的诗人,但他们的无道德和独立本身即是一种极其低廉的道德观。他们并不知道自己是某种现代哲学构建的现代道德的奴隶。这就是《猫》中另一个辛辣之处,自以为精通哲学的衣服不败,竟然患上忧郁症,与其说这是衣服不败个人的无能,不如说现代哲学在面对根本问题时的无能。

表面看来,上述种种只是整个社会爱欲堕落的诸种表征之一,或之二。但是,这并不是问题的核心所在,但凡人世,何尝不是末法时代,关键在于,本该爱真爱美的智识人自身的堕落,这才是他们在今天最令人不齿的事情。所有文化,都是因这些智识人才维持其或高或低的水平。现代诗人在获得自由的时候,充分展示了向下的自由,而不是向上的自由。

在小说结尾,猫的死亡和女儿的失踪看似是作者过于冷酷的安排,或许实际上指明凤娘无可依凭的绝对性。但她并不是真的无可依凭,她之所以能从痛苦中活下来,是因为一种非常传统的道德:孝。父母之在世,让她不能死去。但反讽的是,她已经不再是这种道德的奴隶。或许,这就是凤娘这个名字的含义。所谓"风",可以理解为巽卦,巽卦关键是"柔皆顺乎刚",可是,在无刚可顺的时候,凤娘该怎么办?

——大学教师娄林

九

在古希腊神话中,猫是女神的象征;在人类的共同潜意识中,猫也代表着精灵与灵性。万燕博士的长篇小说《猫》,借助一种深邃的隐喻手法,通过特殊的文学叙事与人性观察,跳出界外以"记记"之猫眼看世界的犀利冷静,在一种神性的瞳孔中,映像当下文坛百态。

小说中的编辑、作家、诗人、画家等各种行色人物,既是真实复杂个性解构,也是近似荒诞的符号虚拟聚合,表现了当世常态,如生死虚实之混沌无常、自我迷失的焦虑、虚无浮躁下的原始情色沉惑,以及孤傲自恋自私又巧色趋俗,与妩媚、灵气、正义、理想、忠诚、温暖等交织成冷暖色调的象征反差,而这一切,又在文学不堪载重的无奈中放逐自我。

作者用不同的叙事手法借多棱角度,让人物去还原现场感,从而使读者在阅读所唤起的意象体验过程中,产生对自在与他在的一种真实观照与通感。小说开场以猫与叙事者的对白切入,结束时又以韦伯的音乐剧《猫》落幕剧情作呼应,这更显小说的深刻意味:被猫族排挤的孤独老猫,因一首《回忆》感动大家而荐入天堂——这既昭示了人物退隐之觉悟或涅槃之升华,也予人以人性回归理性的自觉。

人性真实、唤起通感、给人希望、启人哲思,这是一部优秀小说的最重要考量。小说《猫》,做到了,正因为此,这部小说的灵视与象征意味,如猫的灵性一样,将是不朽的!这部作品,也将成为沪上文学别竖一帜的代表作。

——民俗专家秦越人

十

伦敦开奥运会的时候,我始终一声不吭,因为我的想法一点儿也不主旋律。我想，能上赛场的，本身就是脱颖而出的牛人，入场券的价值并不比奖牌差多少。看到万燕写的这本长篇，很长时间我还是限于同样的逻辑：多少热爱文学的人，有几个能写得出来？作为她的师兄，作为和她同时代的资深文青，我先佩服一下。

在我还是文学青年的时候，我的创作理念，总是把文学和生活分隔开来看待，认为此高彼底。几十年过去，我相信很多人都有这样的感觉：现在要写小说都用不着你去编，随便粘贴一段现实生活，那神奇的艺术效果就会让人目瞪口呆。当下的中国就是一个现场直播的大叙事场，每个人都是编、导、演，同时身兼观众一职。活的就是心跳。

乍一看，小说中的女主人公似乎是滥交之人，仔细看就会发现你错了。从那个年代过来的人，如果现在你觉得他变坏了，别跟我说那是时代的错、社会的责任，不对，他原本就是坏人。如果他现在总表现出一副坏人样，偶尔做点儿坏事都遮遮掩掩不好意思，我告诉你，他本来就是个好人，想坏的话，这辈子已经没有机会啦。

这部小说给我最大的冲击和启发是，凡是热爱文学，还有理想、抱负的人，大家赶紧拿起笔来做刀枪，保卫心灵不再受到创伤。

——大学教授袁庆丰

十一

我的文学朋友里有两位真正意义上的学者型作家，一位是我的老师曹文轩先生，一位是我的同学万燕（我总喜欢叫她燕子）。

所谓学者型作家其实是个弹性的概念，作家有个文凭并不意味着他就是个学者作家。真正的学者作家，作品中必须具有较为深厚的国学修养和极强的文化品位。看万燕的作品，我深深地感到她的作品无论是学术论文还是小说都有着厚重的思想含量和艺术含量。

作家大概有两种类型：一种是用他的作品粉刷一座座理想世界的

水晶宫；一种是把水晶宫扒倒，让我们看看建筑这座宫殿的木板、钉子、砖头和瓦块。曹文轩先生说过："只有当所有的场景、故事与念头具有脏的特征时，才似乎能领略到这种真实性与真实感。"无疑，后者呈现给我们的是生活和事物的本质，其作品更加深刻，无论是人物还是故事都将涤荡我们的灵魂。

《猫》里的人物都是"文化人"，讲述的都是文学圈里的事；编辑部、笔会、组稿；作家、文人们的感情纠葛。真情、假情、煽情；坦诚、肮脏、龌龊。文学是一座圣殿，那个殿堂里面的圣人们和他们座下的莲花曾经使我们顶礼膜拜。假如看了万燕的《猫》，这座圣殿在我们的心中坍塌了，那是因为我们还不懂什么是生活。文学的唯美更深层的意义应该是唯真，现实主义不是粉饰生活而是生命的感受与诠释。作家一旦在她的观察和积累中有了控制其生活的反思性的感受，她就必然在表现生活的同时透视生活。

因为真实性、真实感，所以作品中的人物无论是老登、尤加利·菲菲、艾紫苏、林马斯，还是衣服不败、女权主义师姐、师哥，虽然都不是完美的，有些甚至是问题人物、"病人"，但都是鲜活的，都能走到我们中间；即便是寥寥几笔的黛诺、白头翁、当归也都能在我们的心海留下涟漪。于是我们对那些阳光下的尘霾便没有了指责和鄙视，因为我们每个人的灵魂都同样需要上帝的救赎。

无疑，小说中的彩虹是主人公凤娘。她到处开笔会，"救人"也"救火"，她天南海北的地理空间往往具有某种象征的意义和唯美的情愫。

读《猫》让我们感到语言世界的奇妙、奇幻。乍看，作品中大量的定语和状语都是废话，还有很多情节画蛇添足、节外生枝，但万燕调侃的叙述中夹杂着辛辣、机智和幽默，充分展示了她语言的表现功力、精致、精美、字字珠玑，句句珠联璧合。万燕的叙述语言让我们认识到汉字是这个地球上最奇妙的魔方。

纵观中外小说大师，他们的作品无一不是以理智的幽默来平衡情感的渗透。

不过，作为女人我不太欣赏故事的结局，在我看来，主人公风娘的离异、疯癫、女儿丢失、记记惨死在车轮之下还是过于残忍了。

——刊物副主编张天芒

十二

如果说二十多年前是以看科幻小说的心态去读老舍先生的《猫城记》，已入不惑之年的我（说说而已，仍迷茫得很）读《猫》却似看玄幻小说了，玄之又玄，如梦似幻，甚至带有穿越的意味（那些附录的画外音）。文末却又成了暗黑系的异世界。风娘的旧世界崩塌了，以弃世的姿态弃了自己，化为一粒芥子，游浮于尘世。

整本书是一盘散沙，拉拉杂杂，有关无关的琐碎，百相的人物，变形的世界，湮没于凌乱中若有若无的故事主线。猫的眼，作者的心，无不透出种种冷的、硬的、锐的姿态。让有心的读者切实体味到一种无法逃脱的真实与残酷。

真相却是，每一粒看似粗粝的沙子，早已被作者在十余年间用心血，用时光，用切肤的痛和新生的光磨成了掩不住芒的珍珠，献给能懂她的人。不晓得讨好的一本小众的书。

而其中最大的亮色，就是那种繁复的，无所不用其极的创造意象，在作者驾驭各种体裁上的精彩展现，让文学的"文"有了美学的落脚之地。

昨晚去拿《猫》，十三岁的儿子说泰戈尔是他的偶像，作为伪妈妈，却还是记得这位印度智者的一句诗："每个孩子出生时都带来信息说，神对人并未灰心失望。"风娘的小房子，老登的书空，作者的儿子添添，还有我的正版干儿子王艺蒙，都是书末悲悯的作者留给我们的一丝暖意。

——钢厂工人张峻岭

十三

"我厌倦着喜欢着人。"

这是读完《猫》给我的第一印象。

或许你开始读的时候并未深解其义，或许你只是认为作者在玩绕口令的文字游戏。然而，你再往下读，看完整篇小说，再回过头来重读第一章，你就会发现，没有再比这句话更富有表现力而精当的文字了！

"我是喜欢你的，可我也是厌倦你的，我厌倦着人，我喜欢着人，我厌倦着喜欢着人，所以我没有欺骗自己。"

小说中，看似这句话是风娘对老登说的，其实，这就是风娘的世界观，也是贯穿整篇小说的主线。

这句话至少可以有两种理解。

第一种状态下，表达的是风娘对人（世）的喜欢。她喜欢她的职业（当副主编），喜欢她在北京的舒适的家（没离婚时），喜欢喜欢她的老登（至少动过心），喜欢她的师兄师姐们（纯粹的书生情谊），喜欢她的老同学尤加利·菲菲（永葆激情）……虽然她喜欢的人并不完美，她的喜欢也不是全心全意地喜欢（除了对小房子的爱），然而却是真实的喜欢，所以是厌倦着喜欢。

第二种状态下，表达的是风娘对人（世）的厌倦。她虽然起初有一个看似不错的家，有一个活泼精灵的小房子，有一个看起来风光稳定的工作，有一群爱着她也被她爱着的朋友。然而，最终生活狠狠地教训了她，她在经历了小房子失踪的惨痛之后，终于厌倦了这一切，开始从骨子里深深地厌倦自己，厌倦那个曾经有过的"家"，厌倦着职场的拼杀与颓废，厌倦着那些互相利用又相互牵绊着的人际关系……厌倦着自己曾经喜欢的他们。

风娘只是一类人的代表。所幸猫有九命，只是厌倦着喜欢着人，所以风娘不倒，文坛不倒！

从我 2000 年春节去深圳住在深大，知道作者开始写《猫》（最初的题目是《文坛美人》），至小说终于收官付印，岁月流逝了十二载。女人是经不起岁月打磨的，更何况是整整一轮。作者却至今依然保持着年轻的面容、纯粹的笑脸、让人忌妒的少女身材，这不得不让人发问，是什么让历经生活磨砺的她青春永驻、笑口常开？我想，这应该就是源于她对文学深深的热爱吧！爱写作的人，必定有一颗永葆青春的心，而心态决定了一个人的气质、外貌，这是花多少银子也买不来，用多少化妆品也堆砌不出的。

因为白天忙于工作，读《猫》花了我整整两个夜晚十二个小时。好久没这么投入地看小说了。读小说的时候我没有流泪，哪怕读到小房子失踪、天塌地陷。读作者的后记，特别读到最后一段，我的泪水却止不住哗哗地流个不停，哪怕重复摘抄，我的眼中始终盈满泪水……

——国企干部龚蔚虹

十四

万老师家里是不养宠物的，除了孩子的玩具，就是书。身为学生的我，也不知道她关注猫，直到阅读她的新作《猫》，才想起有一天她带我们去虹口，探访鲁迅、郭沫若、茅盾旧居时，她在一家旧书店流连，挑了一本介绍猫的书，却原来是为小说收集资料。

未入学之前，就看过老师的文章，散文潇洒随性、文采斐然，论文条理清晰、分析入木三分，跟了老师学习后才知道她也是写小说的，在上课、批改论文、挤地铁、熬夜、做饭、照顾孩子的缝隙里写，像小鸡啄食般细细耕耘，这本小说花费了老师多少心血，你去问她，她只会轻轻一笑，把话题岔过去，她不会在别人面前说自己苦的，仿佛她在苦中也甘之如饴，无言地担当起所有的一切。

第一次翻阅万老师的这部书，正身处亚热带的台湾，温暖粘稠的气候与文章开篇的澳门不谋而合，书中有中年人的蠢蠢欲动，有知识分子的浅吟低唱，更有女性的哀婉惆怅。在知识分子精神沦落的今日，万老师打捞一片片精神的碎片，揉搓整合。在女性的柔软情长中，把粗粝打磨得光华闪耀，这是女儿性的，这是母性的，这是妻性的，同时这又都直指人性。

凤娘是风，飘洒摇曳、婀娜多姿，但终究是无根的，在秋色渐浓中悄然失去了颜色。她在男人的世界中左右突围，在情与性、爱与色中间痴缠，一面是昭然若揭的女性欲望，一面是讳莫如深的理智责任，在感性与理性的撕扯中，性不再是两情相悦的神秘通道，而是赤裸裸的欲望言说，自在地言说性的凤娘终于自由了，她在百无禁忌、口无遮拦的诉说中永远失去了爱情，但是，这何尝又不是保留爱情的方式呢？凤娘在假装不正经的方式下守护着自己千疮百孔的纯洁本色，以一种愚蠢的、无辜的、笨拙的方式，这是她的线，有了这条线，她才能在狂风暴雨中守住自己微薄的热切，而这种方式叫做——"女人的"。这种鲜血淋淋的守护方式，是女人的劫难，也是命数。

猫身手敏捷，猫精灵睿智，同时猫又是慵懒避世的，在盛夏的华光中，躲在树荫下，懒散地甩着尾巴，闭目养神，是韬光养晦，是盛世光华下对人性的洞穿与抵达，是平静地拥抱世界，以无言的大爱形式。

——中学教师梁玉洁

十五

看完《猫》，觉得最好的地方在最后一部分。虽然小房子的失踪太残酷，但这是对凤娘之后的心理发展极其重要的一件事。要说凤娘和老登，是自作自受。凤娘看上去前卫超脱，其实只是表面，在行动上她属于保守派。她也很善良，否则对于罗勒背叛自己不会那么轻易放过他，稀里糊涂的离婚，也只是被动地反抗罗勒的背叛，并不为自己重新追求幸福。这从根本上看出了风娘和老登不会走到一起，就是说风娘所追求的东西是老登给不了的。

"她和他已是两个时空的人，这两个时空是何时到来的，谁也说不清楚，曾经有过一段时间，老登几乎能触碰到她飘曳的裙裾了，一阵龙卷风刮来，风娘被吹到老登永远去不了的孤岛，站在这个孤岛上，风娘没有凄凉，没有记忆，没有痛苦，没有沧桑，只有重新生长后的破坏力量。"这段描写很贴切，风娘最后的状态——她在"疯癫"（有时表现为疯狂大笑）的背后是疲倦。这种疯癫就是破坏力量，她想破坏她自己给别人留下的既定印象，她想变得刀枪不入。也许经历过这种破坏欲望之后，她会真的变得刀枪不入，不会再受到伤害，不破不立，不经历这些也就没有看破的心态，最后是归于平淡，找到心灵的安宁，这安宁不再需要别人给。

这部小说所写的文坛以及文坛内的这些人，都是我们出生于八十年代的人所没有经历过的，某种程度上符合了我们对它的想象。我们曾经埋怨过我们自己的时代已经不再崇尚文学诗歌，曾经想要回到那个年代，而如今看来，你们的时代是你们的，我们的时代是我们的也是你们的，这就是生生不息，我们的时代也会镶嵌在下一代的记忆里。

衣服不败与当归的故事已经极少可能再发生在我们身上，但人与人之间的微妙情感是相通的。

如果说在骨子里风娘是个铁汉，作者应该不会反对，在精神的世界里人物应该是不分性别的。海明威笔下的老人在最后一次睡去之时梦见了狮子，狮子都在铁汉的梦中，不分时代。

——硕士生邓苗

十六

风娘这个角色很有趣。

对外她可以看到文学百态,对内她可以探讨感情世界,面对诗人时她也是诗人,面对女人时她就是女人,她出现的位置刚刚好:女人,文学青年,编辑。是她把文学与感情,甚至与猫,联系起来了,透过她,这个世界变得相当的丰富。因为她就是个多面体,她就是读者与小说世界之间的"猫眼"。

其实我最感兴趣的还是小说里面取名的艺术。从"胡桃夹子"的出现开始,我就隐隐感觉到燕子老师的取名是"别有用心"的,随着故事的进展,人物越来越多,名字也越来越多,由于我的知识面有限,还没能完全意识到名字里的意义,但是查过典籍,发现许多人物名字竟然都是中药。

有心的朋友,如果将这些中药(只有蒲牢用的是传说中的神兽名)的特性(甚至其背后的某些故事传说),与文中人物的性格及经历相对照,就会发现很多有意思的巧合。

还有"猫"这个书名。以猫为题,一来主角风娘如猫,文中也出现了一个非常重要的猫角色"记记";二来"猫眼看人",所见所得自与"人眼"不同,幅面之广,包罗万象,同时角度新奇,能见常人所不能见之物,比如神神秘秘的藏在某块窗帘布后面的文坛,比如暗夜中如水流淌的隐秘的男女私情。这些人看不到,只有猫的眼睛,锐利如针,可以刺破一切虚伪的幌子,直达真实的内心。

——硕士生崔璨

十七

我看姐的《猫》,一如书中的"当归"看"衣服不败"的文章,能理解但不在一条路上，这也是"当归"与"衣服不败"有此最后结局的必然。

猫，独特而坦荡，居然是用我很懂的"语言"，因为也是女子。这是小说却散文着，关乎故事，关乎文学，关乎知音，关乎情感，关乎生活，还关乎生命。来源于生活，却包含着一些人性的逻辑，其中可吸收的元素丰富，看得懂成了一件幸福的事儿。

小说中的"小房子"失踪一节，虽在意料之外，却也是生活之一。让我想起一个梦：梦见我儿子丢了，不见了。我很伤心，但不知为何不能找他。还想起抚摸他的头，那感觉和余温还在手心，怎么一眨眼人就不见了。我已经开始想（梦里居然会想）：我该怎么办？我将怎么生活下去？我以怎样的心态生活下去？找是一定要找的，如果找不到呢？心中突然冒出一句话：幼吾幼以及人之幼！突见碎落的阳光，即相信人性之善。

《猫》的故事发生时间跨度四年，姐却用了逾十年时间，其中人事再如何变化，仍感慨于姐对文字一如既往的痴迷。愿姐取乐于文字，取文字于乐。

——公司职员徐敏

十八

对我个人而言，燕子姐姐的这篇小说不自觉地抗拒着我用学到的文学理论来研读它。许多电影的视角、镜头感和蒙太奇效果从文字里投射出来，迫使我放弃评价的立场，试着用中医式的"体验"方法来进入它。

首先，性成为了我进入"猫"世界的最直观的切口。

小说里的烟和猫都带着浓厚的性的气息。烟蒂对于女人，代表着一种闪烁的菲勒斯崇拜，女人对烟的期待，充斥着不自觉的性欲的表达。同样，猫的形象自身携带女人浓厚的性的隐喻。

小说一面流淌着情节，另一方面不断打造出性上世界和性下世界两个空间。性上世界里，艺术（小说里频繁出现的优美诗文、段落和音乐等）、情感（风娘和小房子的母女情谊、人与猫的温情、林马斯先生等人的初恋故事等）、道德贞定（老登与风娘之间灵肉对立的微妙关系），甚至是一系列的人情世故，共同框架出一个人性社会，这里体面而且光鲜。而在性下世界里，从一开始赤裸舞女下体，到后来各种男人的贪婪，女人的春动，以及由通过性爱透露的人际关系，勾勒出一条绵延在主线底层的下水道，不断被唤醒，不断窥视地面，不断流露和表达。

凝聚在风娘形象中的淑女、烈女到最后的荡女三种元素的转换，显性地由情节来推动，实则是通过人物中性成分的增减来作为表达。风娘在结尾用一种悲剧的形式来演绎这个转变——如果爱情不能拯救灵魂，那么不妨用性来解构身躯。

尾声时，风娘平静地坐在飞机上等待起飞，同时也等待起飞时女性高潮的快感。风娘的情意被生活烧成骨灰，一吹而散，然而性，因其纯粹，所以从故事开头到结尾，始终如一地令她快慰。性分担了风娘的人生观，成为她自我救赎的最后出路。在这一点上不乏同道，比如教堂里的修女在吟诵圣言时都会达到性高潮的状态。性，这个敏感的切口让小说有了质感。任何人无法辩驳：性创造和繁衍了人类的历史，并且是每个人不约而同的共同经验。

其次，小说情节大多涉及文坛，小说倾向于以诙谐的调侃方式作为批判。阅读时，我对故事的关注超过了对作者褒贬意图的猜度。文坛只是反射生活的一面镜子，把它摔碎了，可以拾起来拼凑出一张脸，也可以拾起来拼凑出一个世界。或丑或美或恶或善。

恰好假期浏览一本写养猫的工具书，上面说猫和狗的区别之一在于，猫在一天中的大多数时间是忘记自己的姓名的，它只有吃饭的时候能想起。实际上，除了女人和性的隐喻，猫给人的直觉包含两个对立的属性,一是偏执的自由,二是无奈的臣服。猫的自由体现在它的独立,拒绝约束于主人。臣服则体现在它的乖巧,会向主人乞讨食物和住宿。在这个意义上,猫和故事里的人物达成了共鸣,比如风娘有自我的独立意识和孤介傲岸的品性;但同时深谙万事不形于声色的生活伎俩——陪已无情意的丈夫同眠,为俗不可耐的文坛名人低头哈腰……世界就像猫的主人一样,有我们必须臣服其下的理由,也有我们不懈与之对抗的理由。"人在什么空气什么城市什么性别里住惯了,就觉得那里是对的。"(引自《猫》)因为习惯了自由所以自由,因为习惯了乖逆所以乖逆,小说给出的答案是这样一种无理取闹而又深得人心的因果逻辑。

这种二元对立,作用在人身上,就形成了一种在超越性和有限性之间的摇摆。我们看见在曾经的文学青年手中,文学以梦想的高度狠狠跌进现实的深渊,"后半身"诗歌侵蚀了诗坛,诗人必须以死亡来获取尊严,哲学和文学以腐烂作为代价被拉到人间。但我们也看见,利益熏心的尤加利却耿怀于温暖人心的浪漫初恋,仍然有抽身于动荡时代的文人坚守纯文学的最初。

于是,小说对我的提问变成了:世界如此无序,将何以安排?

令我情有独钟的是每一章节后面的画外音,所有情感的细微之处在这里汇集,并且生根发芽,生长成为有血有肉的人物的个性。从画外音里,可以窥见风娘和老登生命的底色,这些独白成为了不受情节模版禁锢的文字,成为了散文般的言语能够独立于故事框架的神圣的"余地"。

另外,小说中人物的名字,携带深意的"当归""罗勒""木通"……过目难忘的"懒广东""若木""胡桃""夹子"……深意的人名值得以研读红楼的耐性推敲名与命的关联,诙谐之名让人能够把握人物的大致特征一读到底。

最后,对于小说情节中悲剧性较重的两位诗人之死和小房子的失踪两处情节的安排,我认为有其必要。诗人之死的结果是对文坛做小说最后的评判,虽然这种评判不露声色,并且夹杂着复杂的人物情感。而"失踪"是对小房子最好的"归宿",小房子是风娘自由精神的延续,风娘臣服世界太久快要窒息的时候,必须依赖新生的小房子提供氧气。因为小房子是被拒绝长大的,童真是光合作用,提供氧气的叶绿体,成长意味着流失她在故事里最为宝贵的价值。

小房子的失踪比她长大更合适,因为她的长大注定了风娘成为一株未来迟早因没有光合作用供氧而枯萎凋残的植物,而小房子的失踪则逼迫风娘学会像动物一样呼吸,为自己提供氧气,逼迫她放弃安定,并开始无止尽的流浪,哪怕途中是永远感伤的旅行。

——本科生林世超

十九

也许是受到动画片《猫和老鼠》的影响,我从小就对猫没啥特殊的感觉,再加上有位害怕宠物的老妈,我对猫总是敬而远之。初中时和老师偶然谈起猫,老师一句话点明了她眼中猫的最大特点:有双冷冰冰的眼睛。

猫的眼睛是否冷冰冰,我因没养过猫,实在不敢妄加评判。但猫有股子特别的冷劲儿,这应当是肯定的。瞧猫那每一步的妩媚、任性、自由,好像天打雷劈都影响不到它的一举一动似的。猫似乎像是皇帝皇后般既在尘世间生活,同时又闪现着凡尘所没有的高贵模样。

文中的风娘就是这样一位如猫之人。小说开篇介绍了她的口头禅"他妈的",虽是句俗骂,但却饱含着风娘的泼辣与傲骨,一种连中国之大也照涮不误的豪气。这口气好像地球只不过是风娘这飘逸的精灵歇脚的小枝,而她所向往的是无边的天空。这点体现在了风娘极其热爱坐飞机上。起飞时"飞——!飞——!飞呀!"像是风娘灵魂对纯真自由的呐喊。但地球不是小枝,而是一个人不论愿不愿意必须生活于其中的世界,这也注定风娘的呐喊是充满痛苦的,再远的飞行也终究要落回地面,这是欲求摆脱重力之精灵的痛苦。正因为如此,像猫的风娘在火车上(不是飞机,而是大地上)显得"很无助很自卫"。风娘的泼辣与傲骨在这里看来,反而不像是她的本质,更像是某种为了在凡尘生活而练就的外壳(这在她学会她的口头禅的经历中可见一斑),以保护她追求天空的柔软内在。

风娘喜爱小孩子,"不喜欢所有长大了的成年人""也不喜欢自己"。从这个层面来看,正是风娘本质的侧写。风娘的本质就是个孩子。世界逼着她学会了她高傲的外壳,但她面对世界的那双眼睛却是孩子的。透过这双眼睛,风娘看见了"真实的世界,真实的可怕"。而这可怕的世界也注定风娘不能按照她的本质生活,她必须变得坚强、勇敢,去面对世界种种的可怕。这也是为什么当她亲眼见到丈夫偷腥时流了泪,同时坚决搬到偏远的小角落并与丈夫离婚。小说第一章中,林马斯先生讲约伯对上帝的质问,几乎是这篇小说中的灵魂共有的写照。面对着这可怕的世界,风娘选择了小房子,以求在这混沌的漩涡中有一片宁静的孤舟。

与风娘相比,其他许多人的选择显得大相径庭。随着八九十年代流氓文学的兴起,文学被空前的世俗化,文坛众人也表现的越来越像朱文的小说《我爱美元》里的一句话:"我们都是生意人。"既然是"生意人",那么文学最重要的就再也不是传达作者的思考,而是争夺市场。于是越来越多的为取悦大众的所谓文学作品被发表出来,其丰厚的实利对旧有的作者产生了巨大的冲击。文学本身在这变潮中丧失了自己的贞洁,变成了供大众取乐玩弄的对象。

风娘似乎是个异类:她在某种程度上与其他许多角色一起沉沦,但她的本质依旧时时欲求着天空。

海德格尔在《形而上学导论》中表述过他心中艺术的实质:"艺术却是把在者之在敞开。"这里我的理解是:艺术把一个个人的存在方式从整体世界中区别出来给人看。通过这种敞开,他人在艺术中领会着作者试图表达的存在方式,并把自己代入到这种存在的方式中,你所领会的没有对错。

你与作者一样领会着自己的内心,而这种领会因为始终是属于且只属于自己的内心。但我们不能在这种领会之中停留,我们总是匆匆向前,一次次地与新的领会见面,又迅速地把他们忘却。但作家不同,作家之为作家正是能够在这种转瞬即逝的领会中抓住只言片语。这使得作家能够深入领会的中心,亦即内心的中心,在黑暗的中心中获得神秘的魔泉,代价是感受内心常在的孤独。

老登的妻子黛诺曾说:"作家因长期的写作,是世界上最孤独的人。"文中的"古典"作家们基本上都能感受到这一点。但是他们处理的方式不同。昆布是在这种孤独中寻找诗,风娘则是用情与梦(在小房子失踪后则是色与梦)去掩盖这种孤独,剩下的是转向常人欲求之物以求混迹于大众而获得安全感。加缪说的"人用神性交换幸福"大概指的就是他们,他们也有一个意象:即老登的老鼠沉海的故事。群鼠与孤独的猫又形成了反差,猫虽忍受了孤独,却依旧高傲地昂首挺胸地活着;而群鼠则在群体的安全感中迈向了看似安全,实则早已沉没的归宿。

"猫不死,只是因为它天生有九条命。"而人(不是众人)活着,则是靠着看清可怕的世界,承担自身的脆弱和直面孤独的活下去的勇气。只有如此,人才能成其为人,成为虽在尘世生活,却拥有天堂灵魂的存在者。

——本科生陈渲文

二十

痛!
真他妈的痛!

痛就像是毒品，无时无刻不在蚕食着我的身体。而我心甘情愿地饲养着它。

我不知道是为风娘而痛还是为自己而痛，正如我无法分辨是哪里在痛。只是不知不觉中空气粘稠了，包裹住我，一点一点向身体里挤压、渗透。我痛得无法动弹，嘴里也失了声。在填满了这空气的宿舍，躺着的我正如躲在妈妈肚子里，躺在羊水中的婴儿。人从婴儿走来，渐渐失去先天赋予的纯洁与洞察，沾染上了后天的感情和泥土，从此与这个斑驳的世界血肉相连。

我读小说一向很小心，因为好的小说会让我感同身受：往往痛得如坠地狱，却不愿出来。当我开始读《猫》的时候，又进入了这种状态。在这本小说的文字中，似乎传递给我一种力量，使我能够与古老的召唤紧紧相连，我可以暂时地获得对世俗的洞察，看到过去、现在与未来。那似乎是古埃及的猫神，看过人间事，也只是默默地看着。但神可以无情，我却不能忘情。情之所钟，正合我辈。我在人世间看着并痛着，也会有片刻欢愉，可那就像吸毒时的幻觉只能使自己对痛更加贪恋。

小说中对于文学界的描写却让我感觉非常形象活泼，有风娘，有老登，有胡桃、夹子，有木通、黑子，还有《文坛》《文苑》等等。虽然其中有些龌龊事，如莫寒雨的走红等等，可是在我看来千百年传下来的文学没有断，依然有人可以真正的写诗、创作，即使有的人是怀着出名的梦想，有的人是为了诱惑女人，即使有的人背离了年少时的信仰，依然有人在真正地创作，这对我是种莫大的鼓舞，不同于在个人感情上的痛，这里我感觉到了暖。

有的书只有看得懂的人才能看。

——本科生魏廷安

二十一

寄居万宅两个月，得知万老师用堪比一只猫寿命的十二年难产出

《猫》，慢得让人毫不意外。而博学的万老师嘱我给她订错，让年轻无为的我顿感压力。

无知者无畏。首页我就括号了一大段标注"可删"，结果万老师诧异地问我（眼神怜悯），这"可删"正是大家评价很高的贯穿始末的用以深意的那什么，你怎么会想到要删呢？我年少阅浅，即便是十余年前的语境，也不能洞见文字雕琢的花纹，起先只是抱着标病句、改错字的心态阅读，错过了很多眉目和包袱。

其实我的状态是：耐着性子逐字读大段的"思想性"文字，特别怕遇奇怪的句子，反复揣摩，毛病是看出来了，但是超过三行以上也就完全不知道在说什么。待半本翻过，不知是万老师慢热还是我入了定，开始享受起观察故事的快感。到了后半部分，这快速又缓慢的故事我相信能抓住任何人。

一遍看罢，万老师尊重我对《猫》的理解，不停跟我商量划出的改动，她自己又在里屋闭关改了好几天，最后在我的电脑上修改到电子版的准终稿。那两个晚上"万阿姨"进入"万教授"模式，她读我改，随着儿子不断"妈妈妈妈妈妈"地乱入，周遭的浮躁和混乱竟未侵入万老师蔫蔫但坚定的声音，让我得以一窥这场旷日持久"分娩"的艰辛。

万老师不喜宣扬自己的生活，但我有幸跟她一起生活两个月，见证她为常人不堪的辛苦，为我的阅历镌刻珍贵的一页。万老师的品德，饭菜，十万个为什么的儿子，漂亮的女学生，都让我对《猫》的出版充满期待。

——留学意大利海归学子冰冰

二十二

《猫》给了我震撼。后记和目录是毋庸置疑的好。内容，我认为会存在争议。但是我觉得你不在乎。其实我也不在乎。这是你的作品,你创造的,仅仅这一点就够了。我很钦佩。

我是带着我自己创作的困惑,去看你的《猫》的。

像一个高超的技巧演员,你采用了彻底颠覆的笔法——感觉你特意用了一种平常不怎么使用的方式。你平常的文笔比较舒畅舒服自然坦然。但是这部小说的文笔节奏,令人有点紧张。

猫就是让人有点紧张的动物,尽管它标榜着慵懒。

一个女人,她想舒展地活着,看起来有颜有才,伶牙俐齿,然而她的内在支撑的骨骼,其实是易碎的,无法自主的。一点轻微的爱,都是补品。

你写出了这种悲哀与困惑。

这部小说于你的意义,不仅仅只是文字性的,所以一切文字性的意义与评价都不重要。于我的意义,也如此。

——报社编辑万小英

二十三

《猫》的奇异故事属于文坛内外,绚烂四方后,最终折射给凤娘,一个试图与生活妥协却又不甘于苟且的女人,一个难以摆脱爱的原罪却又不愿沉欲的女人,一个供奉着文学神龛却又不相信救赎的女人。

作为主编的她,用一双幽魅的猫眼看到了文人的众生相。这群与文学为伍的衣冠楚楚的人们,至情至性的,湮灭于死;泯灭天良的,混沌于生。这个女人,认识了并不属于她的老登,一个是被现实刺盲了眼的猫,一个是屈从虚无悲嗥于月下的狼,于是,两只樊笼里的困兽,只能游走于爱与欲的两极相爱相杀。

凤娘是自恋的,作者让她成为了所有人心中的净土,仿佛要用这样一个绝世美人来传递一种刺破世俗的力道。作为一个妄相,不幸仿佛是她最幸运的归宿。正如她的名字，风娘，落拓如风，最美的面目本该是刊落声华、去无挂碍的。但她亦是一个女人，爱与婚姻，是她逃不掉的宿命，孩子，更是她的命根。即使拼尽全力去护持现世的修行，但生而为人该担负的，"怨憎会，爱别离，求不得"，每一样都打磨着她。"我执"更是像一根骨刺般，嵌在她的脊背上，隐隐作痛。

有位女作家说，女人唯有两种，打麻将的，看红楼梦的。这话说得太片面，却又令人难忘，风娘权且算后者。又如何呢？文学是排遣之物也好，谋生之道也好，假欲之名的一场自渎也罢，作为心灵的避风港，如果不能珍视它，也许还不如打麻将。但是文学的魅力就在于，用它的高蹈燃烧麻将的世俗。

作为一个女性读者，我始终认为，只有同性别的作家才能为我们把生活的秘密开凿得那样深，深到切肤之痛。因为她们清醒，宁愿饱尝痛烈也不肯俯就麻木。而这本《猫》带给我们的，也是如此。

——中学教师无无

二十四

凌晨读罢这部孕育了十二年的《猫》，心中郁结难释。如此动人而宝贵的作品！只觉文坛各色人等的气息或浓或淡，若即若离，既没有明确界限，又相互勾连牵绊。小说的附录形式，如玫瑰花瓣的层层叠附，使得这气息循环往复，加重了前述的阅读体验。众多人物在彼此脖颈上留下暗红色的勒痕，使其把难抑的疼痛铭记，那是身体的记忆。文字的书写虽已随着最后一个标点而结束，但小说中的人物依旧各自生活，生活于最好的时代，也生活于最坏的时代。

小说孕育于九十年代，着笔于世纪之交，成书于2011年，而其先锋的锐气、倔强的傲气、深幽的兰气借助风娘的言、神、身，借助饶有深意的标点的运用，借助具有节奏感的段落排布，一层一层刺入文坛的荒诞，愈刺愈深。风娘自己也被这荒诞刺痛，可当她"化一切悲痛为力量，化一切语言为情色"，又反倒多了分不可僭越的凛然之气。

小说以"猫"为题，叙述着以文坛美人为主线的故事。记记，这只俊俏的猫儿，正如她自身的猫之属性一般，在人类的背景中时隐时现，神秘莫测。然而，隐于背景只是记记的表象——分明是它看似无心的翻身，"躺在风娘的膝盖上四脚朝天，歪着脑袋眯着眼露出肚皮""要风娘抚摩它的肚子"，颠覆了潜藏于冰面下的丑陋，点燃了风娘心中的熊熊烈火，烧断了她睁一只眼闭一只眼维护着的可怜的夫妻关系。于是，在小说的下篇，僵持的冰山融化了，被禁锢的醉酒和情色、骄傲和虚伪、疯癫和迷狂，用力碰撞，流动的寒水是狂欢圣地。人类的生活泥沙俱下，记记只爱上了残破镜中自己的影子，如希腊神话里的纳西瑟斯。

事实上，于我而言，记记的车祸比小房子的失踪更加残酷。那毕竟是一只初次怀孕的小猫，一个待产的母亲啊！当风娘的"眼泪一缕一缕地往下垂"时，我拒绝继续往下阅读，拒绝确定的死亡。好在附录中的画外音留下了一个开放的结局。此时反观题记，不禁拍案叫绝：整部小说竟形成了一个绝妙的轮回！没有开头，也就没有结局。小说的作者是"吾"，是"某猫"，也是"记记"。至此，方感作者用心之深，用力之笃。

总体而言，《猫》的上篇在人物塑造方面尤为出彩，所以已经可以使人预见下篇的故事走向了（除了艾紫苏和小房子的结局）。开始读下篇时，我的心理预期是，会发生什么超出我预期的故事呢？后来发现下篇讲的其实不是故事，而是在人物塑造上开始变得愈发内向性，在哲学意义上试着从经验走向超验，在文学范畴内将评论、散文、诗歌、小说打通了。所以下篇的格局更大。我想，不同读者抱着不同的心理预期去看《猫》，会有不同体会。而我，本是抱着看故事的轻松而愉悦的期待去的，却没想到撞进了一个小宇宙。

——硕士生王越凡

二十五

重读《猫》，脑海闪过熟悉的当代文人众生相，掠过不曾熟悉却立体清晰的历代文人墨客形象，维持第一次阅读时给它的定论：国内首部反映当下文坛生态的长篇小说。

生活每天都在编织演绎无尽的故事，但它是有界的时空存在，它在接纳和拒绝中创造和绵延，最终湮没在历史的长河里。小说不同，它没有时空的约束和羁绊，它有生活的影子，却没有生活的局限，它的时间和空间是无限无界的，长篇小说更像万花筒，能在纸上、屏幕和储存器里留住多彩的生活，给当世和后世一份反复咀嚼的精神佳肴，因为它超越生活笑纳了创作者所能想到的一切。在它面前，影视剧和纪录片相形见绌。

翻开《猫》，如同推开社会生活的窗户，细观现实中的文人演话剧；掩上《猫》，感觉拉起窗帘在无光的暗处看银幕光影闪回，映照历史，播送未来。《猫》的魅力，不在教化和滋润，在心有所思中启智明理，悟醒人生。

——机关职员东方